The Hobbit
호빗

호빗

그곳에 갔다가 다시 돌아오다

THE HOBBIT

OR THERE AND BACK AGAIN

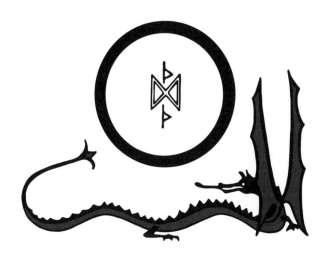

J.R.R. 톨킨 지음 | 이미애 옮김

arte

차례

호빗 THE HOBBIT

역자 서문

이미애, 2021

J.R.R. 톨킨(1892~1973)의 『호빗』(1937)과 『반지의 제왕』(1954~1955)은 출간 후 무수한 독자들의 사랑과 칭송을 받아 왔고 여러 차례 영화와 드라마로 제작되기도 하면서 전 세계적으로 유명한 환상소설의 고전으로 자리 잡게 되었다. 박진감 넘치는 스토리 전개뿐 아니라 방대한 신화적 세계의 상징성, 그리고 삶과 자연에 대한 따뜻한 시선으로 톨킨의 작품들은 독보적인 세계를 구축했다고 볼 수 있다.

『호빗』은 원래 톨킨이 저녁 독서 시간에 어린 자녀들에게 들려준 동화에서 시작되었다. 용에게 빼앗긴 보물과 영토를 되찾으러 떠나는 난쟁이들의 모험을 그 중심 구도로 하여 트롤과 고블린, 늑대, 독수리, 거미, 요정, 용, 마법사 등 북유럽 신화와 민담의 주요 모티프들이 등장하면서 흥미진진한 모험담이 전개된다. 톨킨은 여기서 전래의 모티프들을 변화시켜서 그 나름의 독특한 세계를 만들어 냈고, 17년쯤 후에 발표된 『반지의 제왕』에서는 이 세계를 더욱 복잡하고 정교하게 발전시켜 방대한 신화적 체계를 창조했다. 이런 점에서 『호빗』은 그의 신화 세계의 출발점이자 핵심이라 하겠다.

이 모험담의 중심 소재는 용이 강탈한 황금과 보물의 마력이다. 용 스마우그는 전래 민담의 용들처럼 탐욕의 화신으로서, 황금을 사용할 줄 모르고 누리지도 못하면서 그저 영원히 '소유'하려는 욕망에 사로잡혀 있다. 정도의 차이는 있지만 난쟁이들도 그와 유사하다. 그런데 황금에 대한 욕망은 그 자체로 끝나지 않고, 황금을 물신화(物神化)하면서 의식을 지배하는 상태로 나아간다. 보물을 되찾은 후 소린은 자기를 도와준 다른 종족들의 정당한 요구도 묵살하고 마는데, 이는 그가 황금의 마력에 굴복하여 변질되었음을 시사한다. 황금의 마력에 종속된 용과 소린, 호수마을의 영주가 결국 죽음을 맞는 것은 물욕이 빚어낸 정신의 죽음과 무관하지 않을 것이다.

물욕에서 벗어난 이들은 마법사 간달프와 깊은골의 요정 군주 엘론드, 베오른 같은 초자연적인 존재들 정도이고(숲요정 왕은 초자연적 존재임에도 불구하고 보물에 약한 면모를 보이기도 한다), 심지어 빌보도 '아르켄스톤'의 마력에 매료되기도 한다. 난쟁이들의 보물이 결국 '다섯군대 전투'를 일으켜 처참한 대량 살상을 불러오는 이 소설의 플롯이 전하고자 하는 메시지는 명확하다. 물질에 지배된 의식, 물질화된 사회, 물질과 이익 추구에서 비롯된 제국주의적 기획 및 그에 수반되는 참혹한 전쟁에 대한 경고이다.

물질에 대한 소유욕과 대립되는 것은 바로 자연과 생명체에 대한 사랑일 터인데, 이러한 미덕을 대변하고 있는 인물이 빌보라는 호빗(아마도 인간을 의미하는 homo와 토끼 rabbit을 조합한 말)이다. 빌보가 깜깜한 고블린 동굴이나 지하 감옥에 갇혔을 때 간절히 원하는 것은 초록의 풀밭과 나무들, 시원한 바람과 맑은 햇살이다. 그의 모험에서 반복되는 고향에 대한 그리움은 초록 풀밭 위를 걷고 싶은 욕구로 표현된다. 이 소설의 도처에서 톨킨은 꽃과 나무들의 이름을 구체적으로 언급하며 물과 들, 새, 하늘, 바람, 별과 대지를 세밀히 관찰하고 이에 대한 사랑을 묘사한다. 이렇게 따스한 시선으로 인간과 자연의 친밀한 유대를 그려 내며 자연 동화적인 메시지를 전달하는 것이다.

이 소설의 중심인물은 빌보이고, 애초에 그는 안락함과 포식을 즐기는 소심한 호빗으로서 노래와 웃음을 즐기며 변화를 싫어하는 소시민적 인물이다. 그러나 자기 의사와 무관하게 위험한 원정에 동참하면서 그는 자기 속에 잠재해 있던 새로운 면모를 발견하며 보다 성숙한 인물로 발전하게 된다. 이처럼 자신을 발견하고 성취하는 과정으로서의 모험이나 여행은 영미 소설에 흔히 등장하는 구도인데, 빌보의 모험은 어둠과의 대면이 특징적이다. 캄캄한 고블린의 굴을 정처 없이 헤매고, 아무리 걸어도 끝이 없는 어둠숲을 횡단하며, 불가항력적 위험과 맞닥뜨리기 위해 어두운 용의 굴을 걸어가기도 하는 것이다. 이러한 장면들의 공통적인 특징은 어둡고 밀폐된 굴의 이미지라고 볼 수 있다. 방향도 끝도 알 수 없는 암담한 길, 일말의 희망도 품지 못한 채 터벅터벅 걸어가며 불시에 찾아들지 모를 위험에 가슴 졸이는 절망적인 상황, 우리가 때로 악몽을 꾸면서 경험할 만한 이러한 상황은 한편 탈출구를 찾을 수 없는 지극히 고통스럽고 험난한 일상을 상징한다고 볼 수도 있을 것이다.

그런데 희망이 모두 사라져 버린 절망적인 상황에서 빌보가 오히려 마음속에 차분히 고인 힘과 용기를 발견하는 장면은 그의 모험에서 가장 인상적이고 감동적인 장면이다. "그러나 어찌 된 일인지 난쟁이들이 더없이 깊은 절망에 빠져 있었을 때, 빌보는 마치 가슴속에서 무거운 짐이 사라진 듯 이상하게도 마음이 가벼워지는 것을 느꼈다." 이것은 호빗 특유의 불굴의 낙천성일 수도 있고, 삶에 대한 소박한 믿음일 수도 있겠다. 하지만 이처럼 절망적인 상황에서 발견하는 인간적 힘과 용기야말로 인간과 삶에 대한 믿음을 가능하게 하는 것이고, 이런 믿음 덕분에 이 소설은 밝고 낙관적인 비전을 제시하며 기쁨과 순수함, 선의 승리를 그려 낸다고 할 수 있다.

빌보와 달리 난쟁이들은 보물을 되찾으려는 모험이 자신들의 일임에도 불구하고 그리 적극적인 역할을 하지 못한다. 소린과 발린이 그 나름의 의협심과 용기를 발휘하긴 하지만, 그들은 대체로 위험에서 몸을 사리고 희생하지 않는 지극히 타산적인 종족이다. 톨킨이 단적으로 말했듯이 그들은 결코 '영웅'이 아닌 것이다. 그러나 톨킨은 난쟁이들의 상투적인 이미지를 넘어서서 새로운 종족으로 형상화한다. 가령 황금에 대한 그들의 욕망은 용의 소유욕과는 달리 그 종족의 오랜 노역과 슬픔의 기억이 얽혀 있는 것으로 차별화된다. 난쟁이들은 오랜 세월 궂은일을 마다하지 않고 힘겹게 일하면서 아름다운 물건들을 만들어 왔다. 또한 '다섯군대 전투'에서 소린과 그 일행은 보물을 박차고 분연히 일어나 고블린과 사투를 벌이며 전쟁을 승리로 이끌어 가는 데 기여한다. 난쟁이들의 뛰어난 장인 정신과 불의에 대항하는 뛰어난 무용은 황금에 대한 집착과 욕망을 상쇄할 만한 미덕이며, 톨킨은 이러한 자질을 주목하고 높이 평가한다. 더 나아가 『반지의 제왕』 해설에서 난쟁이들은 '천성적으로 어떠한 압제에도 아주 완강하게 저항하도록 빚어진 종족'이었으며, "비록 그들을 죽이거나 부러뜨릴 수는 있어도 다른 의지에 굴복하는 그림자들로 만들 수는 없었다"라고 기술한다. 이런 형상화를 통해서 난쟁이들은 탐욕적이고 비겁한 종족에서 이제 고유한 힘과 특성을 지닌 신비스러운 종족으로 당당하게 자리매김하게 된다.

톨킨의 신화적 세계는 상상을 초월할 정도로 방대하고 그 속에서 『호빗』이 차지하는 부분은 극히 미미하다. 그러나 이 소설에서 용을 물리치고 고블린들을 격파한 사건은 이후 『반지의 제왕』에서 간달프가 설명하듯이, 사우론의 세력이 북쪽으로 확장하지 못하도록 저지함으로써 제3시대 말에 일어난 '반지전쟁'의 승리에 기여한 '역사적' 사건이었다.

이와 같이 『호빗』은 톨킨의 신화적 세계에서 중요한 자리를 차지하고 있다. 하지만 이보다 더욱 인상적인 것은 이 소설이 그리고 있는 따뜻한 일상의 세계일 것이다. 여기에는 숲요정들의 노래와 웃음소리가 울려 퍼지고, 저녁밥을 짓는 장작불이 타오르며, 화롯불 위에서는 찻물이 보글보글 끓고 있다. 이처럼 생생히 전달되는 따뜻하고 아름다운 세계는 어른들에게 아련히 떠오르는 어린 시절의 기억처럼 감동을 주고, 일상을 새로운 눈으로 돌아보게 할 것이다.

끝으로, 2002년에 처음 출간된 이 번역본이 완성도를 높여 더욱 아름답고 세련된 모습으로 다시 세상에 나올 수 있도록 도와주신 북이십일 출판사와 톨킨 팬 카페 '중간계로의 여행'의 여러 회원들께 진심으로 감사한 마음을 전한다. 또한 가운데땅의 삶과 자연, 인간에 대한 작가의 따뜻한 애정을 담고 있는 『호빗』에 독자의 변함없는 애정이 함께하기를 기원한다.

2021년 3월

이미애

50주년 기념판 서문[1]

Christopher Tolkien, 1987

『호빗』은 1937년 9월 21일에 처음 출간되었다. 아버지께서는 『호빗』의 첫 문장을 쓴 순간이 정확히 기억난다고 여러 번 말씀하셨다. 1955년 아버지는 W.H. 오든에게 보낸 편지에 이렇게 쓰셨다.

> 『호빗』의 발단에 대해 내가 기억하는 바는 자녀가 있는 가난한 교수들에게 매년 부과되는 학교 졸업자격 시험지를 검토하면서 끝없는 피로감에 시달리고 있었다는 것뿐입니다. 그러다가 어느 빈 답안지에 "땅속 어느 굴에 한 호빗이 살고 있었다"라고 낙서를 했지요. 왜 그랬는지는 그때도, 지금도 모릅니다. 그 낙서는 오랫동안 묻혀 있었고, 나도 몇 년 동안 '스로르의 지도'를 만든 것 외에 별다른 진전이 없었지요. 그런데 1930년대 초에 그 문장에서 『호빗』이 탄생했습니다…….

하지만 아버지께서는 언제 그 첫 문장(지금은 수많은 언어로 알려진 그 문장의 예로 독일어, 프랑스어, 핀란드어, 이탈리아어, 스웨덴어, 그리스어를 들 수 있다)을 쓰셨는지 정확히 기억하지는 못하셨다. 내 형 마이클은 아버지께서 북옥스퍼드에 있는 집(노스무어 로路 22번지)의 작은 서재에서 난롯불을 등지고 서서 우리에게 이야기를 들려주시던 저녁 시간을 오랜 세월 후에 회고하며 기록했다. 발에 털이 복슬

---

1) 이 서문은 1987년에 발간된 『호빗』 50주년 기념판의 서문에서 발췌되었다.

복슬한 작은 존재에 대해 긴 이야기를 들려주겠다고 하시고, 이 존재를 뭐라고 불러야 할지를 우리에게 물어보신 후 아버지 스스로 "그를 '호빗'이라고 불러야겠구나"라고 말씀하시던 그때를 더없이 선명하게 기억한다고 말했다. 우리 가족은 1930년 초에 그 집에서 이사를 했고, 형 자신이 『호빗』을 모방해서 쓰고 간직한 이야기가 1929년에 작성된 것으로 보아, 『호빗』은 늦어도 1929년에 '시작되었다'고 볼 수 있다. 아버지께서는 우리에게 그 이야기를 들려주시기 전 어느 여름에 그 첫 문장 "땅속 어느 굴에 한 호빗이 살고 있었다"를 쓰셨고, 그 문장을 마치 순간적인 충동으로 지어낸 듯이 거듭 되뇌셨다고 했다.

형은 당시 네다섯 살쯤 되었던 내가 이야기가 전개될수록 자잘한 일관성에 큰 관심을 보였다고 회고한다. 한번은 내가 이야기에 끼어들어 "저번에는 아빠가 빌보의 집 문은 파란색이라고 하셨고 소린의 모자에는 금색 술이 달려 있다고 하셨잖아요. 그런데 조금 전에는 빌보의 집 문이 초록색이고 소린의 모자 술은 은색이라고 하셨어요."라고 말했다고 했다. 그러자 아버지께서는 "이 녀석도 참, 내!"라고 중얼거리면서 '성큼성큼 방을 가로질러' 책상에 가서 그 내용을 기록해 두셨다고 한다.

이 기억이 모든 점에서 정확하든 그렇지 않든, '첫 장(章)을 넘지 않은 초고'나 그중 지금까지 남아 있는 서너 페이지의 원고는 이 당시에 작성되었을 것이다.

책이 출간되고 나서 두어 달 후인 1937년 12월에 나는 산타클로스에게 편지를 써서 『호빗』을 열렬히 칭찬했다. 그에게 그 책을 알고 있느냐고 묻고, 크리스마스에 그 책을 선물로 주는 것이 어떻겠냐고 제안하기도 했다. 그리고 기억나는 대로 그 책에 얽힌 역사를 알려 주었다.

아버지는 아주 오래전에 그 책을 쓰셨고, 저녁 다과가 끝난 후 겨울 독서 시간이면 존과 마이클, 저에게 그 이야기를 읽어 주셨어요. 그런데 마지막 몇 장은 좀 대충 끝났고 타자로 치지도 않았어요. 아버지는 1년 전쯤 그것을 끝내셔서 누군가에게 읽어 보라고 빌려주셨어요. 그 여자분이 조지 앨런 앤드 언윈 출판사에서 일하는 어떤 분에게 원고를 넘겨주었고, 아주 많은 이야기가 오간 후에 그 출판사에서 그 책을 7실링 6펜스에 세상에 내놓았지요. 제가 정말 좋아하는 책이에요.[2]

이로 보아 소설의 대부분은 C.S. 루이스가 이것을 읽었던 1932년 겨울에는 타자 문서로 정서되어 있었지만 '스마우그의 죽음'에서 더 이상 나아가지는 않았던 것 같다. 그리고 마지막 장들은 1936년까지도 작성되지 않았다.

당시 아버지는 『실마릴리온』에 몰두하고 계셨다. 훗날 '가운데땅의 제1시대' 혹은 '상고대'라고 불리게 된 시대의 신화와 전설들이 이미 그의 상상력과 그의 글에 깊이 뿌리를 내리고 있었다. (아마도 그럴 가능성이 높은데) 1930년에 작성되었을 『실마릴리온』 텍스트 이후 더욱 풍부하고 발전된 텍스트가 만들어지고 있었으나, 『호빗』의 속편에 대한 요구가 이어지자 그 끝부분에서 작업이 중단되었다. 『실마릴리온』을 미루고 '호빗에 관한 새로운 이야기'를 1937년 12월부터 쓰기 시작하신 것이다. 아버지께서는 "골목쟁이 씨가 길을 잘못 들었다"고 종종 말씀하셨고, 1964년에 쓴 편지에서는 이렇게 표현하셨다.

---

2) 여기서 '누군가'는 일레인 그리피스이고 '출판사에서 일하는 어떤 분'은 수전 대그널이었다. 이 이야기와 레이너 언윈이 쓴 이 책에 대한 평가는 험프리 카펜터의 『톨킨 전기』에 기록되어 있다.

『호빗』이 출간되었을 때쯤 이 '상고대'라는 시대는 일관성 있
는 형태를 갖추게 되었습니다. 처음 『호빗』은 그 시대와 아무
관련도 없는 이야기로 만들어졌지요. 나는 아이들이 아직 어
렸을 때 아이들을 즐겁게 해 주기 위해 동화를 꾸며 내어 들려
주고 적어 놓는 습관이 있었습니다. 『호빗』은 그런 이야기들
중 하나였지요. 그 이야기는 상고대의 신화와 불가분한 관련
이 없었지만, 내 마음속에서 우뚝 솟은 이 신화체계로 자연스
럽게 이끌려 가게 되었고, 그것이 진행되면서 더욱 크고 더욱
영웅적인 이야기가 되었습니다.

상고대라는 시대가 불러일으킨 이 '매력'은 당시 아버지가 그린
그림과 스케치에서도 잘 드러난다. 초판본 8장 '파리와 거미들'에
나오는 어둠숲의 연필화와 잉크화는 주목할 만한 예다. 이 삽화는
영국과 미국의 초판본에는 실렸으나 그 이후 계속 빠져 있었다. 이
그림은 원래 더 불길한 숲, 타우르나푸인을 묘사한 예전 삽화를 바
탕으로 다시 그린 것이었다. 예전 삽화에서는 『실마릴리온』의 투린
의 이야기를 예시하면서 중앙의 거대한 나무뿌리들 사이에 있는 작
은 인물들을 통해 요정 벨레그와 귄도르의 조우를 보여 주었다. 어
둠숲의 그림에서는 요정들이 사라지고 대신 큰 거미(또한 많은 버섯
들)가 등장한다. 오랜 세월이 지난 후 아버지께서는 이 삽화의 숲 그
림을 세 번째로 응용하셨다. 이 삽화에 '팡고른숲'(『반지의 제왕』에 나
오는 나무수염의 숲)이라는 제목을 붙여, 1974년에 출간된 'J.R.R. 톨
킨 달력'의 삽화로 사용하신 것이다. 이 그림은 그 제목으로 『톨킨의
그림과 삽화들(J.R.R.Tolkien Artist and Illustrator)』에 54번 삽화로
수록되었다. 요정 벨레그와 귄도르는 이제 팡고른숲에서 길을 잃은
두 호빗, 피핀과 메리로 해석되어야 하지만, 벨레그는 큰 칼을 차고
있고, 더구나 구두를 신고 있다! 아버지는 이 형체들이 너무 작기 때

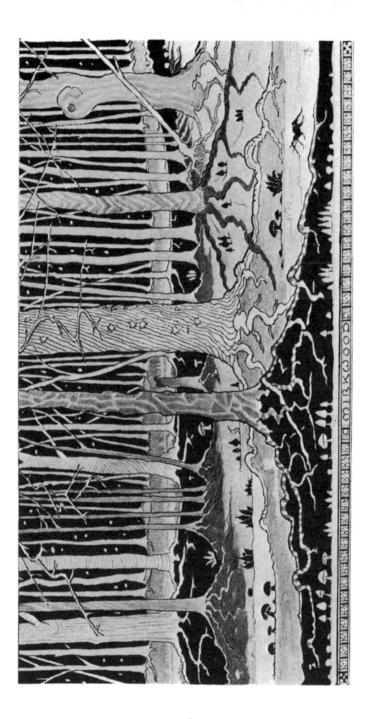

문에 그런 점이 주목되지 않기를 바라셨거나, 설령 주목되더라도 개의치 않으셨을 것이다.

아버지께서는 '어둠숲'의 흑백 그림을 『호빗』의 첫 면지에 인쇄하고 '스로르의 지도'를 1장(또는 엘론드가 처음으로 비밀의 룬 문자를 찾아내는 3장)에 삽입할 생각이셨다. 달빛 문자는 원래 그 지도의 뒷장에 인쇄하기로 되어 있었다. 책에 수록된 원본 스케치를 충실히 따라서 신중하게 그린 그 지도에는 '스로르의 지도, 골목쟁이네 빌보의 복사본. 달빛 문자는 빛을 받으면 선명해진다'라는 제목이 붙어 있었다. 하지만 앨런 앤드 언윈 사의 찰스 퍼스는 반대 의견을 제시했다. '독자들이 그 페이지를 통해서 달빛 문자를 보려 하지 않고 그냥 페이지를 넘길 것'이라는 주장이었다. 그러면서 1937년 1월, 이런 글을 보내왔다.

우리는 룬 문자가 거기 있으면서도 있지 않게 하는,
보다 기발한 방법을 시도하고 있습니다.

아버지께서는 "당신이 달빛 문자를 재현할 수 있는 마술적 방법을 찾아내기를 고대하고 있습니다"라고 답장하셨다. 그러나 그달 하순에 인쇄제작자의 오해로 인해 그 '마술'이 배제되었다는 것을 알게 되셨다. 그러자 아버지는 '인쇄되었을 때 빛에 대고 보면 똑바로 읽힐 수 있도록' 룬 문자를 역순으로 그리셨다.

나는 이 문제를 제작부에 맡깁니다만 그럼에도 그 마술 문자가 지도의 표면에 놓일 필요가 없기를 바랍니다. 그렇게 되면('마술'에 대한 당신의 언급이 '마술적인' 무언가를 뜻하는 게 아니라면) 지도를 망쳐 놓으니까요.

그러나 결국은 출판비용에 대한 고려로 인해 그 문제가 결정된 듯하다. 출판사에서 아버지에게 설명했듯이 그 책의 가격은 비싸지 않게 책정되어야 했고, 삽화를 넣을 별도의 공간이 없었다. 그러나 수전 대그널은 이렇게 썼다.

당신이 이 삽화들을 우리에게 보내셨을 때, 그림들이 너무 매력적이어서 넣지 않을 수 없었습니다. 경제적으로는 꽤 잘못된 결정이지만 말이지요.

그 지도를 면지에 넣겠다는 결정이 나자 아버지께서는 "제작부에서 그 도표(스로르의 지도)를 알아서 하게 하시오. 나는 그 결정에 매우 고맙게 생각합니다."라고 편지를 보내셨다. 이렇게 되어 그 지도는 늘 면지에 실리게 되었다. 그런데 아버지는 달빛 문자를 두 가지로 그려서 보내셨던 것 같다. 인쇄된 달빛 문자는 아버지가 다시 보내신 '더 낮게 그려진 룬 문자'가 아니어서, '제대로 그려지지 않은(완전히 똑바르지 않은) 문자'가 실리게 되었다.

이는 반세기 전, 지극히 정중하지만 약간 절박하게 오간 서신교환의 일례를 보여 줄 뿐이다. 편지들이 도중에 엇갈리기도 했고, 독감이 돌아 제작자와 인쇄업자, 그리고 출판부도 독감에 시달렸으며, 그것도 하필이면 계제가 안 좋은 때에 그러했다. '어둠숲'의 상단은 잘려 나갔고, 그 후로도 복원되지 않았다(아버지께서 얼마 후에 그 원본을 어느 중국인 학생에게 주셨으므로 결코 복원될 것 같지 않다). 지도의 색깔이 두 가지로 제한되자 아버지는 몹시 실망하셨다. "두 번째 면지(야생지대 지도)에서 푸른색을 붉은색으로 바꾸는 바람에 지도가 훼손되었다"고 말씀하셨고, '스로르의 지도'에서 붉은색 대신 푸른색을 쓰는 것이 어떨지 생각하셨다. 아마도 최악의 사례로 아버지에게 큰 노고를 끼친 삽화는 책 표지였을 것이다. 원래 채색된 그림에는 붉은 태양과 붉은 용, 붉은 글씨의 제목이 있었고, 책등과 표지에 보이는 중앙의 큰 산 위에는 붉은빛이 감돌았다. 아버지는 그 그림을 4월에 보내셨는데, 너무 많은 색깔(푸른색, 초록색, 붉은색, 검은색)을 사용했다는 반대 의견이 있으리라고 예상하고 이렇게 쓰셨다.

> 이 문제는 붉은색 대신 흰색을 사용하고 태양을 빼거나 그 윤곽을 선으로 그려서 가능한 대로 개선함으로써 타결될 수 있을 겁니다. 하늘에 해와 달이 함께 떠 있는 것은 그 비밀 문과 관련된 마술을 가리킵니다. (chapter 3의 뒷부분. "지금도 저희는 가을의 마지막 달과 태양이 하늘에 동시에 떠 있을 때를 두린의 날이라고 하지요.")

이에 찰스 퍼스는 이렇게 답장을 보내왔다.

> 우리는 붉은색을 빼도록 제안하고 싶습니다. 제목이 흰색일 때 더 돋보이기 때문이고, 또한 저희가 커버에서 전적으로 만족스럽지 못한 단 한 가지 요소는 중앙의 산 위에 있는 붉은빛이기 때문입니다. 그것 때문에 저희 눈에는 산이 약간 케이크처럼 보이거든요.

그래서 아버지는 표지 그림을 다시 그리셨다. 그러고 나서 "나는 그 산더미 같은 케이크에 덮인, 눈에 거슬리는 분홍색 당의를 없앴습니다"라고 쓰셨다.

이제 표지는 푸른색, 검은색, 초록색으로 정리되었습니다. 태양과 용은 아직 붉은색으로 되어 있는데 그것도 뺄 수 있겠지요. 그럴 경우에는 태양이 사라지거나 검은색의 얇은 윤곽이 남겠지요. 나는 원본의 색깔이 훨씬 매력적이라고 생각합니다. 이런 말을 해도 좋다면, 내 아이들은 (아이들의 의견이 혹시라도 판단의 근거가 된다면) 중앙의 산 위의 붉은빛을 포함해서 원본을 훨씬 더 좋아합니다. 그렇지만 아이들에게 케이크를 연상시키기 때문에 매력적이었을지 모르지요.

찰스 퍼스는 완강했다. 그는 유감스럽지만 빨간색을 빼야 한다고 주장했다. 아버지는 최종 결과물을 보시고 "내게 가장 아쉬운 부분은 윤곽선만 남은 태양입니다. 하지만 어쩔 도리가 없다는 것을 깨달았습니다."라고 쓰셨다. 미국 판본의 표지는 다른 그림으로 출간되었는데, 그 편집인은 '현재의 책 표지가 지나치게 영국적인 디자인이라, 서적 판매를 혼란스럽게, 또는 부진하게 만들기 때문'이라고 했다. 이에 아버지께서는 "지금의 표지가 영국적인 디자인이라는 것을 알게 되어 기쁘군요. 하지만 나는 어떤 일이 있어도 당신들의 서적 판매를 부진하게 하거나 혼란스럽게 만들 생각은 없습니다."라고 답장을 보내셨다.

『호빗』이 출간된 지 3주 후, 스탠리 언윈은 아버지에게 "내년에는 많은 대중이 호빗에 관한 더 많은 이야기를 교수님께 듣게 되기를 기대할 겁니다!"라고 편지를 보내왔다. 아버지는 답장(1937년 10월 15일)에서 이렇게 말씀하셨다.

저는 약간 혼란스럽습니다. 호빗에 대해서는 더 할 말을 생각해 낼 수 없거든요. 골목쟁이 씨는 툭 집안과 골목쟁이 집안 양쪽의 성향을 충실하게 보여 준 듯합니다. 하지만 그 호빗이 '마지못해 들어간 세계'에 대해서는 할 말이 아주 많고, 이미 많은 글을 써 놓았습니다. 당신이 원하신다면, 원하시는 때에 그 원고를 보시고 어떻게 생각하는지 말씀해 주셔도 좋습니다. 저는 그 글이 『호빗』과 별개로 그 자체의 가치가 있는지, 혹은 출판할 상품으로서 가치가 있는지 C.S. 루이스 씨와 제 아이들의 의견 외에 다른 의견을 듣고 싶습니다. 그렇지만 『호빗』이 앞으로도 계속 읽힐 것이고 더 많은 수요가 있으리라는 것이 사실이라면, 저는 생각을 좀 더 발전시켜서, 이 소재에서 이끌어 낸 주제를 유사한 스타일로 유사한 독자들을 위해, 어쩌면 현재의 호빗도 포함해서 다룰 수 있는 방안을 찾아보겠습니다. 제 딸은 툭 집안에 관련된 어떤 면모를 꽤나 좋아합니다. 어느 독자는 간달프와 마법사에 관해 더 충실히 자세하게 다루어 주기를 바랍니다. 그러나 리처드 휴스가 지적한 곤란한 문제[3]와 같은 어두운 주제는 유감스럽게도 어디서나 나타납니다. 하지만 실제로는 그 무시무시한 것의 존재(그것이 변방에만 존재한다하더라도) 덕분에 이 세계에 상상의 신빙성이 부여된다고 나는 믿습니다. 안전한 요정의 나라는 어느 세계에도 충실하지 않은 거짓입니다. 지금 저는 골목쟁이 씨처럼 '휘청거리는' 느낌에 시달리고 있고, 스스로를 너무 심각하게 받아들이지 않기를 바랍니다.

그러나 당신의 편지는 제게 희미하게나마 희망을 일깨워 주었다고 솔직히 말해야겠군요. 앞으로는 의무와 욕구가 긴밀히 결합하여 함께 어우러지지 않을까 하고 생각하게 되었다는 뜻입니다. 저는 지난 17년간 거의 모든 휴가 시간을 당면한 금전

---

3) 리처드 휴스는 『호빗』에 대해 스탠리 언윈에게 편지를 보내어 이렇게 말했다. "내가 찾아낼 수 있는 단 하나의 곤란한 문제는 이 책의 일부분이 잠자리에서 읽어 주기에는 너무 무시무시하다고 생각하는 어른들이 있을 것이라는 점입니다."

적 필요(주로 의료비와 교육비)에 쫓겨 시험지 검토나 그와 유사한 일을 하면서 보냈습니다. 산문이든 운문이든 이야기를 쓰려면 이미 저당 잡힌 시간에서 종종 죄책감을 느끼며 시간을 훔쳐 내야 했습니다. 따라서 그 작업은 종종 중단되고 효율적이지 않았지요. 어쩌면 이제는 내가 절실하게 원하는 일을 하면서도 재정적 의무에 태만하지 않을 수 있을 것 같습니다. 어쩌면!

『실마릴리온』의 미완성 장시 「레이시안의 노래」(상고대의 중요한 이야기 중 하나와 관련된), 그리고 다른 작품들이 11월에 앨런 앤드 언윈 출판사에 보내졌다가 다음 달에 돌아왔다. 그것과 함께 보낸 12월 15일 자 편지에서 스탠리 언윈은 아버지에게 호빗에 관한 다른 책을 써 주십사고 강력히 요청했다. 그는 초판본이 거의 매진되었음을 알려 주면서 이렇게 썼다.

네 가지 색깔로 채색된 삽화[4]가 삽입된 중판본이 곧 도착하리라 예상하고 있습니다. 만일 당신의 친지들이 초판본을 꼭 갖고 싶다면 아직 그 책을 갖고 있는 어느 서점에서든 빨리 구매하는 편이 좋을 겁니다.

12월 16일에 아버지는 스탠리 언윈에게 답장을 보내셨다.

당신에게 보낸 글이 값어치가 있다는 생각을 미처 하지 못했

---

4) 초판본에는 컬러 삽화가 없었다. 아버지는 중판본에 채색된 삽화 네 장이 포함되었다는 말을 듣고 기뻐하셨지만 독수리 그림(7장 '기묘한 숙소'의 첫 문장을 예시하는 삽화)이 포함되지 않아 유감스러워하셨고 "그 그림이 실린 것을 보면 그저 좋았을 테니까."라고 말씀하셨다. 그 삽화는 미국 초판본에 포함되었다가 1978년 출간된 판본에 수록되었다. 미국 초판본에는 독수리 그림이 수록된 대신, 빌보가 뗏목요정들의 오두막에 이르는 내용의 삽화가 빠졌다.

습니다 ……. 그것과는 별개로, 『호빗』의 속편 혹은 그것을 계승하는 작품에 대한 요구가 있는 것은 명백한 것 같군요. 이 문제에 대해 생각해 보고 관심을 두겠다고 약속합니다. 그러나 정교하고 일관성 있는 신화(그리고 두 가지 언어)를 구축하는 작업은 제 마음을 일정 부분 독차지할 수밖에 없다는 것에 당신도 동의하시겠지요. 현재 실마리는 제 마음을 사로잡고 있습니다. 그러니 어떤 일이 일어날지 아무도 모르지요. 골목쟁이 씨는 그림(Grimm)의 동화에 나오는 인습적이고 변덕스러운 난쟁이들 속에서 일어나는 우스꽝스러운 이야기로 시작했고 그 가장자리로 끌려갔습니다. 그래서 그 가장자리 너머로 그 무시무시한 사우론도 살짝 엿보았지요. 그런데 호빗이 그 이상의 무엇을 할 수 있을까요? 그들은 우스꽝스러울 수 있지만, 그들의 희극은 보다 근본적인 것이 배경으로 설정되지 않으면 따분할 것입니다.

이로부터 사흘 후, 아버지는 다시 찰스 퍼스에게 편지를 쓰셨다.

나는 호빗에 관한 새로운 이야기의 첫 장, 「오랫동안 기다린 잔치」를 썼습니다.

이것이 『반지의 제왕』의 1장이었다.

1987년
크리스토퍼 톨킨

텍스트에 관하여

Douglas A. Anderson, 2001

『호빗』은 1937년 9월에 처음 발간되었다. 1951년에 발간된 재판(5쇄)의 5장 '어둠 속의 수수께끼'에는 상당히 수정된 부분이 들어 있었다. 이는 『호빗』의 줄거리를 당시 집필 중이던 그 속편, 『반지의 제왕』과 더 긴밀히 연결되도록 하기 위한 것이었다. 톨킨은 1966년 2월에 밸런타인 북스에서 발간한 미국 판본과 같은 해 말에 조지 앨런 앤드 언원 사가 발간한 영국 판본 3판(16쇄)에서도 몇 가지를 더 수정했다.

1995년 하퍼콜린스에서 발간한 영국 양장본에서 호빗의 텍스트는 워드 프로세싱 파일로 바뀌었고, 많은 오자와 오류가 수정되었다. 그 이후로 그 전산화된 텍스트 파일에서 『호빗』의 다양한 판본들이 만들어졌다. 본 텍스트를 위해서 우리는 그 파일을 예전 판본들과 한 줄씩 꼼꼼히 비교했고, 톨킨의 최종적인 의도에 최대한 근접할 텍스트를 제시하기 위해서 더 많은 부분을 수정했다.

『호빗』 텍스트에서 여러 차례에 걸쳐 수정된 부분에 관심 있는 독자들은 『주석 따라 읽는 호빗』(1988)의 부록 A 「텍스트와 수정에 관한 주석」과 더글러스 A. 앤더슨의 도움을 받아 웨인 G. 해먼드가 집필한 『J.R.R. 톨킨: 참고문헌 서술』(1993)을 참조하기 바란다.

더글러스 A. 앤더슨
2001

들어가며

ᚦᛖ·ᚺᚨᛒᛒᛁᛏ

ᛖᚱ

ᚦᛖᚱᛖ·ᚨᚾᛞ·ᛒᚨᚲᚲ·ᚨᚷᚨᛁᚾ

이 이야기는 아주 오래전에 있었던 일의 기록이다. 그 당시의 언어와 문자는 오늘날과는 전혀 달랐으므로, 여기에서는 그 언어를 영어로 옮겨 표현하고자 했다. 그런데 주목할 만한 점이 두 가지 있다. 첫째, 영어에서 난쟁이(dwarf)의 정확한 복수형은 dwarfs뿐이고 그 형용사형은 dwarfish이다. 이 기록에서는 dwarves와 dwarvish라는 단어가 사용되는데[1] 참나무방패 소린과 그의 동료들이 속했던 고대의 종족을 가리키는 경우에만 그러하다. 둘째, 오르크(orcs)는 영어에서 통용되는 단어가 아니다. 이 단어가 한두 군데에서 사용되기는 했지만 대개는 고블린(체구가 더 큰 종일 때는 호브고블린)으로 옮겨졌다. 오르크는 그 당시 호빗들이 그런 생물들에게 붙인 명칭이며, 돌고래류의 바다 동물을 가리키는 오늘날의 오르크(orc, ork)라는 단어와는 전혀 무관하다.

룬은 원래 나무와 돌 또는 금속 표면에 새겨 넣거나 긁어서 쓰는 데 사용되던 옛 글자여서 형태가 가늘고 각이 져 있었다. 이 이야기의 배경이 되는 시절에는 난쟁이들만이 룬 문자를 사용했고 특히 개인적이고 은밀한 기록을 남길 때 이용했다. 이 책에서는 그들의

---

1) 이렇게 표기한 이유는 『반지의 제왕』 해설 F 691~692쪽(특별판 1218쪽)에 제시되어 있다.

룬 문자를 영어식 룬으로 바꾸어 표기했지만 오늘날 그것을 아는 사람은 거의 없을 것이다. 스로르의 지도에 나온 룬 문자를 현대의 글자로 옮겨 적은 글과 비교해 보면, 현대 영어에 맞게 달라진 알파벳을 알아볼 수 있을 것이고 위에 룬 문자로 적힌 제목도 읽을 수 있을 것이다. 그 지도에는 X를 의미하는 ↛를 제외하고 통상적으로 쓰이던 룬 문자가 모두 제시되어 있다. I와 U는 각각 J와 V에도 사용된다. Q에 상응하는 룬 문자는 없었다(CW를 사용하라). 또한 Z에 해당되는 룬 문자가 없으므로 필요하다면 난쟁이들의 룬 문자인 ⋏를 사용할 수 있다. 하나의 룬 문자가 두 개의 현대 글자, 예컨대 th, ng, ee를 나타내기도 한다는 사실을 알 수 있을 것이다. 이와 같은 종류로서 ea를 나타내는 ⋎와 st를 나타내는 ⋈ 같은 룬 문자들도 때때로 사용되었다. 비밀 문은 D를 나타내는 ⋈ 로 표시되었다. 옆쪽에서 그 문을 가리키고 있는 손이 있으며 그 손 아래에 적힌 글은 다음과 같다.

ᚠᛁᚾᛖ᛫ᚠᚢᛏ᛫ᚻᛁᚷᚾ᛫ᚦᛖ᛫ᛞᚹᚱ᛫ᚠᛏᛞ᛫ᚦᚱᚷ᛫ᛗᚠᛗ᛫ᚠᚠᛏᚴ᛫ᚠᛒᚱᛗᚠᚺ᛬ᚦ᛫ᚦ᛫

마지막에 나오는 두 개의 룬 문자는 스로르와 스라인의 머리글자를 따서 만든 서명이다. 엘론드가 읽은 달빛 문자는 다음과 같다.

ᚺᛏᚠᚾᛖ᛫ᛒᚻ᛫ᚦᛖ᛫ᚷᚱᛗᚻ᛫ᚺᛏᚠᚾᛖ᛫ᚻᚻᛖᛖ᛫ᚦᛖ᛫ᚠᚱᚢᚺᚾ᛫ᚺᛏᚠᚾᚻᚻ᛫ᚠᚾ᛫ᛞ᛫ᚦᛖ᛫ᚻᚢᛏᛏᛁᚷ᛫ᚻᚢᛏ᛫ᚦᛁᚠ᛫ᚦᛖ᛫ᚠᚠᚻᛏ᛫ᛏᛁᚷᚻᛏ᛫ᚠᚠ᛫ᛞᚢᚱᛁᛏᚻ᛫ᛗᚠᚱ᛫ᚦᛁᚠᚠ᛫ᚻᚻᛁᛏᛖ᛫ᚢᚴᚱᛏ᛫ᚦᛖ᛫ᚴᛗᚱᚻᚠᚠᛖ᛫

지도에 그려진 나침판의 방위점은 룬 문자로 표시되어 있으며, 난쟁이들의 지도에서 흔히 그렇듯이 꼭대기를 동쪽으로 삼고 시계방향으로 돌면서 동(쪽), 남(쪽), 서(쪽), 북(쪽)을 가리킨다.

Roads go ever ever on,
Over rock and under tree,
By caves where never sun has shone,
By streams that never find the sea;
Over snow by winter sown,
And through the merry flowers of June,
Over grass and over stone,
And under mountains in the moon.

Roads go ever ever on
Under cloud and under star,
Yet feet that wandering have gone
Turn at last to home afar.
Eyes that fire and sword have seen
And horror in the halls of stone
Look at last on meadows green
And trees and hills they long have known.

길은 끝없이 이어지네,
바위 위로 나무 아래로,
햇빛이 비치지 않는 동굴 옆으로,
바다에 이르지 못하는 개울 옆으로,
겨울이 뿌린 눈을 넘어,
6월의 즐거운 꽃들 사이로,
풀밭을 넘어 돌멩이 위로,
그리고 달빛 속의 산아래로.

길은 끝없이 이어지네
구름 아래로 별 아래로,
그러나 방랑을 떠났던 발은
마침내 멀리 있는 집을 향하네.
불과 칼을 보았고
돌 궁전에서 공포를 보았던 눈이
마침내 초록 풀밭을 보고
오랫동안 알았던 나무들과 언덕을 본다네.

THE HOBBIT

OR THERE AND BACK AGAIN

Chapter 1

뜻밖의 파티

땅속 어느 굴에 한 호빗이 살고 있었다. 굴이라고는 하지만 지렁이가
우글거리거나 지저분하고 더럽고 축축하고 냄새나는 곳은 아니었
다. 그렇다고 해서 앉을 곳도 없고 먹을 것도 없이 마른 모래만 깔려
있는 건조한 굴도 아니었다. 그곳은 호빗의 굴이었고, 그 말은 곧 안
락한 곳이라는 뜻이다.

　그 굴에는 배의 창문처럼 동그란 초록색 문이 나 있는데, 그 문 한
가운데에는 반짝이는 노란색 놋쇠 손잡이가 달려 있었다. 문을 열
면 터널처럼 생긴 원통형 복도가 보였다. 연기가 끼지 않는 쾌적한
복도의 벽면은 네모난 판자로 장식되어 있었고, 타일 바닥에 깔린
카펫 위에는 광택이 도는 의자들이 놓여 있었다. 현관 입구의 벽에
는 모자와 코트를 걸도록 못들이 수없이 박혀 있었다. 이 호빗은 손
님맞이를 아주 좋아했던 것이다. 터널처럼 구불구불한 복도는 자로
잰 듯 똑바르지 않았지만 그래도 곧바로 근방의 몇십 리 안에 사는
사람들이 '언덕'이라 부르는 산비탈로 이어졌고, 복도 양옆으로 조
그맣고 둥근 문들이 번갈아 하나씩 나 있었다. 호빗들은 위층으로
올라갈 일이 없었다. 침실과 욕실, 술 저장실, 식품 저장실(저장실은
꽤 많다), 의상실(이 호빗은 방 여러 칸을 전부 옷으로 채워 두었다), 부
엌, 식당이 모두 같은 층에 있고, 사실상 하나의 복도로 연결되어 있
었다. 가장 좋은 방들은 모두 현관 왼쪽에 있는데 그쪽에만 창문이
있기 때문이었다. 깊이 파인 둥근 창문 너머로 그의 정원이 내다보
였고, 그 너머 강 쪽으로 경사진 풀밭이 펼쳐져 있었다.

이 호빗은 살림이 매우 넉넉했는데 그의 이름은 골목쟁이네 빌보였다. 골목쟁이 집안은 기억이 가물가물할 정도로 오랫동안 언덕에서 살아왔고, 이웃들은 그들을 매우 점잖은 가문이라고 생각했다. 왜냐하면 그 집안은 대대로 부유했을 뿐만 아니라, 모험이나 예상 밖의 행동을 한 적이 없었기 때문이다. 그래서 골목쟁이 집안의 호빗이 어떤 문제에 대해 뭐라고 대답할지는 괜히 성가시게 물어보지 않아도 알 수 있었다. 이 이야기는 골목쟁이 집안의 한 호빗이 어떻게 모험에 나서게 되었고 예상치 못한 행동과 말을 하게 되었는지를 보여 줄 것이다. 그는 이웃의 존경을 잃었을지 모르지만, 뭔가를 얻기도 했다. 글쎄, 그가 결국 무엇을 얻었는지는 나중에 알게 될 것이다.

우리의 이 각별한 호빗의 어머니는…… 아, 참, 그런데 호빗이란 무엇일까? 요즘에는 호빗에 대해 좀 설명을 해야 할 것 같다. 그들을 찾아보기 매우 어려워졌을 뿐 아니라, 그들이 큰사람이라고 부르는 우리를 보면 숨어 버리기 때문이다. 그들은 체구가 우리의 절반쯤되고, 수염이 텁수룩한 난쟁이들보다도 더 작은 종족이다. 호빗들은 턱수염이 나지 않는다. 그들은 마법을 거의, 아니 전혀 부릴 줄 모른다. 여러분이나 나같이 크고 어리석은 족속이 코끼리처럼 쿵쿵대며 어슬렁거리면 1, 2킬로미터 밖에서도 그 소리를 듣고 재빨리 조용히 사라지는 평범한 재주밖에 없다. 그들은 배가 불룩 나오는 경향이 있으며, 보통 초록색이나 노란색 같은 밝은색 옷을 즐겨 입는다. 신발은 신지 않는다. 발바닥이 천연 가죽처럼 질기고, 머리카락과 똑같이 굵고 곱슬곱슬한 갈색 털이 발을 따뜻하게 감싸 주기 때문이다. 재주 많은 갈색의 긴 손가락, 선량한 얼굴, 깊고 풍부한 웃음소리……. 가능하면 하루에 저녁을 두 번 먹고, 식사 후에는 특히 큰 소리로 웃는다. 이제 호빗에 대해 어느 정도 알았을 테니 이야기를 계속하도록 하자. 조금 전에 말한 이 호빗, 즉 골목쟁이네 빌보의 어머니는 그 유명한 툭네 벨라돈나이고, 언덕 아래로 흐르는 작은 강 건너편에 사는 호빗들의 우두머리인 툭 노인의 훌륭한 세 딸 중 하나였다. 다른 집안에서 수군대는 말에 의하면 오래전에 툭 집안의 조상 중 한 명은 요정을 아내로 얻었다고 한다. 물론 황당한 이야기지만 분명 그들에게는 호빗답지 않은 데가 있었고, 간혹 툭 집안의 한두 명은 어디론가 모험을 떠나곤 했다. 그들은 조심스럽게 사라졌고 가족들은 입을 다물었다. 하지만 그런 사실 때문에, 툭 집안은 분명 더 부자이기는 했지만 골목쟁이 집안만큼 존경을 받지는 못했다.

그렇다고 툭네 벨라돈나가 골목쟁이네 붕고의 부인이 된 다음에 모험을 떠났다는 말은 아니다. 빌보의 아버지인 붕고는 아내를 위해 (그녀의 돈도 일부 들여서) 언덕 아래와 언덕 너머, 그리고 믈강 건너에 이르기까지 찾아보기 어려운, 대단히 호화로운 호빗굴집을 지었고 그들은 그 집에서 평생 살았다. 그녀의 외아들인 빌보는 외모나 행동이 견실하고 유쾌한 게 아버지를 복제해 놓은 듯 똑 닮았다. 하지만 툭 집안에서 이어받은 뭔가 약간 기묘한 기질이 숨어 있어서 언제일지 모르지만 그 기질이 발현될 기회를 기다리고 있을지도 모를 일이었다. 그러나 골목쟁이네 빌보가 쉰 살에 이르러 성인이 되었어도 그 기회는 오지 않았다. 그는 아버지가 지은 그 아름다운 호빗굴집에서 살았고 사실상 확고하게 뿌리를 내리고 정착한 것 같았다.

오래전, 세상이 지금보다 훨씬 더 고요하고 초록빛 풀이 더 무성하고 호빗들이 더욱 번성하던 시절의 어느 아침에 골목쟁이네 빌보는 아침을 먹은 뒤 그의 집 문 앞에 서서 말끔하게 빗질한 털로 뒤덮인 발가락에 닿을 정도로 기다란 나무 담뱃대를 물고 담배를 피우고 있었다. 바로 그때 간달프가 그 앞을 지나간 것은 참으로 묘한 우연이었다. 간달프라! 내가 그에 관해 들은 이야기는 아주 조금밖에 되지 않지만, 만일 내가 들은 이야기의 반의 반만 들었더라도 여러분은 아주 놀라운 이야기를 기대할 것이다. 그가 가는 곳 어디에나 이야기와 모험이 싹트듯 생겨났는데, 그것도 아주 놀라운 것들뿐이었다. 그는 친구였던 툭 노인이 죽은 후로 오랫동안 언덕 아래 땅을 밟지 않았다. 그래서 호빗들은 사실 그의 얼굴을 거의 기억하지 못했다. 지금의 어른 호빗들이 어린아이였던 시절에 그는 볼일을 보러 언덕을 넘고 물강을 건너 멀리 떠나서는 돌아오지 않았던 것이다.

그날 아침 빌보의 무심한 눈길에 들어온 것은 지팡이를 든 어떤 노인이었다. 그 노인은 기다랗고 뾰족한 푸른색 모자를 쓰고 긴 회색 망토에 은색 스카프를 두르고 있었다. 스카프 위로 흘러내린 흰 수염이 허리춤 아래로 늘어졌고 검은색 구두는 매우 큼지막했다.

"좋은 아침입니다!"

빌보는 이렇게 말했고, 이 말은 진담이었다. 태양이 화창하게 빛나고 있었고 풀밭은 온통 신록으로 푸르렀다. 그러나 간달프는 그늘진 모자 테보다 더 튀어나온 길고 짙은 눈썹 밑에서 그를 바라보며 말했다.

"그건 무슨 뜻인가? 내게 좋은 아침이 되기를 바란다는 말인가, 아니면 내가 원하든 원치 않든 좋은 아침이란 뜻인가? 그것도 아니면, 오늘 아침에 자네 기분이 좋다는 말인가, 아니면 뭔가를 하기에 좋은 아침이란 말인가?"

"그 모두 다입니다. 게다가 문밖에서 담배 피우기에도 아주 좋은 아침이지요. 혹시 담뱃대를 갖고 계시면 제 담배를 넣어서 태우시지요. 서두를 필요가 없습니다. 아직 하루해가 창창하게 남았으니까요!"

이렇게 말하면서 빌보는 문 옆 의자에 다리를 꼬고 앉아서 연기를 내뿜어 아름다운 회색 고리를 만들었다. 그것은 흩어지지 않고 그대로 공중으로 올라가 언덕 너머로 흘러갔다.

"아주 멋지군! 하지만 오늘 아침에는 연기 고리를 만들 시간이 없네. 실은 지금 준비하고 있는 모험에 같이 갈 사람을 구하고 있는데 찾기 어렵구먼."

"그럴 겁니다. 아마도 이 근방에서는요! 저희는 평범하고 얌전하

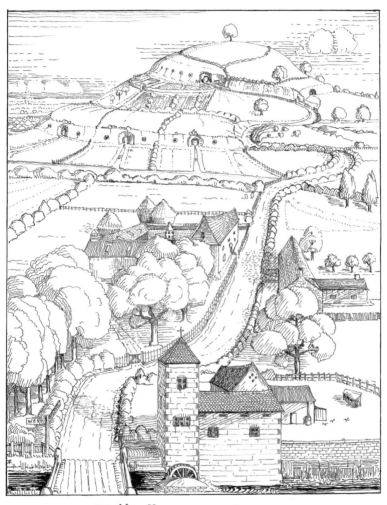

The Hill: Hobbiton across the Water.

언덕: 물강 건너 호빗골

거든요. 모험을 좋아하지 않지요. 모험이란 불쾌하고 당혹스럽고 불편한 것투성이거든요! 저녁 식사에 늦게 되고요! 모험의 좋은 점이라고 봐줄 만한 게 뭐가 있는지 모르겠어요."

우리의 골목쟁이네는 이렇게 말하며 엄지손가락을 바지 멜빵 뒤에 끼워 넣고는 연기를 내뿜어 더 큰 고리를 만들었다. 그러고는 아침 편지를 꺼내 읽기 시작하면서 노인을 더 이상 신경 쓰지 않는 척했다. 그는 노인이 자기와 같은 부류가 아님을 알아채고 빨리 가 버리기를 바랐다. 그러나 노인은 미동도 하지 않았다. 그는 지팡이에 기대서서 말없이 호빗을 바라보았다. 빌보는 마음이 불편하다 못해 나중에는 약간 화가 났다.

그는 견디다 못해 말했다.

"좋은 아침입니다! 고맙습니다만, 여기 사는 이들은 모험을 바라지 않습니다! 언덕 너머나 물강 건너에 가서 알아보시지요."

이 말로 그는 대화가 끝났음을 암시했다.

"자네는 '좋은 아침'이라는 말을 참 여러 가지 뜻으로 사용하는군! 이제 그 말은 내게서 벗어나고 싶고, 내가 가 버릴 때까지 자네 마음이 편치 않을 거라는 뜻이군."

"천만에요, 그럴 리가 있나요, 친애하는 어르신! 가만있자, 어르신의 성함을 모르는 것 같군요."

"그래, 그래, 친애하는 어르신이라. 그런데 나는 자네 이름을 알고 있네, 골목쟁이네 빌보. 그리고 자네도 내 이름을 알고 있어. 그게 내 이름이라는 걸 알지 못할 뿐이지. 내가 간달프야. 간달프가 바로 나라네! 내가 문밖에서 물건 파는 행상인처럼 툭네 벨라돈나의 아들에게 좋은 아침이란 소리를 들을 때까지 살게 될 줄이야!"

"간달프, 간달프! 맙소사! 툭 할아버지께 저절로 조여져 명령을 받을 때까지 풀어지지 않는 마술 다이아몬드 단추를 주셨던, 그 방랑하는 마법사 말인가요? 파티에서 용과 고블린, 거인 이야기, 공주를 구출한 사건이나 과부 아들이 얻은 뜻밖의 행운에 대해 재미난 이야기들을 들려주셨던 그분이라고요? 특히 멋진 불꽃을 일으키시곤 했던 그분이라고요? 불꽃놀이가 기억나요. 외할아버지께서 하지 전날 저녁에 그 불꽃들을 쏘아 올리곤 했어요. 대단했지요! 커다란 백합과 금어초와 금련화 모양의 불꽃이 하늘로 날아올라 저녁 내내 어스름 속에 걸려 있었어요."

골목쟁이네가 스스로 생각하듯이 그렇게 몰취미한 호빗은 아니고 꽃을 매우 좋아한다는 것을 여러분은 벌써 알아차렸을 것이다.

"아니! 그 많은 차분한 젊은이들이 미친 듯이 모험을 찾아 아득히 먼 곳으로 떠나게 했던 그 간달프라고요? 나무에 올라가거나 요정들을 방문하러, 아니면 배를 타고 다른 해안들을 항해하러 말이죠! 정말 세상은 옛날이 훨씬 더 재미, 아니, 제 말은 당신이 옛날에 이 마을을 완전히 뒤집어 놓곤 했다는 거죠. 죄송합니다만, 아직까지도 그런 일을 하고 계신 줄은 전혀 몰랐어요."

"내가 달리 뭘 하고 있어야 하겠나? 어쨌든 자네가 나에 관해 뭔가를 기억하고 있으니 기쁘군. 적어도 불꽃놀이를 즐거운 기억으로 간직하고 있는 것 같으니 희망이 없는 건 아니야. 실로 자네의 툭 할아버지와 가엾은 벨라돈나를 생각해서라도 자네가 원하는 걸 주도록 하겠네."

"죄송합니다만, 전 뭘 원한 적이 없는데요."

"아니, 그랬어. 지금 두 번이나 말하지 않았나, 죄송하다고. 그러니 내 용서를 원한다는 뜻이지. 그래, 용서해 주지. 실은 더 나아가서 자네를 이 모험에 보내 주겠네. 나에게는 재미있는 일이고 자네에게는 아주 좋은 경험이 될 걸세. 그리고 자네가 해낼 수만 있다면 상당한 수익을 얻을 수도 있을 거야."

"미안합니다! 감사하지만 전 어떤 모험도 원하지 않아요. 아무튼 오늘은 아니에요. 좋은 아침입니다! 하지만 언제든 원하실 때 차를 드시러 오세요. 내일은 어떨까요? 내일 오세요. 안녕히 가세요!"

이렇게 말하며 호빗은 돌아서서 허둥지둥 둥근 초록색 문으로 들어가 재빨리, 하지만 무례하게 보이진 않도록 문을 닫았다. 어쨌든 마법사는 마법사니까.

'도대체 내가 뭐하러 간달프에게 차를 마시러 오라고 했지!'

그는 중얼거리며 식료품실로 갔다. 아침을 먹은 지 얼마 되지 않았지만 케이크 한두 조각과 마실 것 한 잔이 있으면 놀란 가슴이 진정될 것 같았다.

그동안 간달프는 한참 문밖에 서서 조용히 웃고 있었다. 잠시 후 그는 지팡이에 달려 있는 긴 못으로 호빗의 아름다운 초록 현관문을 긁어 이상한 표시를 만들고는 성큼성큼 걸어갔다. 바로 그때 두 번째 케이크를 해치운 빌보는 모험에서 벗어나게 되어 아주 다행이라고 생각하고 있었다.

다음 날이 되자 빌보는 이미 간달프를 거의 잊고 있었다. 그는 약속을 수첩에 적어 두지 않으면 잘 기억하지 못했다. 가령 '간달프 차 수요일', 이렇게 말이다. 하지만 어제는 너무 당황한 나머지 적어 둘 생각도 못 했던 것이다.

차 마실 시간이 되기 바로 직전에 현관에서 벨이 요란하게 울렸다. 그제야 빌보는 기억을 떠올렸다! 그는 급히 달려가 찻주전자를 올려놓고 찻잔과 받침 접시, 케이크 한두 조각을 더 꺼낸 후 문으로 달려갔다.

"기다리시게 해서 죄송합니다!"라고 말하려다 보니 문 앞에 서 있는 이는 간달프가 아니었다. 푸른 수염을 황금 허리띠 아래 쑤셔 넣고 암녹색 두건 밑에서 부리부리한 두 눈을 반짝이는 난쟁이였다. 문이 열리자마자 난쟁이는 고대하던 손님이라도 되는 양 밀치고 들어왔다.

그는 제일 가까운 못에 두건 달린 외투를 걸어 놓고 허리를 깊이 숙여 인사하며 말했다.

"당신께 봉사하겠습니다. 드왈린입니다."

"당신께 봉사하겠습니다. 골목쟁이네 빌보입니다."

그 순간 호빗은 너무 놀라서 아무것도 묻지 못하고 이렇게 말했다. 잠시 어색한 침묵이 흐른 후 빌보가 덧붙였다.

"이제 막 차를 마시려던 참입니다. 들어오셔서 함께 드시지요."

약간 딱딱한 말투이기는 했지만 그래도 친절한 말이었다. 여러분 같으면 초대받지 않은 난쟁이가 아무런 해명도 없이 갑자기 집 안으로 들어와서 옷을 벗어 건다면 어떻게 하겠는가?

그들은 테이블에 그리 오래 앉아 있지 않았다. 실은 세 번째 케이크를 막 먹기 시작하려는데 아까보다 더 크게 벨 소리가 울렸다.

"실례합니다!"

호빗은 이렇게 말하고 문으로 달려갔다.

이번에야말로 "오셨군요!"라고 간달프에게 말할 작정이었다. 그러나 간달프가 아니었다. 그 대신 흰 수염을 늘어뜨리고 붉은 두건을 쓴 폭삭 늙어 보이는 난쟁이가 계단 위에 서 있었다. 그도 초대받은 손님이라도 되는 양, 문이 열리자마자 단숨에 뛰어들었다.

"보아하니 일행이 벌써 도착하기 시작했군."

그 난쟁이는 벽에 걸린 드왈린의 녹색 두건을 보고 말했다. 그는 그 옆에 붉은 두건을 걸고 나서 가슴에 손을 얹고 말했다.

"당신께 봉사하겠습니다. 발린입니다."

"감사합니다."

빌보는 숨이 가빠 헐떡거리며 말했다. 이렇게 대답하는 게 올바른 인사말은 아니지만, "일행이 벌써 도착하기 시작했군"이란 말 때문에 몹시 심란해졌던 것이다. 그는 손님맞이를 좋아했지만 손님들이 도착하기 전에 누가 올 것인지를 미리 알고 있는 게 좋았고, 또 자신이 직접 초대하는 것이 좋았다. 케이크가 동나지 않을까 하는 무시무시한 생각이 떠올랐다. 만일 그런 사태가 벌어진다면, 집주인으로서 주인의 의무를 잘 알고 있고 아무리 괴로워도 그건 지켜야 하니까 자신은 케이크를 먹지 않아야 하리라.

"들어오셔서 차라도 좀 드세요!"

그는 심호흡을 하고는 간신히 말했다.

"폐가 안 된다면 맥주가 더 좋은데요. 케이크도 싫지는 않지만, 혹시 씨앗 케이크가 있으면 더 좋겠는데."

흰 수염의 발린이 말했다.

"많습니다!"

스스로 놀랍게도 빌보는 이렇게 대답하고 곧바로 술 저장실로 달려가 1파인트 맥주잔을 채웠고, 그런 다음 저녁 식사 후에 먹으려고 오후에 구워 놓은 둥글고 먹음직스러운 씨앗 케이크 두 조각을 가지러 식료품실로 뛰어갔다.

빌보가 거실로 돌아왔을 때 발린과 드왈린은 오랜 친구처럼 식탁에서 이야기를 나누고 있었다(사실 그들은 형제였다). 빌보가 그들 앞에 맥주와 케이크를 털썩 내려놓자 현관 벨이 다시 울렸다. 그리고 한 번 더 울렸다.

'이번엔 분명 간달프야.'

그는 이렇게 생각하며 복도를 달려갔다. 하지만 이번에도 아니었다. 푸른 두건과 은색 허리띠 그리고 노란 수염에 연장이 든 자루와 삽을 들고 있는 난쟁이 두 명이었다. 문이 열리자마자 그들이 안으로 뛰어드는 바람에 빌보는 놀랄 겨를도 없었다.

"뭘 도와드릴까요. 난쟁이분들?"

"당신께 봉사하겠습니다. 킬리입니다."

한 명이 이렇게 말하자 다른 한 명이 덧붙였다.

"그리고 필리입니다!"

그들은 푸른 두건을 벗으며 고개 숙여 인사했다.

"당신과 당신 가족들에게도 봉사하겠습니다!"

빌보가 이번에는 예법을 기억해 내고 이렇게 인사했다.

"보아하니 드왈린과 발린이 벌써 온 것 같은데. 우리도 무리에 끼자!"

킬리가 말했다.

'무리라고! 난 그 발음이 마음에 안 들어. 잠깐 앉아서 한 잔 마시며 생각을 좀 가다듬어야겠어.'

그는 이렇게 생각하며 구석에서 차를 딱 한 모금 마셨다. 그동안 식탁에 둘러앉은 네 난쟁이는 광산이며 황금이며 고블린과의 싸움이나 용들의 약탈에 대해서, 그리고 그가 이해하지도 못하고 또 너무나 모험적으로 들리기에 알고 싶지도 않은 일들에 대해 이야기를 나누고 있었다. 그때 마치 장난꾸러기 호빗이 문고리를 뽑아 버리려고 하는 듯 '딩동댕동' 벨이 다시 울렸다.

"누가 또 온 모양입니다!"

빌보가 눈을 끔뻑이며 말했다. 그러자 필리가 대답했다.

"네 명 같은데요, 소리를 들어 보면. 그렇지 않아도 멀리서 우리 뒤를 따라오는 걸 봤거든요."

불쌍한 호빗은 복도에 앉아 머리를 감싸 안고 생각했다. 도대체 무슨 일이 일어난 걸까? 앞으로는 어떤 일이 벌어지려나? 저 난쟁이들이 저녁 식사 시간까지 계속 머물 작정은 아닐까? 그런데 이번에는 벨 소리가 전보다 더 요란하게 울려서 그는 깜짝 놀라 문으로 달려갔다. 넷이 아니라 다섯이었다. 그가 복도에서 생각에 잠겨 있는 동안 난쟁이가 한 명이 더 온 것이었다. 빌보가 손잡이를 돌리자마자 모두들 안으로 들어와 절을 하며 차례대로 "당신께 봉사하겠습니다."라고 인사했다. 그들의 이름은 도리, 노리, 오리, 오인, 그리고 글로인이었다. 자줏빛 두건 둘, 회색, 갈색, 흰색 두건이 하나씩 곧장 못에 걸렸고, 그들은 제각각 금제, 은제 허리띠에 넓적한 손을 찔러 넣고 거실로 들어가 다른 이들과 합류했다. 벌써 큰 무리가 이루어져 있었다. 몇 명은 맥주, 몇 명은 흑맥주, 한 명은 커피, 그리고 모두들 케이크를 달라는 바람에 호빗은 한동안 정신없이 바빴다.

화덕에 커다란 커피 주전자가 올랐고 씨앗 케이크는 동이 났다. 난쟁이들이 버터 스콘에 손을 대기 시작할 때, 커다란 노크 소리가 들려왔다. 벨을 누르는 것이 아니라 호빗의 아름다운 초록색 문을 탕탕 두드리는 소리였다. 누군가 지팡이로 두드리는 것이다!

빌보는 너무도 화가 나고 또 한편으로는 몹시 당혹스럽고 괴로운 심정으로 복도를 쏜살같이 달려갔다. 그가 기억하기로 그날처럼 괴상한 수요일은 다시 없었다. 그가 손잡이를 갑자기 홱 잡아당기자 모두들 함께 쏟아지듯 넘어지며 들어왔다. 난쟁이들이 또 있었다. 그것도 네 명씩이나! 그리고 그 뒤엔 간달프가 지팡이에 기대선 채 웃고 있었다. 그는 예쁜 초록 문을 지팡이로 두들겨서 움푹 들어간 자국을 만들었고, 그러면서 전날 아침에 거기에 새겨 둔 비밀 표시를 지웠다.

"조심! 조심해야지! 이건 자네답지 않네, 빌보. 친구들이 밖에 서 있는데 그렇게 장난감 총을 쏘듯이 문을 홱 잡아당기다니. 자, 비푸르, 보푸르, 봄부르 그리고 특히 소린을 소개하지."

간달프가 말했다.

"당신께 봉사하겠습니다!"

비푸르와 보푸르, 그리고 봄부르가 나란히 서서 인사했다. 그들은 노란 두건 두 개, 연녹색 하나 그리고 긴 은빛 술이 달린 하늘빛 푸른 두건을 걸어 놓았다. 제일 끝에 걸린 두건은 엄청나게 중요한 난쟁이, 소린의 것이었고, 그가 바로 그 유명한 참나무방패 소린이었다. 그는 발수건 위로 고꾸라져 넘어진 데다 비푸르, 보푸르, 봄부르 밑에 깔렸으므로 몹시 불쾌한 기분이었다. 더구나 봄부르는 엄청나게 무거운 뚱보였다. 사실 소린은 아주 오만한 난쟁이였기에 '봉사'라는 말은 입에 올리지도 않았다. 그러나 가엾은 골목쟁이네가 너무나 여러 차례 사과했기 때문에 "이제 그만하게"라고 퉁명스럽게 말하며 찌푸린 인상을 거두었다.

"이제 다 모였군!"

간달프는 외투에서 떼어 낼 수 있는 훌륭한 파티용 두건이 나란히 열세 개 걸린 것을 바라보며 자기 모자를 못에 걸었다.

"아주 즐거운 모임이군! 늦게 온 사람도 먹고 마실 게 좀 남아 있으면 좋겠는데! 저게 뭔가, 차? 아니, 됐네! 나는 적포도주만 조금 마시면 좋겠네."

"나도 그렇소."

소린이 말했다.

"나무딸기 잼과 사과 파이."

비푸르가 말했다.

"고기 파이와 치즈."

보푸르가 말했다.

"돼지고기 파이와 샐러드."

봄부르가 말했다.

"케이크 좀 더, 맥주하고, 괜찮으면, 커피도요."

문틈으로 다른 난쟁이들이 외쳤다.

"계란 몇 개 더 올려 주게. 그럼 고맙겠네!"

식료품실로 터벅터벅 걸어가는 호빗 등 뒤에서 간달프가 소리쳤다.

"찬 닭고기와 오이 피클도 좀 내오지!"

'내 식료품실들 안에 뭐가 있는지 나만큼 잘 아는 것 같아!'

골목쟁이네는 이렇게 생각했다. 이제 완전히 어리둥절한 마음으로 빌보는 몹시 고약한 모험이 바로 자기 집에서 벌어진 게 아닌가 걱정이 들기 시작했다. 술병과 접시, 칼과 포크, 잔과 쟁반, 숟가락과 그 밖의 모든 것들을 큰 쟁반에 담고 나서는 열이 올라 얼굴이 빨개지고 약이 올랐다. 그래서 그는 큰 소리로 외쳤다.

"이 성가신 골칫덩어리 난쟁이들! 와서 좀 도와주면 안 되나?"

그런데, 맙소사! 부엌 문 앞에 발린과 드왈린, 그리고 그 뒤엔 필리와 킬리가 서 있었다. 순식간에 그들은 쟁반을 뺏어 들고 작은 식탁 두 개를 응접실로 가지고 가서 새로 상을 차려 놓았다.

상석에 앉은 간달프를 중심으로 열세 명의 난쟁이들이 빙 둘러앉았다. 빌보는 난롯가의 작은 의자에 앉아서 비스킷을 조금씩 베어 먹으며 (이미 식욕은 멀리 달아난 후였다) 이 모든 일은 흔히 있을 수 있는 일이고 모험이 전혀 아닌 것처럼 보이려고 애썼다. 난쟁이들은 먹고 또 먹고 끊임없이 이야기를 이어 갔다. 그렇게 시간은 자꾸만 흘러갔다. 마침내 그들이 의자를 뒤로 밀고 일어서자 빌보는 접시와 컵들을 치우려고 일어났다.

"저녁때까지 계실 거죠?"

빌보는 아주 정중하지만 꼭 간청하는 것은 아닌 어투로 말했다.

"물론이지! 그 후에도 말일세. 밤늦게까지 일이 끝나지 않을 테니까. 먼저 노래부터 부르세. 자, 이제 치우지!"

소린이 이렇게 말하자 열두 명의 난쟁이들은 벌떡 일어나 그릇들을 높이 쌓았다. 물론 소린은 너무나 중요한 인물이었기에 간달프와 이야기를 나누었다. 난쟁이들은 쟁반도 없이 접시를 산더미처럼 쌓아 올리고 그 위에 병까지 올려놓은 채 한 손으로 들고 갔다. 호빗이 깜짝 놀라 쫓아가며 끽끽거리듯 새된 소리로 "조심해 주세요. 제발, 내가 할게요." 하고 말리려 했지만 난쟁이들은 들은 척도 하지 않고 노래를 부르기 시작했다.

컵을 부수고 접시를 박살 내자!
나이프를 무디게 하고 포크를 구부리자!

이게 바로 골목쟁이네 빌보가 싫어하는 짓!
　　병을 깨뜨리고 마개를 태워라!

식탁보를 찢고 비계를 밟아 뭉개자!
　　부엌 바닥에 우유를 쏟아부어라!
침대 매트에 뼈다귀를 내던져라!
　　문마다 포도주를 뿌려라!

끓는 물통에 그릇을 내동댕이쳐라!
　　큰 방망이로 두들겨라!
다 끝났는데도 멀쩡하거든
　　복도로 굴려 버려라!

이게 바로 골목쟁이네 빌보가 싫어하는 짓!
　　그러니 접시를 조심, 조심!

　물론 그들이 그런 끔찍한 일을 저지르지는 않았다. 난쟁이들이 번개처럼 신속히 그릇들을 깨끗하게 치우고 안전하게 정돈하는 동안, 호빗은 부엌 한가운데서 빙빙 돌면서 그들이 무엇을 하고 있는지 바라보았을 뿐이다. 그들이 거실로 돌아왔을 때 소린은 난롯가에 발을 얹은 채 파이프 담배를 피우고 있었다. 그는 아주 커다란 연기 고리를 내뿜어 굴뚝 위로, 벽난로의 시계 뒤로, 탁자 밑으로, 천장 주위로, 자기가 원하는 곳 어디로나 날려 보냈다. 하지만 그 고리들은 간달프를 피할 만큼 재빠르지는 않았다. 팝! 간달프는 짤막한 사기 담뱃대로 좀 더 작은 연기 고리를 만들어 소린의 연기 고리 속으로 보내곤 했다. 간달프의 연기 고리들은 초록색으로 변하여, 다시 마법사에게 돌아와 그의 머리 위를 떠다녔다. 연기 고리들이 구름

처럼 마법사를 둘러싸자 어두운 불빛 속에서 그의 모습은 기이하고
도 요상해 보였다. 빌보는 연기 고리를 좋아했으므로 가만히 서서 바
라보았다. 그러다가 바로 어제 아침에 자기가 자랑스럽게 바람에 실려
언덕 위로 날려 보낸 연기 고리를 생각하고는 얼굴을 붉혔다.

"자, 이제 음악을 연주하지! 악기를 가져오게."

소린이 말했다.

킬리와 필리는 그들의 자루가 있는 곳으로 달려가 작은 바이올린
을 가져왔다. 도리와 노리, 오리는 외투에서 피리를 꺼냈고, 봄부르는
복도에서 드럼을 가져왔다. 비푸르와 보푸르도 달려 니기 지팡이들
사이에 세워 두었던 클라리넷을 가져왔다. 드왈린과 발린이 말했다.

"아, 내 건 현관에 놔두었는데요."

그러자 소린이 말했다.

"내 것도 같이 가져오게."

그들은 자기 몸집만 한 비올과 초록색 천에 감싸인 소린의 하프
를 들고 왔다. 아름다운 황금 하프였다. 소린이 하프를 켜자 그 순간
너무도 갑자기 감미로운 음악이 울려 퍼지는 바람에 빌보는 그 밖
의 모든 것을 잊고 말았다. 그는 물강 너머 멀리, 언덕 아래 자기 호
빗굴에서 아주 멀리 떨어진, 기이한 달들이 떠 있는 어두운 땅으로
실려 가는 느낌이었다.

언덕 쪽으로 나 있는 작은 창문으로 어둠이 밀려들었고 벽난로에
서 타오르는 불빛이 깜박거렸다. 아직 4월이었다. 그들이 연주를 계
속하는 동안, 벽에 비친 간달프의 수염 그림자가 끊임없이 흔들렸다.

어둠이 방 안을 가득 채우고 난롯불도 사그라져 그림자마저 사라
졌지만 그래도 그들은 연주를 멈추지 않았다. 갑자기 한 명이 노래
를 시작하자 다른 한 명이 따라 부르기 시작했다. 그들은 연주를 계
속하면서, 아득한 옛날 깊은 동굴 집에서 부르던 난쟁이들의 굵직한
목소리로 노래를 이어 갔다. 가락 없이 그들의 노래를 옮길 수 있다

면 그 일부는 다음과 같다.

차가운 안개산맥 너머
깊은 지하 감옥, 오래된 동굴로
동이 트기 전에 떠나자.
희미하게 빛나는 마법의 금을 찾아서.

옛날 옛적의 난쟁이들은 강력한 주문을 걸었지,
높은 산 아래 텅 빈 궁전,
사악한 것들이 잠들어 있는 깊은 곳에
망치 소리가 종소리처럼 울려 퍼졌네.

고대의 왕과 요정 군주를 위해
수없이 빛나는 금덩이를
모양내고 두드리고, 빛을 붙잡아
칼 손잡이의 보석에 숨겨 두고.

꽃처럼 피어난 별들을
은목걸이에 줄줄이 엮었다네.
왕관에는 용의 화염을 매달고
달빛과 햇빛을 철사 그물로 옭아매고.

차가운 안개산맥 너머
깊은 지하 감옥, 오래된 동굴로
날이 밝기 전에 떠나자.
오랫동안 잊혔던 황금을 찾아서.

거기서 그들은 자기들이 쓸 술잔과
황금 하프를 조각했지. 인간이 들어가지 않는 곳
그곳에서 그들은 오래 살았고
인간도 요정도 들어 보지 못한 많은 노래를 불렀지.

높은 언덕에서 포효하는 소나무
한밤중에 신음하는 바람
붉은 불빛은 너울너울 번져 가고
횃불처럼 환히 타오르는 나무들.

작은 골짝엔 종이 울렸고
인간들은 핼쑥한 얼굴로 올려다보았네.
불보다 더 무시무시한 용의 분노가
힘없는 탑들과 집들을 쓰러뜨렸지.

달빛 아래 그 산에서 연기가 솟아오르고
난쟁이들은 들었네, 몰락의 운명이 짓밟는 소리.
궁전에서 달아나다 쓰러져 죽었지
그의 발밑에서, 달빛 아래에서.

험준한 안개산맥 너머로
깊은 지하 감옥, 어둑한 동굴로
떠나자, 동트기 전에,
그에게서 우리의 하프와 황금을 되찾으러!

그들이 노래를 부르는 동안 호빗은 난쟁이들의 손과 노련한 솜씨,
마술로 만들어진 아름다운 것들에 대한 사랑이 솟아오르고 있는

걸 느꼈다. 그것은 시기심 어린 격렬한 사랑이었고 난쟁이들 마음에 깊이 박혀 있는 욕망이었다. 바로 그 순간 툭 집안의 기질이 그의 내면에서 깨어났다. 그는 길을 떠나 거대한 산들을 보고 싶었다. 소나무가 울부짖는 소리와 폭포 소리가 듣고 싶었고, 지팡이 대신 칼을 차고 동굴을 탐험하고 싶은 욕구를 느꼈다. 그는 창밖을 내다보았다. 숲 위 어두운 하늘에는 별들이 총총 떠 있었다. 그는 캄캄한 동굴 속에서 반짝이는 난쟁이들의 보석을 생각했다. 갑자기 물강 건너 숲에서 누군가가 나무에 불을 지른 듯 불꽃이 솟아올랐다. 그는 조용한 자기 마을 언덕 위에 용들이 내려앉아 노략질을 하며 마을을 통째로 불태운다고 상상했다. 그러자 온몸이 부들부들 떨렸다. 그러고는 곧바로 언덕 아래 골목쟁이집의 평범한 골목쟁이네로 다시 돌아왔다.

그는 몸을 떨며 일어섰다. 등불을 가져올 생각은 별로 없었지만 그런 척하면서 방을 나서고 싶었다. 술 저장실의 맥주통 뒤에 숨어서 난쟁이들이 다 돌아갈 때까지 나오고 싶지 않은 마음이 굴뚝같았다. 갑자기 그는 음악과 노래가 그쳤음을 깨달았다. 난쟁이들이 모두 어둠 속에서 빛나는 눈으로 그를 응시하고 있었다.

"어디 가려는 겐가?"

마치 호빗의 마음을 다 꿰뚫어 보고 있다는 듯 소린이 말했다.

"불을 좀 켜면 어떨까요?"

빌보가 변명하듯 말했다. 난쟁이들이 다 같이 말했다.

"우리는 어둠을 좋아해. 은밀한 작업을 하는 데는 어두운 게 좋으니까! 새벽이 오기 전까지는 아직 시간이 많아."

"물론이죠!"

빌보는 이렇게 말하며 서둘러 앉았다. 그러다 의자가 아니라 난롯가에 앉는 바람에 부지깽이와 삽이 요란한 소리를 내며 넘어졌다.

"자! 조용히 하고 이제 소린의 이야기를 들어 보세!"

간달프가 말했다. 그러자 소린은 이렇게 이야기를 시작했다.

"간달프와 난쟁이들, 그리고 골목쟁이네! 우린 우리의 친구이자 동료 공모자이며 가장 뛰어나고 대담한 호빗의 집에 다들 모였습니다. 그의 발털이 영원히 빠지지 않기를! 그의 포도주와 맥주에도 찬사를 보냅니다!"

이 부분에서 그는 숨도 돌릴 겸 호빗의 답례 인사말을 기대하며 잠시 말을 멈췄다. 그러나 그 찬사는 가엾은 골목쟁이네 빌보에게 아무 영향도 미치지 못했다. 오히려 그는 '대담'하다든지 무엇보다도 '동료 공모자'라고 불린 데 대해 항의하려고 입술을 달싹거렸다. 하지만 목소리가 나오지 않았다. 너무도 당황했던 것이다. 그래서 소린은 말을 계속했다.

"우리가 만난 것은 우리의 계획과 행로, 수단, 지략, 책략을 논의하기 위해서입니다. 우린 날이 밝기 전에 긴 여행을 떠날 겁니다. 우리들 중 일부나 아니면 전부 다 돌아오지 못할지도 모를 여행이지요(물론 우리의 친구이자 조언자이며 현명하신 마법사 간달프는 예외입니다만). 지금은 엄숙한 순간입니다. 우리의 목적이 무엇인지 모두 잘 알고 있으리라 생각합니다. 존경하는 골목쟁이네와 젊은 난쟁이 한둘(가령 킬리와 필리라고 이름을 밝히는 것이 옳겠지만)에게는 우리가 처한 상황을 간단히 정확하게 설명할 필요가 있겠지요."

소린이 말하는 방식은 이러했다. 그는 중요한 인물이었던 만큼 형식적인 언사에 능했다. 그를 그냥 내버려 둔다면 아마도 그는 정작 알아야 할 것은 한마디도 하지 않고 모두 다 아는 이야기만 늘어놓으면서, 숨이 찰 때까지 이런 식으로 말을 이어 갈 것이다. 그런데 갑자기 무례하게도 누군가 그를 방해했다. 빌보는 더 이상 참을 수 없었던 것이다. '돌아오지 못할지도 모른다'는 말을 듣는 순간, 그는 목구멍에서 비명이 치밀어 오르는 것을 느꼈다. 그리고 그것은 터널을 빠져나온 기관차의 기적 소리처럼 곧 터져 나왔다. 난쟁이들이 모두 깜짝 놀라 벌떡 일어서는 바람에 탁자가 넘어졌다. 간달프가 마술 지팡이 끝에 푸른 불꽃을 일으키자, 벽난로 앞 양탄자에서 무릎을 꿇은 채 녹초가 되도록 떨고 있는 불쌍하고 작은 호빗의 모습이 그 눈부신 불꽃 아래 드러났다. 그러다가 빌보는 마루에 납작 엎드렸고 "벼락 맞았어, 벼락 맞았다고!"라고 계속해서 소리를 질러 댔다. 한동안 그에게서 들을 수 있는 소리라고는 그것밖에 없었다. 그래서 난쟁이들은 방해가 되지 않도록 그를 옮겨 응접실 소파에 눕힌 다음 옆에 마실 것을 놓아두고는 자기들의 비밀 이야기를 하러 돌아갔다.

그들이 다시 자리에 앉자 간달프가 말했다.

"흥분을 잘하는 친구라네. 좀 우스꽝스럽고 괴상한 발작을 일으키기는 하는데, 그래도 그는 최고 중의 하나야. 최고지. 위기에 몰린 용처럼 맹렬하거든."

만약 여러분이 위기에 몰린 용을 본 적이 있다면, 이 말은 그 어떤 호빗에게 붙이더라도 시적 과장에 불과하다는 것을 알 것이다. 설령 호빗의 기준으로는 엄청난 거구여서 말에 올라탈 수 있었던 툭 영감의 종증조부 '황소울음꾼'에게 붙이더라도 말이다. 그는 '푸른벌판 전투'에서 그람산의 고블린 대열에 뛰어들어 그들의 왕 골핌불의 머리를 나무 곤봉으로 쳐서 깨끗이 잘라 냈던 호빗이다. 그 머리는 공중으로 백여 미터나 날아가 토끼굴에 떨어졌다. 이렇게 해서 그 전투에서 승리했고 바로 그때 골프라는 경기가 생겨났던 것이다.

그러나 그동안 황소울음꾼의 마음 약한 후손은 응접실에서 정신을 차리고 있었다. 잠시 후 한 잔 마시고 나서 그는 불안한 마음으로 응접실 문가로 기어갔다. 글로인이 "흠!"(콧방귀이거나 그와 비슷한 소리 같았다) 하며 말하는 소리가 들려왔다.

"그가 도움이 될 거라고 생각하세요? 이 호빗이 맹렬하다는 간달프의 말씀은 좋습니다. 하지만 흥분한 순간에 그런 비명을 내지른다면 용과 그 친척들을 모조리 깨워 우리를 모두 죽이고도 남을 겁니다. 제 생각에 그건 흥분보다는 공포에 질려 내지른 소리 같았어요. 사실 문에 표시만 없었더라면 우리가 집을 잘못 찾아온 거라고 확신했을 정도예요. 저는 현관 매트 위에서 고개를 까딱이며 헐떡거리는 그 작은 녀석을 보았을 때부터 의심을 품었다니까요. 그 녀석은 좀도둑이라기보다는 채소 장수처럼 보이거든요!"

그 순간 골목쟁이네가 손잡이를 돌리고 들어섰다. 툭 집안 쪽이었던 것이다. 맹렬하다는 인정을 받기 위해서라면 침대에서 자지 않아도 좋고, 아침 식사를 걸러도 좋다는 생각이 갑자기 솟구쳤다. '매트 위에서 고개를 까딱이며 헐떡거리는 그 작은 녀석'이라는 말 때문에 그는 거의 맹렬해졌다. 이후, 골목쟁이 집안의 기질이 지금 그의 행동을 후회한 적은 한두 번이 아니었다. 그는 스스로에게 이렇게 말하곤 했다.

'빌보. 넌 정말 바보였어. 제 발로 불구덩이에 걸어 들어갔지.'

"말씀을 엿들었다면 죄송합니다만, 당신이 무슨 말을 하는지, 또 좀도둑이라는 게 무슨 뜻인지 모르겠군요. 하지만 당신이 나를 아무짝에도 쓸모없는 인물로 여기고 있다는 내 판단은 옳다고 봅니다 (이건 그가 소위 점잔 뺄 때 쓰는 말투였다). 정확히 따져 봅시다. 내 문에는 아무 표시도 없었어요. 지난주에 페인트칠을 했거든요. 분명 당신은 집을 잘못 찾아온 겁니다. 나도 현관 계단에서 당신의 우스꽝스러운 얼굴을 보자마자 의심이 들었어요. 하지만 당신이 제대로 찾아왔다고 칩시다. 당신이 무엇을 원하는지 말해 보세요. 그러면 내가 그 일을 해 보겠어요. 설령 여기서부터 동쪽의 동쪽 끝까지 걸어가서 최후의 사막에 사는 사나운 땅벌레과 싸워야 한다 할지라도. 내겐 툭 집안 황소울음꾼이라는 종현조부가 계셨는데……"

글로인이 말을 받았다.

"그래요, 그래. 하지만 그건 옛날 일이죠. 난 바로 당신에 대해 말하는 겁니다. 그리고 문에는 분명히 표시가 있었어요. 그런 직업을 가진 사람들 사이에서 흔히 쓰이는 것 말이에요. 예전에는 그런 표시가 많이 있었지요. '좀도둑이 적당한 보수를 받을 수 있는 아주 신나는 일거리를 구합니다.' 보통은 이렇게 해석되는 표시지요. 좀도둑이라는 말이 거북하다면 대신 전문 보물 사냥꾼이라고 해도 좋습니다. 그렇게 쓰는 사람들도 있죠. 우리한테는 어떻든 상관없습니다. 간달프가 그런 분야의 일거리를 찾는 사람이 이 지역에 있다고 했고, 바로 여기에서 수요일 차 마실 시간에 만나게 주선하신 겁니다."

그러자 간달프가 말했다.

"물론 표시가 있었지. 내가 해 놨거든. 아주 타당한 이유가 있어서지. 자네들이 원정에 동참할 열네 번째 사람을 구해 달라고 부탁해서 내가 골목쟁이네를 골랐네. 내가 사람을 잘못 골랐거나 집을 잘못 표시했다고 생각한다면, 자네들 열세 명이 원정을 떠나서 마음대로 불행한 일을 겪든지, 아니면 돌아가서 석탄이나 캐게."

그가 무척 화가 나서 찌푸린 얼굴로 글로인을 바라보자, 그 난쟁이는 몸을 움츠렸다. 빌보가 질문을 하려고 막 입을 벌리려는 순간 간달프가 몸을 돌려 찌푸린 얼굴로 눈썹을 치켜세웠다. 할 수 없이 빌보는 입을 꽉 다물어야 했다.

"그래야지. 말다툼은 그만하게. 난 골목쟁이네를 선택했고, 내가 선택했다는 사실만으로도 자네들 모두에게 충분한 이유가 되네. 내가 그를 좀도둑이라고 부르면 그가 바로 좀도둑이야. 아니면 때가 되면 좀도둑이 될 걸세. 그는 자네들이 짐작하는 것보다 훨씬 능력이 많고, 스스로 생각하는 것보다도 재능이 많아. 자네들이 혹시 모두 살아남는다면 내게 감사하게 될 걸세. 자, 이보게, 빌보, 등불을 가져와서 여기를 비춰 보게."

붉은 갓이 달린 커다란 등불을 테이블 위에 올려놓자, 간달프는

지도처럼 보이는 양피지 조각을 펼쳐 놓았다.

"이건 자네 할아버지 스로르가 만든 것일세, 소린. 외로운산의 지도라네."

그는 난쟁이들의 열띤 질문에 대답했다. 소린이 힐끗 본 후 실망한 듯 말했다.

"제 생각엔 별 도움이 안 될 것 같습니다. 저는 외로운산과 그 산을 둘러싼 지역을 아주 잘 압니다. 어둠숲이 어디 있는지도 알고 있고, 거대한 용들이 서식하는 마른히스황야도 압니다."

"산에 붉은색으로 용이 표시되어 있군요. 하지만 그 표시가 없더라도 우리는 용을 쉽게 찾을 수 있을 겁니다. 우리가 그곳에 혹시 도달하게 된다면 말이지요."

발린이 말하고 나자, 마법사가 말했다.

"자네들이 알아차리지 못한 게 하나 있어. 바로 비밀 입구라네. 서쪽에 룬 문자가 보이고 또 다른 룬 문자에서 그걸 가리키는 손이 보이지? 그것이 지하 궁전에 들어갈 수 있는 비밀 통로 표시라네." (스로르의 지도를 보면 ⋈ 룬 문자를 볼 수 있다.)

소린은 이렇게 말했다.

"그게 한때는 비밀이었을지 몰라도 지금까지도 비밀일지 어떻게 압니까? 늙은 스마우그는 그곳에 산 지 아주 오래되었기 때문에 그 동굴에 무엇이 있는지 다 알아냈을 겁니다."

"그럴지도 모르지. 하지만 오랜 세월 동안 그 통로를 사용했을 리 없네."

"왜요?"

"그 통로가 너무 작으니까. '문 높이는 약 150센티미터 그리고 세 명이 나란히 걸어갈 수 있는 너비'라고 룬 문자로 쓰여 있거든. 스마우그가 어린 용이었을 때도 그 정도의 구멍에는 기어들 수 없었어. 수많은 난쟁이들과 너른골 인간들을 포식한 이후에는 더더욱 어림도 없지."

"제겐 아주 큰 굴로 보이는데요."

용이라고는 본 적도 없고, 아는 것이라고는 그저 호빗굴집밖에 없었던 호빗이 끽끽거리듯 말했다. 그는 다시금 흥분했고 큰 흥미를 느꼈기에 입을 다물고 있을 수 없었다. 빌보는 지도를 무척 좋아했기 때문에 '시골 순환로'의 큰 지도를 현관에 걸어 두고 자기가 좋아하는 산책로들을 붉은 잉크로 표시도 해 두었다. 빌보가 물었다.

"그렇게 큰 입구가 어떻게 용은 말할 것도 없고 외부인들에게 알려지지 않을 수 있을까요?"

그는 체구가 아주 작은 호빗에 불과하다는 사실을 잊지 않아야 한다.

"여러 가지 이유가 있겠지. 하지만 이 입구가 어떻게 비밀로 남아 있는지는 직접 가서 보기 전까지 알 수 없을 거야. 이 지도로 볼 때 내 생각엔 산비탈과 똑같이 보이도록 만들어진 비밀 문이 있을 것 같네. 난쟁이들이 흔히 사용하는 방법이지. 안 그런가?"

"맞습니다."

소린이 말했다.

간달프가 말을 이었다.

"한 가지 빠뜨린 게 있네. 이 지도에 열쇠가 달려 있었어. 작고 이상하게 생긴 열쇠야. 여기 있네. 잘 간수하게."

그는 긴 원통 모양에 정교하게 홈이 파인 은빛 열쇠를 소린에게 건넸다.

"그리하겠습니다."

소린은 이렇게 말하며 목에 걸린 멋진 목걸이에 열쇠를 끼워 넣고는 옷 속으로 집어넣었다.

"이젠 사태가 좀 더 희망적으로 보이는데요. 새로운 사실을 알게 되어 상황이 훨씬 나아졌습니다. 지금까지는 어떻게 해야 할지 분명하지 않았거든요. 저희는 동쪽으로, 가급적 조용히 조심스럽게 갈 작정이었지요. 긴호수까지 말입니다. 그 이후에 문제가 생기겠지요……."

"그보다 훨씬 이전부터 문제가 생길 걸세. 동쪽 길에 대해 내가 알고 있는 바로는 말이야."

간달프가 끼어들었지만, 소린은 무시하고 말을 이었다.

"긴호수에서 달리는강을 따라 상류로 올라갈 겁니다. 그다음에는 외로운산의 그림자에 덮인, 그 아래 계곡의 오래된 도시, 폐허가 되어 버린 너른골까지 가지요. 하지만 우리들은 정문을 통해 들어갈 생각은 없습니다. 바로 정문 입구에서 강이 흘러나와서 그 산 남쪽의 거대한 암벽을 넘어 흐릅니다. 용도 그 정문으로 다니지요, 그것도 너무 자주 말입니다. 용이 습관을 바꾸지 않았다면 지금도 그럴 겁니다."

마법사가 말했다.

"정문으로 가는 건 좋은 생각이 아닐세. 힘센 용사나 영웅과 함께 간다면 모를까. 나도 용사를 한 명쯤 찾아보려 했는데, 용사들은 멀리 떨어진 곳에서 서로 싸우느라 바쁘고 이 근방에는 영웅이 귀하다네. 아니, 아예 찾을 수도 없지. 이 근방의 칼은 거의 다 무뎌졌고, 도끼는 나무를 베는 데나 쓰이고, 방패는 요람이나 접시 덮개 따위로 쓰이지. 용들은 다행히도 머나먼 곳에 있기에 전설적인 존재나 다름없이 여겨지고. 그래서 내가 좀도둑 행각을 택한 걸세. 특히 비밀 문이 있다는 것을 염두에 둔 다음부터 말이야. 그래서 우리의 작은 좀도둑 골목쟁이네 빌보가 선택되고 선발되었지. 자, 이제 계획을 좀 짜 보세."

소린이 말했다.

"아주 좋습니다. 전문 도둑께서 제안을 해 주신다면 말이지요."

그는 짐짓 공손한 척하며 몸을 돌려 빌보를 바라보았다.

"우선 저는 현재의 상황을 좀 더 명확히 알았으면 좋겠어요."

빌보는 얼떨떨한 데다 마음속으로 약간 떨리기도 했지만 아직까지는 툭 집안 자손답게 계속 밀어붙였다.

"제 말은 황금이나 용, 그 밖의 것들이 어떻게 그곳에 있게 되었고, 또 누구의 것인지 등등을 알아야겠다는 뜻이에요."

소린이 말했다.

"맙소사! 지도 못 봤나? 우리 노래를 듣지 않았어? 우리가 몇 시간이나 그 이야기를 하지 않았나?"

"하지만 아주 명확하고 확실하게 알고 싶다는 말입니다."

그는 간달프의 추천에 걸맞은 현명하고 신중한 전문가처럼 보이려고 최선을 다해 딱딱한 태도로 고집스럽게 말했다(보통 그는 돈을 빌리러 온 이들을 대할 때 이런 태도를 취했다).

"그리고 위험 정도와 경비, 필요한 시간과 보수 등에 대해서도 알아야겠어요."

사실 이 말은 '내가 이 모험에서 무엇을 얻을 수 있을까, 과연 살아 돌아올 수 있을까?'라는 뜻이었다.

소린이 대답했다.

"아, 좋아, 말해 주지. 오래전 우리 스로르 할아버지 시대에 우리 가족은 먼 북쪽 땅에서 쫓겨나 재산과 연장을 모두 가지고 지도에 있는 바로 그 산으로 갔지. 아득한 조상이신 스라인 할아버지께서 발견하신 산인데, 조상님들은 그곳에서 광석을 채굴하고 갱도를 뚫고 거대한 궁전과 큰 작업장을 지으셨어. 게다가 상당량의 금과 엄청나게 많은 보석을 발견하신 것 같아. 어쨌든 그분들은 아주 부유하고 유명해지셨네. 우리 할아버지는 다시 '산아래의 왕'이 되시고, 남쪽에 사는 인간들에게 큰 존경을 받으셨지. 달리는강을 따라 인간들이 점차 모여들기 시작해서 산 그림자에 덮인 계곡까지 이르렀고, 그 당시 그곳에 너른골이라는 즐거운 도시를 건설했네. 왕들은 우리의 대장장이들을 청해 데려갔고, 기술이 형편없는 자에게도 풍족하게 사례를 해 주었어. 자식이 있는 사람들은 자기 자식들을 도제로 삼아 달라고 우리에게 간청했고 후하게 사례하곤 했지. 사례비를 대개 식량으로 받았기에 우리는 곡식을 경작하거나 채집하려고 애쓸 필요가 없었어. 전체적으로 보아 그때가 우리에게는 가장 좋은 시절이었지. 우리 중에 가장 어려운 이들도 쓰고 남은 돈을 빌려줄 수 있을 정도로 풍족했으니까. 그렇게 여유가 많았기 때문에 매우 놀랍고 마술적인 장난감들은 말할 것도 없고 그저 순전히 재미 삼아 아름나운 물건들을 많이 만들었지. 요즘 세상에서는 도저히 찾아볼 수 없는 것들이었어. 우리 할아버지의 궁전은 갑옷과 보석과 세공품과 컵 들로 가득했지. 너른골의 장난감 시장은 북부의 경이로운 곳으로 명성이 자자했어.

바로 그 때문에 용의 관심을 끌었던 거야. 잘 알다시피 용이란 놈들은 인간과 요정과 난쟁이 들에게서 황금과 보석을 훔치는데, 어디서건 가리지 않고 발견하는 족족 훔치거든. 그리고 목숨을 부지하는 동안에는 약탈한 물건들을 절대로 **빼앗기지** 않고 간직한다네. (그런데 용이란 놈들은 살해를 당하지 않는 한 영원히 사니까) 실제로는 그 보물을 영원히 소유한다고 할 수 있지. 그놈들은 그냥 소유만 할 뿐, 놋쇠 반지 하나도 즐길 줄 몰라. 사실 그놈들은 지금 시장에서 거래되는 가격은 잘 알지만, 훌륭한 물건과 조야한 물건도 구별할 줄 모른다네. 스스로는 아무것도 만들 줄 모르고 심지어 갑옷 비늘이 조금 헐거워져도 고칠 줄 몰라. 그 당시 북쪽 땅에는 용들이 상당히 많이 서식했기 때문에 황금이 점점 귀해졌어. 난쟁이들은 남쪽으로 도망가거나 살해당했고. 용들은 점점 더 극심한 낭비와 파괴를 일삼고 말이야. 그중에 가장 탐욕스럽고 강하고 사악한 스마우그란 용이 있었지. 어느 날 그놈은 공중으로 날아올라 남쪽으로 내려왔어. 처음에 그 소리를 들었을 때 북쪽에서 폭풍이 몰아친 줄 알았네. 산위의 소나무들이 바람에 삐걱거리고 갈라졌지. 궁전 밖에 나가 있던 몇몇 난쟁이들은 (다행히 나도 그중 한 명이었지. 당시 모험을 좋아하던 젊은이였고 늘 이리저리 돌아다녔기에 그날 목숨을 구할 수 있었던 거야) 용이 불꽃을 내뿜으며 우리 산위에 내려앉는 걸 멀리서 보았지. 그놈이 산비탈로 내려와서 숲에 내려앉자 숲이 모조리 불타 버렸어. 그때쯤 너른골에서는 일제히 종이 울렸고 전사들은 무장을 했지. 난쟁이들은 거대한 정문으로 달려 나왔지만 이미 용이 거기서 그들을 기다리고 있었어. 그곳에선 아무도 도망치지 못했다네. 강물은 증기를 내뿜으며 끓어올랐고 너른골은 안개로 뒤덮였어. 자욱한 안개 속에서 용은 전사들을 덮쳐 대부분을 죽이고 말았지. 흔히 있는 불행한 이야기인데, 그 당시에는 그런 일들이 너무나 빈번히 일어났어. 그놈은 다시 산으로 돌아가서 정문으로 기어들어 궁전의 방과 길과 굴과 좁은 길과 복도와 지하실, 큰 건물과 통로 들을 샅샅이 돌아다니며 휩쓸어 버렸어. 그 안에서 살아남은 난쟁이는 한 명도 없었지. 그놈은 보물을 몽땅 차지해 버렸어. 아마도 그놈은 궁전 안쪽 깊숙한 곳에 보물을 산더미처럼 쌓아 놓고 그걸 침대 삼아서 누워 잘 거야. 용이란 놈들은 늘 그렇게 하니까. 그 뒤 그놈은 거대한 문으로 기어 나와서 야밤을 틈타 너른골에 가서는 사람들, 특히 젊은 여자들을 잡아먹었지. 결국 너른골은 폐허가 되었고 사람들은 모두 죽거나 떠나 버렸어. 지금 그곳이 어떻게 되었는지는 확실히 모르네. 하지만 요즘도 긴호수가 끝나는 지점에서 더 멀리 나와 산 가까이 올라가서 사는 이들은 없을 걸세.

용케 밖에 나와 있던 우리 몇 명은 숨어 있던 곳에서 눈물을 흘리며 스마우그를 저주했어. 거기서 뜻밖에도 수염이 불에 그을린 아버지와 할아버지를 만나게 되었지. 그분들은 아주 험악한 표정을 짓고 계셨지만 말씀은 거의 없으셨어. 어떻게 달아나셨는지를 묻자 그분들은 입을 다물라고 하시며 언젠가 적절한 때가 되면 알게 될 거라고 하셨지. 그 후로 우리는 그곳을 떠나 여기저기 방랑하면서 대장 장이나 심지어 석탄 광부로 비천한 일을 하며 연명해야 했네. 하지 만 우리는 약탈당한 보물을 결코 잊지 않았어. 지금 우리는 상당한 재산을 모았고, 형편이 그리 어렵지 않다고 인정하지만 (이 부분에서 소린은 목에 걸린 금목걸이를 만지작거렸다) 가능하다면 그 보물을 되 찾고 스마우그에게 저주를 퍼부을 생각을 아직도 갖고 있지.

나는 가끔씩 아버지와 할아버지께서 어떻게 탈출하셨는지 궁금 했었네. 그분들만이 알고 있던 비밀 옆문이 있었음을 이제야 알게 된 거야. 분명 이 지도는 그분들이 민드셨을 거야. 그런데 어떻게 간 달프께서 그것을 손에 넣게 되었고 왜 적법한 상속자인 내가 물려 받지 못했는지 궁금하군."

그러자 마법사가 대답했다.

"난 그것을 '손에 넣은' 게 아니라 받은 걸세. 자네도 기억하겠지 만 자네 할아버지 스로르는 모리아의 광산에서 고블린 아조그에게 살해당했네."

"맞습니다. 그 이름에 저주를."

소린이 말했다.

"자네 아버지 스라인은 4월 21일에 떠났는데 지난 목요일로 정확 히 백 년이 되었어. 그 후 자네는 다시는 아버지를 만나지 못했지."

"네, 맞습니다."

소린이 말했다.

"자, 자네 아버지는 자네에게 전해 주라고 내게 이 지도를 주었네. 그리고 그걸 전달하는 데 내 나름의 시간과 방법을 택했다고 해서 자네가 나를 비난할 수는 없을 걸세. 자네를 찾는 데 고생이 무척 많 았거든. 내게 이 지도를 건네줄 때 자네 아버지는 자기 이름조차 기 억하지 못했고 자네 이름도 말해 주지 않았네. 그러니 사실 나는 치 하와 감사를 받아야 마땅하다고 생각하네! 자, 여기 있네."

그는 이렇게 말하며 소린에게 지도를 건넸다.

"저는 이해하지 못하겠습니다."

소린이 말했다. 빌보는 자기라도 이렇게 말했을 거라고 느꼈다. 그 이야기는 모든 사실을 충분히 설명해 주지 못하는 것 같았다.

마법사는 천천히 엄숙하게 말했다.

"자네 할아버지는 모리아광산으로 가기 전에 만일의 사태에 대비해서 이 지도를 아들에게 주었네. 자네 할아버지가 살해된 후 자네 아버지는 되든 안 되든 복수를 해 보려고 지도를 갖고 떠났지. 그는 몹시 불쾌한 일을 수없이 겪었지만 결국은 그 산 근처에도 이르지 못했네. 나는 강령술사의 지하 감옥에서 죄수로 갇혀 있는 자네 아버지를 보았네. 그가 어떻게 거기에 갔는지는 나도 모르지만 말이야."

"도대체 당신은 거기서 뭘 하고 계셨어요?"

소린은 몸서리를 치며 물었고, 난쟁이들도 모두 몸을 떨었다.

"신경 쓰지 말게. 나는 평소처럼 무엇을 찾고 있었지. 그건 고약하고 위험한 일이었어. 심지어 나도 간신히 탈출했거든. 자네 부친을 구하려 했지만 이미 너무 늦었어. 자네 부친은 제정신을 잃고 횡설수설하고 있었고, 지도와 열쇠만 빼고 거의 모든 것을 망각한 상태였어."

"저희는 오래전에 모리아의 고블린들에게 복수를 했어요. 이제는 강령술사에게도 다시 생각할 거리를 줘야겠군요."

소린이 말했다.

"터무니없는 말은 하지 말게! 그는 난쟁이들의 힘을 다 합친 것보다도 훨씬 더 강력한 적일세. 자네가 온 세상에 흩어져 있는 난쟁이들을 모두 불러모을 수 있다 해도 말이야. 자네 아버지가 원한 것은 자기 아들이 지도를 읽고 열쇠를 사용하는 것이었어. 용과 외로운 산만으로도 자네에게는 벅찬 과제야."

"잠깐만요, 들어 보세요!"

갑자기 빌보가 큰 소리로 말했다.

"뭘 들으라는 거야?"

모두들 갑자기 그를 돌아보며 말했다. 그는 너무 당황한 나머지 얼떨결에 대답했다.

"제 말 좀 들어 보세요!"

"뭔데?"

그들이 물었다.

"글쎄, 세 말은, 당신들이 동쪽으로 가서 잘 살펴보아아 한다는 거죠. 어떻든 옆문이 있고, 용들도 때로 잠을 잘 테니까요. 현관 계단에 오랫동안 앉아 있다 보면 뭔가 좋은 생각이 떠오르지 않겠어요? 그리고 이제 하룻밤에 나눌 이야기로는 충분히 나누었어요. 제 말뜻 이해하시겠죠? 이제 잠자리에 들고 아침 일찍 떠나시는 게 어떨까요? 당신들이 출발하기 전에 훌륭한 아침 식사를 제공하겠습니다."

"자네 말은 '우리가 출발하기 전'이라는 뜻이겠지. 자네가 바로 좀도둑 아닌가? 문안으로 들어가는 건 말할 것도 없고 현관 계단에 앉아 있는 것도 자네가 할 일 아닌가? 하지만 잠자리와 아침 식사에 대한 제안에는 동의하네. 난 여행을 떠날 때 햄에 계란 여섯 개를 곁들이는 걸 좋아해. 삶지 말고 프라이로. 노른자가 깨지지 않도록 주의하게."

소린이 말했다. 결국 다른 난쟁이들 모두 아침 식사를 주문하고는 자리에서 일어섰다. 그들이 '부탁한다'는 말도 덧붙이지 않아서 빌보는 무척 화가 났다. 그는 난쟁이들에게 침실을 마련해 주고 빈방들에다 의자와 소파로 침대를 만들어 그들을 들여보낸 다음 몹시 지쳐서, 조금도 유쾌하지 않은 기분으로 자기의 작은 침대로 갔다. 잠들기 전에 그는 한 가지 결심을 했는데, 그것은 난쟁이들에게 아침 식사를 차려 준답시고 불쾌하고도 성가시게 아침 일찍 일어나지는 않겠다는 것이었다. 툭 집안의 기질은 사라져 가고 있었고, 아침이 되면 자신이 여행을 떠나리라는 것도 이제 그리 확실하지 않았다.

침대에 누워 있을 때, 그의 방 옆 가장 좋은 침실에서 소린이 콧노래를 부르는 소리가 들려왔다.

> 차가운 안개산맥 너머
> 깊은 지하 감옥, 오래된 동굴로
> 날이 밝기 전에 떠나자.
> 오랫동안 잊혔던 황금을 찾아서.

빌보는 그 노래를 들으며 잠이 들었고 귓전에 울리는 그 노래 때문에 아주 불편한 꿈을 꾸었다. 그가 잠에서 깨었을 때는 날이 샌 지 한참 지난 후였다.

Chapter 2

양고기 구이

빌보는 벌떡 일어나 가운을 걸치고 식당으로 달려갔다. 거기에는 아무도 없었지만 여럿이 급히 아침 식사를 해치운 흔적이 남아 있었다. 식당은 끔찍할 정도로 뒤죽박죽이었고 부엌에는 설거지힐 그릇이 산더미처럼 쌓여 있었다. 냄비와 프라이팬 들은 있는 대로 전부 꺼내 사용한 것 같았다. 설거지할 일이 너무나 울적하게도 현실적으로 느껴져서 빌보는 어젯밤의 파티가 바랐던 것과 달리 악몽이 아니라 현실이었음을 인정해야 했다. 그들은 자기를 빼고 가 버린 것이다. 고맙다는 인사 한마디 없었지만, 그래도 성가시게 자기를 깨우지 않고 가 버렸다고 생각하니 오히려 안도감이 느껴졌다. 그러나 한편으로는 약간 실망감이 들기도 했다. 이 실망감은 스스로도 놀라운 것이었다.

'바보처럼 굴지 마, 골목쟁이네 빌보! 이 나이에 용이니 뭐니 하면서 그런 이상하고 어리석은 생각을 하다니!'

그는 혼자 중얼거리면서 앞치마를 두르고 불을 지피고 물을 끓이고 설거지를 시작했다. 그러고는 식당을 정리하기 전에 부엌에서 멋지고 간단하게 아침 식사를 했다. 이때쯤 햇살이 비치고 있었고 빌보는 따뜻한 봄바람이 집 안으로 들어오도록 앞문을 열어 놓았다. 그는 큰 소리로 휘파람을 불며 지난밤의 일을 잊기 시작했다. 그가 창문을 열어 놓은 식당에서 아주 맛있고 간소하게 두 번째 아침 식사를 하려고 막 앉았을 때 간달프가 걸어 들어왔다.

"친애하는 친구, 대체 언제나 떠날 생각인가? 일찍 출발하자더니 어떻게 된 건가? 여기서 10시 반에 아침 식사를 하고 있으니! 그게 아침인지 뭔지 모르겠네만. 난쟁이들은 자네를 기다릴 수 없어서 쪽지를 남겼어."

"쪽지라니요?"

불쌍한 골목쟁이네는 당황해서 말했다.

"이런 아둔한 친구 같으니! 오늘 아침에는 영 자네답지 않구먼. 벽난로 위의 먼지도 털지 않았나?"

"그게 무슨 상관이죠? 전 열네 명분의 설거지를 하는 것만으로도 충분했어요!"

"자네가 벽난로 위를 닦았다면 시계 밑에서 이걸 발견했을 거야."

이렇게 말하며 간달프는 빌보에게 (물론 빌보의 편지지에 쓴) 쪽지를 건네주었다. 그가 읽은 것은 이렇다.

소린과 그 일행은 좀도둑 빌보에게 인사를 전합니다! 그대의 환대에 진심으로 감사하며 그대가 제공하는 전문적인 도움을 감사히 수락하겠습니다.

계약 조건: 총 수익(만약 있다면)의 14분의 1을 상환 인도 방식으로 지급하며 그 이상을 초과할 수 없다. 어떤 경우에도 여행 경비를 보장한다. 만일의 사고가 발생하여 다른 방식으로 수습할 수 없을 때, 장례비는 우리나 우리의 대리인들이 지불한다.

그대의 소중한 수면을 방해할 필요가 없다고 판단하여 우리는 필수품을 구비하기 위해 먼저 출발하며, 오전 11시 정각 강변마을의 푸른용 주막에서 존경하는 그대를 기다리겠습니다. 시간을 엄수하리라 믿습니다.

변함없는 명예를 걸고

그대에게 봉사할

소린과 그 일행

"이세 꼭 10분 남았네. 뛰어가야 할 기야."

간달프가 말했다.

"하지만······."

"이럴 시간 없네!"

"하지만······."

빌보가 또다시 말했다.

"이럴 시간도 없네! 어서 출발하게!"

죽는 날까지도 빌보는 자기가 어떻게 밖으로 나왔는지 도무지 기억할 수 없었다. 모자도 쓰지 않고, 지팡이나 돈도 없이, 또 보통 외출할 때 갖고 다니는 그 어떤 것도 챙기지 않은 채, 반밖에 먹지 않은 두 번째 아침 식사를 그대로 남겨 두고 설거지도 하지 않은 채, 열쇠를 간달프의 손에 쥐여 주고는, 털북숭이 발로 달릴 수 있는 최대한의 속도로 오솔길을 뛰어내려 큰 방앗간을 지나 믈강을 건넜고, 그러고는 거의 1.5킬로미터나 그 이상을 한달음에 내달렸다.

11시를 막 치려는 순간에 헐떡거리며 강변마을에 도착한 그는 손수건도 갖고 오지 않았음을 알았다!

"브라보!"

주막 문 앞에 서서 그를 기다리고 있던 발린이 외쳤다.

바로 그때 다른 난쟁이들이 마을에서 길모퉁이를 돌아왔다. 그들은 조랑말을 타고 있었고, 조랑말들마다 온갖 보따리, 행낭, 꾸러미, 자잘한 소지품 들이 대롱대롱 매달려 있었다. 분명 빌보를 위한 것으로 보이는 아주 작은 조랑말도 한 필 있었다.

"자네들 둘, 어서 올라타게. 이제 출발해야 해!"

소린이 말했다.

"너무 죄송해요, 하지만 난 두건도 없고, 손수건도 놓고 왔고, 돈도 하나도 없어요. 당신의 쪽지를 정확히 10시 45분에야 봤거든요."

"그렇게 까다롭게 굴지 말게. 그리고 걱정 말라고! 이 여행이 끝날 때까지 손수건이나 다른 것들 없이 그냥저냥 지내야 할 테니 말이야. 두건에 대해서는, 내 꾸러미에 여분의 두건과 망토가 있으니 자네에게 빌려주겠네."

드왈린이 말했다.

이렇게 해서 그들 모두 출발하게 되었다. 5월이 되기 바로 직전의 어느 화창한 아침에, 주막집 바로 앞에서 짐들이 주렁주렁 매달린 조랑말을 타고 흔들거리며 여행을 시작한 것이다. 빌보는 드왈린에게서 빌린 약간 바랜 녹색 두건을 쓰고 녹색 망토를 입고 있었다. 그에게는 너무 큰 옷이라서 그의 모습이 좀 우스꽝스럽게 보였다. 그의 아버지 붕고가 빌보를 보았다면 어떤 생각을 했을지 나는 감히 상상하고 싶지 않다. 그의 마음을 달래 준 것은 그래도 자기에게는 수염이 없어서 난쟁이로 오인되지 않으리라는 생각뿐이었다.

그들이 출발한 지 얼마 되지 않았을 때 간달프가 백마를 타고 매우 당당한 모습으로 나타났다. 그는 손수건 여러 장과 빌보의 담뱃대와 담배를 갖다주었다. 그 후 일행은 아주 즐겁게 이야기를 나누고 노래도 부르며 하루 종일 전진했다. 물론 식사를 위해 멈추기는 했다. 빌보가 바라는 만큼 식사를 자주 하지는 않았지만, 그는 모험이란 것이 결국 그리 나쁜 것만은 아니라고 느끼기 시작했다.

처음에는 호빗들이 사는 지역을 지나갔다. 길이 평평하게 나 있고 점잖은 종족이 사는 넓고 아름다운 호빗 마을을 지나 주막을 한두 곳 지났고, 일을 보러 느릿느릿 걸어가는 한두 명의 난쟁이나 농부를 때로 지나치기도 했다. 그 후에는 사람들이 이상한 말을 쓰고 빌보가 들어 본 적 없는 노래를 부르는 곳에 이르렀다. 이제 그들은 외로운땅의 오지로 깊숙이 들어선 것이다. 거기엔 사람도 주막도 없었고 길은 점점 험해졌다. 그리 멀지 않은 앞길에 나무들이 시커멓게 뒤덮인 황량한 언덕들이 점점 더 높이 치솟아 있었다. 몇몇 언덕의 꼭대기에는 마치 사악한 사람들이 세운 듯 불길해 보이는 고성(古城)들이 웅크리고 있었다. 모든 것이 음울해 보였다. 그날 날씨까지 고약해졌던 것이다. 지금까지는 대체로 즐거운 이야기에 나오는 5월의 화창한 날처럼 좋은 날씨였지만 이제는 온통 차갑고 축축했다. 외로운땅에서도 할 수 있을 때 야영을 해야 했지만 적어도 그곳의 땅은 말라 있었다.

"이제 곧 6월이 될 텐데 이게 무슨 일이람!"

몹시 질척거리는 진흙길에서 흙탕을 튀기며 다른 이들 뒤를 따라오던 빌보가 투덜댔다. 차 마실 시간이 지났지만 비가 억수같이 쏟아지고 있었다. 그렇게 하루 종일 비가 줄기차게 내렸기에 그의 두건에서 눈으로 빗방울이 굴러떨어지고 외투는 흠뻑 젖고 말았다. 지친 조랑말은 돌 위를 비틀거리며 걸었다. 다른 이들도 기분이 언짢아 입도 벙긋하지 않았다. 빌보는 혼자 생각했다.

'마른 옷들과 식량 꾸러미도 이 빗물에 다 젖었을 거야. 도둑질이니 뭐니, 다 성가시고 귀찮은 일이야! 내 멋진 굴집 난롯가에 앉아 있다면 얼마나 좋을까! 찻주전자에서 물이 보글보글 끓기 시작하는 걸 들으면서 말이야!'

그가 이런 소망을 품은 것은 결코 이번이 마지막이 아니었다!

난쟁이들은 뒤를 돌아보거나 호빗에게 주의를 기울이는 일도 없이 계속해서 터덜거리며 앞으로 나아갔다. 잿빛 구름 뒤쪽 어딘가에서 해가 지고 있는 게 틀림없었다. 저 아래 바닥에 강물이 흐르는 깊은 계곡으로 내려갈 때 어두워지고 있었기 때문이다. 바람이 일어 둑에 늘어선 버드나무들이 휘어지며 한숨 소리를 냈다. 빗물로 불어난 강물이 북쪽 언덕과 산에서 쏟아져 내려왔는데도 다행히 오래된 돌다리로 길이 이어졌다.

그들이 강을 다 건넜을 때는 사방이 거의 깜깜했다. 바람이 회색 구름들을 흩어 놓자 흘러가는 조각구름들 사이로 떠도는 달이 언덕 위에 모습을 드러냈다. 그들은 걸음을 멈추었다. 소린은 저녁 식사에 관해 뭐라고 투덜거렸다.

"어디 누워 잘 만한 마른 땅을 찾을 수 있을까?"

그때까지 그들은 간달프가 없어진 걸 모르고 있었다. 자신이 원정대에 합류한 것인지 아니면 단지 얼마간만 동행할 것인지를 밝히지 않았지만 간달프는 지금까지 내내 그들과 동행했다. 그는 가장 많이 먹고, 가장 많이 말하고, 가장 많이 웃었다. 그런데 지금 그가 감쪽같이 사라진 것이다!

"하필 마법사가 가장 필요할 때 없어지다니."

(호빗과 마찬가지로 식사는 규칙적으로, 많이, 자주 해야 한다고 생각하는) 도리와 노리가 신음하듯 말을 내뱉었다.

결국 그들은 지금 있는 데서 야영하기로 했다. 그들은 바로 옆의 덤불숲으로 들어섰다. 나무들 밑의 땅이 덜 젖어 있기는 했지만 바람이 나뭇잎들을 흔들 때마다 빗방울이 똑, 똑 떨어져서 너무 성가셨다. 게다가 불도 피울 수 없었다. 보통 난쟁이들은 바람이 있든 없든 거의 어디서나 무엇으로든 불을 붙이는 재주가 있다. 그러나 그날 밤은 도저히 불을 붙일 수 없었다. 불을 피우는 솜씨가 가장 뛰어난 오인과 글로인도 마찬가지였다.

그런데 조랑말 한 마리가 공연히 놀라서 뛰어 달아났다. 그놈을 붙잡으려고 난쟁이들이 달려갔지만 말은 강물로 뛰어들었다. 그놈을 끌어내리다 필리와 킬리는 익사할 뻔했고, 그 조랑말에 달려 있던 꾸러미들은 모두 떠내려가 버렸다. 그 꾸러미들이 거의 다 식량이었기에 이제 저녁거리는 아주 조금밖에 안 남았고 아침거리는 더욱 줄어들고 말았다.

오인과 글로인이 말다툼을 하면서 불을 붙이려고 애쓰는 동안 난쟁이들은 쫄딱 젖은 몸으로 시무룩하게 투덜거리며 앉아 있었다. 모험이란 5월의 찬란한 햇빛을 받으며 조랑말을 타는 것만은 아니라고 생각하며 빌보는 우울한 기분에 잠겨 있었다.

비로 그때, 언제나 망을 보는 난쟁이 발린이 외쳤다.

"저기 불빛이 보인다!"

조금 떨어진 곳에 나무들이 늘어선 언덕이 있었는데, 어떤 곳은 꽤 울창한 숲을 이루고 있었다. 그 울창한 나무숲에서 포근하게 보이는 불그레한 불빛이 새어 나왔다. 모닥불이거나 아니면 깜빡이는 횃불 같았다.

그들은 잠시 그 불빛을 바라보다가 말다툼을 벌였다. 몇몇 난쟁이들은 가면 안 된다고 했고 다른 난쟁이들은 괜찮다고 했다. 몇몇은 가서 그냥 보기만 하자, 저녁을 거의 먹지 못했고 아침거리는 그보다도 적을 텐데, 밤새 젖은 옷을 입고 있는 것보다 더 나쁠 일이 뭐가 있겠느냐고 말했다.

또 다른 난쟁이는 이렇게 말했다.

"이 지역은 전혀 알려지지 않은 곳이고, 산맥에 너무 가까워. 요즘은 이곳을 여행하는 자들도 거의 없고, 오래된 지도는 아무 쓸모도 없어. 상황이 점점 나빠진 데다 길이라고 안전한 것도 아니야. 이 근처에 사는 이들은 왕에 대해서는 들어 본 적도 없을 거고. 그러니 쓸데없는 호기심을 갖지 않을수록 골치 아픈 일들을 겪지 않게 될 거야."

다른 이들이 말했다.

"어쨌든 우린 열네 명이나 된다고."

"간달프는 어디 간 거야?"

누군가 이렇게 말하자 모두 이 말을 되풀이했다. 바로 그때 비가 더 억수같이 퍼붓기 시작했고, 오인과 글로인은 급기야 맞붙어 몸싸움을 벌이기 시작했다.

상황이 이렇게 되자 결론은 한 가지밖에 없었다.

"어쨌든 우리에게는 좀도둑이 있잖아."

그들은 이렇게 말하며 조랑말들을 이끌고 조심조심 불빛이 보이는 쪽으로 나아갔다. 그들은 언덕에 이르러 곧 숲에 들어섰다. 언덕 위로 올라갔지만 집이나 농장으로 이어지는 길처럼 보이는 것은 나타나지 않았다. 아무리 조심해도 바스락, 우지직, 삐거덕 소리가 끊이지 않았다. 그들은 투덜거리고 욕설을 퍼부으며 걸음을 옮겼다.

갑자기 멀지 않은 곳에서 나무들 사이로 휘황하게 빛나는 붉은빛이 보였다.

"이제 좀도둑이 나설 차례야."

그들이 말했다. 물론 빌보를 말하는 것이었다. 소린이 호빗에게 말했다.

"자네가 가서 저 불빛이 무엇인지 알아오게. 무엇 때문에 불이 피워져 있는지, 안전하고 쾌적한 상황인지 말이야. 자, 가서 살펴보고 괜찮은 상황이면 빨리 돌아오게. 만약 그렇지 않으면 자네 재량껏 돌아오고. 그리고 돌아올 수 없으면 헛간의 올빼미 울음소리를 두 번 내고, 끽끽거리는 올빼미 소리를 한 번 내게. 그러면 우리는 우리가 할 수 있는 일을 찾아볼 테니."

빌보는 등 떠밀리듯 가야만 했다. 박쥐처럼 날지도 못하지만, 올빼미 울음소리라면 그 어떤 올빼미든 흉내를 내 본 적이 한 번도 없다고 말할 겨를조차 없었다. 그러나 아무튼 호빗들은 숲에서 조용히, 그것도 쥐 죽은 듯 고요히 움직일 수 있으며, 그런 재주를 자랑

.The Trolls.

스럽게 생각한다. 빌보는 난쟁이들이 움직일 때 내는 소리를 이른 바 '난쟁이들의 야단법석'이라고 부르며 여러 번 비웃은 적이 있었다. 여러분이나 나라면 바람 부는 밤에 두 걸음 떨어진 곳에서 난쟁이들의 마차 행렬이 지나가더라도 전혀 알아채지 못할 텐데 말이다. 그러니 난쟁이들보다 더 소리 없이 움직일 수 있었던 빌보가 입을 꼭 다문 채 붉은 불빛을 향해 살금살금 걸어갔을 때, 아무리 귀가 밝은 족제비도 콧수염조차 쭝긋하지 않았을 것이다. 그러므로 그가 불이 있는 곳으로 나아갔어도 당연히 아무도 눈치채지 못했다. 그것은 정말 모닥불이었다. 그의 눈에 비친 광경은 이러했다.

몸집이 매우 거대한 이들 셋이 너도밤나무 장작으로 커다란 모닥불을 피우고 둘러앉아서 긴 나무 꼬챙이에 양고기를 구우며 손가락에 묻은 고기 기름을 핥아 먹고 있었다. 맛있는 냄새가 솔솔 풍겼다. 그들은 좋은 술이 담긴 술통을 옆에 두고 큰 잔으로 마시고 있었다. 그들은 바로 트롤이었다. 의심할 바 없었다. 외지고 안전한 곳에서 살아온 빌보도 그걸 알 수 있었다. 거대하고 둔한 얼굴과 덩치, 다리 모양, 그리고 응접실에는 절대, 절대 어울리지 않을 상스러운 말투를 보면 말이다.

"어제도 양고기, 오늘도 양고기, 제기랄, 내일도 또 양고기겠지."

트롤 중 하나가 말했다.

"사람 고길 구경도 못 한 지 대체 얼마나 됐지?"

두 번째 트롤이 말했다.

"망할 윌리엄은 뭣 때문에 우릴 이런 데로 데려온 거야. 제기랄, 게다가 술은 떨어져 가는데."

그는 꿀꺽 들이켜는 윌리엄의 팔꿈치를 밀었다. 윌리엄은 사레가 들어 캑캑거리다가 말을 할 수 있게 되자마자 소리를 버럭 질렀다.

"입 닥쳐! 네놈하고 버트하고 가만히 자빠져서 인간이 옆에 와 주길 기다리면 될 것 같아? 우리가 산에서 내려온 뒤에 너희 두 놈이 마을 하나하고 또 절반을 다 먹어 치웠잖아. 뭘 더 바라는 거야? 네 놈들이 이렇게 살찐 양고기 한 조각만 먹을 수 있어도 '고마워, 빌.' 하고 말한 때도 있었어."

그는 굽고 있던 양다리를 한 입 크게 베어 물고는 소매에 입을 쓱 문질렀다.

유감스럽게도 트롤이라 불리는 거인들은 정말로 이렇게 행동한다. 머리가 하나만 달린 트롤도 마찬가지다. 트롤의 이야기를 듣고 난 빌보는 당장 어떤 행동을 취해야 했다. 조용히 돌아가서 친구들에게 아주 가까운 곳에 굉장히 큰 트롤이 세 놈 있고 그놈들 기분이 언짢아서 기분 전환 삼아 난쟁이 구이나 조랑말 구이도 시식할 용의가 있을 거라고 알려 주든지, 아니면 재빨리 짤짤한 도둑질을 해야만 했다. 이런 상황에서 전설적인 일류 도둑이라면 트롤의 호주머니를 털든지(할 수만 있다면 거의 언제나 해 볼 만한 가치가 있는 일이다), 꼬챙이에서 양고기를 빼내고 맥주를 훔쳐 들키지 않고 유유히 사라질 것이다. 전문가적 자존심이 덜하지만 좀 더 현실적인 좀도둑이라면 그놈들이 알아채기 전에 모두에게 단도를 꽂을 것이다. 그러면 그 밤을 즐겁게 보낼 수 있겠지.

빌보는 잘 알고 있었다. 직접 본 적도, 해 본 적도 없었지만 그런 이야기들을 아주 많이 읽었으니까. 하지만 지금 그는 메스껍기도 하고 너무나 겁이 나서 멀리 떨어진 곳으로 달아나고 싶었다. 그런데…… 그런데 어쩐지 그냥 빈손으로 소린 일행에게 돌아갈 수 없었다. 그는 일어서서 어둠 속에서 머뭇거렸다. 그러다 자기가 알고 있는 여러 가지 좀도둑질 중에서 트롤의 호주머니를 터는 게 가장 덜 어려울 것 같았기에, 마침내 윌리엄의 바로 뒤편 나무 뒤로 기어갔다.

버트와 톰이 술통으로 걸어갔다. 윌리엄은 또 마시고 있었다. 빌보는 용기를 내어 윌리엄의 거대한 호주머니에 작은 손을 집어넣었다. 빌보에게는 가방만큼이나 큰 지갑이 있었다.

'하!'

그는 이 새로운 일에 열중하여 조심스럽게 지갑을 끄집어내면서 생각했다.

'이제 좀도둑질 시작이군!'

바로 그랬다! 트롤의 지갑은 늘 말썽을 일으키는데, 이 지갑도 예외가 아니었다.

"어, 넌 누구야?"

호주머니에서 빠져나오는 순간 지갑이 찍찍거렸다. 그러자 당장 윌리엄은 몸을 돌렸고 빌보가 나무 뒤로 미처 몸을 숨기기 전에 그의 목을 움켜쥐었다.

"제기랄, 버트, 내가 잡은 걸 봐!"

윌리엄이 말했다.

"그게 뭐야?"

다른 놈들이 다가오며 말했다.

"내가 어떻게 알아? 너 뭐야?"

"골목쟁이네 빌보, 좀…… 호빗."

불쌍한 빌보는 온몸을 떨면서 트롤들이 자신의 목을 졸라 죽이기 전에 어떻게 올빼미 소리를 낼지 궁리하며 말했다.

"좀호빗?"

그들은 놀라서 말했다. 트롤들은 이해가 느리고, 낯선 것에 대한 의심이 대단히 많다.

"어쨌든 좀호빗이 내 주머니에서 뭘 하고 있었지?"

윌리엄이 말했다.

"너 저거 요리할 수 있어?"

톰이 말했다.

"네가 해 봐."

꼬챙이를 집어 들며 버트가 말했다.

"이건 한 입 거리도 안 되겠는데. 가죽을 벗기고 뼈를 발라내면 말이야."

이미 저녁을 배불리 먹은 윌리엄이 말했다.

"근처에 이런 것들이 더 있을 거야. 그럼 파이를 만들 수 있어. 이봐, 이 숲에 너같이 살금거리는 놈들이 더 있냐, 이 구역질 나는 토끼 새끼 같은 놈아."

버트는 호빗의 털북숭이 발을 보며 말했다. 그는 빌보의 발가락을 잡고 거꾸로 들어 흔들었다.

"네, 많이."

빌보는 친구들에 대해 누설하지 말아야 한다는 생각도 못 하고 이렇게 말하고 말았다. 그러고는 즉시 정신을 차리고 덧붙였다.

"전혀 없어요, 한 명도."

"무슨 소리야?"

이번에는 머리카락을 잡아 똑바로 들고 버트가 말했다.

"내 말은요, 제발 날 요리하지 마세요, 친절한 분들! 난 훌륭한 요리사예요, 나를 요리하는 것보다는 내가 요리하는 게 나을 거예요. 내 말뜻 아시겠죠! 날 저녁거리로 삼지만 않는다면 여러분을 위해 근사한 요리를 하고 완벽한 아침 식사를 준비하겠어요."

빌보가 헐떡이며 말했다.

"불쌍한 놈. 이봐, 그놈 보내 줘!"

윌리엄이 말했다. 그는 이미 먹을 만큼 많이 먹었고 맥주도 상당히 마신 후였다.

"'많이'와 '전혀 없어요'가 무슨 뜻인지 말할 때까진 안 돼. 잠든 사이에 목이 잘리는 건 싫거든! 이놈이 실토할 때까지 불가에 발가락을 대고 있게 해!"

"그렇게 못 해. 놈을 잡은 건 어쨌든 나야."

"너는 뚱보 바보야, 윌리엄, 아까 저녁에 말했듯이."

"넌 촌놈이야!"

"너한테서 그런 소리를 듣다니, 야, 빌 허긴스."

버트는 이렇게 말하며 윌리엄의 눈에 주먹을 한 방 먹였다.

곧 굉장한 싸움이 벌어졌다. 버트가 그를 땅에 떨어뜨리자 빌보는 정신을 차리고 그들의 발길이 닿지 않는 곳으로 기어갔다. 윌리엄과 버트는 개처럼 들러붙어 싸우며 큰 소리로 서로에게 꼭 들어맞는 욕을 해 댔다. 곧 그들은 서로의 팔에 엉겨 발로 차고 주먹질을 하며 모닥불 가까이 굴러갔다. 톰은 정신 차리라고 나뭇가지로 그들을 두들겼지만, 그들을 더 광분시킬 뿐이었다.

지금이야말로 빌보가 달아나야 할 시간이었다. 그러나 버트의 커다란 손에 붙잡혀 있을 때 그의 작은 발은 거의 으스러졌고 가쁜 숨조차 쉴 수 없었으며 머리도 어질어질했다. 그래서 그는 모닥불 빛이 둥글게 비치는 곳 바로 너머에 누워 잠시 숨을 돌렸다.

그런데 싸움이 벌어진 바로 그 한복판으로 발린이 걸어왔다. 난쟁이들은 멀리서 나는 시끄러운 소리를 듣고는 빌보가 돌아오기를, 아니면 올빼미처럼 부엉부엉 하는 소리가 들리기를 잠시 기다렸다. 그러나 아무 소리도 없자 한 명씩 한 명씩 최대한 조용히 불빛을 향해 기어온 것이다. 불빛에 비친 발린을 보자마자 톰은 찢어지듯 비명을 질렀다. 트롤들은 난쟁이를, 요리되지 않은 난쟁이라면 보는 것조차 끔찍이 싫어한다. 버트와 빌은 즉시 싸움을 그치고 소리쳤다.

"자루, 톰, 빨리!"

이 소란 중에 빌보가 어디 있는지를 걱정하고 있던 발린은 무슨 일이 일어나는지도 모른 채 머리에 자루가 씌워져 잡히고 말았다.

"이제 더 올 거야. 아니면 내가 엄청 착각한 거고. 아주 많거나 아예 없거나. 그거야. 좀호빗은 없고 난쟁이는 많다, 바로 그거야."

톰이 말했다. 그러자 버트가 대답했다.

"네 말이 맞아. 불가에서 떨어져 숨어 있는 게 좋겠어."

그들은 그렇게 했다. 그들은 양고기와 다른 노획물을 나를 때 쓰는 자루를 손에 들고 어둠 속에서 기다렸다. 난쟁이들은 하나씩 다가와 모닥불과 엎질러진 술잔, 뜯어 먹던 양고기를 쳐다보다가 갑자기 "앗!" 하는 사이에 구역질 나는 자루에 들씌워져 잡히고 말았다. 곧 드왈린이 발린 옆에 눕혀지고, 필리와 킬리는 동시에, 도리와 노리와 오리는 한 뭉텅이로 쌓이고, 오인과 글로인과 비푸르와 보푸르와 봄부르는 불가에 불편하게 포개졌다.

"이제 혼 좀 났겠지."

톰이 말했다. 난쟁이들이 위기에 몰리면 힝싱 그렇듯이, 비푸르와 봄부르가 미친 듯이 달려들어 꽤 소동을 피웠기 때문이다.

맨 마지막으로 소린이 다가왔다. 하지만 그가 영문도 모른 채 사로잡힌 것은 아니었다. 그는 사태를 예감했기 때문에 자루 밖으로 뻗은 동료들의 다리를 보지 않고도 상황이 좋지 않음을 알 수 있었다. 그는 좀 떨어진 어둠 속에 서서 말했다.

"이게 무슨 소동이지? 누가 내 동료들을 괴롭히는 거야?"

"트롤이에요!"

나무 뒤에서 빌보가 말했다. 그동안 빌보는 완전히 잊혀 있었다.

"자루를 들고 덤불 뒤에 숨어 있어요."

"아! 그래?"

소린은 이렇게 말하고 트롤들이 덮치기 전에 모닥불을 향해 뛰어들었다. 그는 한쪽 끝이 불타고 있는 커다란 나무토막을 하나 집어 들었다. 버트는 채 비켜서지도 못한 채 그 장작에 눈을 한 대 얻어맞았고 그래서 잠시 싸움에서 빠져야 했다. 빌보도 최선을 다했다. 그는 한창 자라는 나무둥치만큼 굵은 톰의 다리를 있는 힘껏 부여잡았다. 그러나 톰이 발길로 불똥을 걷어차 소린의 얼굴에 흩뿌리자 빌보는 빙빙 돌면서 날아가 덤불 꼭대기에 처박히고 말았다.

그사이에 톰은 이빨을 나무토막에 얻어맞아 앞니 하나가 부러졌다. 그러자 그는 정말 짐승같이 포효하며 울부짖었다. 바로 그 순간 윌리엄이 뒤에서 다가와 소린을 머리에서 발끝까지 자루로 뒤집어 씌웠다. 이렇게 해서 싸움은 끝났다. 이제 난쟁이들은 모두 곤경에 빠지고 말았다. 자루는 꼭꼭 동여매였고 옆에는 세 명의 트롤이 앉았다. 그중 두 놈은 불에 데인 잊지 못할 공격에 너무 화가 나서 난쟁이들을 천천히 구워야 할지, 잘게 썰어서 끓여야 할지, 아니면 하나씩 깔고 앉아 묵처럼 뭉개야 할지 의논했다. 덤불 속에서 옷과 살갗이 찢긴 채 빌보는 트롤들에게 들릴까 무서워 꼼짝달싹 못 하고 있었다.

간달프가 돌아온 것은 바로 그때였다. 그러나 아무도 그를 보지 못했다. 트롤들은 난쟁이들을 지금 구워서 나중에 먹겠다는 결정에 거의 이르렀다. 그건 버트의 제안이었는데 거기에 동의하기까지 상당한 논란이 있었다.

"그놈들을 지금 굽는 건 안 좋아. 밤새 걸릴걸."

누군가가 말했다. 버트는 윌리엄이 말했다고 생각했다.

"그 이야기는 다시 꺼내지 마, 빌. 아니면 날이 샐 테니까."

"누가 꺼냈는데?"

버트가 말했다고 생각한 윌리엄이 물었다. 그러자 버트가 말했다.

"누군 누구야, 너지."

"넌 거짓말쟁이야."

윌리엄이 말하자 말다툼이 다시 시작되었다. 결국 그들은 난쟁이들을 잘게 썰어서 끓이기로 합의했다. 그들은 커다란 검은 솥을 준비하고 칼을 꺼냈다.

"끓이는 건 안 좋아! 여긴 물도 없는데 샘까지 가기엔 너무 멀어."

누군가 말했다. 버트와 윌리엄은 톰이 말했다고 생각했다.

"닥쳐! 안 그러면 끝낼 수 없을 거야. 네가 물을 떠오든지, 그럴 거

아니면 아무 소리 마!"

"너나 닥쳐. 너 말고 말한 사람이 누가 있는데?"

윌리엄의 목소리라고 생각한 톰이 말했다.

"이 멍청이."

윌리엄이 말했다.

"멍청인 바로 너야!"

톰이 말했다.

그래서 또다시 말다툼이 시작되었다. 전보다 격렬한 말다툼 끝에 그들은 차례대로 난쟁이들을 깔고 앉아 뭉갠 다음 끓이기로 했다.

"누구를 먼저 깔고 앉지?"

목소리가 말했다.

"저 마지막 놈부터 시작하자."

소린 때문에 눈을 다친 버트가 말했다. 그는 톰이 말했다고 생각했다.

"혼잣말하지 마! 하지만 원한다면 그 마지막 놈을 깔고 앉아. 그놈이 누구지?"

톰이 말했다.

"노란 양말 신은 놈."

버트가 말했다.

"아니야. 회색 양말 신은 놈이야."

윌리엄 같은 목소리가 말했다.

"틀림없이 노랑이야."

버트가 말했다.

"노란색이야."

윌리엄이 말했다.

"근데 왜 회색이라고 그랬어?"

버트가 말했다.

"난 그런 적 없어. 톰이 그랬지."

"나도 아니야. 네가 그랬지?"

톰이 말했다.

"둘 중 하나야. 너희들 입 닥쳐!"

버트가 말했다.

"너 지금 누구한테 말하는 거야?"

윌리엄이 말했다.

"이제 그만둬!"

톰과 버트가 동시에 말했다.

"밤이 지나고 벌써 새벽이 오고 있어. 자, 이제 시작하자!"

"새벽이 너희를 사로잡아 돌이 되게 하리라!"

윌리엄의 목소리처럼 들리는 음성이 말했다. 그러나 윌리엄이 아니었다. 바로 그 순간 언덕 위로 빛살이 퍼져 나갔고 나뭇가지에서 지저귀는 새소리가 드높아졌다. 윌리엄은 몸을 굽힌 채 돌로 변해 한마디도 하지 못했고, 그를 바라보던 버트와 톰도 바위처럼 굳어 버렸다. 이렇게 되어 그들은 오늘날까지도 그곳에 서 있다. 그 위에 앉는 새들을 빼고는 아무도 없이 외롭게 말이다. 알다시피 트롤은 새벽빛이 비치기 전에 땅속으로 돌아가 있어야지, 그렇지 않으면 그들을 만든 산의 암석으로 되돌아가 다시는 움직일 수 없게 된다. 바로 이런 일이 버트와 톰 그리고 윌리엄에게 일어난 것이다.

"아주 잘 됐군!"

나무 뒤에서 걸어 나온 간달프는 빌보가 가시덤불에서 내려오도록 도와주며 말했다. 이제야 빌보는 깨달았다. 새벽빛에 끝장날 때까지 트롤들이 말다툼을 계속하도록 만든 것은 바로 마법사의 목소리였던 것이다.

다음으로 할 일은 자루에 갇힌 난쟁이들을 풀어 주는 것이었다. 그들은 거의 질식 상태였고 머리끝까지 부아가 들끓고 있었다. 자루

속에 누워서 트롤들이 자기들을 구울지, 깔고 앉을지, 얇게 저밀지를 의논하는 이야기를 듣는 건 결코 유쾌하지 않은 일이었다. 그들은 빌보의 해명을 두 번이나 듣고 나서야 화를 조금 가라앉혔다.

"멍청하게 그런 순간에 소매치기질 연습을 하다니. 우리한테 필요한 건 모닥불과 음식이었는데!"

봄부르가 말했다.

"어쨌든 이놈들과 싸우지 않고는 그걸 얻을 수 없었을 걸세. 하여간 지금 자네들은 시간을 낭비하고 있어. 트롤들은 햇빛을 피하려고 이 근처 어딘가에 동굴이나 구멍을 파 놓았을 거야. 그걸 찾아야하네!"

간달프가 말했다. 그래서 그들은 주위를 둘러보았고 오래지 않아 나무들 사이로 이어진 트롤의 돌 구둣발자국을 발견했다. 발자국을 따라 언덕 위로 올라가자 덤불로 가려진 동굴의 커다란 돌문이 나타났다. 간달프가 시험 삼아 여러 가지 주문을 외는 동안 난쟁이들 모두 달려들어 밀어 보았지만 문은 열리지 않았다.

"혹시 이게 쓸모가 있을까요? 트롤들이 싸울 때 땅에 떨어져 있었어요."

모두 지치고 화가 났을 때 빌보가 커다란 열쇠를 내놓으며 말했다. 아마도 윌리엄은 그 열쇠가 너무 작아서 남들의 눈에 띄지 않을 거라고 생각했을 것이다. 그가 돌로 변하기 전에 다행히도 그 열쇠가 그의 주머니에서 떨어졌던 것이다.

"대체 왜 미리 말을 안 한 거야?"

난쟁이들이 큰 소리로 말했다.

간달프가 그걸 집어 열쇠 구멍에 끼우고 돌문을 한 번 세게 밀자, 문이 확 돌아가며 열렸다. 그들은 모두 안으로 들어갔다. 바닥에는 뼈들이 널려 있고 구역질 나는 냄새가 풍기는 굴이었다. 놋쇠 단추에서부터 구석에 놓인 황금 동전 단지에 이르기까지 온갖 약탈물들이 어지럽게 널려 있는 가운데 선반과 바닥에는 꽤 많은 음식들이 아무렇게나 뒤죽박죽 쌓여 있었다. 벽에는 희생자들의 것인 듯 트롤에게는 너무 작은 옷들이 잔뜩 걸려 있었고 그 옷들 사이에 모양도 다르고 형태와 크기도 다양한 칼들이 몇 자루 있었다. 그 가운데 특히 아름다운 칼집과 보석으로 장식된 손잡이 때문에 눈길을 끄는 칼이 두 자루 있었다.

간달프와 소린은 각각 그 칼을 집어 들었고 빌보는 가죽 칼집에 든 칼을 골랐다. 트롤에게는 작은 주머니칼에 불과했겠지만 호빗에게는 단검이나 다름없었다.

"칼날이 꽤 좋아 보이는데."

마법사가 검을 반쯤 뽑아 이상하다는 듯 살펴보며 말했다.

"이 칼들은 요즘 이 근방의 트롤이나 인간 대장장이가 만든 게 아닐세. 우리가 이 룬 문자를 해독할 수 있을 때 더 잘 알 수 있겠지."

"이 냄새 지독한 곳에서 나갑시다."

필리가 말했다. 그들은 금화가 가득 든 단지와 손대지 않아 먹을 만해 보이는 음식, 아직 가득 차 있는 맥주통을 꺼냈다. 이제 아침 먹을 시간이 되었고 배가 너무 고파서 트롤의 동굴에 있던 것이라고 콧방귀를 뀌며 무시할 수는 없었다. 그들이 가져온 식량은 거의 다 바닥났는데, 이제 빵과 치즈, 맥주, 잿불에 구워 먹을 베이컨까지 생긴 것이다.

간밤에 한숨도 못 잤기에 아침을 먹고 한잠 자다가 오후가 되어서야 그들은 몸을 일으켰다. 그들은 조랑말을 끌고 와서 금화 단지를 날라 강 옆으로 난 길에서 멀지 않은 곳에 눈에 띄지 않도록 파묻었다. 그리고 돌아와서 찾을 때를 대비해 주문을 걸어 두었다. 이 일을 끝내고 그들은 말에 올라 다시 동쪽 길로 들어섰다.

"어디에 갔다 오셨는지 여쭤봐도 될까요?"

길을 가면서 소린이 간달프에게 물었다.

"앞을 살피러."

"어떻게 위기일발의 순간에 돌아오셨어요?"

"뒤를 돌아보고."

"아하, 그렇군요! 하지만 좀 쉽게 말씀해 주시지 않겠어요?"

"앞길을 살펴보러 갔었지. 곧 길이 위험하고 험해질 거야. 그리고 부족한 식량 주머니를 어떻게 보충할 수 있을지 궁리했지. 그런데 그리 멀리 가지 않았을 때 깊은골에서 온 내 친구 두 명을 만났다네."

"거기가 어딘데요?"

빌보가 물었다.

"말을 가로막지 말게! 운이 좋으면 자네들은 며칠 내로 거기 도착할 테고, 그러면 다 알게 될 테니 말이야. 말했듯이 엘론드 일족 두 명을 만났는데 트롤에 겁을 먹고 급하게 달려가고 있었네. 트롤 세 놈이 산에서 내려와 길가에서 멀지 않은 숲에 자리 잡았다고 알려 주더군. 그놈들은 이 근방 사람들을 위협해 몰아내고는 매복해 있다가 낯선 이들을 공격한다고 했지.

그 말을 들은 순간 여기서 내 도움이 필요하겠다고 느꼈지. 뒤를 돌아보니 멀리 떨어진 곳에서 불빛이 보이기에 그것을 향해 온 거라네. 그다음은 자네도 알고 있고. 제발 다음에는 더욱 조심하게. 그러지 않으면 결국 아무 데도 못 가게 될 테니!"

"고맙습니다!"

소린이 말했다.

Chapter 3
짧은 휴식

그날은 날씨가 맑게 개었는데도 그들은 노래도 부르지 않고, 이야기도 나누지 않았다. 다음 날, 그다음 날도 마찬가지였다. 그들은 사방 멀지 않은 곳에 위험이 도사리고 있음을 느끼기 시작했다. 별빛 아래서 야영을 했고, 조랑말들보다도 딱한 처지였다. 말들에게는 무성한 풀이라도 있었지만, 그들의 자루 속에는 트롤의 굴에서 꺼내 온 것을 다 합쳐도 별로 남는 게 없었다. 어느 날 아침, 그들은 돌과 물거품 소리로 요란한 강에 이르러 넓지만 얕은 여울을 건너게 되었다. 저 멀리 건너편 강둑은 가파르고 미끄러웠다. 조랑말들을 이끌고 강둑 위에 올라선 그들은 아주 가까이까지 뻗어 내린 거대한 산줄기를 보았다. 제일 가까운 산자락에서 시작해 하루만 여유 있게 여행하면 그 산맥에 닿을 수 있을 것 같았다. 갈색 산비탈 군데군데 햇빛이 비쳤지만 그 산은 어둡고 황량해 보였고 산마루 너머에 눈 덮인 봉우리 끝이 희미한 빛을 발하고 있었다.

"저게 바로 그 산인가요?"

눈을 동그랗게 뜨고 빌보가 심각한 목소리로 물었다. 그는 그렇게 큰 산을 한 번도 본 적이 없었다.

"물론 아니지! 저건 안개산맥이 시작되는 곳에 불과해. 우린 저 산맥을 뚫고 가든 위로 넘어가든, 아니면 밑으로 가든 어떻게든 지나가야 그 너머 야생지대로 갈 수 있어. 그리고 저 산을 넘어서도, 스마우그가 우리 보물 위에 누워 있는 동쪽의 외로운산까지는 아주많이 가야 하지."

발린이 말했다.

"아아!"

빌보는 신음하듯 말했다. 이 순간 그는 예전에 경험하지 못한 피로감을 느꼈다. 호빗굴의 쾌적한 거실과 난롯가의 푹신한 의자와 찻물이 끓고 있는 주전자가 또다시 생각났다. 물론 그 생각을 떠올린 것은 이번도 마지막이 아니었다!

이제는 간달프가 길을 인도했다.

"길에서 벗어나면 안 돼. 그럼 끝장이야. 먼저 우린 식량이 필요하네. 그리고 좀 더 안전한 곳에서 쉬어야 해. 안개산맥을 공략하려면 반드시 길을 제대로 알아야 하지. 안 그러면 길을 잃고 돌아와서 처음부터 다시 시작해야 하거든. 돌아올 수 있다면 말이지."

그들이 어디로 가는 거냐고 묻자, 간달프가 대답했다.

"자네들 중 몇몇은 알겠지만, 우리가 있는 곳은 야생지대의 경계라네. 우리 앞에 감춰진 어딘가에 아름다운 깊은골의 계곡이 있고, 그곳의 '최후의 아늑한 집'에 엘론드가 살고 있네. 친구에게 전갈을 보냈으니 우릴 기다리고 있을 걸세."

그 말은 멋지게 들렸고 위안을 주었지만 아직 그들은 거기에 도착한 게 아니었고, 산 서쪽에 있는 '최후의 아늑한 집'을 찾는 건 말처럼 쉬운 일이 아니었다. 그들 앞에는 나무도, 계곡도, 언덕도 없는 광활한 땅이 펼쳐져 있었고, 서서히 높아지며 가장 가까운 산자락으로 이어지는 그 넓은 벌판은 마른 풀과 부스러진 바위뿐이었다. 간혹 풀잎과 이끼 같은 초록색이 군데군데 갈라진 틈 사이로 보여 어디에 물이 있는지 알려 주었다.

아침이 지나고 오후가 되었다. 하지만 온통 고요한 황무지에서 인적이라곤 전혀 찾을 수 없었다. 그들과 그 산맥 사이 어딘가에 '최후의 아늑한 집'이 있음을 이제 알고 있기 때문에 그들은 점점 불안해졌다. 갑자기 그들의 발치 밑으로 급경사를 이루며 아래로 이어지는 좁은 계곡이 나타났다. 그들은 깜짝 놀라며 그 아래의 나무들과 바닥에 흐르는 여울을 바라보았다. 폭은 건너뛸 수 있을 정도였지만 쏟아지는 물살로 웅덩이가 아주 깊게 파인 조그마한 협곡도 있었다. 뛰어넘거나 기어오르지도 못할 어둠침침한 계곡들도 보였다. 습지 중 어떤 곳은 커다란 꽃들이 화려하게 피어 있어서 아름다운 초원처럼 보였지만 짐을 실은 당나귀가 갔다가는 결코 돌아올 수 없을 곳이었다.

아침에 건넌 여울에서 산맥까지의 평원은 예상보다 훨씬 넓었다. 그래서 빌보는 속으로 무척 놀랐다. 길을 알려 주는 것이라고는 흰 돌멩이밖에 없었는데, 어떤 돌멩이는 너무 작았고, 어떤 돌멩이들은 이끼나 헤더로 반쯤 덮여 있었다. 이 길을 잘 아는 듯한 간달프의 인도를 받는데도 행로는 아주 느렸다.

흰 돌멩이를 찾아 헤매는 간달프의 머리와 수염이 이리저리 흔들렸다. 난쟁이들은 그를 따라가고 있었지만 날이 저물도록 탐색은 전혀 끝날 것 같지 않았다. 차 마실 시간은 이미 오래전에 지났고, 저녁 식사 시간도 곧 지날 것 같았다. 나방들이 펄럭거리며 날아다니고 달이 뜨지 않아 사방은 점점 깜깜해졌다. 빌보의 조랑말이 나무뿌리와 돌멩이에 걸려 비틀거리기 시작했다. 그때 갑자기 매우 가파른 비탈길이 그들 앞에 나타나는 바람에 간달프의 말은 절벽 밑으로 미끄러질 뻔했다.

"마침내 도착했네!"

그가 이렇게 말하자 난쟁이들은 주위에 둘러서서 벼랑 너머 아래를 바라보았다. 멀리 저 밑에 깊은 골짜기가 보였다. 강바닥에 박힌 바위 위로 빠르게 흐르는 물소리가 들렸고, 대기에는 나무들의 향기가 감돌고 있었다. 강물 건너편 계곡 비탈에서 불빛이 가물거렸다.

어스름 가운데 깊은골의 은밀한 골짜기를 향해 지그재그로 내려

RIVENDELL

깊은 골

가는 가파른 길에서 주르르 미끄러지고 고꾸라졌던 일을 빌보는 결코 잊지 못했다. 밑으로 내려갈수록 점점 따뜻해지고 소나무 향기가 졸음을 몰고 와서, 그는 꾸벅꾸벅 졸다가 말에서 떨어질 뻔도 하고, 조랑말 목에 코를 처박기도 했다. 그래도 그들은 아래로 갈수록 활기가 솟았다. 너도밤나무와 참나무가 주류를 이룬 숲속 땅거미 속에 안락한 기운이 감돌았다. 마침내 그들이 시냇가에서 그다지 멀지 않은 숲속 빈터로 다가간 때는 어둠에 잠긴 풀밭의 초록색이 그 마지막 빛을 잃은 다음이었다.

'흠! 요정 냄새가 나는 것 같은데!'

빌보는 이렇게 생각하며 별을 올려다보았다. 밝은 별들이 푸르게 반짝이고 있었다. 나무들 사이에서 웃음 같은 노랫소리가 터져 나왔다.

오! 뭘 하고 있지,
어디 가는 거야?
조랑말들은 편자가 필요해!
강은 흐르고!
　오! 트랄랄라랄리
　　여기 깊은 골짜기에!

오! 뭘 찾고 있지,
어디로 향하는 거야?
장작에서 연기가 나고
빵은 익어 가는데!
　오! 트릴릴릴롤리
　　골짜기는 경쾌하구나!
　　　하! 하!

오! 어디 가고 있지,
수염을 이리저리 흔들며?
몰라, 몰라.
무엇 때문에 골목쟁이네가
　발린과 드왈린과 함께
　　골짜기를 내려오는지
　　　6월에
　　　　하! 하!

오! 머물러 있을래
아니면 날아갈래?
조랑말들은 옆길로 들어섰어!
햇빛이 사라지고!
날아가는 건 바보 같은 짓이야,
머무르는 게 즐거운 일이지
　들어, 잘 들어 봐
　　어둠이 끝날 때까지
　　　우리 노래를
　　　　하! 하!

　이렇게 그들은 숲에서 웃으며 노래 부르고 있었다. 분명 여러분
은 그 노래가 꽤 그럴듯하긴 하지만 허튼소리라고 생각할 것이다. 그
래도 그들은 개의치 않을 것이다. 여러분이 그들에게 그렇게 말한
다면 그저 더욱더 크게 웃었을 것이다. 물론 그들은 요정들이었다.
곧 빌보는 점점 어두워지는 숲속에서 그들을 힐끗 볼 수 있었다. 그
는 만난 적은 거의 없지만 요정들을 좋아했다. 하지만 약간 두렵기
도 했다. 난쟁이들은 요정들과 사이가 좋은 편이 아니었다. 소린과

그 일행들처럼 아주 점잖은 난쟁이들도 요정들을 어리석다고 생각
했고 (이렇게 생각하는 것이야말로 대단히 어리석은 일이다) 때로는 그
들에게 화를 냈다. 어떤 요정들은 난쟁이들을 골려 주거나 비웃고,
특히 그들의 수염을 조롱하기 때문이었다.

누군가 말했다.

"자, 자, 저것 좀 봐! 호빗 빌보가 조랑말에 탔네, 맙소사! 재미있지
않아?"

"어떻게 저런 일이! 놀랍군!"

그러고서 그들은 앞의 노래처럼 우스운 노래를 또 부르기 시작했
다. 잠시 후, 키가 큰 젊은 요정이 나무 사이에서 나와 간달프와 소린
에게 인사했다.

"골짜기에 오신 것을 환영합니다!"

"고맙소!"

소린은 무뚝뚝하게 대답했으나, 간달프는 이미 말에서 내려 요정
들 사이에서 즐겁게 이야기를 나누고 있었다.

젊은 요정이 말했다.

"길에서 조금 벗어나셨군요. 시내를 건너 저기 집으로 가실 생각
이었다면요. 우리가 올바른 길로 안내해 드리겠지만, 다리를 지날
때까지는 걸어가는 게 좋아요. 잠깐 머물면서 우리와 함께 노래를
부르겠습니까, 아니면 곧바로 가시겠습니까? 저기 저녁 식사가 준
비되고 있습니다. 요리하느라 장작 태우는 냄새가 여기까지 풍기고
있어요."

빌보는 비록 지쳐 있기는 했어도 잠시 머물고 싶었을 것이다. 만약
여러분이 요정들의 노래를 좋아한다면, 6월의 별빛 아래 울려 퍼지
는 요정들의 노래는 놓치기에 너무나 아깝다. 빌보는 만난 적이 없
는데도 자기 이름과 자신에 관한 일들을 모두 알고 있는 것 같은 이
요정들과 사적으로 몇 마디 나누고 싶었을 것이다. 이 모험에 대한

그들의 의견을 들어 보는 것도 흥미로울 거라고 생각했다. 요정들은 많은 것을 알고 있으며, 새로운 소식에 놀랄 만큼 밝은 종족이었고, 평원의 사람들 사이에서 어떤 일이 일어나고 있는지를 흐르는 강물만큼이나, 아니 그보다도 더 빨리 알았다.

하지만 난쟁이들은 가급적 빨리 저녁을 먹고 싶은 생각밖에 없어 머무르려 하지 않았다. 그들은 조랑말들을 이끌고 평평한 길을 지나 마침내 강가에 이르렀다. 따가운 햇볕이 하루 종일 산꼭대기의 눈에 내리쬐는 여름날 저녁, 산에서 흘러내리는 물이 그렇듯, 강물은 빠르고 요란하게 흘러내렸다. 조랑말 한 마리가 간신히 지나갈 수 있을 정도로 좁고 난간도 없는 돌다리를 그들은 한 사람씩 조랑말 고삐를 잡고 천천히 조심스럽게 건너야 했다. 요정들은 강가로 환한 등불을 가져와서, 일행이 건너는 동안 유쾌한 노래를 불렀다.

두 손, 두 발로 기다시피 하는 소린에게 그들이 소리쳤다.

"물거품에 수염을 적시지 마세요, 영감님! 물을 안 줘도 이미 길게 자랐으니까요."

"빌보가 케이크를 다 먹지 않게 조심하세요! 열쇠 구멍을 통과하기에는 벌써 너무 뚱뚱하니까요!"

"조용, 조용히! 좋은 친구들이여! 좋은 밤 지내길! 골짜기에도 귀가 있어. 어떤 요정들은 혀가 너무 잘 돌지. 좋은 밤 되길!"

맨 마지막에 다리를 건넌 간달프가 말했다.

이렇게 해서 마침내 그들은 '최후의 아늑한 집'에 도착했다. 문은 활짝 열려 있었다.

참 이상한 일이지만, 갖고 싶던 좋은 것들이나 즐겁게 지낸 좋은 날들에 대해서는 말할 것도 들을 것도 별로 없어서 이야기를 해 봐야 금방 끝나 버린다. 반면 불안하고 가슴 두근거리고 심지어 무시무시한 것들은 좋은 이야깃거리가 되어 어떻게든 길게 이야기하게 된다. 그들은 그 훌륭한 집에서 적어도 열나흘씩이나 머물렀고 그곳을 떠나기가 무척 힘들었다. 빌보는 아무 문제 없이 곧장 호빗굴로 돌아갈 수 있었더라도 그곳에서 영원히 머물고 싶었을 것이다. 하지만 그들이 머물렀던 날들에 대해서는 별로 할 이야기가 없다.

그 집주인은 요정의 친구였다. 그는 역사가 시작되기 전, 요정들과 최초의 인간들이 사악한 고블린들과 북쪽에서 전쟁을 벌이기 이전 시대의 신기한 이야기에 등장하는 이들의 후손들 중 하나였다. 우리 이야기의 배경이 되는 이 시대에는 요정들과 북쪽의 영웅들을 조상으로 둔 이들이 아직 살고 있었고, 이 집의 주인 엘론드가 바로 그들의 우두머리였다.

그는 요정 군주답게 용모가 고귀하고 아름다웠고, 전사처럼 강했으며, 마법사처럼 현명했고, 난쟁이 왕처럼 덕망 있고, 여름날처럼 온후했다. 그는 수많은 이야기에 등장하는 인물이지만 빌보의 위대한 모험담에서 그가 맡은 역할은 그리 크지 않다. 이야기의 끝까지 가면 알 수 있을 중요한 역할을 하기는 하지만 말이다. 그의 집은 완벽함 그 자체였다. 식사하는 것, 자는 것, 일하는 것, 이야기하는 것, 노래하는 것, 아니면 그냥 앉아서 생각하는 것, 아니면 이것들을 동시에 즐겁게 하는 것, 그 어떤 일이든 이 집에서는 다 할 수 있었다. 사악한 것들은 이 계곡으로 들어올 수 없었다.

빌보 일행이 그 집에서 들은 몇 가지 이야기나 노래를 한두 곡 여러분에게 들려줄 시간이 있으면 좋을 텐데 말이다. 그들은 물론 조랑말들까지도 그곳에 머무는 동안 원기를 되찾았고 건강해졌다. 그들의 옷은 수선되었고 상처는 아물었으며 용기와 희망도 되찾았다. 산 고갯길을 넘을 수 있도록 활력을 줄 아주 가벼운 음식으로 자루가 꽉꽉 찼다. 집주인의 현명한 조언을 얻어 계획을 좀 더 완벽하게 다듬었다. 마침내 하지 전날 밤이 되었고, 그들은 하짓날 아침 일찍 해가 뜨는 대로 떠날 예정이었다.

엘론드는 룬 문자에 대해서는 어떤 종류든 다 알고 있었다. 그는 난쟁이들이 트롤의 굴에서 가져온 검을 보고 말했다.

"이건 트롤이 만든 게 아니오. 내 친족인 서쪽의 높은요정들이 차던 아주 오래된 검이지. 고블린과 벌일 전쟁에 대비해서 곤돌린시 (市)에서 만든 거라오. 용과 고블린 들이 먼 옛날 그 도시를 파괴했으니까, 이 검들은 용들의 보물 창고나 고블린들의 약탈물에서 나왔을 게요. 소린, 이건 곤돌린의 고대 문자로 '고블린을 베는 검'이라는 뜻인 '오르크리스트'라는 룬 문자요. 유명한 검이지요. 간달프, 이 검은 곤돌린의 왕이 지녔던 글람드링, 즉 '적을 두드리는 망치'입니다. 잘 간수하세요!"

"트롤이 어디서 이걸 가져왔을지 궁금하군요."

새롭게 흥미를 느낀 소린이 검을 보며 말했다.

"단언하기는 힘들지만 트롤들이 다른 약탈자들한테서 빼앗아 왔거나 아니면 산 어딘가 요새에서 옛날에 도둑들이 모아 둔 장물 중에 남아 있는 걸 발견했겠지요. 난쟁이들과 고블린들의 전쟁 후 버려진 모리아광산의 동굴들에서 먼 옛날에 잊힌 보물들을 아직도 찾을 수 있다고 들었소."

소린은 이 말을 듣고 생각에 잠겼다.

"이 검을 명예롭게 간수하겠습니다. 곧 다시 고블린을 벨 수 있기를!"

"산맥에 오르면 그 소망이 곧 이루어질 거요! 하지만 이제 그 지도 좀 보여 주시죠!"

엘론드는 지도를 받아 오랫동안 응시한 뒤 고개를 저었다. 그는 난쟁이들과 그들의 황금에 대한 집착에 호감을 전혀 느낄 수 없었지만 용들과 그들의 잔인한 사악함을 증오했다. 그리고 너른골 마을과 그 경쾌한 종소리, 그리고 반짝이는 달리는강의 불탄 제방이 기억에 떠오르자 슬픈 마음이 들었다. 은빛 초승달이 환히 빛나고 있었다. 그가 지도를 쳐들자, 흰 달빛이 지도를 비췄다.

"이게 뭘까? '문 높이는 약 150센티미터 그리고 세 명이 나란히 걸어갈 수 있는 너비'라고 잘 보이게 적힌 룬 문자 옆에 달빛 문자가 있군요."

"달빛 문자가 뭐예요?"

잔뜩 흥분한 호빗이 물었다. 전에 말했듯 그는 지도를 좋아했고, 룬 문자와 글씨들, 그리고 교묘한 필체 장난을 좋아했다. 스스로는 좀 가늘게 흘려 쓸 줄밖에 몰랐지만.

"달빛 문자는 룬 문자이지만 그냥 들여다보면 보이지 않는다네. 뒤에서 달이 비출 때만 보이는데, 좀 더 교묘한 달빛 문자는 그것이 쓰인 때와 같은 계절, 같은 모양의 달이 비춰야만 보이지. 자네 친구들이 이야기해 주겠지만, 난쟁이들이 그것을 고안했고, 은으로 만든 펜으로 쓴다네. 이건 아주 오래전, 하지 전날 저녁 초승달이 떴을 때 쓰인 게 틀림없어."

"뭐라고 쓰여 있습니까?"

간달프와 소린이 동시에 물었다. 그들은 어쩌면 엘론드가 이걸 먼저 알아냈다는 데 속이 좀 상했을 것이다. 실은 지금까지 그럴 기회도 없었고 앞으로도 언제 그런 기회가 올지 아무도 모르지만 말이다.

엘론드가 읽었다.

"개똥지빠귀가 두드릴 때 회색 바위 옆에 서서 기다려라. 두린의 날, 지는 해가 마지막 빛으로 열쇠 구멍을 비출 것이다."

"두린, 두린이라! 그분은 난쟁이 종족 중 가장 오래된 '긴수염' 난쟁이들의 시조였고 우리의 가장 높은 선조이지요. 제가 그분의 후계자입니다."

소린이 말했다.

"그럼 두린의 날이 뭘까요?"

엘론드가 물었다.

"난쟁이들의 새해 첫날은, 알다시피 겨울의 문턱에 들어선 가을의 마지막 달이 뜬 첫째 날입니다. 지금도 저희는 가을의 마지막 달과 태양이 하늘에 동시에 떠 있을 때를 두린의 날이라고 하지요. 하지만 요즘에는 그날이 언제인지를 계산하는 기술이 없기 때문에, 유감스럽게도 저희에게 별 도움이 안 될 것 같습니다."

"두고 볼 일이야. 더 쓰인 건 없습니까?"

간달프가 말했다.

"지금 달빛으로는 더 이상 보이지 않는군요."

엘론드가 말하며 지도를 소린에게 돌려주었다. 그리고 그들은 하지 전날 저녁에 요정들이 춤추고 노래하는 것을 보러 강가로 내려갔다.

다음 날 하지 아침은 더 바랄 나위 없을 정도로 아름답고 상쾌했다. 푸른 하늘에 구름 한 점 없었고 햇빛이 강물 위에서 반짝거렸다. 이제 그들은 더 큰 모험을 위해 마음을 굳게 먹고 안개산맥을 넘어가는 길에 대해 조언을 들은 다음, 쾌속을 비는 작별의 노래를 들으며 길을 떠났다.

Chapter 4

산 위 그리고 산 아래

안개산맥으로 이르는 길은 많았고 그 산맥을 넘는 고갯길도 많았다. 그러나 그 길들은 대부분 속임수이고 가짜여서 막다른 곳에 이르거나 비참한 최후로 이끌었다. 대부분의 고갯길에는 사악한 것들과 끔찍한 위험이 도사리고 있었다. 난쟁이 일행은 엘론드의 현명한 충고와, 간달프의 기억 덕분에, 위험이 없는 고갯마루에 이르는 안전한 길에 접어들었다.

'최후의 아늑한 집'을 뒤로하고 계곡을 기어오른 지 며칠 지난 후에도 그들은 여전히 오르고, 오르고, 계속 올라갔다. 그 오르막길은 가파르고 위험했으며, 이리저리 구부러지고 한없이 이어지는 쓸쓸한 길이었다. 이제 뒤를 돌아보면 저 아래 까마득하게 멀리 자신들이 지나온 평원이 보였다. 빌보는 멀리, 아주 멀리, 온통 푸르스름하고 흐릿하게 보이는 서쪽에 안전하고 편안한 자기 마을과 작은 호빗 굴이 있다는 것을 알고 있었다. 그는 부르르 몸을 떨었다. 고도가 높아지면서 점점 추워졌고, 바위들 사이로 매서운 바람이 불어왔다. 한낮의 태양에 눈이 녹아서 간혹 둥근 돌들이 산비탈에서 굴러 내려와 (다행스럽게도) 그들 사이로 굴러가거나, 머리 위로 지나가 모두를 깜짝 놀라게 했다. 밤이 되면 불편하고 으스스했으며, 섬뜩한 메아리 때문에 그들은 감히 큰 소리로 노래를 부르거나 이야기를 나눌 수 없었다. 정적은 깨지는 걸 원치 않는 듯했다. 물소리와 울부짖는 바람 소리 그리고 바위 깨지는 소리만이 그 정적을 가를 뿐이었다.

'저 아래에서는 한창 여름이 지나가겠지. 건초와 나들이 계절이지. 이런 속도로 산행하면 우리가 산 건너편으로 내려가기도 전에 추수를 하고 검은딸기를 따고 있을 거야.'

빌보는 이렇게 생각했다. 그리고 다른 난쟁이들도 똑같이 우울한 생각에 잠겨 있었다. 하짓날 아침, 희망에 가득 차서 엘론드에게 작별 인사를 했을 때만 해도 바람처럼 산을 넘고 그 너머 평원을 재빨리 가로지를 거라고 즐겁게 이야기를 나누었는데 말이다. 외로운산의 비밀 문에 다다를 때는 아마도 가을의 마지막 달이 될 것 같다고 생각했다.

"아마도 두린의 날일 거야."

그들이 말했다. 오직 간달프만이 고개를 저으며 아무 말도 하지 않았다. 난쟁이들은 오랜 세월 동안 그 길을 지나다니지 않았지만 간달프는 그곳을 넘나들었기에, 용들이 평원에서 인간들을 몰아낸 후 야생지대에 사악하고 위험한 것들이 창궐하게 되었고 모리아의 광산 전투가 끝난 후 고블린들이 은밀히 사방에 퍼졌음을 알고 있었다. 그러므로 야생지대의 변경을 넘어 위험한 모험을 떠날 때면 간달프 같은 현명한 마법사나 엘론드 같은 좋은 친구들의 훌륭한 계획들도 때로 어긋날 수 있었다. 간달프는 매우 현명한 마법사였기에 그것 또한 알고 있었다.

간달프는 예상치 못한 일이 언제든 일어날 수 있음을 알고 있었다. 쓸쓸한 봉우리와 골짜기 들에는 다스리는 왕이 없었기 때문에, 무시무시한 모험을 겪지 않고 그 거대하고 높은 산맥들을 지나갈 수 있으리라고는 감히 바랄 수 없었다. 실제로 그랬다. 어느 날 천둥이 내리칠 때까지는 모든 일이 순조롭게 진행되고 있었다. 그것은 천둥이라기보다는 천둥의 전투라고 할 만한 것이었다. 여러분들은 평원과 강의 계곡에 거대한 천둥이 내리칠 때, 특히 거대한 두 뇌우가 맞부딪칠 때 얼마나 무시무시한지 잘 알 것이다. 그보다 더 끔찍한 것은 한밤중에 높은 산에서, 동쪽 서쪽에서 몰려온 폭풍이 전투를 벌이며 천둥과 번개를 쳐 대는 것이다. 번개가 밤하늘을 찢는 듯봉우리에서 번쩍거리면 바위들이 흔들리고 요란한 소리가 대기를흔들고 우르르 울리면서 동굴과 구멍 구석구석에까지 전달된다. 그러면 귀를 찢는 듯한 소음과 갑작스러운 섬광이 어둠을 꿰뚫는다.

빌보는 한 번도 그런 천둥과 번개를 본 적도, 상상한 적도 없었다. 그들은 높고 좁은 산 중턱에 있었는데, 한쪽은 무시무시한 낭떠러지가 저 밑의 깜깜한 계곡으로 이어져 있었다. 그들은 불쑥 튀어나온 바위 밑에서 밤을 새워야 했다. 빌보는 담요를 뒤집어쓴 채 머리끝에서 발끝까지 와들와들 떨고 있었다. 담요 밖으로 살그머니 번개 치는 광경을 내다보니, 건너편 계곡에서 바위 거인들이 놀이 삼아 서로에게 바위를 던지고는 그걸 붙잡아서 어둠 속으로 내동댕이치고 있었다. 바위들은 저 아래 나무들 사이에서 박살 나거나 쿵 소리를 내며 산산조각 부서졌다. 곧 바람이 불고 비가 내리기 시작했다. 바람이 비를 몰아치고 우박을 사방으로 흩뿌려서 그들 머리 위의 바위도 비바람을 막아 주지 못했다. 그들은 이내 흠뻑 젖었고, 조랑말들은 머리를 숙인 채 다리 사이로 꼬리를 사리고 몇 마리는 놀라 울부짖었다. 거인들이 크게 웃으며 고함치는 소리가 산비탈 너머로 울려 퍼졌다.

"이건 있을 수 없는 일이야! 바람에 날려 가든지 물에 빠져 죽거나 벼락에 맞거나 그게 아니라면 거인한테 잡혀서 축구공처럼 하늘 높이 걷어차일 거야."

소린이 말했다.

"그래, 자네가 더 좋은 곳을 안다면 좀 데려가게나!"

간달프가 기분이 몹시 언짢은 데다 거인들 때문에 몹시 침울한 목소리로 말했다.

The Mountain-path

산길

그들은 의논을 거듭한 끝에 더 나은 은신처를 찾으러 필리와 킬리를 보내기로 했다. 그들은 눈이 밝은 데다 다른 난쟁이들보다 쉰 살 정도 어린 젊은 난쟁이였으므로 보통 이런 궂은일을 도맡곤 했다. 물론 빌보를 보내 봤자 아무 소용도 없을 거라고 모두들 생각하는 경우에 말이다. 소린이 난쟁이들에게 말했듯이, 무언가 원하는 것을 찾으려면 눈으로 보는 것만큼 중요한 것은 없다. 직접 눈으로 보면 대개는 무언가를 찾을 수 있다. 그러나 그것은 원래 찾으려 했던 게 아닐 수도 있다. 이번이 바로 그런 경우였다.

곧 필리와 킬리가 바람 속에서 바위를 붙잡고 기어 돌아와 말했다.

"마른 굴을 발견했어요. 저 다음 모퉁이에서 얼마 떨어지지 않은 곳에 있고 조랑말들과 우리 모두 다 들어갈 만해요."

"자네들, 철저하게 살펴보았나?"

산에 있는 굴치고 주인 없는 굴이 거의 없음을 알고 있는 마법사가 물었다.

"네, 그래요!"

그들이 이렇게 대답했지만, 다른 이들은 그들이 오랫동안 살펴보지 않았음을 알 수 있었다. 그들은 너무 빨리 돌아온 것이다.

"굴이 그렇게 크지는 않아요. 그리고 안으로 깊숙이 들어가지도 않고요."

물론 깊이 파인 동굴은 위험하다. 어떨 땐 얼마나 깊이 들어가는지, 그 뒤의 길은 어디로 이어지는지, 안에서 무엇이 기다리고 있는지 알 수 없으니까. 그러나 지금 필리와 킬리가 가져온 소식은 그럭저럭 괜찮아 보였다. 그래서 그들은 모두 일어나 떠날 준비를 했다. 바람이 울부짖고 있었고 천둥은 여전히 으르렁거리고 있어서, 조랑말들을 끌고 이동하기가 여간 어렵지 않았다. 하지만 그다지 멀지 않았기 때문에 오래지 않아 그들은 길 위에 커다랗게 솟은 바위에 이르렀다. 그 바위 뒤로 돌아가자 산비탈 쪽으로 천장이 나지막하고 둥근 입구를 발견할 수 있었다. 짐을 내리고 안장을 벗기면 조랑말들을 억지로 밀어 넣을 수 있었다. 입구를 지나 안으로 들어서자 비를 맞지 않게 되었고, 밖에서 울리는 바람 소리와 빗소리를 들을 수 있어서 기분이 좋아졌다. 게다가 거인들과 그들이 던지는 바위에 대한 두려움에서 벗어나서 마음이 한결 놓였다. 하지만 마법사는 모든 것을 운에 맡기지는 않았다. 그는 (이젠 아주 까마득한 옛날 일 같지만 요전날 빌보의 식당에서 그랬듯) 지팡이 끝에 불을 붙이고 그 불빛으로 동굴 한쪽 끝에서 다른 끝까지 샅샅이 살펴보았다.

그 굴은 지나치게 크지 않고 적당했으며 수상해 보이지는 않았다. 바닥은 말라 있고 구석은 누워 쉬기에 편안했다. 안락한 곳에 들어와 대단히 기쁜 듯 조랑말들은 콧김을 내뿜으며 한쪽 귀퉁이에 서서 꼴 주머니의 먹이를 우적우적 씹어 댔다. 오인과 글로인은 옷을 말리려고 불을 피우려 했지만 간달프는 들은 척도 하지 않았다. 그래서 그들은 바닥에 젖은 것들을 펼쳐 놓고 보따리에서 마른 옷을 꺼내 입었다. 그러고는 담요를 편안하게 깔고 누워서 담뱃대를 꺼내 연기 고리를 피워 보냈다. 간달프는 그 고리들을 다른 색깔로 바꾸고 천장으로 흩날리게 해서 그들을 즐겁게 해 주었다. 그들은 천둥소리도 잊고 계속 이야기를 나누었다. 보물을 손에 넣으면 각자 자기 몫으로 무엇을 할까 의논하기도 했다. 지금 이 순간에는 보물을 찾는 게 그리 불가능한 일로 보이지 않았다. 그러다가 그들은 한 명씩 잠에 빠져들었다. 그리고 그들이 끌고 온 조랑말과 자루, 보따리, 연장 그리고 소지품 들을 사용한 것은 그날 밤이 마지막이 되고 말았다.

그들이 조그만 빌보를 데려온 게 결국 잘한 일이라는 사실이 그날 밤에 밝혀졌다. 빌보는 어쩐 일인지 한참이나 잠을 이루지 못하다 결국 잠들었는데, 아주 불쾌한 꿈을 꾸었다. 동굴 뒷벽의 틈새가 점점 더 커지고 넓게 벌어지는 걸 꿈에서 보았다. 그는 겁이 났지만 소리를 지를 수도 없고, 어찌할 수도 없어서 가만히 누워 바라보았다. 그러다가 동굴 바닥이 무너져 몸이 미끄러지면서 어디론지 모르지만 굴러떨어지는 꿈을 꾸었다.

바로 그 순간 그는 깜짝 놀라 잠에서 깨었고 그 꿈의 일부가 사실임을 알게 되었다. 동굴 뒤쪽에 틈이 벌어져 이미 널따란 통로가 열려 있었다. 빌보가 잠에서 깨어난 바로 그 순간, 제일 끝에 서 있던 조랑말의 꼬리가 그 틈새로 사라졌다. 당연히 그는 큰 소리로 고함을 쳤는데, 그것은 호빗의 작은 몸집에 비해 놀라울 정도로 큰 소리였다.

고블린들이 뛰어나왔다. 순식간에 체구가 큰 고블린들과 추악하게 생긴 고블린들이 너무나 많이 쏟아져 나왔다. 난쟁이 하나마다 적어도 여섯 놈이 달라붙었고 심지어 빌보에게도 두 놈이 달려들어서 눈 깜짝할 새 모두를 사로잡아 바위틈으로 끌고 들어갔다. 그러나 간달프는 아니었다. 빌보의 고함 덕분이었다. 빌보가 비명을 지른 순간 간달프는 정신이 번쩍 들었다. 고블린들이 그를 잡으려고 덤벼들었을 때 동굴 안에 번개 같은 섬광이 번쩍이고 화약 냄새가 퍼져 나갔다. 고블린 여럿이 그 자리에서 죽어 나자빠졌다.

바위틈이 찰칵 소리를 내며 닫혔고, 이제 빌보와 난쟁이들은 동굴 건너편에 갇히게 되었다! 간달프는 어디 있는 걸까? 난쟁이들도 고블린들도 전혀 알 수 없었다. 하지만 고블린들은 더 찾아보려 하지 않고, 빌보와 난쟁이들을 붙잡아 급히 몰고 갔다. 그곳은 깊은 암흑의 땅이었다. 그 어둠은 오로지 산의 심장부에 사는 데 익숙한 고블린들만 식별할 수 있었다. 길은 온갖 방향으로 교차되고 뒤얽혀 있었지만, 고블린들은 자기들의 길을 아주 잘 알고 있었다. 여러분이 가장 가까운 우체국으로 가는 길을 잘 알고 있듯이 말이다. 길은 계속 아래로 이어졌고 공기가 통하지 않아 숨이 막혔다. 고블린들은 아주 거칠었고 무자비하게 그들을 꽉 끼고 달리면서 끔찍하게 섬뜩한 소리로 낄낄댔다. 빌보는 트롤에게 발가락을 잡혀 거꾸로 매달렸을 때도 지금처럼 불행한 심정이 아니었다. 멋지고 환한 호빗굴로 돌아갈 수 있으면 얼마나 좋을까 하는 갈망이 또다시 일었다. 물론 이번의 간절한 소망도 마지막이 아니었다.

　이제 앞쪽에서 붉은빛이 희미하게 드러나기 시작했다. 고블린들은 넓적한 발로 쾅쾅 돌을 밟으며 박자를 맞추고 또 포로들을 휘두르면서, 노래인지 깍깍거리는 소리인지 모를 고함을 지르기 시작했다.

　　철썩! 찰칵! 검은 틈새!
　　꽉 잡고, 움켜쥐고! 꽉 끼고, 잡아채라!
　　고블린 마을 아래로, 아래로
　　　　내려가라, 이 녀석들!

　　쨍그랑, 와르르! 뭉개라, 박살 내라!
　　망치와 부젓가락! 고리쇠와 징!
　　부숴라, 부숴라, 깊은 지하 세계에서!
　　　　흐, 흐! 이 녀석들!

　　휘휘, 철썩철썩! 채찍을 날려!
　　두드리고 때려라! 훌쩍이고 울어라!
　　일해라, 일해라! 게으름 피우지 말고!
　　고블린들이 마시고, 고블린들이 웃는 동안
　　빙글빙글, 지하 세계 깊은 곳에서!
　　　　저 아래로, 이 녀석들!

　정말로 끔찍한 노래였다. '철썩, 찰칵' 하는 소리와 "뭉개라, 박살 내라!" 그리고 "흐, 흐! 이 녀석들!" 하는 추악한 웃음소리가 벽에 울려 메아리쳤다. 이 노래의 전반적인 의미는 너무나 분명했다. 고블린들은 난쟁이들을 앞세우고 최대한 빨리 달리도록 채찍을 꺼내 '휙휙! 철썩철썩!' 하고 갈겨 댔던 것이다. 난쟁이들 몇몇은 이미 훌쩍거리면서 비틀비틀 커다란 동굴 속으로 밀려 들어갔다.

고블린들이 득실거리는 동굴 가운데에는 붉은 모닥불이 커다랗게 타오르고 벽을 따라 횃불이 걸려 있었다. 뒤에서 고블린 몰이꾼들이 소리 지르며 채찍을 휘두르는 가운데 (불쌍한 빌보는 맨 뒤에 있어서 채찍과 제일 가까웠다) 난쟁이들이 뛰어들자 고블린들은 모두 웃으며 발을 구르고 손뼉을 쳐 댔다. 조랑말들은 이미 구석에 웅크리고 있었고, 고블린들은 벌써 자루와 꾸러미 들을 모두 찢어발긴 뒤, 뒤지고 냄새 맡고 만지작거리면서 서로 갖겠다고 싸우고 있었다.

유감스럽게도 그 후로 빌보 일행은 그 훌륭한 조랑말들을 다시는 보지 못했다. 간달프의 말이 산길을 걷는 데 적합하지 않아서 엘론드가 빌려준, 그 명랑하고 튼튼하며 작고 하얀 말을 포함해서 말이다. 고블린들은 말이나 조랑말, 당나귀, 그보다 더한 것들도 먹어 치웠고 언제나 배가 고프다고 아우성이었다. 그러나 지금 포로들은 자신들 외에 다른 것을 생각할 여유가 없었다. 고블린들은 난쟁이들의 손을 등 뒤로 묶고 모두 한 줄로 엮어서 동굴 한쪽 끝으로 끌고 가서는 작은 빌보를 줄 끝에 매단 채 잡아당겼다.

어두운 너럭바위 위에 머리가 커다랗고 몸집이 거대한 고블린 한 놈이 앉아 있었고 그 주위에 도끼와 굽은 칼로 무장한 고블린들이 서 있었다. 자, 고블린이라는 족속은 천성이 잔인하고 사악하고 악한 것들이다. 그들은 아름다운 물건이 아니라 괴상한 물건만 잔뜩 만든다. 대체로 너저분하고 더러운 족속이지만 하려고 들면 누구 못지않게 갱도를 파고 채굴도 할 수 있다. 물론 최고로 숙련된 난쟁이들과 비교할 수 없지만 말이다. 그들이 잘 만드는 것은 망치나 도끼, 칼, 단도, 곡괭이, 부젓가락 그리고 고문 도구 들이었다. 직접 만들기 싫으면 용도에 맞게 죄수들과 노예들을 부려서 만들었는데, 이들은 공기와 빛이 부족해 일만 하다가 죽어 갔다. 아마도 훗날 세상에 문제를 일으킨 기계들, 특히 수많은 사람들을 단번에 죽이는 교묘한 장치들을 만든 건 바로 이놈들이었을 것이다. 불가피한 경우가 아니면 직접 만들지 않았지만 이놈들은 바퀴와 엔진 그리고 폭탄을 언제나 좋아했다. 그러나 당시 이런 미개한 지역에서는 이른바 기술이라는 것이 그 정도로 발달된 건 아니었다. 그들이 난쟁이들을 특별히 증오한 것은 아니지만 타 종족이라면 가리지 않고 모두 다 증오했고, 특히 안정된 질서와 번영을 누리는 종족들을 증오했다. 어떤 지역에서는 사악한 난쟁이들이 그들과 동맹을 맺기도 했다. 그러나 그들은 소린의 부족에 대해 특별한 원한을 품고 있었다. 이 이야기에는 나오지 않지만 앞에서 언급했던 전쟁 때문이었다. 어쨌든 그들은 포로들이 저항할 수 없고 교활하고 은밀하게 뒤처리를 할 수만 있다면, 무엇을 잡았든 간에 개의치 않는다.

"이 비천한 것들은 뭐냐?"

고블린 두목이 말했다.

"난쟁이들하고 이놈입니다!"

그들을 몰고 온 고블린 중 하나가 빌보의 사슬을 끌어당기는 바람에 빌보는 앞으로 꼬꾸라져 무릎을 꿇고 쓰러졌다.

"정문 입구에 이놈들이 숨어 있는 걸 발견했습니다."

"무슨 짓을 하려던 거야? 분명 나쁜 짓을 하려 했겠지! 내 부하들의 은밀한 작업을 염탐하고 있었겠지! 도둑놈들이라고 해도 놀랍지 않아! 살인자들과 요정의 친구들이라, 그럴듯하군! 이리 와 봐! 뭐, 할 말이라도 있냐?"

고블린 두목이 소린을 향해 말했다.

"난쟁이 소린이 귀하에게 봉사하겠습니다!"

물론 이 말은 그저 의례적인 인사에 불과했다.

"귀하께서 의심하고 상상하시는 것을 저희는 꿈에도 생각한 적이 없습니다. 그저 동굴이 편안해 보이고 아무도 쓰지 않는 것 같기에 폭풍을 피하고 있었을 뿐입니다. 고블린들께 어떤 식으로든 폐를 끼칠 생각은 전혀 없었습니다."

실로 이 말은 사실이었다!

"음! 그렇게 지껄였겠다! 그럼 네놈들이 도대체 산에서 뭘 하고 있었고, 어디서 왔고, 어디로 가는지 물어볼까? 사실 네놈에 대해 모든 걸 알고 싶거든. 그건 네놈한테 별로 좋지 않을걸, 참나무방패 소린. 네놈 종족에 대해서 나는 이미 아주 많은 걸 알고 있지. 하지만 진실을 말해라, 그러지 않으면 네놈을 위해 아주 불편한 것을 준비할 테니!"

"저희는 참으로 호의적인 이 산맥의 동쪽에 살고 있는 친척들, 말하자면, 사촌과 육촌, 팔촌 조카들과 조카딸들, 그리고 우리 조부들의 다른 자손들을 방문하려고 여행하는 중입니다."

분명, 진실을 말해 봐야 전혀 도움이 안 될 그런 순간에, 소린은 자기가 무슨 말을 하는지도 모르면서 횡설수설했다.

"거짓말입니다. 오, 진정 위대한 분이시여! 저희가 이 생물들을 지하로 초대하려 하는데 동굴에서 번쩍하더니 우리 편 몇 명이 그 자리에서 죽어 돌처럼 되었습니다. 게다가 저놈은 이것에 대해 아무 말도 하지 않았습니다!"

고블린 몰이꾼 중 하나가 이렇게 말하며 트롤의 굴에서 가져온 소린의 검을 내놓았다.

고블린 두목은 검을 보자마자 정말 무섭게 격분하여 고함을 질렀다. 그의 부하들은 이를 갈고 방패를 두드리며 발을 굴렀다. 그 검을 당장 알아본 것이다. 곤돌린의 아름다운 요정들이 언덕에서 고블린을 추격했을 때, 그리고 그들의 성벽 앞에서 한창 전투를 벌이던 시절에, 고블린들을 수백 명이나 베어 버린 검이었다. 요정들은 그 검을 '오르크리스트', 즉 '고블린을 베는 검'이라 불렀으나, 고블린들은 그냥 '바이터'라 불렀다. 고블린들은 그 검을 몹시 증오했고, 그 검을 소지한 자는 더더욱 증오했다.

"살인자들, 요정의 친구 놈들! 저놈들을 채찍으로 갈겨라! 두들겨 패라! 물어뜯어라! 이를 갈아라! 다시는 햇빛을 못 보게 뱀이 우글거리는 어두운 굴속에 처넣어라!"

고블린 두목이 고함을 질렀다. 그는 너무도 큰 분노에 사로잡힌 나머지 자리를 박차고 일어나 입을 크게 벌리고 소린에게 달려갔다.

바로 그 순간 동굴 안에서 타오르던 불이 모두 꺼졌다. 한가운데에서 타고 있던 불이 '팍!' 하고 꺼지더니 푸르스름한 연기가 피어올라 천장까지 올라갔다가 흩어지며, 고블린들에게 눈을 찌르는 하얀 섬광을 흩뿌렸다.

그러자 동굴은 고함 소리와 훌쩍이는 소리, 깍깍대는 소리, 날뛰는 소리, 꽥꽥거리는 소리, 악쓰는 소리, 으르렁대는 소리, 저주하는 소리, 비명 소리 등으로 이루 다 형언할 수 없는 아수라장이 되었다. 수백 마리의 고양이와 늑대 들을 한꺼번에 산 채로 천천히 불에 굽더라도 이 정도는 아니었을 것이다. 그 섬광은 고블린들의 몸에 구멍을 내며 타들어 갔고, 천장에서 가라앉은 연기가 너무 짙게 깔려 고블린들도 앞을 볼 수 없었다. 이내 고블린들은 모두 미친 듯 바닥에 뒤엉켜 쓰러지고 무더기로 구르며 물어뜯고 걷어차며 싸우기 시작했다.

갑자기 어떤 검이 스스로 빛을 발하며 번쩍였다. 빌보는 한창 광분하여 말문이 막힌 채 서 있던 고블린 두목에게 검이 곧장 날아가 그를 관통하는 광경을 보았다. 그는 즉사하여 넘어졌고 고블린 전사들은 검이 자기들에게 닿기 전에 비명을 지르며 어둠 속으로 달아났다. 그 검은 칼집으로 돌아갔다.

"날 따르게, 빨리!"

격렬하고도 고요한 목소리가 들려왔다. 빌보는 무슨 일이 일어났는지도 모른 채 줄의 끝에서 최대한 빨리 뛰었다. 그들은 캄캄한 통로를 따라 아래로 계속 달렸고 고블린 동굴의 아우성은 차차 희미해졌다. 어슴푸레한 빛이 그들을 이끌고 있었다.

"더 빨리, 더 빨리! 횃불이 곧 켜질 거야."

그 목소리가 말했다.

"잠깐만요!"

빌보 바로 앞에서 달리던 친절한 난쟁이 도리가 소리쳤다. 그는 사슬에 묶인 손으로 어렵사리 호빗을 자기 어깨에 기어오르게 했다. 그러고서 다시 달리기 시작했으나 사슬이 철렁거리고 손을 사용할 수 없기 때문에 몸을 가누지 못하고 수없이 비틀거려야 했다. 오랫동안 그들은 쉬지 않고 달려 바로 산의 심장부에 이르렀다.

그때 누군가 마술 지팡이에 불을 붙였다. 물론 그건 간달프였다. 하지만 그때는 너무나 경황이 없어서 그가 어떻게 왔는지 물어볼 겨를도 없었다. 그가 다시 검을 뽑자 검은 어둠 속에서 스스로 빛을 발했다. 그 검은 근방에 고블린이 있으면 분노로 타올라 빛을 발하는 것이었다. 지금은 동굴의 거대한 두목을 죽인 기쁨으로 푸른 불꽃을 내며 환히 타오르고 있었다. 검은 조금도 어렵지 않게 고블린의 사슬을 끊어서 포로들을 풀어 주었다. 그 검의 이름은 '적을 두드리는 망치'라는 뜻의 '글람드링'이었다. 고블린들은 그것을 '비터'라 불렀고 '바이터'보다도 더 증오했다. '오르크리스트'도 무사했다. 간달프가 겁에 질린 호위병에게서 낚아채 왔기 때문이다. 간달프는 매사를 거의 다 빠짐없이 생각하고 있었던 것이다. 그가 무슨 일이든 다 할 수 있는 건 아니었지만, 곤경에 빠진 친구들을 위해서는 정말 많은 일을 할 수 있었다.

그는 소린에게 인사하며 그의 검을 건넸다.

"다 온 건가? 자, 보자. 소린이 하나, 둘, 셋, 넷, 다섯, 여섯, 일곱, 여덟, 아홉, 열, 열하나, 필리하고 킬리는 어디 있지? 여기 있군! 열둘, 열셋, 그리고 여기 골목쟁이네, 열넷! 자, 자! 상황이 더 나빠질 수도 있겠지만 앞으로 좋아질 일도 꽤 있겠지. 조랑말도 없고, 식량도 없고, 우리가 어디 있는지도 모르고, 게다가 뒤에서 성난 고블린 무리가 따라오고. 자, 가세!"

그들은 출발했다. 간달프의 말이 옳았다. 그들이 지나온 길 뒤쪽에서 고블린들의 시끄러운 소리와 끔찍한 외침이 들려왔다. 그 소리 때문에 그들은 더 빨리 달렸다. 불쌍한 빌보는 난쟁이들 속도의 절반도 낼 수 없었기에, 난쟁이들이 번갈아 업고 달렸다. 난쟁이들은 필요하다면 엄청난 속도로 구르듯이 달릴 수 있었다.

하지만 고블린들은 난쟁이들보다 빨랐고 (자기들이 만든 길이었으므로) 길도 더 잘 알았을 뿐 아니라, 미친 듯이 화가 나 있었다. 그래서 난쟁이들이 아무리 열심히 뛰어도 고블린들의 울부짖음과 고함은 점점 더 가까워졌다. 오래지 않아 바로 조금 전에 지나온 모퉁이에서 수많은 고블린들의 덜거덕거리는 발소리가 들려왔다. 통로 바로 뒤에서 깜박이는 붉은 횃불이 보였지만 이제 그들은 너무 지쳐서 녹초가 되었다.

"왜, 아, 왜 내가 호빗굴을 떠났을까!"

봄부르의 등에서 위아래로 부딪치며 불쌍한 골목쟁이네가 말했다.

"왜, 아, 왜 이 한심한 호빗을 보물 사냥에 데려왔을까!"

열이 나고 겁에 질려 코에서 땀을 뚝뚝 떨구며 비틀거리던 뚱보 봄부르가 말했다.

이 지점에서 간달프는 소린과 함께 뒤쪽에 섰다. 그들이 뾰족한 모퉁이를 돌았을 때 간달프가 소리쳤다.

"뒤로 돌게! 검을 빼게, 소린!"

다른 방도가 없었다. 고블린들에게는 전혀 반갑지 않은 일이었다. 그들은 목청껏 고함 지르며 허겁지겁 모퉁이를 돌다가 차갑게 빛나는 '고블린을 베는 검'과 '적을 두드리는 망치'를 보자 깜짝 놀랐다. 맨 앞에 섰던 몇 놈은 횃불을 떨어뜨리고 외마디 비명을 지르고 죽어 넘어졌다. 그 뒤에 있던 몇 놈은 더 큰 비명을 지르고 펄쩍 뛰며 돌아서다가 뒤따라오던 무리들과 부딪혀 넘어졌다.

"비터와 바이터!"

그들은 소리를 질러 댔고, 이내 뒤죽박죽으로 뒤엉켜 허둥대다가 대부분이 왔던 길로 줄행랑쳤다.

한참 지나서야 그들 중 몇 놈이 용기를 내어 그 모퉁이를 다시 돌아왔다. 그때쯤 난쟁이들은 다시 길을 재촉해 고블린의 영토인 어두운 굴속으로 깊이깊이 들어갔다. 이를 안 고블린들은 횃불을 끄고 부드러운 신발을 신고는 눈과 귀가 가장 밝고 가장 빨리 달리는 몇몇을 선발했다. 이들은 어둠 속에서 족제비처럼 빠르게, 그리고 박쥐보다도 조용히 내달렸다.

그래서 빌보도, 난쟁이들도, 심지어 간달프조차 그놈들이 오는 소리를 듣지 못했고, 그들을 보지도 못했다. 그러나 난쟁이들이 길을 잘 갈 수 있도록 간달프가 마술 지팡이로 희미한 빛을 밝혀 주었기 때문에, 뒤에서 조용히 달려오던 고블린들은 난쟁이들을 잘 볼 수 있었다.

맨 뒤에서 다시 빌보를 업고 달리던 도리가 어둠 속에서 갑자기 낚아채였다. 도리는 비명을 지르고 쓰러졌다. 호빗은 그의 등에서 굴러떨어져 온통 깜깜한 가운데 단단한 바위에 머리를 부딪쳤다. 그러고는 더 이상 아무것도 기억하지 못했다.

Chapter 5
어둠 속의 수수께끼

눈을 떴을 때 빌보는 자기가 과연 눈을 뜬 것인지 의심스러웠다. 눈을 감고 있을 때와 똑같이 깜깜했기 때문이다. 주위에는 아무도 없었다. 얼마나 놀랐을까! 아무것도 들을 수도, 볼 수도 없었고, 돌바닥 외에는 아무것도 감지할 수 없었다.

빌보는 아주 천천히 몸을 일으키고 더듬거리며 기어갔다. 마침내 동굴 벽에 손이 닿았지만, 위에서도 아래에서도 아무것도 발견할 수 없었다. 실로 아무것도 없었다. 고블린들의 흔적도, 난쟁이들의 흔적도. 머리가 어찔어찔했다. 도리의 어깨에서 떨어졌을 때 그들이 어느 쪽으로 가고 있었는지도 전혀 알 수 없었다. 그는 가급적 옳게 추측하려고 애쓰며 꽤 한참을 기어갔다. 그런데 갑자기 동굴 바닥에서 작은 반지 같은 차가운 금속이 손에 닿았다. 이것은 그의 인생의 전환점이 되는 중대한 사건이었지만, 그 순간 빌보는 그 사실을 알지 못했다. 그는 무심코 반지를 호주머니에 넣었다. 분명 그 순간에 반지는 특별히 쓸모가 있을 것 같지 않았다. 그는 얼마 더 가지 못하고 차가운 바닥에 주저앉아서 더없이 참담한 기분으로 오랫동안 가만히 있었다. 자기 집 부엌에서 베이컨과 계란을 요리하던 때가 생각났다. 배가 고픈 걸로 보아 지금은 식사를 하든지 아니면 간식이라도 먹어야 할 시간인 것 같았다. 그러나 이런 생각을 하니 더욱 비참한 기분이 들었다.

그는 아무것도 생각할 수 없었다. 무엇을 해야 할지, 무슨 일이 일어난 건지, 왜 뒤에 남겨졌는지, 또 뒤에 남겨진 게 사실이라면 왜 고블린들이 자기를 잡아가지 않았는지, 심지어는 왜 그렇게 머리가 아픈지도 알 수 없었다. 사실 그는 눈에 띄지 않는 아주 어두운 구석에서 잊힌 채 오랫동안 조용히 누워 있었던 것이다.

잠시 후 그는 더듬더듬 담뱃대를 찾았다. 담뱃대는 부러지지 않았고 멀쩡했다. 그건 굉장한 일이었다. 쌈지를 더듬어 보니 담배가 조금 남아 있었다. 그것은 더욱 굉장한 일이었다. 그러고 나서 성냥을 더듬더듬 찾았으나 하나도 찾을 수 없었다. 이제 그의 희망은 완전히 부서져 버렸다. 하지만 나중에 정신 차렸을 때 생각했듯이, 성냥이 없었던 게 그에게는 오히려 잘된 일이었다. 성냥을 그어 담배 냄새를 풍겼다면 그 끔찍한 어두운 굴에서 뭐가 튀어나와 그를 덮쳤을지 누가 알겠는가. 하지만 그 순간에는 실망감이 상당했다. 그런데 성냥을 찾느라 주머니들을 살짝 두드려 보고 온몸을 더듬어 보다가 단검 손잡이에 손이 닿았다. 트롤의 굴에서 가져온 단도였다. 그동안 까맣게 잊고 있었는데 다행히 바지 속에 차고 있었기에 고블린들이 눈치채지 못한 것이다.

그는 검을 꺼냈다. 그것은 어슴푸레하고 희미한 빛을 발했다.

'그래, 이것 역시 요정의 검이구나. 고블린들이 아주 가까이 있는 건 아니지만 그렇다고 멀리 있는 것도 아니군.'

어쩐지 빌보의 마음은 위안을 얻었다. 후세 사람들이 무수히 많은 노래를 지어 불렀던 그 유명한 고블린 전쟁에 대비해 곤돌린에서 만든 검을 차고 있는 건 꽤나 근사한 일이었다. 또 이런 무기들이 갑자기 달려드는 고블린들에게 엄청난 타격을 줄 수 있다는 것을 빌보는 이미 목격했다.

'뒤로 돌아갈까? 좋을 일이 전혀 없어! 옆으로 간다? 불가능해! 앞으로 갈까? 그래, 그 길밖에 없어. 자, 앞으로 간다!'

그는 일어서서 단검을 앞에 들고 한 손으로는 벽을 더듬으며 콩닥콩닥 뛰는 가슴을 안고 총총걸음으로 걷기 시작했다.

지금 빌보는 이른바 진퇴양난의 궁지에 빠져 있음이 분명하다. 하지만 그에게는 여러분이나 내가 느끼듯 그토록 답답한 상황은 아니었음을 기억해야 한다. 호빗은 일반적인 사람과 전혀 다르다. 호빗 굴은 멋지고 쾌적하고 바람이 잘 통하긴 하지만, 그래도 그들은 굴속을 다니는 데 우리보다 익숙하고 땅속에서 방향감각을 쉽사리 잃지 않는다. 호빗들이 머리를 부딪쳤더라도 그건 마찬가지다. 게다가 그들은 아주 조용히 움직이고 쉽게 숨을 수 있으며, 떨어지거나 다치더라도 놀라울 정도로 회복이 빠르다. 더욱이 그들은 대부분의 인간들이 들어 보지 못했거나 아니면 오래전에 잊어버린 지혜로운 격언들을 머릿속에 간직하고 있다.

아무리 그래도 나라면 골목쟁이네 같은 궁지에 빠지고 싶지 않을 것이다. 굴은 끝이 없는 듯했다. 그가 알 수 있는 것은 길이 꾸준히 조금씩 경사져 내려가고, 휘거나 한두 번 방향이 바뀌었어도 같은 방향으로 이어지고 있다는 것뿐이었다. 이따금 옆으로 통로가 나 있었다. 검의 빛이나 벽에 닿은 손의 느낌으로 그걸 알 수 있었다. 하지만 그는 이 통로에 관심을 두지 않고 그냥 지나갔다. 거기서 튀쳐나올지도 모를 고블린이나 상상할 수 있는 온갖 사악한 것들에 대한 두려움 때문에 오히려 걸음을 재촉했다. 그는 계속 전진했고 계속해서 아래로 내려갔다. 여전히 아무 소리도 들리지 않았다. 이따금 귓전에서 박쥐가 휙 지나갔는데 처음에는 깜짝 놀랐지만 나중에는 너무 많아서 신경 쓸 필요도 없었다. 앞으로 나아가는 것도 싫지만 그 자리에 멈출 수도 없어서 그가 얼마나 오랫동안 그렇게 걸음을 옮겼는지 나는 모르겠다. 그는 더 이상 지칠 수도 없을 때까지 계속 나아갔다. 길은 내일까지도, 아니 그 이후의 날들까지도 계속될 것 같았다.

갑자기, 아무런 예고도 없이, 물방울이 튀었다. 물속으로 첨벙 걸어 들어간 것이다. 으! 얼음처럼 차가웠다. 그는 재빨리 걸음을 멈추었다. 그저 길에 고인 웅덩이인지 터널을 가로질러 흐르는 지하수 가장자리인지, 아니면 깊고 어두운 지하 호수의 언저리인지 알 수 없었다. 이제 검에서는 빛이 거의 나지 않았다. 그는 멈춰 서서 귀를 기울였다. 보이지 않는 천장에서 똑, 똑, 똑 물방울 떨어지는 소리가 들렸다. 다른 소리는 나지 않는 듯했다. 그는 이렇게 생각했다.

'그럼 이건 지하에 흐르는 강이 아니라 웅덩이나 호수겠군.'

하지만 물속을 저벅저벅 걸어서 어둠 속으로 나아갈 용기는 없었다. 그는 수영을 할 줄 몰랐다. 물속에서 꿈틀대고 있을지 모를, 툭 튀어나온 커다란 눈에 온몸이 끈적끈적한 점액질로 뒤덮인 생물들에 대한 생각도 떠올랐다. 산의 심장부에 있는 웅덩이나 호수에는 괴상한 것들이 살고 있다. 언제인지 모를 까마득한 옛날에 헤엄쳐 들어온 물고기와 그 새끼들은 헤엄쳐 나가지 못하고 거기에 살면서 오랜 세월 어둠 속을 살피려고 애쓰다가 눈이 점점 커지고 커지고 커졌다. 거기에는 물고기보다 더 끈적거리는 다른 것들도 있다. 심지어 고블린들이 파 놓은 터널과 동굴에도 그들이 모르는 사이에 밖에서 살금살금 기어들어 어둠 속에서 사는 것들이 있다. 이 동굴들 중 일부는 고블린들의 시대가 시작되기 전부터 넓어지고 통로로 서로 연결되었다. 이곳에는 아직도 원래의 주인들이 살고 있었으며, 생각지도 못할 동굴의 어느 구석에서 냄새를 맡으며 살금살금 돌아다니고 있었다.

여기 깊은 땅속 검은 물가에 작고 끈적거리는 동물, 늙은 골룸이 살고 있었다. 그가 어디에서 왔는지, 누구인지, 아니면 무엇인지 나도 모른다. 비쩍 마른 얼굴에 희미하게 빛나는 둥근 두 눈을 빼면 온통 칠흑처럼 새까만 생물이 바로 골룸이다. 그에게는 작은 배가 있었는데 그것을 타고 아주 조용히 호수 위를 저어 다녔다. 그렇다, 그것은 바로 호수였다. 그 호수는 넓고 깊고 소름 끼치게 차가웠다. 그는 배 양쪽으로 커다란 발을 늘어뜨려 배를 저었지만 잔물결을 조금도 일으키지 않았다. 단 한 번도 그런 적이 없었다. 그는 희미한 등 불처럼 생긴 눈으로 눈먼 물고기를 찾아다녔고 번개처럼 빠르게 긴 손가락으로 움켜쥐었다. 그는 살코기도 좋아했다. 잡을 수 있을 때 는 고블린도 맛있다고 생각했다. 하지만 고블린들이 자기를 알지 못 하도록 조심했다. 먹이를 찾아 헤매고 있을 때 혹시 물가로 혼자 내 려온 고블린이 있으면 뒤에서 목을 졸랐다. 하지만 고블린들은 산의 뿌리에 뭔가 기분 나쁜 게 숨어 있다고 느꼈기 때문에 물가로 내려 오는 일이 거의 없었다. 그들은 오래전에 굴을 파 내려왔을 때 호수 에 이르러서는 더 이상 나아갈 수 없음을 알았다. 그쪽으로 길이 이 어지지 않았기에 더 이상 내려올 이유가 없었다. 고블린 두목이 때 로 호수의 물고기가 먹고 싶어서 고블린들을 보내는 일이 있었지만, 어떤 때는 고블린도 물고기도 돌아오지 않았다.

사실 골룸은 호수 한가운데 있는 끈적거리는 바위섬에 살고 있었 다. 지금 그는 멀리 떨어진 곳에서 망원경 같은 희멀건 눈으로 빌보 를 지켜보고 있었다. 빌보는 그를 보지 못했지만, 그는 빌보가 고블 린이 아니라는 걸 알고는 상당히 놀라워하고 있었다.

길이 막혀 어쩔 줄 몰라 당혹스러운 심정으로 빌보가 물가에 앉 아 있을 때, 골룸은 배에 올라타 자기 섬에서 쏜살같이 출발했다. 갑 자기 나타난 골룸이 속삭이며 쉿쉿거렸다.

"신나게 축하하자, 귀염둥이야! 이건 최고의 잔칫상이야, 적어도 맛난 한입 거리는 될 거야, 골룸!"

그가 골룸이라고 말할 때 그의 목구멍에서 끔찍하게도 '꿀룩' 하 는 소리가 났다. 바로 그 소리 때문에 그는 골룸이라는 이름을 갖게 되었다. 비록 그는 늘 스스로를 '내 귀염둥이'라고 불렀지만.

귓가에서 쉿쉿 소리가 들리자 호빗은 펄쩍 뛰었다. 갑자기 자신을 뚫어지게 바라보고 있는 희멀건 눈이 보였다.

"넌 누구냐?"

단검을 앞으로 내밀며 빌보가 말했다.

"저건 뭐지, 내 귀염둥이?"

골룸이 속삭였다(그는 말 상대가 없었기 때문에 언제나 자기 자신에게 말을 걸었다). 골룸은 실로 그것을 알아내려고 온 것이었다. 지금은 그다지 배가 고프지 않았고 다만 궁금했을 뿐이었다. 만약 배가 고팠다면 먼저 호빗을 낚아챈 다음에 속삭였을 것이다.

"난 골목쟁이네 빌보다. 나는 난쟁이들을 잃어버렸고, 마법사도 잃어버렸다. 내가 어디에 있는지도 모르고, 여기서 벗어날 수만 있다면, 그런 건 알고 싶지도 않다."

"저게 손에 뭘 갖고 있지?"

분명 마음에 안 든다는 듯한 말투로 검을 바라보며 골룸이 말했다.

"검, 곤돌린에서 온 검이다!"

"쉬쉬쉿." 골룸은 이렇게 말하고 꽤 공손해졌다.

"여기 앉아서 저것하고 이야기를 좀 나눠야겠어, 귀염둥이야. 저게 수수께끼를 좋아할까, 아마 그럴걸, 그럴까?"

골룸은 검과 호빗에 대해 잘 알게 될 때까지, 그가 정말 혼자인지, 맛있을지, 자신이 정말 배가 고픈지 어떤지를 알게 될 때까지 어쨌든 당분간은 친절하게 굴기로 했다. 그가 생각해 낼 수 있는 것은 수수께끼밖에 없었다. 수수께끼를 내고 때로 답을 맞히는 것이, 그가 아주 오래전에 재미있는 녀석들과 그들의 굴에 앉아서 해 보았던 유일한 놀이였다. 그가 친구들을 모두 잃고 혼자 쫓겨서 산 밑 암흑 속으로 깊이깊이 기어들기 전에 말이다.

"좋아."

빌보가 말했다. 빌보도 그 녀석에 대해 뭔가를 알아낼 때까지, 그가 정말 혼자인지, 그가 사나운지 또는 배가 고픈지, 고블린의 친구인지 아닌지를 알아낼 때까지는 그의 말에 동의하는 수밖에 없었다.

"네가 먼저 물어봐."

아직 수수께끼를 생각해 낼 시간이 없었기에 그가 말했다.

그러자 골룸이 쉿쉿거렸다.

> 아무도 보지 못한 뿌리가 있고
> 나무보다 크고
> > 위로, 위로 올라가고.
> > 그래도 자라지 않는 것은?

"쉽군! 그건 산이야."

빌보가 대답했다.

"저게 쉽게 맞혔다고? 그렇다면 우리하고 내기를 해야겠어, 귀염둥이야! 만약 귀염둥이가 물어서 저게 대답을 못 하면 우리가 저걸 잡아먹자, 귀염둥이야. 저게 우리한테 물어보고 우리가 대답을 못 하면 저것이 원하는 대로 해 주자, 응? 저것한테 나가는 길을 가르쳐 주자, 그래!"

"좋아!"

빌보는 거절할 엄두도 내지 못했고, 잡아먹히지 않기 위해 수수께끼를 생각하느라 머리가 터질 지경이었다.

> 붉은 언덕 위에 백마 서른 마리
> > 처음에는 우적우적 씹고
> > 다음에는 발을 구르고
> 다음에는 가만히 서 있는 것은?

그가 생각할 수 있는 것이라고는 이것뿐이었다. 아무래도 잡아먹히는 것에 대한 생각에서 벗어날 수 없었던 것이다. 이것도 꽤 오래된 수수께끼였다. 누구나 그렇듯 골룸도 답을 알고 있었다.

"케케묵은 거야, 케케묵은 거. 이빨! 이빨이야! 내 귀염둥이야. 하지만 우린 여섯 개밖에 없어!"

그는 쉿쉿거리며 두 번째 수수께끼를 냈다.

> 소리 없이 울고
> 날개 없이 날고
> 이빨 없이 물어뜯고
> 입 없이 중얼거리는 것은?

"잠깐!"

여전히 잡아먹힐까 봐 불안한 마음으로 빌보가 외쳤다. 다행히도 이와 비슷한 수수께끼를 전에 들은 적이 있었기에 기억을 되살려 답을 찾아냈다.

"바람, 당연히 바람이지."

그는 너무 기분이 좋아서 즉시 수수께끼를 생각해 냈다.

'이건 저 역겨운 지하 생물을 꽤 애먹일걸.' 그는 생각했다.

> 푸른 얼굴의 눈 하나가
> 초록 얼굴의 눈 하나를 본다.
> "저 눈은 내 눈과 닮았어."
> 첫 번째 눈이 말한다.
> "하지만 높은 곳이 아니라
> 낮은 곳에 있지."

"쉿, 쉿, 쉿."

골룸이 쉿쉿거렸다. 그는 너무 오랜 세월을 땅속에서 살아왔기에 이런 것들을 까맣게 잊어버렸다. 그런데 이 역겨운 녀석이 대답하지 못할 거라고 빌보가 기대를 품으려는 순간, 골룸은 강둑의 굴에서 할머니와 살았던 아주 오래전의 기억을 떠올렸다.

"쉿, 쉿, 귀염둥이야, 데이지 꽃 위에 뜬 해야, 맞았어."

그가 말했다. 하지만 이처럼 땅 위의 일상적이고 평범한 것들에 대한 수수께끼는 골룸을 지치게 했다. 더구나 이런 것들은 덜 외롭고 덜 비열하고 덜 혐오스러웠던 지난날들을 떠올리게 했기에 골룸은 기분이 나빠졌다. 게다가 그를 배고프게 만들었다. 그래서 이번에는 더 어렵고 더 불쾌한 수수께끼를 내려고 했다.

> 볼 수도 없고, 느낄 수도 없고
> 들을 수도, 냄새 맡을 수도 없는 것.
> 별들 너머, 산 아래 누워.
> 빈 굴을 채우는 것.
> 제일 먼저 오고 뒤를 따르는 것.
> 인생을 끝내고 웃음을 죽이는 것.

골룸에게는 안됐지만 빌보는 전에 이런 것을 들어 본 적이 있었다. 여하튼 답은 그들 주위에 잔뜩 널려 있었다.

"어둠!"

빌보는 머리를 긁거나 곰곰 생각하지도 않고 대답했다.

> 돌쩌귀도, 열쇠도, 뚜껑도 없는 상자,
> 안에는 황금색 보물이 숨어 있다.

이번에는 정말 어려운 걸 생각해 낼 때까지 시간을 벌기 위해 빌보가 이렇게 물었다. 평소에 이런 문제를 낸 적은 없었지만 그가 생각하기에 이건 정말 지독히 쉽고 케케묵은 것이었다. 그러나 뜻밖에도 골룸에게는 까다롭고 알쏭달쏭한 문제였다. 그는 쉿쉿거렸지만 아직도 대답하지 못하고 속삭이며 웅얼거리고 있었다.

잠시 후 빌보는 더 참을 수 없었다.

"자, 답이 뭐야? 네가 내는 소리를 들으면 끓어 넘치는 찻주전자라고 생각하는 모양인데, 그건 답이 아니야."

"기회를 줘, 저것한테 기회를 달라고 하자, 귀염둥이야."

오랫동안 생각할 기회를 주고 나서 빌보가 물었다.

"자, 답이 뭐지?"

그런데 갑자기 골룸은 오래전 새둥지에서 알을 훔친 후 강둑 아래 앉아서 할머니에게 알을 빨아 먹는 법을 가르쳐 준 생각이 났다.

"알! 알이야, 바로 그거야!"

그는 쉿쉿거리며 물었다.

> 숨도 안 쉬지만 살아 있고
> 죽음처럼 차갑고
> 목도 안 마른데 마시기만 하고
> 온통 갑옷에 싸였지만 쨍그랑 소리도 안 나는 것은?

그는 늘 이 수수께끼의 답을 생각하며 살았기 때문에 자기 생각에는 지독히도 쉬운 문제였다. 그런데 알에 대한 문제로 너무 당황했기에 이 순간 더 나은 문제를 생각할 겨를이 없었다. 그런데 피할 수만 있다면 물과 어떤 인연도 맺지 않고 살아온 불쌍한 빌보에게 이것은 알쏭달쏭하기 짝이 없었다. 물론 여러분은 그 답을 알고 있을 테고, 모르더라도 눈 한번 깜박이듯이 쉽게 짐작할 수 있을 것이다. 여러분은 집에 편히 앉아 있고, 잡아먹힐지 모를 위험 때문에 생각이 방해받지 않으니까. 빌보는 한두 번 헛기침을 했지만 답이 떠오르지 않았다.

잠시 후 골룸은 즐거워하며 쉿쉿거리기 시작했다.

"저게 맛있을까, 귀염둥이야? 육즙이 많을까? 깨물면 오독오독 씹힐까?"

그는 어둠 속에서 빌보를 응시하기 시작했다.

"잠깐만, 난 방금 전에 너한테 아주 긴 기회를 줬잖아."

호빗은 부들부들 떨면서 말했다.

"저것은 서둘러야 해, 서둘러!"

골룸은 강가에 올라 빌보를 집으려고 배에서 기어 나오기 시작했다. 그런데 물갈퀴가 달린 그의 긴 발이 물속에 들어가자 물고기 한 마리가 놀라서 튀어 올라 빌보의 발치에 떨어졌다.

"으! 차갑고 끈적끈적해!"

이렇게 외치는 순간 그는 답을 알아차렸다.

"물고기! 물고기야! 그건 물고기야!"

골룸은 몹시 실망했다. 하지만 빌보가 재빨리 다른 수수께끼를 냈기에, 골룸은 할 수 없이 배로 돌아가 생각해야 했다.

다리 없는 것이 다리 하나인 것 위에 있고
다리 두 개인 것이 다리 세 개인 것 위에 붙어 앉아 있고
다리 네 개인 것이 뭔가를 차지했다.

이런 수수께끼를 내기에 적당한 때는 아니었지만 빌보는 정말 다급했다. 만약 다른 때였더라면 골룸은 답을 생각해 내는 데 애먹었을 것이다. 그러나 물고기 이야기를 하고 난 후라서 '다리 없는 것'을 추측하기는 그리 어렵지 않았고 나머지는 쉬웠다.

"작은 탁자 위에 물고기, 탁자 옆 의자에 사람이 앉아 있고, 고양이가 뼈를 차지했다."

물론 그게 답이었고 골룸은 금방 답을 맞혔다. 그러고서 이제는 뭔가 어렵고 끔찍한 것을 물을 때가 되었다고 생각했다. 그가 낸 수수께끼는 다음과 같았다.

모든 걸 잡아먹는다.
새, 짐승, 나무, 꽃.
쇠를 갉고 강철을 물어뜯는다.
단단한 돌을 갈아 가루로 만들어 버린다.
왕을 죽이고 도시를 파괴한다.
그리고 높은 산을 두들겨 부순다.

깜깜한 곳에 앉아서 가엾은 빌보는 이야기에서 들어 본 온갖 거인들과 괴물들의 끔찍한 이름들을 떠올려 보았지만, 이런 일을 다 해낼 수 있는 것은 없었다. 그는 정답이 전혀 다른 것일 테고 그것을 찾아야 한다고 느꼈지만 아무리 머리를 짜내도 생각이 나지 않았다. 겁이 나기 시작하자 생각하는 데 더 좋지 않았다. 골룸이 배에서 걸어 나오기 시작했다. 텀벙 물속에 들어서서 물갈퀴 달린 발로 걸어왔다. 빌보는 자기 쪽으로 다가오는 그의 눈을 볼 수 있었다. 그의 혀는 입안에서 굳어 버린 것 같았다. 그는 고함치고 싶었다.

'나한테 좀 더 시간을 줘! 시간을 달라고!'

이렇게 외치고 싶었지만 갑작스러운 비명처럼 터져 나온 소리는 이것뿐이었다.

"시간! 시간!"

빌보가 살아난 것은 순전히 운이 좋아서였다. 물론 그게 답이었으니까.

골룸은 다시 한번 실망했고 이제는 화도 나고 게임에 싫증 나기 시작했다. 실은 그래서 더욱 배가 고파졌다. 그는 이제 배로 돌아가지 않고 빌보 옆의 어둠 속에 앉았다. 호빗은 견딜 수 없이 불편해졌고 마음이 어수선해졌다.

"저게 우리한테 하나 물어볼 거야, 내 귀염둥이야, 그래, 그래. 딱 한 문제만 더 맞히자, 그래, 그래."

골룸이 말했다.

하지만 빌보는 그 역겹고 축축하고 차가운 녀석이 옆에 앉아서 손발로 건드리고 찔러 댔기 때문에 문제를 생각해 낼 수 없었다. 그는 자기 몸을 할퀴고 꼬집기도 했지만 그래도 생각이 나질 않았다.

"우리한테 물어봐! 우리한테 물어봐!"

골룸이 말했다.

빌보는 자기 몸을 꼬집고 찰싹 때리고 단검을 꽉 움켜쥐고 다른 손으로 호주머니 속을 더듬기도 했다. 그러다가 통로에서 주워 주머니에 넣고는 잊고 있던 반지를 만지작거렸다.

"내 주머니에 있는 게 뭐지?"

빌보는 큰 소리로 말했다. 혼잣말이었을 뿐인데 골룸은 그것을 문제로 생각하고는 몹시 당황했다.

"엉터리! 엉터리야! 그건 수수께끼가 아니야. 귀염둥이야, 안 그래? 저 지저분한 호주머니에 뭘 갖고 있냐고 묻다니 말이야."

빌보는 어떻게 된 일인지를 알아채고는, 더 나은 문제도 없었기에 그냥 그 질문을 고집했다.

"내 주머니에 있는 게 뭐지?"

그는 더 큰 소리로 말했다.

"쉿, 쉿, 쉿, 저건 우리한테 세 번 기회를 줘야 해. 내 귀염둥이야, 세 번 생각해 봐야 해."

"좋아! 맞혀 봐!"

"손!"

"틀렸어. 다시 맞혀 봐."

다행히 주머니에서 방금 손을 꺼낸 다음이었다.

"쉿, 쉿, 쉿."

골룸은 화가 더 치밀어서 쉿쉿거렸다. 그는 자기 주머니에 있는 것들을 모두 생각해 보았다. 물고기 뼈, 고블린 이빨, 젖은 조개껍데기, 박쥐 날개 조각, 송곳니를 가는 날카로운 돌, 그 밖의 다른 지저분한 것들이었다. 다른 녀석들은 주머니에 뭘 넣고 다닐까 생각해 보려고 애썼다.

그는 마침내 말했다.

"칼!"

"틀렸어! 마지막 기회야!"

다행히도 빌보는 얼마 전에 주머니칼을 잃어버렸다.

이제 골룸은 빌보가 알에 관한 문제를 냈을 때보다도 더 고약한 처지에 놓였다. 그는 쉿쉿 하고 웅얼거리며 앞뒤로 몸을 흔들기도 하고 발로 바닥을 철썩 치기도 하고 꿈틀거리며 몸부림치기도 했지만 아직은 마지막 기회를 헛되이 써 버리려 하지 않았다.

"어서 대답해! 기다리고 있잖아!"

빌보는 대담하고 희망찬 목소리로 말하려 했지만, 이 게임이 어떻게 끝날지 또 골룸이 맞힐지 못 맞힐지도 확신할 수 없었다.

"시간 다 됐어!"

"끈, 아니면 아무것도 없어!"

골룸은 이렇게 소리 질렀다. 한 번에 두 가지 답을 말했으니 그리 공정한 건 아니었다.

"둘 다 틀렸어."

빌보는 안도의 한숨을 내쉬며 외쳤다. 그러고는 벌떡 일어나 제일 가까운 벽에 등을 대고는 단검을 내밀었다. 수수께끼는 아주 오래된 신성한 게임이라서 사악한 동물이라도 이 게임을 하는 동안에는 감히 속이려 하지 않는다는 것을 빌보는 알고 있었다. 그러나 궁지에 몰린 이 끈적거리는 녀석이 약속을 지키리라고는 믿을 수 없었다. 이 녀석은 궁지에서 빠져나가기 위해 어떤 구실이라도 댈 수 있을 것이다. 그리고 여하튼 자기의 마지막 질문은 오랜 규칙에 따르자면 진정한 수수께끼로 볼 수 없었다.

그러나 어쨌든 골룸이 당장 공격을 개시하지는 않았다. 그는 빌보의 손에 들려 있는 검을 보았고, 몸을 부르르 떨고 중얼거리며 가만히 앉아 있었다. 마침내 빌보는 디 이상 기다릴 수 없었다.

"자? 약속은 어떻게 되는 거지? 난 나가고 싶어. 넌 내게 나가는 길을 가르쳐 줘야 해."

"우리가 그렇게 말했나, 내 귀염둥이야? 저 조그맣고 불쾌한 골목쟁이네한테 나가는 길을 가르쳐 준다고? 그래, 그래. 하지만 저게 주머니에 뭘 갖고 있지, 응? 끈도 아니고, 아무것도 없는 것도 아니고. 아, 안 돼! 골룸!"

"신경 쓰지 마. 약속은 약속이야."

"저게 화났나 봐. 참을성이 없어, 귀염둥이야. 하지만 저건 기다려야 해. 그럼, 그래야지. 그렇게 급히 동굴로 올라갈 수는 없어. 먼저 우리는 찾아야 해, 그래, 우리를 도와줄 것을."

"좋아, 서둘러!"

골룸이 가 버릴 거라고 생각한 빌보는 마음이 놓였다. 골룸이 그저 핑곗거리를 찾고 있을 뿐, 일단 가면 다신 안 올 거라고 생각했다. 골룸이 뭘 말한 거지? 대체 어두컴컴한 호수에 쓸모 있는 게 뭐가 있다는 거야? 하지만 그건 잘못된 생각이었다. 당연히 골룸은 돌아올 작정이었다. 그는 지금 몹시 화도 나고 배도 고팠다. 게다가 비참하고도 사악한 동물이었으므로 그는 이미 다른 꿍꿍이수작을 부리고 있었다.

멀지 않은 곳에 빌보가 모르는 골룸의 섬이 있었다. 골룸은 그 은 신처에 잡동사니들을 쌓아 두었는데 그중에 아주 아름다운 물건, 너무 아름답고 멋진 물건이 있었다. 그것은 반지, 그것도 아주 소중한 황금 반지였다.

그는 끝없이 이어지는 어두운 나날에 가끔 그랬듯, 혼잣말로 속삭였다.

"내 생일 선물! 그게 우리가 지금 원하는 거야. 그래, 그게 필요해!"

골룸이 반지를 찾으려 했던 까닭은 그것이 마력을 가진 반지였기 때문이었다. 그 반지를 손가락에 끼면 남들의 눈에 보이지 않게 되었다. 밝은 햇빛이 비칠 때만 보이는데 그것도 흐릿하게 흔들리는 그림자로만 보일 뿐이었다.

"내 생일 선물! 그건 내 생일에 나한테 왔어, 귀염둥이야."

그는 항상 이렇게 자신에게 말했다. 하지만 그런 반지들이 아직 이 세상에 자유롭게 통용되던 까마득한 시절에, 그런 선물이 어떻게 골룸의 손에 들어가게 되었는지를 누가 알겠는가. 아마 그 반지들을 지배한 군주조차 알 수 없었으리라. 처음에 골룸은 반지를 끼고 다녔지만 나중에는 너무 피로해져서 견딜 수 없었다. 그다음에는 쌈지에 넣어서 달고 다녔지만 살에 스쳐 피부가 벗겨졌다. 그래서 지금은 자기 바위굴에 감춰 두고 늘 돌아가서 보곤 했다. 지금도 너무 끼고 싶어 견딜 수 없을 때나, 물고기를 먹는 데 싫증 날 때면 그걸 사용했다. 반지를 끼고는 길 잃은 고블린을 찾아 어두운 통로를 살금살금 기어가는 것이다. 눈이 부시고 쑤시더라도, 횃불이 비치는 곳까지 모험을 하는 경우도 있었다. 안전할 테니까. 물론 안전하고말고! 그가 목을 비틀 때까지는 아무도 그를 보지 못했고 알아채지도 못했다. 불과 몇 시간 전에도 그는 반지를 끼고 가서 조그만 새끼 고블린을 잡았다. 얼마나 끽끽대던지! 갉아 먹을 뼈다귀가 한두 개 남아 있었지만 지금은 더 부드러운 걸 먹고 싶었다.

그는 혼자 속삭였다.

"그럼 안전하지, 그래. 저건 우릴 못 볼 거야. 그렇지, 귀염둥이야? 그럼, 저건 우릴 볼 수 없어. 그러면 저 더러운 조그만 칼도 아무 소용 없어. 그럼, 그렇고말고."

그 녀석이 갑자기 미끄러지듯 빌보 옆을 떠나 첨벙거리며 보트로 돌아가 어둠 속으로 사라졌을 때, 그 마음에 품은 사악한 계획은 바로 이것이었다. 빌보는 이제 다시는 골룸을 보지 않게 되리라고 생각했다. 그러나 혼자서 길을 찾을 엄두가 나지 않아, 빌보는 잠시 가만히 있었다.

그런데 갑자기 찢어지는 듯한 비명이 울렸다. 등골에 소름 끼치게 하는 소리였다. 골룸이 어둠 속에서 저주하며 울부짖고 있었다. 그 소리로 보아 그리 멀지 않은 곳이었다. 그는 자기 섬에서 여기저기 휘젓고 다니며 찾고 또 찾았지만 아무 소용이 없었다.

"그게 어디 있지? 그게 어디 있지?"

그가 울부짖는 소리가 빌보에게 들려왔다.

"그걸 잃어버렸어, 귀염둥이야. 없어졌어, 잃어버렸다고! 빌어먹을! 제기랄! 내 소중한 보물을 잃어버렸어!"

그 소리를 듣고 빌보가 큰 소리로 말했다.

"무슨 일이야? 뭘 잃어버렸는데?"

골룸이 날카롭게 소리쳤다.

"저게 우리한테 물어봐선 안 돼! 저게 상관할 일이 아니야, 아니야. 골룸! 그걸 잃어버렸어, 골룸, 골룸, 골룸."

"그래, 나도 길을 잃었어. 나는 길을 찾고 싶다고. 그리고 난 게임에서 이겼고 넌 약속을 했어. 그러니 가자! 와서 날 밖으로 데려다준 다음에 계속 찾아!"

빌보가 악을 썼다. 골룸이 울부짖는 소리가 그토록 처참하게 들려도 빌보는 그리 동정심을 느낄 수 없었다. 골룸이 그토록 애타게 원하는 거라면 결코 좋은 것일 리 없다는 느낌뿐이었다. 그는 소리 쳤다.

"자, 이리 와!"

"안 돼, 아직은 안 돼, 귀염둥이야! 우린 그걸 찾아야 해. 그걸 잃어 버렸어, 골룸."

"하지만 넌 내 마지막 문제를 못 맞혔고 약속했잖아."

"못 맞혔다고?"

골룸이 말했다. 그러다 갑자기 어둠 속에서 날카로운 쉿쉿 소리 가 들렸다.

"저게 주머니에 뭘 갖고 있지? 우리한테 말해 봐. 저게 먼저 말해 야 해."

빌보의 생각으로는, 말해서는 안 될 특별한 이유는 없었다. 하지 만 골룸은 빌보보다 더 빨리 그 답을 짐작했다. 당연한 일이었다. 그 는 아주 오랜 세월 동안 이 물건 하나에만 집착했을 뿐 아니라 잃어 버릴지 모른다는 걱정에 늘 사로잡혀 있었기 때문이다. 그러나 빌보 는 지체되는 데 화가 났다. 어쨌든 그는 무시무시한 위험을 무릅쓰 고 꽤 공정하게 게임에 이긴 것이다.

"답은 추측해서 맞히는 거지, 말해 주는 게 아니야."

"하지만 그건 공정한 질문이 아니었어. 수수께끼가 아니었어, 귀 염둥이야, 그래."

"일반적인 질문이라면, 아 그래, 좋아. 그렇다면 내가 먼저 물었어. 잃어버린 게 뭐야? 그걸 말해 봐!"

빌보가 대답했다.

"저게 주머니에 뭘 갖고 있지?"

골룸은 더 크고 날카롭게 쉿쉿 소리를 냈고, 빌보는 그쪽을 바라 보다가 놀랍게도 이제 자신을 뚫어지게 응시하는 두 개의 작은 빛 을 보았다. 골룸의 마음에 의심이 커지면서 그의 눈빛은 희끄무레한 불꽃으로 타오르고 있었다.

"뭘 잃어버렸는데?"

그래도 빌보는 버텼다.

그러나 이제 골룸의 눈빛은 초록 불이 되었고 더욱 빠르게 다가왔다. 골룸은 다시 배에 올라타서 어두운 물가로 거칠게 배를 몰았다. 상실감과 의혹으로 인한 분노가 가슴에서 맹렬히 타올라, 더는 어떤 칼도 두렵지 않았다.

빌보는 이 비천한 생물이 무엇 때문에 미친 듯이 날뛰게 되었는지 짐작할 수 없었지만, 이제는 모든 일이 다 틀어졌고 이쨌든 그기 지기를 죽이려 한다는 것을 알 수 있었다. 그는 간신히 돌아서서 벽에 바짝 붙어 왼손으로 벽을 더듬으며 자신이 왔던 길로 미친 듯이 뛰어올랐다.

"저게 주머니에 뭘 갖고 있지?"

뒤에서 쉿쉿거리는 소리가 크게 들려왔다. 골룸은 철벅거리며 보트에서 뛰어내렸다.

'그래, 도대체 내가 뭘 가지고 있지?'

빌보는 헐떡거리고 비틀거리며 혼잣말을 했다. 그는 왼손을 주머니에 넣었다. 주머니를 더듬는 집게손가락에 아주 차가운 반지가 미끄러지듯 살며시 끼워졌다.

쉿쉿 소리는 바로 등 뒤에서 들렸다. 뒤돌아보니 작은 초록 등불 같은 골룸의 눈이 비탈길을 올라오는 것이 보였다. 빌보는 놀라서 더 빨리 달려가려 했으나 갑자기 바닥의 돌부리에 발이 걸려 단검을 몸 아래 깔고 고꾸라지고 말았다.

순식간에 골룸이 다가왔다. 그러나 빌보가 숨을 돌리고 몸을 일으켜 검을 잡기도 전에 골룸은 저주의 말을 중얼거리며 그냥 지나갔다.

이게 어찌 된 일일까? 골룸은 어둠 속에서도 사물을 잘 볼 수 있었다. 골룸의 눈에서 나오는 빛이 그의 머리 뒤에서도 비치고 있었다. 빌보는 힘겹게 일어나 이제 다시 희미한 빛을 발하는 단검을 칼집에 꽂고 아주 조심스럽게 그의 뒤를 따라갔다. 달리 할 수 있는 일이 없었다. 골룸의 호수로 되돌아가는 건 부질없는 일이었다. 골룸을 뒤따라간다면 골룸의 의도는 아니겠지만 밖으로 나가는 길로 데려다줄지도 모를 일이었다.

골룸이 쉿쉿거렸다.

"빌어먹을! 빌어먹을! 빌어먹을! 빌어먹을 골목쟁이네! 그게 가 버렸어! 그게 주머니에 뭘 갖고 있지? 오, 내 생각에, 내 생각에는 말이야, 귀염둥이야. 그게 그걸 발견한 거야. 그래, 그게 틀림없이 갖고 있어. 내 생일 선물을!"

빌보는 귀를 쫑긋 세웠다. 마침내 빌보는 어찌 된 사정인지 짐작하게 되었다. 빌보는 과감하게 급히 달려가서 골룸 뒤를 바짝 쫓았다. 벽에 희미하게 비치는 빛으로 보건대 골룸은 뒤돌아보지 않고 머리를 좌우로 돌려 가며 여전히 빠르게 달려갔다.

"내 생일 선물! 제기랄! 우리가 어떻게 그걸 잃어버렸지, 귀염둥이야? 그래, 그렇게 된 거야. 마지막으로 여기 왔을 때 그 삑삑거리던 애새끼를 비틀었잖아. 그거야. 제기랄! 그때 우리한테서 미끄러져 빠진 거야! 이렇게 오랫동안 갖고 있었는데. 가 버렸어, 골룸!"

갑자기 골룸은 털썩 주저앉아 듣기에도 끔찍하게 '쉿쉿, 골록골록' 하며 울기 시작했다. 빌보는 멈춰 서서 동굴 벽에 등을 바짝 붙였다. 잠시 후 골룸은 울음을 멈추고 넋두리를 시작했다. 그는 자신과 말다툼을 벌이는 것 같았다.

"다시 가서 찾아보는 건 쓸데없는 짓이야. 그래, 우리가 갔던 곳을 다 기억하지도 못하잖아. 소용없는 짓이야. 골목쟁이네가 그걸 주머니에 갖고 있어. 그 더럽고 냄새 잘 맡는 놈이 그걸 찾은 거야.

우린 짐작하는 거야, 귀염둥이야, 짐작일 뿐이야. 그 불쾌한 놈을 찾아서 쥐어짜야 알 수 있겠지. 하지만 그놈은 그 보물로 뭘 할 수 있는지 아직 몰라, 그렇지? 그놈은 그저 주머니에 갖고 있을 뿐이야. 그놈은 몰라. 그리고 멀리 갔을 리가 없어. 그 더럽고 냄새 잘 맡는 놈은 길을 잃었어. 그놈은 나가는 길을 몰라. 놈이 그렇게 말했잖아.

그놈이 그렇게 말했어, 정말. 하지만 믿을 수는 없어. 그놈은 자기 생각을 말하지 않았어. 그놈은 자기 주머니에 뭐가 있는지 말하지 않았잖아. 그놈은 알고 있어. 그놈은 들어오는 길을 아니까 나가는 길도 알 거야. 그래, 그놈은 뒷문으로 갔을 거야. 뒷문으로, 그래.

그러면 고블린들이 그놈을 잡을 거야. 그놈은 그쪽으로 나갈 수 없어, 귀염둥이야.

쉿, 쉿, 골룸! 고블린들! 그래, 하지만 그놈이 보물, 우리 소중한 보물을 갖고 있다면 고블린들이 그걸 뺏을 거야, 골룸! 고블린들은 알아낼 거야, 그게 뭘 할 수 있는지 알아낼 거야. 그러면 우리는 다시는 안전하지 못해, 골룸! 고블린 한 놈이 그걸 끼면 아무도 그놈을 볼 수 없지. 그놈은 거기 있지만 없는 거나 같아. 날카로운 우리 눈도 놈을 알아볼 수 없어. 그러면 놈은 몰래 기어와서 속임수로 우리를 붙잡을 거야. 골룸, 골룸!

그럼 그만 말하고 서둘러야 해, 귀염둥이야. 만일 골목쟁이네가 그 길로 갔다면 우리도 빨리 가서 찾아야 해. 가자! 아직 멀리 가지 않았어. 서두르자!"

골룸은 벌떡 일어나 비틀거리며 성큼성큼 걷기 시작했다. 빌보는 또다시 돌부리에 걸려 소리를 내고 넘어질까 걱정이었지만 조심스럽게 골룸 뒤를 부지런히 따라갔다. 그의 머리에는 희망과 의혹이 소용돌이치고 있었다. 그가 갖고 있는 것이 마법의 반지로, 사람을 보이지 않게 만드는 것이라니! 물론 아주 오랜 옛날이야기에서 그런 물건에 대한 이야기를 들은 적은 있었다. 그래도 자신이 그런 반지를 우연히 발견했다는 건 믿기 힘들었다. 하지만 그것은 실로 마법의 반지였다. 눈이 밝은 골룸이 불과 1미터 떨어진 곳에 있는 그를 그냥 지나친 것이다.

골룸은 쉿쉿 저주를 퍼부으며 휙휙 앞으로 나아갔다. 빌보는 호빗으로서 최대한 조용히 그 뒤를 따랐다. 그들은 곧 빌보가 내려오는 길에 보았던, 양옆으로 통로가 뚫린 곳에 이르렀다. 골룸은 이내 그 통로들을 세기 시작했다.

"왼쪽 하나, 그래. 오른쪽 하나, 그래. 오른쪽 둘, 그래, 그래. 왼쪽 둘, 그래, 그래."

이렇게 계속 세었다.

숫자가 올라갈수록 그의 걸음이 느려졌다. 골룸은 몸을 떨며 울먹였다. 호수를 뒤로하고 멀리 나왔기에 더럭 겁이 났던 것이다. 주위에 고블린들이 있을 것 같았고 자기에게는 반지도 없었다. 마침내 오르막길에서 왼쪽으로 난 나지막한 입구 앞에서 그는 멈추었다.

"오른쪽 일곱, 그래. 왼쪽 여섯, 그래! 이게 그거야. 이게 뒷문으로 가는 길이야, 그래. 여기 통로가 있어!"

그는 통로 안을 들여다보고는 뒷걸음질 쳤다.

"하지만 우린 들어가면 안 돼, 귀염둥이야. 들어가면 안 돼. 고블린들이 저기 내려와 있어. 수많은 고블린들이. 그놈들 냄새가 나. 쉿, 쉿! 그럼 어쩐다지? 빌어먹을, 망할 것! 우린 여기서 기다려야 해, 귀염둥이야. 잠깐 지켜보며 기다리자."

그래서 그들은 완전히 멈춰 섰다. 결국 골룸은 빌보를 출구로 안내한 것이다. 그렇지만 빌보는 들어갈 수 없었다! 바로 입구에 골룸이 쭈그리고 앉아서 무릎 사이로 머리를 이리저리 돌리며 차갑게 빛나는 눈을 굴리고 있기 때문이었다.

빌보는 생쥐보다도 조용히 벽에서 몸을 떼었다. 그러나 그 순간 골룸은 긴장으로 온몸이 뻣뻣해지고 냄새를 맡으며 눈이 초록색으로 변했다. 그는 조용히, 하지만 위협적으로 쉿쉿거렸다. 호빗을 볼 수는 없었지만 바짝 경계했고, 오랫동안 어둠 속에 살아서 그의 청각과 후각은 예리하게 발달되어 있었다. 그는 코가 거의 바위에 닿을 정도로 머리를 쑥 내밀고 손바닥을 벌려 바닥에 댄 채 웅크리고 있었다. 골룸의 시커먼 몸에서 눈만 빛나고 있었지만, 빌보는 그가 튕겨 나가도록 잡아당긴 활시위처럼 잔뜩 긴장하고 있음을 보고 느낄 수 있었다.

빌보는 거의 숨을 멈추었고 그의 몸도 잔뜩 긴장했다. 그는 절박했다. 힘이 조금이라도 남아 있을 때 이 지독한 어둠에서 빠져나가야 해. 싸워야 해. 그 더러운 동물을 찔러 눈을 파고 죽여야 해. 저놈이 나를 죽이려고 했어. 아니야. 그건 공정한 싸움이 아니야. 나는 지금 눈에 보이지 않아. 골룸은 칼도 없어. 골룸은 사실 나를 죽이겠다고 위협한 적도 없고, 아직까지 죽이려고 하지도 않았어. 그리고 저 녀석은 지금 비참한 상태에 빠져 있어. 저 녀석에게는 아무도 없고 반지를 잃어버려서 어쩔 줄 모르고 있어. 그에 대한 이해심, 공포와 뒤섞인 연민의 감정이 빌보의 마음에서 느닷없이 솟았다. 햇빛도 없고 앞으로 더 나아질 희망도 없이, 단단한 돌에 둘러싸여 차가운 물고기만 먹고 살면서, 몰래 숨고 속삭이며 살아온 셀 수 없이 기나긴 세월이 언뜻 느껴졌다. 이런 모든 생각들이 섬광처럼 순식간에 스쳐 지나갔다. 그는 몸을 떨었다. 그리고 새로운 힘과 해결책을 얻은 듯 섬광처럼 떠오른 또 다른 생각에 이끌려 펄쩍 뛰어올랐다.

인간의 기준으로 볼 때는 그리 대단한 도약이 아니겠지만 어쨌든 무모할 정도로 과감한 행동이었다. 1미터 가까이 뛰어올라 골룸의 머리 위를 넘어 2미터 정도 앞으로 곧장 넘어간 것이다. 빌보는 몰랐지만, 사실 그는 입구의 나지막한 둥근 천장에 부딪혀서 하마터면 머리가 깨질 뻔했다.

호빗이 뛰어오를 때 골룸은 뒤쪽으로 몸을 날려 호빗을 붙잡으려 했지만 너무 늦었다. 손을 뻗었지만 허공을 잡았을 뿐이었다. 빌보는 튼튼한 발로 날렵하게 떨어져 낯선 동굴을 재빨리 달려갔다. 그는 골룸이 무엇을 하는지 돌아보지 않았다. 처음에는 거의 발꿈치에서 쉬쉬거리며 저주를 퍼붓는 소리가 들리다 곧 멈췄다. 갑자기 증오와 절망으로 가득 찬, 간담을 서늘하게 하는 비명이 들려왔다. 골룸은 패배한 것이다. 골룸은 감히 앞으로 더 나갈 수 없었다. 그는 잃어버린 것이다. 자기의 먹이를 잃었고 또한 그가 여태껏 아껴 온 유일한 것, 그의 소중한 보물을 잃은 것이다. 그의 비명에 빌보는 가슴이 철렁했지만 계속 내달렸다. 메아리처럼 희미해졌지만 여전히 위협적인 그 소리가 이제 멀리서 들려왔다.

"도둑놈, 도둑놈, 도둑놈! 골목쟁이네! 우린 그걸 미워해, 우린 그걸 미워해, 우린 그걸 영원히 미워해!"

그러곤 조용해졌다. 그러나 빌보에게는 정적조차 위협적으로 느껴졌다.

'골룸이 고블린의 냄새를 맡을 정도였다면 고블린들이 근처에 있을 거야. 그렇다면 고블린들은 그 비명과 저주의 소리를 들었을 거야. 이제 조심해야겠어. 안 그러면 이 길로 가다가 더 나쁜 일들이 벌어질 수 있을 테니까.'

그 통로는 천장이 낮고 험했다. 호빗에게는 그리 어려운 일이 아니었겠지만, 아무리 조심해도 바닥의 뾰족한 돌멩이에 불쌍한 발가락을 몇 번이나 부딪혀야 했다.

'고블린에겐 좀 낮은 동굴이군, 적어도 덩치 큰 놈들에게는.'

빌보는 이렇게 생각했다. 그는 큰 고블린들, 특히 산속의 오르크들이 손이 거의 땅에 닿도록 몸을 굽히고 무서운 속도로 달려갈 수 있다는 것을 몰랐다.

내리막길이었던 그 통로는 곧 다시 오르막이 되었고 잠시 후에는 아주 가팔라졌다. 그래서 빌보의 걸음도 서서히 느려졌다. 하지만 마침내 오르막이 끝나고 모퉁이를 돌자 그 통로는 다시 아래로 향했고, 거기 짧은 내리막길이 끝나는 지점에서 그는 또 다른 모퉁이 너머로 희미한 빛이 스며드는 것을 보았다. 그것은 모닥불이나 등불 같은 붉은색이 아니라 바깥에서 들어오는 흐릿한 빛이었다. 빌보는 달리기 시작했다.

최대한 빨리 달려 마지막 모퉁이를 돌자, 갑자기 탁 트인 공간으로 들어서게 되었다. 어둠 속에 그토록 오랫동안 있었던 그에게는 눈부시게 밝은 빛이 비쳤다. 실제로는 출입구의 커다란 돌문이 열린 틈새로 스며든 햇빛에 불과했지만 말이다.

빌보는 눈을 깜박였다. 바로 그때 갑자기 고블린들이 눈에 들어왔다. 완전 무장한 고블린들이 칼을 빼 들고 문 안쪽에 앉아 눈을 부릅뜨고 문으로 이어지는 통로를 감시하고 있었다. 그들은 바짝 긴장한 채 경계하며 만반의 준비를 갖추고 있었다.

하지만 빌보가 그들을 보기 전에 그들이 먼저 그를 보았다. 그렇다, 그들이 먼저 그를 본 것이다. 우연이었는지 아니면 반지가 새 주인을 맞기 전에 마지막으로 술수를 쓴 것인지 모르지만 여하튼 반지가 그의 손가락에서 빠져 있었다. 고블린들은 기쁨의 함성을 지르며 그에게 달려들었다.

공포와 상실의 날카로운 아픔이 골룸의 슬픈 메아리처럼 빌보를 엄습했다. 그는 검을 빼는 것도 잊은 채 두 손을 호주머니에 쑤셔 넣었다. 어김없이 왼쪽 주머니에 있던 반지가 그의 손가락으로 미끄러지듯 들어왔다. 고블린들은 그 순간 멈춰 섰다. 그의 흔적도 볼 수 없었다. 그가 사라진 것이다. 그들은 전처럼 두 번 큰 소리를 질렀지만 그리 유쾌한 함성은 아니었다.

"그 녀석이 어디 있지?"

그들이 소리쳤다.

"통로로 돌아가!"

누군가 외쳤다.

"이쪽이야!"

몇 명이 고함을 질렀다.

"저쪽이야!"

다른 놈들이 고함쳤다.

"문을 잘 지켜!"

경비대장이 명령했다.

고블린들은 저주와 욕설을 퍼부어 대면서 호각을 불고 갑옷을 부딪치고 칼을 덜걱거리며 잔뜩 화가 나서 이리저리 뛰어다니다가 서로에게 걸려 넘어졌다. 고함 소리와 소동으로 끔찍한 아수라장이 되었다.

빌보는 몹시 겁이 났지만 무슨 일이 일어났는지 알아채고, 고블린 경비병들이 술을 넣어 둔 큰 통 뒤에 살짝 숨었다. 그래서 고블린들에게 부딪히고 짓밟혀 죽거나 붙잡히는 걸 피할 수 있었다.

'문으로 가야 해. 문으로 가야 해!'

그는 계속 혼자 중얼거렸으나 시간이 한참 지나서야 용기를 내었다. 그건 눈 가린 술래를 구타하는 끔찍한 게임 같았다. 고블린들은 사방에서 이리저리 뛰어다녔다. 불쌍한 빌보는 이리저리 피하다가 고블린에게 부딪혀 넘어졌다. 그 녀석은 무엇에 부딪혔는지도 몰랐다. 빌보는 다시 네 발로 기어서 대장의 다리 사이로 간신히 빠져나와 일어서서 문으로 내달렸다.

문은 아직 약간 열려 있었지만 고블린 하나가 거의 닫은 상태였다. 빌보가 힘껏 밀어 보았지만 문은 꼼짝도 하지 않았다. 그래서 그는 틈새로 비집고 들어가려 했다. 그는 억지로 몸을 밀고 또 밀다가 문틈에 끼이고 말았다! 난감한 일이었다. 그의 단추들이 문 모서리와 문기둥 사이에 쐐기처럼 박혔다. 훤히 트인 바깥 풍경이 내다보였다. 높은 산들 사이의 좁은 계곡으로 내려가는 계단이 보였고, 태양이 구름 뒤에서 나와 문밖을 환히 비추었다……. 하지만 그는 빠져

나갈 수가 없었다.

갑자기 안쪽에서 고블린 하나가 외쳤다.

"문에 그림자가 있다. 바깥쪽에 뭔가 있어!"

빌보는 소스라치게 놀라 펄쩍 뛰었다. 그는 죽을힘을 다해 몸부림쳤다. 단추들이 떨어져 사방에 흩어졌다. 놀란 고블린들이 문가에서 그의 멋진 구리 단추들을 줍는 동안 빌보는 코트와 윗옷이 찢긴 채 빠져나와 염소처럼 계단을 뛰어내렸다.

물론 고블린들은 곧 요란한 함성을 지르며 그를 쫓아 숲속을 뒤지고 다녔다. 그러니 그들은 태양을 좋아하지 않는다. 햇빛을 받으면 다리가 후들거리고 머리가 빙빙 돌기 때문이다. 게다가 그들은 반지를 끼고 햇빛을 피해 나무 그늘 사이로 조용히 재빠르게 달리는 빌보를 볼 수 없었다. 그래서 그들은 이내 투덜거리고 욕설을 퍼부으며 입구를 지키러 돌아갔다. 이렇게 빌보는 탈출했다.

Chapter 6

프라이팬에서 불 속으로

고블린들에게서 탈출하긴 했지만 빌보는 자기가 지금 어디에 있는지 알 수 없었다. 그에게는 두건이나 망토, 식량, 조랑말, 단추, 친구들, 그 어느 것 하나 없었다. 그는 태양이 서쪽 산맥 뒤편으로 가라앉기 시작할 때까지 계속 정처 없이 돌아다녔다. 산 그림자가 길에 드리워지자 그는 뒤돌아보았다. 다시 앞을 바라보자 산마루들과 산비탈만 보였고, 나무들 사이로 간간이 저 아래 저지대와 들판이 힐끗 보였다.

그는 큰 소리로 말했다.

"맙소사! 안개산맥 반대편으로 나왔구나! 산맥 너머 평원이 시작되는 곳이야! 간달프와 난쟁이들은 도대체 어디에 있을까? 아직도 고블린들에게 붙잡혀 있지는 않아야 할 텐데!"

그는 작고 높은 계곡에서 벗어나 그 너머 비탈길을 따라 계속 내려갔다. 그러나 그의 마음에서 너무나 불안한 생각들이 점점 커져갔다. 마법의 반지를 소유하게 된 지금, 그 끔찍하디끔찍한 고블린 동굴로 돌아가서 친구들을 찾아봐야 하는 게 아닌가 하는 생각이 들었다. 그런 생각이 들자 몹시 괴로운 심정이었지만, 빌보는 자기가 돌아가야 하고 그게 자기 의무라고 마음을 다잡기에 이르렀다. 그런데 바로 그 순간 어디선가 목소리가 들려왔다.

빌보는 걸음을 멈추고 귀를 기울였다. 고블린의 목소리 같지는 않아서, 그는 조심스럽게 기어갔다. 그는 구불구불 이어진 내리막 돌길에 서 있었는데, 왼쪽에는 바위벽이 있고 맞은편 쪽에는 비탈진

작은 골짜기 위에 덤불과 관목이 무성하게 우거져 있었다. 덤불로 가려진 골짜기 중 어느 한 곳에서 사람들의 말소리가 들려왔다.

그는 가까이 다가갔다. 두 개의 커다란 바위 사이에서 붉은 두건을 쓴 머리가 갑자기 눈에 들어왔다. 그것은 보초를 서는 발린이었다. 빌보는 손뼉을 치고 탄성을 지를 수도 있었지만 그러지 않았다. 불시에 불쾌한 것들과 마주칠까 두려워서 아직도 반지를 끼고 있었기 때문이었다. 발린은 빌보를 똑바로 쳐다보면서도 알아채지 못했다.

'나들 놀라게 해 줘야지.'

그는 작은 골짜기 언저리의 덤불로 기어가며 생각했다. 간달프는 난쟁이들과 논쟁을 벌이고 있었다. 그들은 동굴 속에서 자신들에게 일어났던 일을 이야기하며 이제 어떻게 해야 할지 논의하고 있었다. 난쟁이들은 투덜대고 있었다. 그러나 간달프는 빌보가 살았는지 죽었는지 확인도 하지 않고, 또 빌보를 구출하려는 노력도 하지 않고, 그를 고블린들에게 남겨 둔 채 여행을 계속할 수는 없다고 말하고 있었다.

"누가 뭐라든 골목쟁이네는 내 친구라네. 그리고 나쁜 녀석이 아니야. 난 그에 대해 책임감을 느끼네. 자네들이 그를 잃어버리지 않았더라면 좋았을 것을."

난쟁이들은 도대체 왜 빌보를 데려온 건지, 왜 빌보가 바싹 달라붙어서 따라오지 않았는지, 그리고 왜 마법사는 좀 더 지각 있는 이를 선택하지 않았는지 불만을 토로했다.

"지금까지 그 녀석은 도움은 안 되고 말썽만 부렸어요. 만일 그 녀석을 찾으러 그 끔찍한 굴로 다시 돌아가라면, 나는 '그 성가신 놈, 될 대로 되라지'라고 말하겠어요."

누군가 이렇게 말하자, 간달프가 화를 내며 대답했다.

"내가 골목쟁이네를 데려왔네. 그리고 난 아무짝에도 쓸모없는 녀석을 데려오진 않아. 자네들이 날 도와서 그를 찾아보지 않겠다면 자네들 힘닿는 대로 이 궁지에서 빠져나가도록 자네들을 여기 두고 나 혼자 가겠네. 만일 골목쟁이네를 다시 찾을 수만 있다면, 자네들은 모든 일이 끝나기도 전에 내게 감사하게 될 걸세. 대체 어쩌자고 그를 떨어뜨렸나, 도리?"

"당신이라도 떨어뜨렸을 겁니다. 깜깜한 곳에서 고블린이 갑자기 뒤에서 다리를 잡고 딴죽을 걸고 등을 걷어차면요!"

"그래도 왜 다시 업지 않았나?"

"맙소사! 그렇게 물으시다니! 어둠 속에서 고블린들이 덤벼들고 물어뜯지, 모두들 뒤엉켜 넘어져서 치고받지! 당신은 글람드링으로 제 머리를 벨 뻔했고, 소린은 오르크리스트로 여기저기 안 가리고 마구 찔러 댔잖아요. 갑자기 당신이 눈이 멀 만큼 빛나는 섬광을 일으키자, 고블린들은 소리 지르며 도망갔어요. 당신이 '모두 날 따르라!'고 소리를 치셨으니 모두들 따라야 해요. 모두 다 그렇게 한 줄 알았죠. 잘 아시겠지만, 우리가 경비병들 사이로 돌진해서 낮은 문밖으로 뛰쳐나와 허둥지둥 여기에 올 때까지는 인원을 세어 볼 시간이 없었어요. 그런데 막상 와 보니 좀도둑이 없는 거예요, 성가신 녀석!"

"좀도둑 여기 있어요."

빌보는 반지를 빼며 그들 한가운데로 걸어갔다.

저런, 그들은 뛸 듯이 벌떡 일어났다! 그러고는 놀랍고 반가워서 소리를 질렀다. 간달프도 난쟁이들 못지않게 몹시 놀랐지만 아마 그들보다 더 기뻤을 것이다. 그는 발린을 소리쳐 부른 다음, 이처럼 다른 사람이 그들 사이로 걸어 들어와도 아무 경고도 보내지 않은 보초병을 어떻게 생각하는지 물었다. 이 사건 이후로 난쟁이들 사이에서 빌보의 평판이 상당히 높아진 건 사실이다. 빌보가 정말로 일류 도둑이라고 간달프가 말했어도 그들은 그때까지 의혹을 품고 있었는데, 이제는 더 이상 의심하지 않게 되었다. 그들 중에서 가장 어리둥절한 사람은 발린이었다. 그렇지만 다들 그건 빌보가 대단히 교묘하게 숨어드는 재주가 있기 때문이라고 말했다.

실제로 빌보는 그들의 칭찬에 매우 기분이 좋아서 속으로만 낄낄 웃고 반지에 대해 아무 말도 하지 않았다. 그들이 어떻게 보초를 뚫고 들어왔는지 묻자 그는 이렇게 말했다.

"아, 그냥 기어 왔어요, 아주 조심조심 소리를 안 내고 말이지요."

"글쎄, 내 코앞에서 조심스럽게 소리 안 내고 조용히 기어간 쥐새끼 한 마리도 놓친 적이 없었는데, 이번이 처음이야. 내 두건을 벗어서 자네에게 경의를 표하겠네."

발린은 이렇게 말하면서 정말로 두건을 벗고 절했다.

"발린이 당신께 봉사하겠습니다."

발린이 말했다. 그러자 빌보가 답했다.

"당신의 시종 골목쟁이네입니다."

그리고 나서 그들은 빌보가 없어진 후에 어떤 모험을 겪었는지 모두 알고 싶어 했다. 그는 앉아서 이야기를 들려주었지만 반지를 발견한 것에 대해서는 한마디도 하지 않았다(아직은 말할 때가 아니라고 생각했다). 그들은 특히 수수께끼 내기에 흥미를 보였고, 빌보가 골룸을 묘사할 때는 아주 잘 아는 듯 몸을 떨었다.

"그러고서 그 녀석이 옆에 앉아 있는데 수수께끼를 생각해 낼 수가 없는 거예요. 그래서 '내 주머니에 뭐가 있지?' 하고 말했지요. 그런데 그 녀석이 세 번이나 맞히지 못했지요. 그래서 내가 말했어요. '네 약속은 어떻게 된 거야? 나한테 나가는 길을 가르쳐 줘야지.' 그랬더니 그 녀석이 나를 죽이려고 덤벼들었지요. 나는 달리다가 넘어졌고, 그 녀석은 어두워서 나를 못 보고 지나쳤어요. 그래서 그 녀석을 따라갔지요. 그 녀석이 혼잣말하는 걸 들었거든요. 그 녀석은 내가 나가는 길을 안다고 생각한 거예요. 그래서 그 길로 나아가고 있었지요. 그러고서 그 녀석은 입구에 앉았고 나는 지나갈 수가 없었어요. 그래서 그 녀석 머리 위로 뛰어넘어 도망쳤지요. 그러고는 문으로 달려간 거예요."

"경비병들은 어떻게 했지? 아무도 없었나?"

그들이 물었다.

"아, 아주 많았어요. 하지만 그들을 피해 다녔어요. 그러다 한 뼘도 채 벌어지지 않은 문틈에 끼었어요. 그래서 단추들을 많이 잃어버렸지요."

그는 슬픈 듯이 찢긴 옷을 바라보았다.

"하지만 힘주어 밀고 나갔지요. 그래서 여기 오게 된 겁니다."

빌보가 그다지 어렵지도 않고 놀랍지도 않다는 투로 경비병들을 교묘히 피하고 골룸 위로 뛰어넘고 문틈을 비집고 나왔다는 이야기를 하자, 난쟁이들은 새삼 존경심을 느끼며 그를 바라보았다.

"내가 뭐라고 했나! 골목쟁이네는 자네들이 생각하는 것보다 재주가 많다고 했지."

간달프가 웃으며 말했다. 이 말을 하면서 그는 짙은 눈썹 밑에서 미심쩍은 눈으로 빌보를 쳐다보았다. 호빗은 자기가 빼놓은 이야기를 간달프가 짐작하고 있는 게 아닐까 생각했다.

이제는 빌보가 질문할 차례였다. 간달프가 이미 난쟁이들에게 설명했더라도 빌보는 듣지 못했으니까. 그는 어떻게 마법사가 다시 나타났는지, 그들이 지금 어디에 있는지를 알고 싶어 했다.

솔직히 말해서, 마법사는 자신의 현명한 행위를 되풀이해서 말하는 게 싫지 않았다. 그래서 그는 다시 빌보에게 들려주었다. 그와 엘론드는 안개산맥의 그 지역에 사악한 고블린들이 산다는 것을 잘 알고 있었다. 그러나 고블린들이 주로 사용하는 문은 좀 더 다니기 편한 다른 고갯길에 나 있었다. 그놈들은 종종 그 문 가까이에서 밤을 지내는 나그네들을 잡아갔다. 그러니 사람들이 그 길로 다니지 않게 되었을 것이고, 그래서 고블린들은 난쟁이들이 택한 고갯길의 꼭대기에 새로운 입구를 내었음이 분명하다. 그것도 아주 최근에 말이다. 지금까지 그곳은 매우 안전한 길로 알려져 있었다.

"그 입구를 막아 버리게 점잖은 거인을 찾아봐야겠군. 안 그러면 그 산맥을 다시는 못 넘을 테니 말이야."

간달프는 빌보의 비명 소리를 듣자마자 무슨 일이 일어났는지 알 아차렸다. 자기를 잡으려던 고블린들에게 섬광을 쏘아 죽이고는 바위 틈새가 막 닫히려는 순간 재빨리 그 속으로 들어갔다. 그는 커다란 동굴 입구까지 몰이꾼들과 포로들을 따라갔고 어두운 곳에 앉아서 최고의 마법을 고안해 냈다.

"아주 다루기 까다로운 거였어. 간신히 성공했지."

하지만 간달프가 불과 빛의 마법을 특별히 연구해 왔다는 것은 유명한 사실이었다(심지어 빌보도 하지 전날 외할아버지의 파티에서 본 그 마법의 불꽃놀이를 결코 잊지 않았음을 여러분은 기억할 것이다). 고블린 동굴에서 마술적인 불꽃을 연출한 후에 어떻게 되었는지는 우리 모두 알고 있다. 다만 간달프는 고블린들이 낮은 문이라고 부르는 뒷문, 빌보가 단추를 잃어버린 그곳에 대해 잘 알고 있었다. 사실 그 문은 이 지역을 아는 사람이라면 누구나 다 알고 있었다. 그러나 고블린 동굴에서 침착하게 일행을 올바른 방향으로 이끄는 일은 마법사가 아닌 다른 사람이었다면 불가능했을 것이다.

"고블린들은 그 문을 오래전에 만들었지. 필요하면 탈출구로 쓰려고 했을 거야. 또 이쪽 너머 평원으로 가는 입구로 쓰기도 했지. 지금도 그들은 어둠을 타고 평원에 들어가 나쁜 짓을 한다네. 녀석들이 그 문을 언제나 지키고 있어서 지금까지는 누구도 문을 봉쇄하지 못했어. 이제는 경계를 두 배로 강화할걸."

그는 껄껄 웃었다. 난쟁이들도 모두 웃었다. 그들은 가진 것을 거의 다 잃었지만, 거대한 고블린 두목과 다른 고블린들을 많이 죽였고 자기들은 무사히 탈출했으므로, 지금까지는 잘 해냈다고 말할 수 있었다.

하지만 마법사는 그들에게 정신을 차리도록 재촉했다.

"이제 조금 쉬었으니 즉시 출발해야겠네. 밤이 되면 수백 마리가 우리를 쫓아올 걸세. 벌써 그림자가 길어지고 있군. 고블린들은 우리가 지나간 후 몇 시간이 지나도 발자국 냄새를 맡을 수 있네. 어두워지기 전에 몇 킬로미터 더 가야 해. 흐리지만 않으면 달빛이 약간 비칠 테고 그렇다면 다행이지. 고블린들이 달빛을 싫어한다는 게 아니라 우리가 길을 가는 데 달빛이 도움이 될 거라는 말이네."

호빗이 여러 가지 질문을 덧붙이자 간달프는 이렇게 대답했다.

"아, 그래! 자네는 고블린 굴에서 시간 감각을 잃었겠군. 오늘은 목요일이라네. 우리가 잡힌 건 월요일 밤이나 화요일 새벽이었어. 우리는 아주 먼 거리를 똑바로 걸어서 산맥의 심장부를 관통하고 이제 반대쪽으로 나온 거라네. 지름길이라 할 수 있지. 하지만 우리가 넘으려던 산마루로 갔더라면 다른 곳으로 나왔을 거야. 우리는 지금 너무 북쪽으로 와 있어. 우리 앞에 펼쳐진 땅은 만만치 않은 곳이라네. 그리고 아직도 우리는 너무 높은 곳에 있어. 자, 출발하세!"

"난 배고파 죽겠어요."

빌보는 그끄저께 밤부터 한 끼도 먹지 못한 게 갑자기 생각나서 신음하듯 말했다. 호빗에게 그런 일이 다 있다니! 이제 흥분이 사라지자 배 속이 텅 비어 늘어진 자루 같았고 다리가 후들후들 떨렸다.

"어쩔 수 없네. 자네가 돌아가서 고블린들에게 조랑말과 꾸러미를 돌려달라고 정중히 부탁한다면 모를까."

간달프가 말했다.

"아뇨, 사양하겠어요!"

"그렇다면 좋아. 허리띠를 졸라매고 계속 걸어가세. 안 그러면 그 놈들의 저녁밥이 될 테니까. 그건 저녁을 못 먹는 것보다 훨씬 더 고약할걸."

걸음을 옮기면서 빌보는 먹을 것을 찾아 이리저리 둘러보았다. 그러나 검은딸기는 아직 꽃이 피었을 뿐이고 호두도 없고 심지어 산사나무 열매도 없었다. 괭이밥을 조금 씹어 먹고 길을 가로질러 흐르는 시냇물을 마시고 물가에 있는 야생 딸기 세 알을 먹었지만, 그다지 도움이 되지 않았다.

그들은 계속 걸어갔다. 거친 길이 사라졌다. 덤불도 사라졌고 둥근 돌 사이로 자라는 기다란 풀잎들도 사라졌다. 토끼들이 뜯어 먹은 풀밭, 백리향과 샐비어, 박하, 그리고 물푸레나무, 이 모든 것들이 사라졌다. 갑자기 부서진 돌들이 넓게 깔린 가파른 내리막길이 나타났다. 산사태로 쏟아져 내린 것이었다. 그 길에 들어서자 바위 부스러기와 조그만 조약돌 들이 발치에서 굴러떨어졌다. 이내 갈라진 큰 돌조각들이 덜걱덜걱 요란하게 굴렀고 밑에서는 다른 돌멩이들도 주르르 미끄러져 굴러갔다. 그러자 그 돌멩이들로 충격을 받은 바윗덩이들이 튀어 내려가 먼지와 소음과 함께 부서졌다. 오래지 않아 그들 위아래로 비탈 전체가 요동치는 듯했다. 석판과 돌멩이 들이 우르르 소리를 내며 쪼개지고 미끄러지는 몹시 혼란스러운 와중에, 그들은 함께 몸을 웅크린 채 미끄러져 내려갔다.

그들을 구해 준 것은 바닥의 나무들이었다. 그들은 저 아래 계곡의 깊고 어두운 숲에서 산비탈에 곧게 자란 소나무숲 언저리로 미끄러져 내려갔다. 그들 중 몇 명은 나무 밑동을 움켜잡고 나지막한 가지에 매달렸다. 호빗처럼 체구가 작은 몇 명은 나무 뒤에 숨어서 바위들의 돌격을 피했다. 곧 위험이 지나가고 산사태가 멈추자 커다란 돌들이 고사리와 소나무 뿌리 사이에서 튀어 오르고 질주하며 부딪히는 소리가 저 밑에서 마지막으로 희미하게 들려왔다.

"자, 이게 조금 도움이 되겠군. 우리를 추격하는 고블린들도 여기를 조용히 내려오기는 어려울 테니."

간달프가 말했다.

"그렇겠지요. 하지만 그 녀석들이 우리 머리 위로 돌을 굴려 보내기는 쉬울 겁니다."

봄부르가 이렇게 툴툴댔다. 난쟁이들과 빌보는 불쾌한 기분으로 다치고 멍든 다리와 발을 문질러 댔다.

"어리석기는! 우리는 옆으로 돌아 산사태가 난 길에서 벗어날 걸세. 자 빨리 가세! 빛을 보라고!"

태양이 산 너머로 넘어간 지 꽤 시간이 지났다. 이미 그들 주위에서는 어둠이 깊어지고 있었다. 멀리 나무들 사이로, 그리고 비탈 아래에서 자라는 나무들의 우듬지 너머로 보이는 평원에는 아직 석양빛이 비치고 있었지만 말이다. 그들은 이제 다리를 절뚝거리며 남쪽으로 이어지는 길을 따라 완만한 소나무숲 비탈을 서둘러 내려갔다. 때로 호빗 머리 위로 큰 이파리들이 바다처럼 펼쳐진 고사리 숲을 헤치고 나아가기도 했다. 때로는 솔잎들이 바닥에 깔린 곳을 아주 조용히 행군했다. 그사이에 숲의 어둠과 정적은 점점 깊어졌다. 그날 저녁은 나뭇가지들 사이로 한숨 소리를 일으킬 바람조차 없었다.

"아직도 더 가야 해요? 발가락이 다 멍들고 휘고 다리도 아프고 배는 빈 자루처럼 흔들린다고요."

빌보가 물었다. 너무 어두워져서 바로 옆에서 흔들리는 소린의 수염이 간신히 보였고, 또 너무나 조용해서 난쟁이들의 숨소리가 큰 고동 소리처럼 들렸다.

"조금 더 가세."

간달프가 말했다.

수십 년은 흐른 듯한 시간이 지난 뒤, 갑자기 나무 한 그루 보이지 않는 터가 나왔다. 달이 떠올라 빈터를 비추고 있었다. 수상하게 보이지는 않았지만 어쩐지 안전한 곳이 아니라는 느낌이 들었다.

갑자기 그때 언덕 아래에서 울부짖는 소리가 들려왔다. 등골이 오싹하도록 길게 짖어 대는 소리였다. 그러자 그들에게 훨씬 가까운 오른쪽에서 화답하는 소리가 들리더니, 그리 멀지 않은 왼쪽에서 응답하는 소리가 또다시 들렸다. 달을 보며 울부짖는 늑대들이었다. 늑대들이 모여들고 있었던 것이다!

골목쟁이네의 고향집 근처에는 늑대들이 없었지만 그는 그 소리를 알고 있었다. 이야기 속에서 늑대 울음이 묘사되는 경우를 아주 많이 보았기 때문이다. 여행을 대단히 좋아하는 툭 집안 쪽의 나이 든 사촌이 있었는데, 그는 빌보를 겁주려고 늑대 울음을 흉내 내곤 했다. 그러나 달빛 아래 숲속에서 늑대 울음을 듣는 것은 빌보에게 감당하기 어려운 일이었다. 마법의 반지가 있더라도 늑대들에게 대항하는 데는 그리 쓸모가 없을 것이다. 더욱이 미지의 경계에 있는 황야 변두리 너머에서 고블린들이 득실거리는 산의 어둠 속에 사는 그 사악한 늑대들에 대해서는 말이다. 그런 늑대들은 고블린보다도 후각이 예민해서 눈에 보이지 않는 사냥감도 잡을 수 있었다!

"어쩌죠? 어떻게 해요? 고블린에게서 달아나다가 늑대에게 잡히다니!"

빌보가 외쳤다. 빌보의 이 말은 나중에 속담이 되었다. 비록 지금은 그런 위급한 상황을 표현할 때 '작은 어려움을 피하려다 큰 어려움을 당한다'는 뜻으로 '프라이팬에서 불 속으로'라고 말하지만 말이다.

"빨리 나무로 올라가!"

간달프가 소리치자 그들은 나지막한 가지가 있거나 기어오르기 좋은 가느다란 나무를 찾아서 빈터의 언저리로 달려갔다. 그들은 재빨리 나무를 찾아서 나뭇가지들이 부러지지 않을 정도로 높이 올라갔다. 마치 정신 나간 노신사들이 아이들 장난을 치듯이, 난쟁이들이 나무 위에 올라앉아 수염을 늘어뜨리고 있는 모습을 여러분이 (멀리 떨어진 곳에서) 보았더라면 폭소를 터뜨렸을 것이다. 필리와 킬리는 크리스마스트리처럼 높고 거대한 낙엽송 꼭대기에 올라앉았고 도리, 노리, 오리, 오인, 글로인은 수레바퀴 살처럼 가지들이 사이사이에 규칙적으로 뻗은 커다란 소나무에 올라가 편안하게 앉았다. 비푸르, 보푸르, 봄부르와 소린은 다른 나무에 올라갔다. 드왈린과 발린은 나뭇가지가 거의 없는 높고 호리호리한 소나무에 올라가서 맨 꼭대기의 초록 가지들 사이에서 앉을 곳을 찾으려고 애쓰고 있었다. 다른 이들보다 키가 훨씬 큰 간달프는 빈터의 끝자락에 서 있는, 난쟁이들이 오를 수 없을 만큼 커다란 소나무에 올라갔다. 그는 나뭇가지 사이에서 몸을 완전히 숨기고 있었는데 빈터를 내려다보는 그의 눈이 달빛에 번득였다.

그렇다면 빌보는? 그는 어느 나무에도 올라갈 수 없어서 이 나무 저 나무로 종종거리며 뛰어다녔다. 마치 자기 굴을 잃어버리고 사냥개에게 쫓기는 토끼 꼴이었다.

"또 좀도둑을 두고 왔구나."

노리가 내려다보고 도리에게 말했다.

"내가 만날 업고 다닐 수는 없잖아. 굴속으로, 나무 위로! 넌 대체 날 뭐라고 생각하는 거야? 내가 짐꾼이야?"

도리가 말했다.

"어떻게 좀 해야지, 안 그러면 잡아먹힐 거야."

소린이 말했다. 이제는 사방에서 으르렁 소리가 들려왔고 점점 더 가까워졌다.

"도리! 빨리해. 골목쟁이네를 잡아서 위로 끌어 올려!"

소린이 가장 편한 나무 아래쪽에 앉아 있는 도리에게 소리쳤다.

도리는 자주 투덜거리기는 했지만 실은 괜찮은 녀석이었다. 도리가 가장 낮은 가지로 기어내려 팔을 한껏 내려뜨려도 불쌍한 빌보는 그의 손을 잡을 수 없었다. 그러자 도리는 아예 나무에서 내려와 빌보가 자기 등을 딛고 기어오르게 했다.

바로 그 순간 늑대들이 으르렁거리며 빈터로 달려들었다. 갑자기 수백 개의 눈이 그들을 바라보았다. 그래도 도리는 빌보를 내려놓지 않았다. 그는 빌보가 자기 어깨에서 어렵사리 나뭇가지로 기어오를 때까지 기다렸고, 그러고서야 자기도 가지 위로 뛰어올랐다. 정말 아슬아슬한 순간이었다. 늑대 한 마리가 달려와 늘어진 도리의 망토를 덥석 물었다. 그를 물어뜯을 뻔했던 것이다. 눈에 불을 밝히고 혓바닥을 늘어뜨린 늑대들이 순식간에 몰려와 컹컹거리며 나무 주위를 돌고 나무 밑동에서 껑충껑충 뛰었다.

그러니 이무리 사나운 와르그(황야의 변두리 너머에 사는 사악한 늑대들은 이렇게 불렸다)라 해도 나무에는 오르지 못한다. 잠시 그들은 안전했다. 다행히도 따뜻했고 바람도 없었다. 나무는 오래 앉아 있기에 그리 편안한 곳이 아닌 데다, 몹시 춥고 바람 부는 날에 늑대들이 밑에서 여러분을 기다리며 둘러싸고 있다면 나무에 앉아 있는 것이 매우 비참할 것이다.

나무로 빙 둘러싸인 이 빈터는 늑대들의 집회소임이 분명했다. 점점 더 많은 늑대들이 몰려들었다. 그것들은 도리와 빌보가 있는 나무 발치에 보초를 세우고는 냄새를 맡으며 돌아다니다가 다른 난쟁이들이 숨어 있는 나무들을 모두 찾아냈다. 거기에도 보초를 세우고 수백 마리나 되는 나머지 늑대들은 빈터에 둥글게 모여 앉았다. 그 무리의 한가운데에 거대한 회색 늑대가 있었다. 그놈은 와르그의 무시무시한 언어로 다른 늑대들에게 말했다. 간달프는 그 말을 알아들었다. 빌보는 알아듣지 못했지만 그 소리만으로도 끔찍했고, 잔인하고 사악한 일에 대한 이야기 같았다. 실로 그랬다. 이따금 그 늑대 무리는 회색 늑대에게 합창하듯 대답했는데, 그 끔찍한 외침 때문에 호빗은 소나무에서 떨어질 지경이었다.

빌보는 몰랐어도 간달프가 알아들은 내용은 이와 같다. 와르그와 고블린은 사악한 일을 벌일 때 힘을 합쳐 서로 돕곤 했다. 고블린

들은 적에게 쫓기거나 새로운 주거지를 찾거나 전쟁에 나가는 (다행
히도 이런 일은 오랫동안 없었지만) 경우가 아니면 자기들의 산에서 멀
리 나가지 않았다. 하지만 당시에는 먹을 것을 구하거나 부려 먹을
노예를 잡기 위해 다른 곳을 습격하러 가기도 했다. 그럴 때면 그들
은 종종 와르그에게 도움을 청했고 노획물들을 나누어 가졌다. 사
람들이 말을 타고 다니듯이 고블린들은 때로 늑대를 타고 다녔다.
고블린들의 대규모 습격이 계획된 날이 바로 그날 밤인 모양이었고,
그래서 와르그들은 고블린들을 만나러 온 것이었다. 하지만 고블린
들은 나타나지 않았다. 그것은 물론 고블린 두목이 죽었고 난쟁이
들과 빌보와 마법사가 엄청난 혼란을 일으켰기 때문이었다. 고블린
들은 아직도 이들을 찾아 다니고 있었을 것이다.

　이 지역은 상당히 위험한 곳인데도 최근에 용감한 사람들이 남
쪽에서 다시 돌아와 나무를 자르고 계곡과 강가의 쾌적한 숲에 집
을 세웠다. 그런 사람들이 꽤 많았고, 용감한 데다 무장을 잘 하고
있어서, 그들이 많이 모여 있거나 화창한 날에는 와르그들도 감히
공격하지 못했다. 그런데 이제 그들이 고블린의 도움을 받아 산에
서 가장 가까운 몇 마을을 야밤에 습격하려는 계획을 세웠던 것이
다. 그들의 계획이 실행된다면 다음 날 그곳에 살아남은 사람은 한
명도 없을 것이다. 고블린들이 자기들의 동굴로 끌고 가려고 늑대들
한테서 빼돌린 포로 몇 명을 제외하고 다 몰살할 테니까.

　듣기에도 끔찍한 이야기였다. 숲에 사는 용감한 남자들과 그들의
아내와 아이 들 때문에도 그렇지만, 지금 간달프와 그의 친구들을
위협하고 있는 그 위험 때문에도 그랬다. 와르그들은 집회소에 난쟁
이들이 있는 것을 보고 어리둥절했고 무척 화가 나 있었다. 난쟁이
들이 숲에 사는 사람들의 친구로서 정탐하러 와서는 자기들의 계획
을 마을에 알릴 거라고 생각했다. 그렇게 되면 고블린과 늑대 들은
불시의 급습으로 포로를 잡아들이는 게 아니라 잠에서 깬 사람들

을 상대로 치열한 전투를 치러야 할 것이다. 그래서 와르그들은 적어도 아침까지는 나무 위에 있는 놈들을 도망치지 못하게 감시할 작정이었다. 머지않아 아침이 되기 전에 고블린 병사들이 산에서 내려올 것이다. 고블린들은 나무에 올라갈 수도 있고 나무를 잘라 버릴 수도 있다고 와르그들은 떠들어 댔다.

　자, 이제 여러분은 간달프가 마법사임에도 불구하고 그들의 으르렁거리는 소리를 들으면서 왜 그렇게 겁을 먹었는지 이해할 수 있을 것이다. 간달프는 극히 위험한 곤경에 빠졌으며 탈출이 쉽지 않겠다고 생각한 것이다. 하지만 그는 녀석들 마음대로 하게 내버려 두지는 않을 작정이었다. 저 밑에는 늑대들이 득실거리고 자기는 높은 나무에 달라붙어서 할 수 있는 일이 그리 많지는 않겠지만 말이다. 그는 나뭇가지에 달린 커다란 솔방울들을 모았다. 그러고는 솔방울 하나에 환히 빛나는 파란 불을 붙여서 늑대들이 모인 곳으로 윙 소리가 나게 던졌다. 어느 늑대의 등에 그것이 떨어지자 녀석의 털가죽에 즉시 불이 붙었다. 녀석은 끔찍한 괴성을 지르며 이리저리 껑충껑충 뛰었다. 그러자 푸른 불꽃, 붉은 불꽃, 초록 불꽃으로 타오르는 솔방울들이 연달아 날아왔다. 그것들은 늑대 무리 한가운데 떨어져 형형색색의 빛과 연기를 내다가 꺼져 갔다. 특히 큰 솔방울 하나가 늑대 우두머리의 코를 강타하자 놈은 공중으로 3미터나 뛰어오르더니 화도 나고 겁에 질려 빙빙 돌면서 다른 늑대들을 물어뜯기까지 했다.

　난쟁이들과 빌보는 환성을 지르며 기뻐했다. 늑대들의 분노는 눈 뜨고 보기 끔찍했고 그들의 괴성은 숲 전체에 울려 퍼졌다. 늑대들은 언제나 불을 무서워했는데, 이 불은 유독 아주 끔찍하고 기분 나쁜 것이었다. 가죽에 불꽃이 닿으면 금방 들러붙어서 살이 타들어갔다. 재빨리 굴러서 끄지 않으면 곧 온몸에 불이 붙어 화염에 휩싸였다. 이내 빈터 여기저기에서 늑대들은 등에 붙은 불을 끄려고 뒹

굴었고, 이미 타고 있는 놈들이 소리를 지르며 이리저리 달리는 바람에 다른 놈들에게도 불이 옮겨붙었다. 급기야는 놈들의 친구들마저 그놈들을 좇아 버려 그들은 큰 소리로 투덜대며 물을 찾아 산비탈을 달려 내려갔다.

"오늘 밤에는 숲속에서 무슨 소동이 벌어진 거지?"

독수리 왕이 말했다. 그는 산맥 동쪽 가장자리의 높고 외딴 암석 봉우리에서 달빛에 검은 형체를 드러내며 앉아 있었다.

"늑대들 울음소리가 들리는군! 고블린들이 숲에서 못된 짓을 하고 있나?"

그가 공중으로 날아오르자, 양쪽 바위에 앉아 그를 호위하던 독수리 두 마리가 곧 그를 따라 올라갔다. 그들은 공중에서 선회하며 둥글게 모여 앉은 와르그들을 내려다보았다. 그것은 저 아래 작은 점처럼 보였다. 하지만 독수리들은 눈이 예리해서 아주 멀리 떨어진 곳에 있는 작은 물체도 볼 수 있다. 안개산맥의 독수리 왕은 눈도 깜박이지 않고 태양을 직시할 수 있었고, 심지어는 달빛 아래서도 1.5킬로미터나 떨어진 곳에서 움직이는 토끼를 알아보았다. 그래서 나무에 숨어 있는 이들은 보이지 않았지만 난동을 부리는 늑대들을 식별할 수 있었고 작은 불꽃도 볼 수 있었으며 저 멀리서 울리는 으르렁 소리와 함성을 들을 수 있었다. 그리고 사악한 무리들이 문에서 나와 긴 행렬을 이루며 산비탈을 기어 내려가 구불구불한 숲길로 들어섰을 때, 달빛에 반짝이는 고블린들의 방패와 투구도 이내 알아보았다.

독수리는 결코 친절한 새가 아니다. 어떤 독수리는 비겁하고 잔인하기도 하다. 그러나 북쪽 산맥에 사는 옛 혈통의 독수리 종족은 어떤 새보다도 몸집이 컸다. 그들은 당당하고 용감하며 고귀한 마음을 갖고 있었다. 그들은 고블린들을 좋아하지도, 두려워하지도 않

았다. 고블린들이 눈에 띄면 독수리들은 날쌔게 급습하여 놈들이
비명을 지르며 동굴로 돌아가도록 몰아감으로써 놈들의 나쁜 짓을
중단시켰다. 독수리들은 그런 생물을 먹지 않았으므로 고블린들과
부딪힐 일이 별로 없었다. 고블린들은 독수리들을 미워했고 두려워
했지만 그들이 사는 높은 곳에 오를 수 없었고 산에서 그들을 몰아
낼 수도 없었다.

오늘 밤 독수리 왕은 땅 위에서 무슨 일이 벌어지고 있는지 궁금
했다. 그래서 다른 독수리들을 소환해 산에서 멀리 날아가 천천히
공중을 맴돌면서 늑대들이 고블린들과 만나려고 둥글게 모여 있는
곳을 향해 서서히 하강했다.

놀라운 구경거리였다! 저 밑에서 끔찍한 일이 벌어지고 있었던 것
이다. 온몸에 불이 붙어 숲속으로 달려간 늑대들이 숲 여기저기에
불을 지른 것이다. 한여름인 데다 안개산맥의 동쪽에는 한동안 비
가 거의 내리지 않아서 누렇게 시든 고사리, 떨어진 나뭇가지, 두텁
게 쌓인 솔잎, 여기저기 말라 죽은 나무 들이 이내 불길에 휩싸였다.
와르그들이 모인 빈터 주위로 불길이 솟구쳤다. 그러나 늑대 경비
병들은 나무 옆을 떠나지 않았다. 광분하고 발광한 그 늑대들은 혓
바닥을 쑥 내밀고 불꽃처럼 붉고 맹렬한 눈을 반짝이면서 나무 주
위를 껑충껑충 돌고 소리 지르고 끔찍한 그들의 말로 난쟁이들에게
욕을 퍼부었다.

그때 갑자기 고블린들이 고함을 지르며 달려왔다. 그들은 숲에
사는 사람들과의 전투가 이미 시작되었다고 생각한 것이다. 그러나
곧 사실을 알게 되자 어떤 놈들은 땅바닥에 주저앉아서 웃음을 터
뜨렸다. 다른 놈들은 창을 흔들며 창 자루로 방패를 두드렸다. 고블
린들은 불을 전혀 무서워하지 않는다. 잠시 후 그들은 자기들에게
가장 재미있어 보이는 계획을 세웠다.

고블린들 일부는 늑대들을 모두 한곳에 모았다. 어떤 녀석들은

고사리와 작은 가지 들을 모아 나무 밑동에 쌓았다. 다른 놈들은 발로 밟고 두드리며 불을 끄러 이리저리 뛰어다녔다. 마침내 불은 거의 다 꺼졌다. 그러나 그들은 난쟁이들이 숨어 있는 나무들 가까이에서 타오르는 불은 끄지 않았다. 오히려 나뭇잎과 말라 죽은 가지와 고사리를 모아서 불길을 더 일으켰다. 오래지 않아 난쟁이들 주위로 둥글게 불길이 타오르며 연기가 치솟았고, 고블린들은 그 불길이 바깥으로 번지지 않게 했다. 불길은 점점 안으로 좁혀 들어와 빠르게 번지면서 나무 아래 쌓인 연료를 핥았다. 빌보의 눈에 연기가 들어갔고 불꽃의 뜨거운 열기가 느껴졌다. 한여름 밤에 큰 모닥불 주위로 몰리든 사람들처럼 둥글게 원을 그리며 껑중껑중 뛰어다니는 고블린들이 연기 사이로 보였다. 늑대들은 창과 도끼를 들고 둥글게 모여 춤추는 병사들을 존경하듯이 조금 떨어진 곳에 서서 바라보며 기다리고 있었다.

고블린들이 부르기 시작한 잔인한 노래가 빌보의 귀에 들려왔다.

다섯 그루 소나무에 열다섯 마리 새,
널름거리는 불길에 깃털이 나부낀다네!
하지만 우스꽝스러운 작은 새들, 그들에게는 날개가 없지!
오, 저 우스꽝스러운 작은 새들을 어떻게 할까?
산 채 구울까, 단지에 넣고 뭉근하게 졸일까,
아니면 튀길까, 삶아서 뜨겁게 먹을까?

그러고는 노래를 멈추고 소리를 질렀다.
"작은 새들아, 날아 봐라! 할 수 있으면 날아가! 작은 새들아, 내려와라, 안 그러면 둥지에서 통째로 구이가 될 테니. 노래해, 노래해라, 작은 새들아! 노래하는 게 어때?"
"꺼져라, 치졸한 녀석들! 지금은 새집을 뒤질 때가 아니야. 그리고 불장난하는 버릇없는 녀석들은 벌을 받는다."

간달프가 소리쳐 답했다.

그가 이렇게 말한 것은 고블린들을 광분하게 만들고 자기가 그들을 전혀 겁내지 않는다는 것을 보여 주기 위해서였다. 하지만 마법사이기는 해도 그 역시 겁이 났다. 고블린들은 그의 말을 전혀 아랑곳하지 않고 계속 노래했다.

> 나무야, 고사리야, 불타라, 타올라라!
> 오그라들고 그을려라! 쉬잇 다오르는 횃불이 되어라,
> 우리의 즐거운 밤을 밝혀라.
> 야, 헤이!

> 노릇노릇 구워라, 튀기고 볶아라!
> 수염이 타오르고 눈알이 흐려질 때까지
> 머리카락 타는 냄새가 나고 살이 갈라질 때까지
> 기름이 녹아내리고 까맣게 탄 뼈들이
> 타다 남은 재에 남을 때까지
> 하늘 아래에!
> 그렇게 난쟁이들이 죽을 것이다,
> 우리의 즐거운 밤을 밝히며.
> 야, 헤이!
> 야, 헤헤이!
> 야, 호이!

"야, 호이!" 하는 소리와 함께 간달프가 있는 나무 밑에서 불꽃이 타올랐다. 순식간에 불은 다른 나무들로 번졌다. 나무껍질에 불이 붙자 아래 가지들이 딱 소리를 내며 부서졌다.

그러자 간달프는 나무 꼭대기로 올라갔다. 그가 높은 곳에서 고블린들의 창 한가운데로 뛰어내릴 준비를 하는 동안 그의 지팡이에서 번개처럼 갑자기 섬광이 번쩍였다. 그가 벼락이 내리치듯 아래로 뛰어내렸다면 고블린들을 많이 죽이긴 했겠지만 그 역시 죽었을 것이다. 하지만 그는 뛰어내리지 않았다.

바로 그때 독수리 왕이 높은 곳에서 급습하듯 내려와 발톱으로 간달프를 움켜잡고는 날아가 버렸던 것이다.

고블린들 사이에서 분노와 놀람의 탄성이 일었다. 간달프가 뭐라고 말을 하자 독수리 왕은 큰 소리를 질렀다. 그러자 왕과 함께 있던 커다란 독수리들이 휘몰아치듯 다시 날아와 거대한 검은 그림자처럼 내려왔다. 늑대들은 투덜거리며 이를 갈았다. 고블린들은 격분하여 소리 지르고 발을 구르며 무거운 방패를 공중으로 던졌으나 아무 소용도 없었다. 독수리들은 그들 머리 위로 급습했다. 그 검은 물체들이 돌진하며 날개를 퍼덕이는 바람에 고블린들은 바닥에 넘어지거나 멀리 나동그라졌다. 독수리들은 발톱으로 고블린의 얼굴을 찢었다. 다른 새들은 나무 꼭대기로 날아가 오를 수 있는 대로 높이 기어오르고 있던 난쟁이들을 움켜잡았다.

불쌍한 빌보는 이번에도 뒤에 남겨질 뻔했다. 마지막으로 도리가 실려 갈 때 빌보는 간신히 도리의 다리를 붙잡았던 것이다. 그들은 불타오르는 아수라장 위로 함께 올라갔고, 빌보는 끊어질 듯한 두 팔로 공중에 매달려 이리저리 흔들렸다.

이제 저 밑에서는 고블린들과 늑대들이 뿔뿔이 흩어져 숲속으로 멀리 도망가고 있었다. 독수리 몇 마리가 아직도 전장 위를 빙빙 돌며 날고 있었다. 나무들을 휘감은 불길이 별안간 가장 높은 가지들 위로 솟구쳤다. 불길은 딱딱 소리를 내며 휠휠 타올랐다. 갑자기 불똥과 연기가 돌풍에 휘날리듯 흩날렸다. 빌보는 아슬아슬한 순간

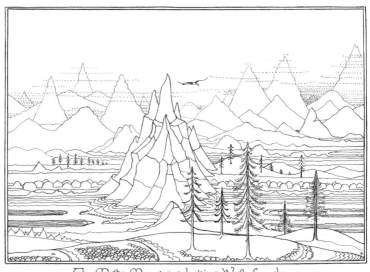

The Misty Mountains looking West from the
Eyrie towards Goblin Gate

독수리 둥지에서 고블린 문을 향해 서쪽으로 바라본 안개산맥에 탈출했던 것이다!

얼마 지나지 않아, 저 아래 깜깜한 바닥에서 타오르는 불빛이 깜박이는 붉은 점처럼 희미하게 보였다. 그들은 내내 힘차게 공중을 휩쓸고 선회하면서 높은 곳으로 올라갔다. 빌보는 도리의 발목에 매달려 날아간 그날 밤의 일을 결코 잊을 수 없었다. 그는 "내 팔, 내 팔!" 하고 신음했고 도리는 "내 다리, 불쌍한 내 다리!" 하고 외쳤다.

몸 상태가 아주 좋을 때라도 빌보는 높은 데 올라가면 현기증을 느꼈다. 아주 낮은 절벽이라도 꼭대기에 올라서서 내려다보면 어지러웠다. 사다리에 오르는 것도 좋아하지 않으니 나무에 오르는 건 (전에는 늑대들한테서 달아나야 할 필요가 없었으니까) 더 말할 나위도 없었다. 그러니 지금 흔들리는 발가락들 사이로 저 아래 시커먼 땅이 점점 넓게 펼쳐지고 여기저기 산비탈의 바위와 평원의 강에 달빛이 비치는 것을 보았을 때, 그의 머리가 얼마나 빙빙 돌았을지는 짐작하고도 남는다.

희미하게 빛나는 산봉우리가 점점 더 가까워졌고, 달빛에 빛나는 뾰족한 바위가 어둠 속에서 비죽 튀어나와 있었다. 여름이었는데도 몹시 으슬으슬하게 느껴졌다. 그는 눈을 감고 자기가 더 버틸 수 있을지 생각했다. 만약 버티지 못하면 어떻게 될까 상상해 보았다. 상상만 해도 속이 메스꺼웠다.

그에게는 아슬아슬한 순간, 팔이 스르르 풀려 버리기 바로 직전에 비행이 끝났다. 그는 헐떡거리며 도리의 발목을 놓았고 독수리 둥지의 거친 바닥에 털썩 쓰러졌다. 아무 말 없이 누워서, 한편으로는 불길에서 구출된 데 놀라워하고 또 한편으로는 그 좁은 둥지에서 양옆의 깊은 어둠 속으로 떨어질까 봐 두려워했다. 그는 지난 사흘간 거의 아무것도 먹지 못했고 끔찍한 모험을 겪고 난 뒤라 이제는 정말 머리가 돌아 버릴 것 같았다. 그래서 자기도 모르는 사이에 이런 말을 하고 있었다.

"이제, 프라이팬 위의 베이컨 조각을 갑자기 포크로 찍어 도로 선반에 얹어 놓았을 때 베이컨이 어떤 기분일지 알 것 같아!"

"아니, 그게 아니지. 베이컨은 조만간 프라이팬으로 돌아가리라는 걸 알 테니 말이야. 우리는 그렇게 되지 않길 바라야지. 그리고 독수리는 포크가 아니잖아!"

도리가 대답하는 소리가 들렸다.

"물론 아니지! 독수리는 스토크, 아니 포크와 조금도 닮지 않았어."

일어나 앉으며 빌보는 가까이 앉아 있는 독수리를 걱정스럽게 바라보며 말했다. 사기가 나쁜 헛소리를 하지나 않았는지, 독수리가 무례하다고 느끼지나 않았는지 궁금했다. 독수리한테 무례하게 굴어서는 안 된다. 특히 여러분의 몸집이 호빗 정도밖에 되지 않고 밤에 독수리 둥지에 머물고 있을 때는 말이다!

독수리는 그저 돌에 부리를 갈고 깃털을 손질하면서 아무런 관심도 기울이지 않았다.

곧 다른 독수리가 날아왔다.

"독수리 왕께서 포로들을 큰 바위 턱으로 데려오라고 하십니다."

그러자 독수리는 도리를 발톱으로 움켜쥐고 밤하늘을 날아갔다. 빌보는 혼자 남았다. 그 심부름꾼 독수리가 말한 '포로'라는 말이 무슨 뜻일지, 이제 토끼처럼 독수리의 저녁밥으로 온몸이 찢길 것인지를 생각할 기운밖에 없었다. 바로 그때 빌보의 차례가 되었다.

독수리는 돌아와서 그의 외투 뒷자락을 발톱으로 잡아채고 날아올랐다. 이번에 날아간 거리는 아주 짧았다. 이내 독수리는 두려움에 떨고 있는 빌보를 산비탈의 넓은 바위 턱에 내려놓았다. 그 바위 턱으로 내려가려면 날아가는 수밖에 없었고, 그곳에서 밑으로 내려가려면 벼랑에서 뛰어내리는 수밖에 없었다. 그는 난쟁이들이 산벽에 등을 기대고 앉아 있는 걸 보았다. 독수리 왕이 그곳에서 간달프와 이야기를 나누고 있었다.

그렇다면 빌보는 결국 저녁밥이 되지는 않을 것 같았다. 마법사와 독수리 왕은 서로를 어느 정도 알고 있는 듯했고 둘은 우호적인 사이인 것 같았다. 사실 그 산을 자주 넘나들던 간달프는 독수리들을 도와서 그들의 왕이 화살에 입은 상처를 고쳐 준 적이 있었다. 그러니 '포로'란 말은 독수리들의 포로라는 뜻이 아니라 '고블린에게서 구출된 포로'라는 의미였다. 빌보는 간달프의 이야기를 들으면서 이제는 정말로 그 무시무시한 안개산맥에서 벗어나게 되리라는 것을 알게 되었다. 간달프는 저 아래 평원을 가로질러 여행을 계속할 수 있도록 난쟁이 일행을 멀리 떨어진 곳으로 데려다달라고 독수리 왕에게 요청하고 있었다.

독수리 왕은 인간들이 사는 곳 근처로는 데려다주지 않을 생각이었다.

"인간들은 우리를 커다란 주목 화살로 쏠 거요. 우리가 그들의 양을 노린다고 생각할 테니까. 물론 다른 때라면 그들의 생각이 맞소. 그러니 안 되겠소! 우리는 고블린들에게서 그들의 놀잇감을 빼앗아 기분이 좋소. 그리고 당신에게 은혜를 갚을 수 있어서 기쁘오. 하지만 난쟁이들을 위해 위험을 무릅쓰고 남서쪽 평원으로 가지는 않겠소."

"좋소. 그렇다면 당신이 갈 수 있는 곳까지 우리를 데려다주시오. 이미 우리는 당신에게 큰 신세를 졌소. 그런데 지금은 배가 고파 죽을 지경이군."

간달프가 말했다.

"나는 벌써 죽어 가요."

빌보가 작고 가냘픈 목소리로 말했지만 아무도 듣지 않았다.

"그건 어떻게 해 볼 수 있을 거요."

독수리 왕이 말했다.

얼마 뒤 바위 턱에 모닥불이 활활 피어올랐다. 난쟁이들은 불가에서 맛있는 냄새를 풍기며 고기를 구웠다. 독수리들은 땔감으로 마른 나뭇가지를 가져다주었고 토끼와 산토끼, 그리고 조그만 양 한마리를 가져왔다. 요리는 난쟁이들이 다 했다. 빌보는 너무 기운이 없어서 도울 수 없었다. 게다가 그는 요리할 수 있게 다 준비된 고기를 푸줏간에서 배달해 먹는 데 익숙했기 때문에, 토끼 껍질을 벗긴다든지 고기를 자르는 일엔 익숙하지 않았다. 오인과 글로인이 부시통을 잃어버렸기에(난쟁이들은 아직도 성냥을 사용하지 않았다) 간달프는 불을 피우는 데 한몫한 다음 누워 있었다.

이렇게 해시 안개산맥의 모험은 끝났다. 빌보는 꼬챙이에 구운 고기 몇 점보다는 빵과 버터가 훨씬 좋았겠지만, 곧 배가 부르고 편안해지자 만족스럽게 잠을 잘 수 있을 것 같았다. 딱딱한 바위 위에서 그는 몸을 웅크리고 고향집 작은 굴의 깃털 침대에서 잘 때보다 더 깊이 잠들었다. 그러나 밤새껏 자기 집 꿈을 꾸었고, 꿈속에서 여러 방을 돌아다니며 뭔가를 찾았다. 그런데 끝내 찾을 수 없었고, 그것이 무엇이었는지 도무지 기억할 수 없었다.

Chapter 7

기묘한 숙소

이튿날 아침 일찍, 햇살이 눈에 비치자 빌보는 잠에서 깨었다. 그는 벌떡 일어나 시계를 보고 밖으로 나가서 찻주전자를 올리려 했으나 곧 자기 집이 아니라는 것을 깨달았다. 그래서 다시 주저앉아서는 세수와 빗질을 할 수 있으면 좋겠다는 부질없는 생각을 했다. 세수도, 빗질도 할 수 없었고, 아침 식사로 차와 토스트와 베이컨도 먹지 못하고 차가운 양고기와 토끼 고기를 먹어야 했다. 그런 다음 다시 출발할 준비를 해야 했다.

이번에는 독수리 등에 올라가 날개 사이에 매달려도 된다는 허락을 받았다. 그의 머리 위로 바람이 쏜살같이 지나가서 그는 눈을 감았다. 열다섯 마리의 거대한 새들이 산비탈에서 날아오를 때 난쟁이들은 작별 인사를 외치며 할 수만 있다면 독수리 왕에게 은혜를 갚겠노라고 약속했다. 아직 태양은 동쪽 지평선 가까이 있었고, 아침 공기는 차가웠다. 계곡과 분지에서 안개가 피어올라, 산의 고봉들과 봉우리들 주위를 여기저기 휘감고 있었다. 빌보는 한쪽 눈을 뜨고 바라보았다. 새들은 이미 높이 날아, 땅이 멀리 저 아래에 있었고 산들은 뒤쪽으로 점점 더 멀어지고 있었다. 그는 다시 눈을 감고 더 꽉 움켜잡았다.

"꼬집지 말게! 자네가 토끼같이 생기기는 했지만 그렇다고 토끼처럼 겁에 질릴 필요는 없어. 바람이 거의 없는 아름다운 아침이야. 날아가는 것보다 더 멋진 일이 뭐가 있겠나?"

그의 독수리가 말했다.

빌보는 '따뜻한 목욕과 그다음 느지막이 잔디밭에서 먹는 아침 식사'라고 대답하고 싶었을 것이다. 그러나 아무 말도 안 하는 게 좋겠다고 생각했고 움켜쥔 손을 아주 조금만 풀었다.

한참 지난 뒤, 독수리들은 그 높은 곳에서도 그들의 목적지를 보았음에 틀림없었다. 그들은 커다란 나선 모양으로 빙빙 돌아내리기 시작했다. 그들은 한참 내려왔고 마침내 호빗은 다시 눈을 떴다. 땅이 훨씬 가까워지자 저 아래 참나무와 느릅나무 같은 나무들과 넓은 풀밭이 보이고 그 사이로 흐르는 강이 보였다. 그런데 언덕만큼이나 커다란 바위가 땅에서 솟아 강의 흐름을 가로막았기에 강은 그 바위를 돌아 흘러갔다. 그 바위는 마치 멀리 떨어져 있는 안개산맥의 마지막 전초 기지 같기도 했고, 거인들 중 가장 큰 거인이 평원으로 멀리 내던진 거대한 바위 같기도 했다.

독수리들은 재빨리 하나씩 내려와 난쟁이 일행을 내려놓았다.

"어디를 가든, 여행이 끝나서 당신의 둥지가 당신을 맞을 때까지 안녕히!"

독수리들이 이렇게 외쳤다. 독수리들의 정중한 인사말이었다.

"날개 밑 바람이 당신을 해와 달이 유영(遊泳)하는 곳으로 데려다 주기를!"

그 인사말에 대한 화답을 정확히 알고 있는 간달프가 대답했다.

이렇게 그들은 작별했다. 나중에 독수리 왕은 모든 새들의 왕이 되었고 황금 왕관을 썼으며, 열다섯 마리의 지휘관들은 (난쟁이들이 준 금으로 만든) 황금 깃을 달게 되었지만 빌보는 그들을 다시 보지 못했다. '다섯군대 전투'가 벌어졌을 때 멀리 높은 곳에서 날아오는 그들을 보기는 했지만 그것은 이 이야기의 끝에 나오는 사건이라 지금은 더 이상 이야기하지 않겠다.

바위 언덕의 꼭대기에는 평지가 있었고 잘 닦인 계단이 저 아래 강가로 이어져 있었다. 강을 가로지르는 커다랗고 평평한 징검다리

돌들을 건너면 강 너머 풀밭으로 갈 수 있었다. 계단이 끝나고 징검다리 여울이 시작되는 곳에 자갈이 깔린 조그맣고 안전한 굴이 있었다. 일행은 거기 모여서 앞으로 어떻게 할 것인지를 의논했다.

"나는 가능한 한 안전하게 안개산맥을 넘을 수 있도록 자네들을 돌봐 줄 작정이었네. 이제 일을 잘 처리하기도 했고, 또 행운도 따라 주어서 내 임무를 완수했네. 실제로는 내가 원래 생각한 것보다 동쪽으로 더 멀리 와 있다네. 그래도 어차피 이건 내 모험은 아닐세. 모든 일이 끝나기 전에 다시 자네들을 볼 기회가 있을지도 모르겠네만, 그동안 내가 해야 할 시급한 다른 용무가 있다네."

간달프가 말했다.

그 말을 듣고 난쟁이들은 신음 소리를 내며 몹시 상심한 표정을 지었고 빌보는 눈물을 흘렸다. 그들은 간달프가 그들과 계속 동행할 것이며 언제나 그들을 위험에서 구해 줄 거라고 생각한 것이다.

"지금 당장 사라지는 건 아니야. 자네들에게 하루나 이틀 정도 더 시간을 낼 수 있지. 어쩌면 지금 자네들이 처한 곤경에서 벗어나게 도울 수도 있을 테고, 나도 도움이 약간 필요하다네. 우리에게는 음식도 짐도 타고 갈 말도 없고, 자네들은 어디에 있는지도 모르지. 그건 말해 줄 수 있네. 우리가 산 고개에서 그렇게 급히 떠나지 않았더라면 우리가 따라가게 되었을 길에서 몇 킬로미터 더 북쪽에 와 있다네. 이 지역에는 사람들이 거의 살지 않아. 몇 년 전에 내가 마지막으로 이곳에 온 이후로 사람들이 오지 않았다면 말일세. 그런데 내가 알고 있는 '누군가'가 여기서 멀지 않은 곳에 산다네. 이 거대한 바위에 계단을 만든 것도 그 사람일세. 그는 이 바위를 '바우바위'라고 부르지. 그는 여기에 자주 오지 않아. 특히 낮에는 오지 않네. 그러니 그 사람을 기다려 봐야 소용없지. 사실 그 사람을 기다리는 건 상당히 위험해. 우리가 가서 그를 찾아야 하네. 그 사람을 만나서 일이 잘 된다면, 나는 독수리들처럼 '어디를 가든 안녕히!'라고 자네들에게 인사하고 떠날 걸세."

난쟁이들은 간달프에게 떠나지 말라고 간청했다. 용의 황금과 은과 보석 들을 주겠다고 제안했지만 간달프는 마음을 바꾸려 하지 않았다.

"다시 보세. 다시 보게 될 거야! 그리고 나는 이미 용의 황금을 일부 받을 권리가 있다고 생각하고 있네. 자네들이 그걸 손에 넣으면 말이야."

그 후로 난쟁이들은 더 이상 간청하지 않았다. 그러고서 그들은 옷을 벗고 강에서 목욕했다. 강물은 얕고 깨끗했다. 여울목에는 돌이 깔려 있었다. 강렬하고 따뜻한 햇살에 몸을 말리고 나자 아직 몸이 아프고 배가 좀 고프기는 했지만 기분이 상쾌해졌다. 곧 그들은 호빗을 업고 여울을 건너, 가지를 넓게 뻗은 참나무들과 키 큰 느릅나무들이 줄지어 있는 곳을 따라 길고 푸른 풀밭 사이로 행군하기 시작했다.

"그런데 왜 그곳을 '바우바위'라고 부르지요?"

빌보가 마법사 옆에서 걸어가며 물었다.

"그 사람이 '바우바위'라고 불렀네. 그가 그런 바위를 가리킬 때 쓰는 단어가 바우바위니까. 그는 그렇게 생긴 바위들을 바우바위라고 부른다네. 그 바위는 그의 집 근방에서 찾아볼 수 있는 유일한 것이고, 그가 잘 알기 때문에 바로 '바우바위'인 거지."

"그렇게 부른 사람이 누구예요? 그 바위를 잘 아는 사람이 누군데요?"

"내가 말한 그 '누군가'는 정말 대단한 사람이라네. 내가 자네들을 소개하면, 자네들은 모두 지극히 정중하게 처신해야 해. 나는 자네들을 천천히 두 명씩 소개할 걸세. 그 사람의 화를 돋우지 않게 정말 조심해야 하네. 안 그러면 어떤 일이 일어날지 아무도 모르거든.

그는 기분이 좋으면 친절하지만, 화가 나면 등골이 오싹하게 만들 수도 있어. 그리고 미리 경고하는데, 그 사람은 화를 잘 낸다네."

마법사가 빌보에게 이렇게 이야기하는 것을 듣고 난쟁이들이 모두 모여들었다.

"바로 그 사람에게 지금 우리를 데려가는 겁니까? 좀 더 성격이 좋은 사람을 찾을 순 없나요? 좀 더 분명하게 설명해 주시는 게 좋지 않을까요?"

그들은 이와 같은 질문을 계속 퍼부었다. 그러자 마법사는 화가 나서 대답했다.

"그래, 바로 그 사람한테 데려가는 거야! 다른 사람은 찾을 수 없네! 그리고 나는 아주 신중하고 분명하게 설명했네. 자네들이 더 알고 싶다면 말해 주겠는데, 그 사람 이름은 베오른이야. 매우 힘센 장사이고 가죽을 바꾸는 재주가 있는 사람이지."

"뭐라고요? 모피상요? 토끼 가죽을 다람쥐 가죽으로 둔갑시켜 파는 사람 말인가요? 그러다 여의치 않으면 그걸 너구리 가죽이라고 우기는 사람요?"

"이런, 맙소사, 아니, 아니, 아니야! 제발 바보처럼 굴지 말게, 골목쟁이네. 그 사람의 집에서 150킬로미터 이내에 있는 동안에는 절대로 모피상이라는 말을 쓰지 말게. 융단이나 어깨 망토, 스카프, 모피 토시, 그 밖에 그와 비슷한 말들도 쓰지 말게! 그 사람은 가죽을 바꾸는 사람이야. 둔갑술로 자기 가죽을 바꾸는 거지. 때로 커다란 검은 곰이 되기도 하고 굳센 두 팔과 기다란 수염을 가진 엄청난 거구의 검은 머리 장사가 되기도 한다네. 이 정도로도 충분할 듯싶네만 아무튼 더 말해줄 것도 없네. 어떤 이들은 그가 거인들이 오기 전에 그 산맥에서 살던 옛날 거대한 곰들의 혈통을 이어받은 곰이라고 말하지. 다른 이들은 스마우그나 다른 용들이 이 지역에 오기 전에, 그리고 고블린들이 북쪽에서 이 산으로 모여들기 전에 살았던 첫 번째 인간들의 후손이라고 하고. 나중 얘기가 맞을 거라고 짐작하기는 하지만 정확히는 알 수 없어. 그에게는 감히 이것저것 질문을 해 댈 수 없거든.

어쨌든 그 사람이 마법의 주문에 걸린 건 아니야. 자기 스스로 주문을 거는 거지. 그는 참나무 숲에 사는데 나무로 지은 커다란 집이 있다네. 인간으로 둔갑했을 때는 그 자신만큼이나 놀라운 가축과 말 들을 키우고, 그 동물들은 그를 위해 일하고 그와 이야기를 나누지. 그는 그 동물들을 잡아먹지 않아. 야생 동물들을 사냥하거나 먹는 일도 없고. 크고 사나운 벌들을 키우는데 벌집이 대단히 많지. 그는 대개 크림과 꿀을 먹고 산다네. 곰이 되면 아주 먼 곳을 배회하지. 한번은 그가 한밤중에 바우바위 꼭대기에 혼자 앉아서 안개산맥 쪽으로 지는 달을 바라보고 있는 걸 보았지. 그는 곰의 언어로 '그 녀석들이 멸망하고 내가 돌아갈 때가 올 것이다!'라고 으르렁거리더군. 그래서 그가 예전에 그 산맥에서 왔을 거라고 믿는 걸세."

빌보와 난쟁이들은 생각할 거리가 많았으므로 더 이상 묻지 않았다. 아직도 가야 할 길이 멀었다. 작은 골짜기를 따라 오르내리면서 그들은 터덜터덜 걸어갔다. 날이 무척 뜨거워졌다. 때로는 나무 그늘 아래에서 쉬었는데, 그럴 때면 빌보는 너무 배가 고팠다. 땅에 떨어질 만큼 익은 도토리가 있었다면 아마 그거라도 주워 먹었을 것이다.

오후의 반나절이 지나서야 그들은 꽃들이 큰 무리를 지어 피어난 넓은 꽃밭에 이르렀다. 누가 심은 듯, 같은 종류가 한 곳에서 자라고 있었다. 특히 클로버가 많았다. 맨드라미 클로버와 자줏빛 클로버들이 바람에 날렸고, 달콤한 꿀 향기를 풍기는 작고 하얀 클로버가 멀리 뻗어 가고 있었다. 벌들이 윙윙대는 소리가 공중에 울려 퍼졌다. 도처에서 벌들이 바삐 움직이고 있었다. 그런 벌도 있다니! 그런 벌을 한 번도 본 적이 없었던 빌보는 생각했다.

'만약 저 벌에 쏘인다면, 내 몸이 두 배는 부풀어 오를 거야.'

그것들은 말벌보다도 컸다. 수벌들은 여러분의 엄지손가락보다도 훨씬 컸고, 새까만 몸의 노란색 띠는 불타는 황금처럼 빛났다.

"자, 가까워지고 있네. 그 사람의 꿀벌 목장 근처에 왔어."

잠시 후 그들은 거대한 참나무 고목들이 띠처럼 둘러서 있는 곳에 이르렀다. 그곳을 지나자 높은 가시나무 덤불 울타리가 나왔다. 덤불은 기어오를 수 없을 정도로 높고 틈새가 보이지 않을 만큼 빽빽하게 둘러 있었다.

"자네들은 여기서 기다리는 게 좋겠네. 내가 소리쳐 부르거나 휘파람을 불면 내 뒤를 따라오게. 내가 가는 길을 잘 봐 두고. 하지만 꼭 두 명씩, 각각 5분쯤 차이를 두고 오게나. 봄부르는 가장 뚱뚱하니까 두 명으로 치고 혼자 맨 나중에 오는 게 좋겠네. 가세, 골목쟁이네! 여기를 돌면 어딘가에 문이 있을 거야."

말을 마친 간달프는 겁에 질린 호빗을 데리고 울타리를 따라갔다.

그들은 곧 높고 넓은 나무 문에 이르렀는데, 그 너머로 정원과 나지막한 목조 건물들이 보였다. 이엉을 얹고 볼품없는 통나무로 지은 헛간, 마구간, 가축우리, 그리고 길고 나지막한 목제 집이었다. 높다란 울타리 안 남쪽에는 벌집이 여러 줄 있었는데 밀짚으로 만든 종 모양의 뚜껑이 덮여 있었다. 커다란 벌들이 이리저리 날아다니면서 벌집을 들락거리는 소리가 온 대기에 가득했다.

간달프와 호빗은 삐걱거리는 육중한 대문을 밀고 들어가서 넓은 길을 따라 그 집 쪽으로 내려갔다. 손질이 잘 되어 털이 매끄러운 말 몇 마리가 종종걸음으로 풀밭을 가로질러 와서 영리한 얼굴로 그들을 물끄러미 바라보고는 건물 쪽으로 달려갔다. 간달프가 말했다.

"낯선 사람들이 왔다고 그에게 알리러 간 걸세."

곧 그들은 뜰에 들어섰다. 나무로 지은 본채 건물이 있고 양옆에 날개처럼 기다란 건물이 세워져서 안마당의 세 면을 벽처럼 둘러싸고 있었다. 마당 한가운데에는 커다란 참나무가 쓰러져 있었고 옆에는 잘라 낸 가지들이 수북이 쌓여 있었다. 그 옆에 수염과 머리카락이 텁수룩한 장사 베오른이 서 있었다. 드러난 팔과 다리에 솟은 근육이 울퉁불퉁했다. 그는 무릎까지 내려오는 윗옷을 입고 커다란 도끼에 기대어 있었고, 말들이 그의 어깨에 코를 박은 채 옆에 서 있었다.

"음! 저기 오는군! 위험해 보이지 않으니 그만 가도 좋아!"

그는 말들에게 이렇게 말하고는 커다랗게 울리도록 너털웃음을 치며 도끼를 내려놓고 앞으로 나왔다.

"너희들은 누구고 뭘 원하는 거냐?"

그는 그들 앞에 다가와서 퉁명스럽게 물었다. 베오른은 대단히 키가 커서 간달프보다도 높이 우뚝 솟았다. 빌보는 고개를 숙이지 않고 그 사람의 다리 사이로 걸어가더라도 그의 갈색 윗옷 자락에도 닿지 않을 것 같았다.

"간달프라고 하오."

마법사가 말했다.

"그런 이름은 들어 본 적 없어. 그리고 이 조그만 녀석은 누구냐?"

그 남자가 으르렁거렸다. 그는 몸을 굽히고 텁수룩한 검은 눈썹을 찌푸린 채 호빗을 보며 물었다.

"골목쟁이네라고 합니다. 집안 좋고 평판이 나무랄 데 없는 호빗이지요."

간달프가 이렇게 말했고 빌보는 상체를 숙여 인사했다. 그는 벗을 모자도 없고 단추가 떨어져 나간 것이 생각나서 무척 창피했다.

"나는 마법사요. 당신은 나에 대해 들어 보지 못했더라도 나는 당신에 대한 이야기를 들은 적이 있소. 혹시 어둠숲 남쪽 언저리에 사는 내 착한 사촌 라다가스트에 대해 들어 보신 적이 있는지 모르겠소.”

“그래, 마법사치고 나쁜 녀석은 아니었어. 그를 이따금씩 보지. 그래, 이제 너희들이 누구인지, 아니, 너희들이 누구라고 말하는지 알겠다. 그런데 뭘 원하는 거지?”

“솔직히 말하자면, 우리는 짐을 잃어버렸고, 길도 거의 잃었소. 그래서 도움이 필요한 처지요. 아니면 최소한 조언이라도. 안개산맥에서 고블린들과 상당한 고전을 치렀다오.”

“고블린이라고? 오호, 그래, 너희들이 놈들하고 문제를 일으켰단 말인가? 무엇 때문에 그 녀석들에게 다가갔지?”

그 큰사람은 아까보다는 덜 퉁명스럽게 말했다.

“그럴 의도는 없었소. 우리가 지나가려던 고갯마루에서 녀석들이 한밤중에 우리를 기습했소. 우리는 서쪽 너머에 있는 땅에서 이쪽으로 오고 있었소. 얘기하자면 길다오.”

“그렇다면 안으로 들어와서 좀 얘기해 보게. 하루 종일 걸리지 않는다면 말이야.”

그는 앞마당에서 집 안으로 들어서는 문을 열며 앞장섰다.

그를 따라 들어가자 한가운데에 화로가 있는 넓은 방이 나왔다. 여름이었지만 화롯불이 타오르고 연기는 까맣게 된 서까래로 올라가서 천장의 빈틈으로 새어 나갔다. 그들은 이 불빛과 천장 구멍으로 들어온 빛이 비치는 어둑한 방을 지나서 더 작은 문을 열고 베란다 같은 곳으로 나갔다. 단 한 개의 통나무로 만든 기둥들을 버팀목으로 받친 곳이었다. 남향이어서 따뜻했고 서쪽 햇살이 비스듬히 비쳐 들어 계단에 이르기까지 꽃들이 가득한 정원에 황금빛을 드리웠다.

그들은 나무 의자에 앉았고 간달프가 이야기를 시작했다. 빌보는 대롱대롱 다리를 흔들며 정원의 꽃들을 바라보았다. 그 꽃들의 절반은 예전에 보지 못한 것이었기에 이름이 뭘까 궁금했다.

베오른의 집

"나는 안개산맥을 넘고 있었소. 친구 한두 명하고……."

마법사가 이렇게 말하자, 베오른이 말했다.

"한두 명이라고? 나는 한 명밖에 못 봤는데. 그것도 아주 작은 녀석을."

"솔직히 말씀드리면, 당신이 바쁜지 어떤지 몰라 친구들과 몰려와서 당신을 성가시게 하고 싶지 않았다오. 괜찮다면 부르겠소만."

"그렇게 하게, 부르라고!"

간달프는 길고 날카롭게 휘파람을 불었고, 곧 소린과 도리가 뜰에 난 길을 따라 집 안을 돌아와서는 그들 앞에 서서 깊이 고개 숙여 인사했다.

"하나가 아니라 세 명이었군, 당신 말은. 그런데 이들은 호빗이 아니라 난쟁이들이잖아!"

"참나무방패 소린입니다. 당신께 봉사하겠습니다! 도리도 당신께 봉사하겠습니다!"

두 난쟁이가 다시 절을 하며 말했다.

"됐네, 그럴 것까진 없어. 오히려 자네들이 내 도움이 필요할 것 같군. 나는 난쟁이들을 그다지 좋아하지 않아. 하지만 자네가 정말로 스로르의 아들인 스라인의 아들 소린이라면, 그리고 자네 일행이 점잖고 고블린의 적이며 내 땅에서 말썽을 피우지 않을 거라면…… 그런데 자네들은 대체 뭘 하려는 건가?"

그 물음에 간달프가 끼어들었다.

"그들은 어둠숲을 넘어 멀리 동쪽으로 선조의 땅을 찾아가는 길이오. 우리가 당신의 땅에 들어오게 된 것은 순전히 우연이었소. 우리는 높은고개를 넘어가고 있었소. 제대로 갔더라면 당신 땅에서 남쪽에 나 있는 길로 왔을 거요. 그런데 방금 이야기하려던 것처럼, 사악한 고블린들이 우리를 공격했소."

"그래, 계속하게!"

결코 공손하다고 할 수 없는 베오른이 말했다.

"무시무시한 폭풍우가 일었소. 바위 거인들이 나와서 바위를 던졌고 우리는 고갯길 꼭대기의 어느 동굴로 피했소. 호빗하고 나하고 동료 몇 명이……."

"당신은 두 명을 몇 명이라고 하나?"

"아, 아니오. 실은 둘 이상이 있었다오."

"그럼, 그들은 어디 있나? 죽었나, 잡아먹혔나, 아니면 집에 갔나?"

"아, 아니오. 내가 휘파람을 불었을 때 다 오질 않았나 보오. 미안해서 그럴 거요. 사실, 접대하기에는 좀 많은 인원이 아닐까 대단히 걱정했거든요."

"계속하게, 다시 휘파람을 불어! 파티를 열어야 할 모양이군. 그런 것 같네. 한두 명 더 많다고 별 다를 것 없겠지."

베오른이 으르렁거렸다.

간달프는 다시 휘파람을 불었다. 노리와 오리는 휘파람 소리가 끝나기도 전에 들어왔다. 여러분이 기억하다시피, 간달프가 5분마다 두 명씩 들어오라고 했기 때문이다.

"앗, 진짜 빨리 왔군. 대체 어디 숨었던 거야? 내 도깨비 상자에 들어 있었나?"

베오른이 말했다.

"노리가 당신께 봉사하겠습니다."

"오리가 당신께……."

그들이 인사를 시작했지만 베오른은 가로막았다.

"고맙네! 자네들 도움이 필요하면 말하겠네. 앉게. 그리고 이야기를 계속하게. 안 그러면 이야기가 끝나기도 전에 저녁 시간이 되겠어."

"우리가 잠들자마자 동굴 뒤쪽 틈이 갈라졌소. 고블린들이 나와서 호빗하고 난쟁이들과 한 떼의 조랑말들을……."

"한 떼의 조랑말이라고? 자네들은 대체 뭐 하는 자들인가? 순회 서커스단인가? 아니면 많은 물건을 운반하고 있었나? 아니면 당신은 늘 여섯 명을 한 떼라고 말하나?"

"아, 아니오. 실은 조랑말이 여섯 마리가 넘었소. 우리가 여섯이 넘으니까. 그런데, 아, 저기 두 명이 더 오는구려!"

바로 그 순간 발린과 드왈린이 나타나 수염이 바닥에 끌릴 정도로 허리를 깊이 숙여 절했다. 그 큰사람은 처음에는 얼굴을 찌푸리고 있었으나 그들은 몹시 공손하게 보이려고 최선을 다했다. 그들이 계속해서 (난쟁이들의 예법에 따라) 고개를 끄덕이고 허리를 굽혀 절하고 두건을 무릎 앞에서 흔들어 대자 그는 얼굴을 펴고 껄껄 웃음을 터뜨렸다. 그들이 너무나 우스꽝스럽게 보였던 것이다.

"한 떼가 맞는 말이군. 아주 익살스러운 한 떼야. 자, 재미있는 친구들, 들어오게. 자네들 이름은 뭔가? 지금은 자네들의 도움이 필요 없네. 이름만 대. 그리고 앉아서 흔들어 대는 것 좀 그만하게!"

"발린과 드왈린입니다."

그들은 감히 화를 내지도 못하고 좀 어리둥절한 표정으로 바닥에 털썩 주저앉았다.

"자, 이제 다시 계속하게!"

베오른이 마법사에게 말했다.

"어디까지 했더라? 아 그래, 나는 붙잡히지 않았소. 섬광을 쏘아서 고블린 한둘을 죽였소."

"잘했군! 그렇다면 마법사도 그다지 쓸모없는 건 아니군."

베오른이 으르렁거렸다.

"그러고는 그 틈새가 닫히기 전에 안으로 들어갔소. 그들을 따라서 중앙 동굴로 들어갔는데 그곳에는 고블린들이 득실거리고 있었소. 고블린 두목은 30~40명의 무장한 고블린들을 거느리고 있었지요. 나는 속으로 생각했습니다. '난쟁이들이 모두 사슬로 묶여 있지 않더라도, 고작 열 명 남짓으로 이렇게 많은 녀석들에 대항해서 뭘 할 수 있겠어?'"

"열 명 남짓이라고! 여덟 명을 열 명 남짓이라고 말하는 건 처음 듣네. 아니면 아직 상자에서 나오지 않은 도깨비들이 더 있는 건가?"

"아, 그렇소, 지금 두 명이 더 오는 것 같구려. 필리와 킬리일 거요."

간달프가 이렇게 말하고 있을 때 두 명이 나타나 미소 지으며 절했다.

"됐네. 앉아서 조용히 하게! 자 이제 계속하게, 간달프!"

그래서 간달프는 이야기를 계속했고 어둠 속에서 벌어진 싸움과 낮은 문을 발견한 것, 깜빡 잊고 골목쟁이네를 두고 온 걸 알았을 때의 경악감 등을 이야기했다.

"우리는 숫자를 세어 보고 호빗이 없다는 걸 알았소. 남은 이가 열네 명밖에 안 되었던 거요!"

"열네 명이라고! 열에서 한 명을 빼면 열넷이 남는다는 말은 처음 듣는군. 아홉이란 말이겠지. 아니면 아직 당신이 당신 일행의 이름을 다 말하지 않았든가."

"맞소, 물론 당신은 아직 오인과 글로인을 못 보셨지요. 아, 저런! 저기 오는군. 성가시게 해 드린 걸 용서해 주기 바라오."

"아, 다 오라고 해! 빨리! 자네들 두 명, 어서 와서 앉게! 그런데 이보게, 간달프. 지금도 모두 다 해서 당신하고 난쟁이 열 명, 그리고 길 잃은 호빗 한 명뿐이네. 두고 온 한 명을 빼고도 열한 명이지 열네 명이 아니야. 마법사들이 셈하는 법이 다른 사람들과 다르다면 모를까. 하지만 지금은 이야기를 계속하게."

베오른은 가급적 그렇게 보이지 않으려 했지만 실은 대단히 흥미를 느끼고 있었다. 사실 오래전부터 그는 간달프가 묘사하고 있는 그 산지를 잘 알고 있었다. 그는 호빗이 다시 나타났고 그들이 산사

태로 비탈에서 미끄러져 내려왔다는 것과 숲속에서 늑대들 무리에
포위되었다는 이야기를 들으며 고개를 끄덕이고 으르렁거렸다.

늑대들이 밑에서 진을 치고 있는 가운데 그들이 나무로 기어올
랐다고 간달프가 이야기하자, 그는 벌떡 일어나 서성거리며 중얼거
렸다.

"내가 거기 있었더라면 좋았을걸! 그 녀석들에게 불꽃놀이보다
더 멋진 걸 선사했을 텐데!"

간달프는 자기 이야기가 좋은 인상을 주는 것을 보고는 기분이
좋아서 말했다.

"나는 할 수 있는 한 최선을 다했소. 거기 늑대들은 우리들 밑에
서 미친 듯이 돌아다니고, 숲은 곳곳에서 불타오르기 시작하고, 때
마침 고블린들이 언덕에서 내려와 우리를 보았소. 그 녀석들은 즐거
워하며 우리를 조롱하는 노래를 불렀소. '다섯 그루 전나무에 열다
섯 마리 새…….'"

"맙소사! 고블린들이 셈을 할 줄 모른다는 거짓말은 하지 말게. 녀
석들도 그 정도는 셀 수 있거든. 열둘은 열다섯이 아니야. 녀석들도
그 정도는 알아."

베오른이 으르렁거렸다.

"나도 아오. 비푸르와 보푸르가 또 있었다오. 아직까지 그들을 감
히 소개하지 못했소만, 저기 오고 있소."

비푸르와 보푸르가 들어왔다.

"그리고 나도!"

봄부르가 뒤에서 헐떡거리며 달려왔다. 그는 뚱뚱한 데다 마지막
까지 뒤에 남는 것에 화가 나 있었다. 그래서 5분을 기다리지 않고는
그 두 명을 곧바로 따라온 것이다.

"자, 이제 열다섯이 되었군. 고블린들이 셈을 할 줄 아니까, 나무
에 올라간 자들이 이제 다 모인 것 같은데. 그러니 더 이상 방해받지

않고 이야기를 끝낼 수 있겠지."

그제야 골목쟁이네는 간달프가 얼마나 현명하게 처신했는지 알 수 있었다. 그렇게 방해를 받았기 때문에 베오른은 그 이야기에 더 흥미를 느끼게 되었다. 또 그 이야기 때문에 그는 수상한 거지들을 쫓듯 난쟁이들을 즉시 내쫓지 않았던 것이다. 베오른은 어쩔 수 없 는 경우가 아니면 결코 사람들을 자기 집에 불러들이지 않았다. 그 는 친구가 거의 없었고, 그나마 얼마 되지 않는 친구들도 상당히 멀 리 떨어진 곳에서 살았다. 이 친구들이라도 한 번에 두 명 이상 집으 로 초대하는 일이 없었다. 그런데 지금 그는 열다섯 명이나 되는 낮 선 이들을 자기 집 베란다에 앉혀 두고 있는 것이다.

마법사가 독수리들이 자기들을 구출해서 바우바위로 데려다주 었다는 말을 끝으로 이야기를 마쳤을 때, 해는 안개산맥의 봉우리 들 너머로 이미 넘어갔고 베오른의 정원에 어둠이 길게 드리워 있 었다.

"아주 흥미로운 이야기로군! 오랫동안 들어 본 이야기 중에서 최 고야. 거지들이 모두 그런 재미있는 이야기를 할 수 있다면 내가 좀 더 친절하게 대할 텐데. 물론 자네들 그 이야기가 전부 꾸며 낸 것일 수도 있겠지. 하지만 그렇다 해도 저녁 한 끼는 대접받을 만한 가치 가 있는 이야기였어. 뭘 좀 먹지!"

"네! 정말 고맙습니다!"

그들은 이구동성으로 말했다.

방 안은 이제 꽤 어두워졌다. 베오른이 손뼉을 치자 멋진 흰 조랑 말 네 마리와 체구가 길고 커다란 회색 개 네 마리가 종종걸음으로 들어왔다. 베오른은 동물의 소리를 언어로 바꾼 듯한 이상한 말로 그들에게 뭐라고 이야기했다. 그들은 다시 나가더니 곧 입에 횃불을 물고 들어와 화롯불을 붙이고 중앙 화로 주위에 늘어선 기둥들에

붙은 나지막한 까치발에 끼웠다. 개들은 필요할 때면 뒷다리로 서서 앞발로 물건을 나를 수 있었다. 재빨리 그들은 벽 옆에 있던 판자와 버팀대를 가지고 와서 난롯가에 차려 놓았다.

그런 다음에 '매애애, 매애애' 하는 소리가 들리더니 커다랗고 칠흑처럼 새까만 숫양이 눈처럼 흰 양들을 이끌고 들어왔다. 숫양은 동물 모양이 가장자리에 수놓인 하얀 천을 들고 있었다. 다른 양들은 넓은 등으로 쟁반을 날라 왔는데, 쟁반에 놓인 사발들과 큰 접시들, 칼들과 나무 숟가락들을 개들이 받아서 버팀대 식탁에 차려 놓았다. 이 식탁들은 아주 나지막해서 빌보도 편안히 앉을 수 있었다. 옆에 있던 조랑말 한 마리가 간달프와 소린이 앉을 걸상을 밀어 왔다. 좌석은 널찍하게 골풀 줄기로 엮고 다리는 짧고 두꺼운 나지막한 걸상이었다. 베오른을 위해서는 식탁 끝에 똑같은 종류의 커다랗고 검은 의자를 놓았다. 베오른은 탁자 밑으로 굵직한 다리를 쭉 뻗고 앉았다. 의자라고는 이게 전부였다. 식탁이나 의자 들이 나지막한 것은 그의 시중을 드는 그 놀라운 동물들의 편의를 위해서인 듯했다. 나머지는 어디에 앉았을까? 베오른은 그들을 위해서도 세심한 배려를 잊지 않았다. 다른 조랑말들이 둥근 북처럼 자른 통나무를 굴려서 들여왔는데 모두 매끄럽고 윤이 났으며 빌보가 앉아도 될 만큼 나지막했다. 그들은 베오른의 식탁에 모두 자리를 잡았다. 이 방에 이토록 많은 이들이 모인 것은 오랜 세월 동안 처음 있는 일이었다.

그곳에서 그들은 저녁 식사, 아니 진수성찬을 대접받았다. 엘론드에게 작별 인사를 하고 서쪽 '최후의 아늑한 집'을 떠난 뒤로 처음 먹어 보는 맛있는 식사였다. 햇불과 난롯불이 주위에서 깜박였고 식탁 위에서는 커다란 밀랍 촛불이 붉은빛을 내며 타올랐다. 그들이 밥을 먹는 동안 베오른은 낭랑한 저음의 목소리로 산 이쪽의 야생지대, 특히 그 무시무시한 어둠숲에 대해 이야기했다. 그 어둡고 위험한 숲은 말을 타고 하루를 달려야 하는 거리에 남북으로 길게 뻗어서 동쪽으로 가는 길을 가로막고 있었다.

난쟁이들은 이야기를 들으며 수염을 흔들었다. 이제 안개산맥을 지나왔으니 그들은 곧 그 숲으로 떠나야 하며, 그곳이 용의 요새로 가기 전에 통과해야 할 가장 큰 난관이라는 것을 알고 있었다. 저녁 식사가 끝나자 난쟁이들은 자기들의 이야기를 시작했지만 베오른은 졸음이 오는지 그들의 이야기에 거의 관심을 기울이지 않았다. 그들의 화제는 대부분 황금과 은, 보석, 금속 세공술로 만든 물건에 관한 것이었고, 베오른은 그런 것들을 좋아하지 않는 것 같았다. 그의 집에는 금이나 은으로 만든 물건이 없었으며 검을 빼고는 금속제 물건도 거의 없었다.

그들은 꿀술이 담긴 목기 술잔을 들고 식탁에 오래 앉아 있었다. 밖에서는 칠흑 같은 어둠이 밀려왔다. 횃불은 꺼졌지만 방 한가운데서 타고 있는 화롯불에 새로 장작을 얹자 불꽃이 춤추듯 솟구치며 그들을 비추었고, 그들 뒤쪽으로 우뚝 서 있는 기둥들의 꼭대기는 숲속의 나무들처럼 어둠침침했다. 마술인지 뭔지 모르지만 빌보는 나뭇가지를 스치는 바람 소리 같은 것이 서까래에서 울리는 것 같았고 부엉이의 울음소리도 들리는 것 같았다. 이내 그는 꾸벅꾸벅 졸다가 잠들었고 목소리들이 멀리 사라지는 것 같았다. 그러다가 그는 깜짝 놀라 잠에서 깨었다.

큰 문이 삐거덕거리고 탕 소리를 내며 닫혔던 것이다. 베오른이 보이지 않았다. 난쟁이들은 난롯가 바닥에 책상다리를 하고 앉아 있었고, 곧 노래를 부르기 시작했다. 어떤 노래는 다음과 같았는데 이것 외에도 많은 노래들이 있었고 그들은 꽤 오래 노래를 이어 갔다.

마른히스황야에 바람이 일어도,
숲속에서는 이파리 하나 움직이지 않고.

밤이나 낮이나 어둠이 깔리고
어두운 것들이 소리 없이 기어 다니지.

바람은 차가운 산에서 내려와
파도처럼 포효하며 굴러간다네.
삐걱거리는 가지들, 신음하는 숲,
땅 위를 덮은 나뭇잎들.

바람은 서쪽에서 동쪽으로 갔다네,
숲속의 움직임은 멈췄지만
늪 위로 날카롭고 거칠게
휘파람을 불며 바람이 달려갔지.

풀잎이 쉿 소리를 내고, 수염을 굽히고,
갈대는 바스락거리고, 바람은 지나갔다네.
질주하는 구름들이 찢기고 갈라진
차가운 하늘 아래, 떨리는 웅덩이 위로.

헐벗은 외로운 산을 지나
용의 굴 위로 휩쓸고 지나갔다네.
검고 어두운 바위들이 버티고 있는 곳
연기가 공중으로 날아오르는 곳.

바람은 땅을 지나 날아올랐네,
넓은 밤바다 너머로.
달은 질풍에 돛을 달고,
별들은 불어 대는 바람에 솟구치며 빛을 발하네.

빌보는 다시 꾸벅꾸벅 졸기 시작했다. 갑자기 간달프가 일어섰다.

"이제 잘 시간이 되었네, 우리들에게 그렇다는 거지. 베오른은 아닐 걸세. 이 집에서는 편안하고 안전하게 쉴 수 있다네. 하지만 베오른이 나가기 전에 한 말을 잊지 말라고 자네들 모두에게 경고하고 싶군. 해 뜨기 전에는 위험을 무릅쓰고 밖에 나가서는 안 되네."

빌보는 방 한쪽의 기둥들과 외벽 사이의 약간 돋워진 바닥에 벌써 잠자리가 깔려 있는 것을 보았다. 밀짚으로 엮은 작은 침대와 털로 짠 담요가 그를 위해 마련되어 있었다. 여름철이었지만 그는 아주 즐거운 마음으로 담요를 끌어안았다. 화롯불은 자작하게 타올랐고 빌보는 잠이 들었다. 그러나 한밤중이 되어 깨어났다. 불은 거의 다 사그라져서 깜부기불 몇 개뿐이었다. 숨소리로 보아 난쟁이들과 간달프 모두 깊은 잠에 빠져 있었다. 하늘 높이 뜬 달이 지붕의 연기 구멍으로 내려다보며 바닥에 하얀 반점을 만들었다.

밖에서 으르렁거리는 소리가 들려왔다. 그리고 거대한 동물이 문간에서 발을 질질 끄는 듯한 소리도 들렸다. 빌보는 그게 무엇인지, 마술적 형태로 둔갑한 베오른인지, 곰으로 변한 베오른이 들어와서 그들을 죽일 것인지 궁금했다. 그는 담요 속으로 들어가 머리까지 뒤집어썼고, 두려움에 떨면서도 결국에는 다시 잠들었다.

그가 깨었을 때는 벌써 아침 해가 중천에 떠 있었다. 난쟁이 한 명이 그가 누워 있는 어둑한 구석을 지나가다가 그의 몸에 걸려 넘어지는 바람에 돋워진 단에서 굴러떨어져 쿵 하고 바닥에 부딪쳤다. 보푸르였다. 보푸르가 투덜거리는 찰나에 빌보가 눈을 떴다.

"일어나, 이 게으름뱅이야. 안 그러면 자네 아침밥은 하나도 안 남을걸."

"아침밥이라고! 아침밥이 어디 있는데?"

빌보는 벌떡 일어나 소리 질렀다.

방에서 서성대던 다른 난쟁이들이 말했다.

"대부분 우리 배 속에 있지. 하지만 남은 게 베란다에 있어. 해가 뜬 다음에 베오른을 찾아보았는데 어디에도 흔적조차 없더군. 그런데 밖으로 나가 보니 아침 식사가 벌써 차려져 있더라고."

"간달프는 어디 있어요?"

빌보는 재빨리 밥을 먹으러 나가려고 일어서며 물었다.

"아, 어딘가 밖에 계시겠지."

그러나 그날 하루 종일 저녁이 될 때까지 마법사는 보이지 않았다. 해가 지기 바로 직전에야 그는 호빗과 난쟁이들이 저녁을 먹고 있는 방으로 걸어 들어왔다. 베오른의 놀라운 동물들이 하루 종일 식사 시중을 들었다. 전날 밤 이후로 그들은 베오른을 보지도 못했고 아무 이야기도 듣지 못했기에 점점 어리둥절해졌다.

"집주인은 어디 간 거죠? 그리고 도대체 당신은 하루 종일 어디 계셨어요?"

그들이 모두 소리쳐 물었다.

"한 번에 한 가지만 묻게. 그리고 저녁을 다 먹을 때까지는 아무것도 묻지 말게. 아침을 먹은 후로 아무것도 입에 대지 못했네."

한참 후에야 간달프는 접시와 잔을 밀어냈다. 그는 버터와 꿀, 응고된 크림을 잔뜩 발라서 빵을 두 덩어리나 먹었고 꿀술을 최소한 1리터나 마시고 나서야 담뱃대를 꺼냈다.

"둘째 질문부터 먼저 답하겠네. 그런데, 이런! 연기 고리를 만들기 아주 멋진 장소로군!"

한동안 그들은 그에게서 더 이상 아무 말도 끌어낼 수 없었다. 그는 연기 고리들이 방의 기둥들을 살짝 돌아가게 보내면서 온갖 형태와 색깔로 변하게 한 다음 마지막으로 지붕의 구멍을 통해 차례로 내보냈다. 밖에서 보면 그것들은 대단히 신기해 보였을 것이다.

초록색, 파란색, 빨간색, 은회색, 노란색, 하얀색의 크고 작은 고리들
이 차례차례 공중으로 튀어나왔고, 작은 고리들은 큰 고리들 사이
로 살짝 빠져나가거나 서로 붙어서 8 자가 되기도 하면서 새 떼가 날
아가듯 먼 곳으로 사라졌다.

간달프가 마침내 말했다.

"나는 곰의 발자국을 찾아다녔어. 틀림없이 어젯밤에 곰들의 정
기 모임이 여기서 열렸을 거야. 베오른이 그 발자국들을 혼자서 만
들었을 리 없으니까. 발자국들이 숱하게 많았던 데다 크기도 다양
했거든. 아마도 작은 곰, 큰 곰, 보통 곰, 아주 거대한 곰들이 어두워
질 때부터 새벽녘까지 밖에서 춤을 추었을 걸세. 그 곰들은 거의 사
방팔방에서 모여들었는데, 서쪽의 안개산맥에서 강을 넘어온 곰은
없었어. 그쪽으로 이어진 발자국은 하나뿐이었는데 그쪽에서 온 게
아니라 여기서 그쪽으로 간 거였네. 나는 그 발자국을 따라서 바우
바위까지 갔지. 거기서 발자국은 강 속으로 사라졌네. 그 바위를 넘
어서는 물이 너무 깊고 세차서 건널 수가 없었네. 자네들도 기억하겠
지만, 이쪽 강둑에서 바우바위까지 여울을 건너기는 쉽지만 반대편
에는 절벽이 있고 그 아래 물은 소용돌이치며 흐르거든. 그래서 몇
킬로미터를 걸어서야 강폭이 넓고 물이 얕은 곳을 찾아 건널 수 있
었지. 그러고는 발자국을 찾느라 몇 킬로미터를 다시 돌아와야 했
네. 그때쯤에는 시간이 너무 많이 경과해서 발자국을 오래 추적할
수 없었지. 발자국들은 안개산맥 동쪽의 소나무숲 쪽으로 곧장 이
어지더군. 우리가 그저께 밤에 와르그들과 재미있고 조촐한 파티를
벌인 곳 말일세. 자, 이제 자네들의 첫 번째 질문에도 답한 것 같군."

간달프는 한동안 말없이 앉아 있었다. 빌보는 마법사의 말이 무
슨 뜻인지 알 것 같았다.

"만약 베오른이 와르그들과 고블린들을 끌고 여기로 오면 어쩌
죠? 모두 붙잡혀서 죽고 말 거예요! 베오른은 그놈들과 친하지 않다

고 말씀하신 걸로 기억하는데요."

"그랬지. 그런데 바보같이 굴지 말게. 자네는 자러 가는 게 좋겠어. 아직 잠이 덜 깨서 정신이 없는 모양이니까."

호빗은 무안당한 느낌이었다. 그런데 달리 할 일도 없었기에 그는 잠자리에 들었다. 난쟁이들이 노래를 부르는 동안, 그는 베오른에 대해 생각하느라 그 작은 머리로 골치를 썩이다가 잠이 들었다. 꿈에서 수백 마리의 검은 곰들이 앞마당에서 달빛을 받으며 천천히 육중한 몸으로 빙빙 돌며 춤을 추었다. 그러고 나서 다른 이들은 모두 자고 있을 때 잠에서 깨었는데, 전날처럼 박박 문지르고 발을 질질 끌고 코로 킁킁거리고 으르렁거리는 소리가 들려왔다.

다음 날 아침 그들 모두를 깨운 것은 바로 베오른이었다.

"그래, 아직도 다들 여기 있었군!"

그는 호빗을 들어 올리고 웃었다.

"아직 와르그나 고블린이나 사악한 곰에게 잡아먹히지 않았군그래."

그러고는 아주 무례하게도 골목쟁이네의 배를 쿡쿡 찔러 댔다.

"조그만 토끼가 빵과 꿀을 먹고 다시 통통해졌군. 가서 더 먹게!"

그는 껄껄 웃었다.

그래서 그들은 그와 아침을 먹으러 갔다. 베오른에게 달라진 점이 있다면 아주 명랑해졌다는 것이었다. 실로 그는 대단히 기분이 좋아 보였고, 재미있는 이야기로 그들 모두를 웃게 했다. 그들은 베오른이 어디 갔다 왔는지, 그가 왜 이렇게 친절하게 구는지 오래 궁금해하지 않아도 되었다. 베오른이 직접 말해 주었기 때문이다. 그는 강 건너 그 산으로 곧장 갔었다. 여기서 여러분들은 그가 적어도 곰으로 변했을 때는 무척 빨리 이동할 수 있다는 것을 짐작할 수 있을 것이다. 그는 불타 버린 숲속의 빈터를 보고 그들의 이야기가 일부는 사실임을 곧 알아냈다. 그런데 알아낸 것은 그뿐만이 아니었다. 숲속에서 돌아다니던 와르그 한 마리와 고블린 한 놈을 붙잡아서 소식을 들은 것이다. 고블린 순찰대들은 아직도 와르그들과 함께 난쟁이들을 추격하고 있으며, 고블린 두목이 죽었고 늑대 대장의 코가 화상을 입었으며, 마법사가 불을 일으켜 늑대 대장의 부하들이 많이 죽었기 때문에 놈들은 무섭게 분개하고 있다는 것이었다. 베오른의 우격다짐 끝에 놈들은 그 정도를 이야기했는데, 베오른은 더 사악한 일이 계획되고 있음을 짐작할 수 있었다. 난쟁이들을 찾기 위해서 아니면 난쟁이 일행을 보호하고 있을 것으로 짐작되는 인간들과 동물들에게 보복하기 위해서 고블린 전군이 늑대 동맹군과 연합하여 산 그림자가 드리워진 땅을 곧 대규모로 급습할 것이다.

"좋은 이야기였어. 자네들 이야기 말이야. 하지만 그게 사실이라는 걸 알고 나니까 그 이야기가 더 마음에 드네. 자네들의 말을 믿지 않은 것을 용서해 주게나. 자네들이 어둠숲 근처에 살고 있다면 친형제처럼 잘 아는 사람이 아니면 누구의 말도 믿지 못할 거야. 사정이 이렇기에 나는 최대한 빨리 집으로 돌아왔네. 자네들이 안전하도록 살펴 주고 도와주려고 말이야. 앞으로는 난쟁이들에게 더 호감을 갖도록 하겠네. 고블린 두목을 죽였다니! 고블린 두목을!"

그는 혼자서 큰 소리로 껄껄거렸다.

"고블린하고 와르그는 어떻게 하셨어요?"

갑자기 빌보가 물었다.

"와서 보게!"

그들은 베오른을 따라서 집을 돌아갔다. 고블린의 머리가 문밖에 끼워져 있었고 와르그의 가죽은 바로 뒤의 나무에 박혀 있었다. 베오른은 무시무시한 상대였다. 그러나 이제 베오른이 그들의 친구가 되었으므로 간달프는 그에게서 최대한의 도움을 얻을 수 있도록 자기들의 사연과 여행의 목적을 전부 알려 주는 게 현명하다고 생각했다.

베오른은 그들을 위해 다음과 같이 해 주겠다고 약속했다. 숲까지 타고 갈 수 있도록 난쟁이들에게는 조랑말 한 마리씩, 간달프에게는 말을 제공할 것이며, 아껴 먹는다면 몇 주일은 버틸 수 있는 음식을 운반하기 좋게 꾸려서 실어 줄 것이다. 그것은 견과류와 밀가루, 밀봉한 병에 담은 말린 과일, 붉은 질그릇에 담은 꿀, 오래되어도 상하지 않고 조금만 먹어도 멀리 행군할 수 있게 기운을 돋워 주는 두 번 구운 케이크 등이었다. 이런 음식을 만드는 방법은 그만 알고 있는 비밀이었는데, 그의 음식 대부분이 그렇듯 꿀이 들어 있어서 먹기는 좋았지만 나중에 목이 말랐다. 어둠숲의 이쪽 지역에는 길을 따라 시냇물과 샘이 있기 때문에 물을 나를 필요가 없다고 그는 말했다.

"하지만 어둠숲을 지나는 길은 어둡고 위험하고 힘들 거야. 거기서는 물도 찾기 힘들고 먹을 것도 없어. 나무 열매는 아직 먹을 때가 안 되었고. 자네들이 숲을 횡단한 다음에는 이미 철이 지나서 없을 테지만, 그 숲에서 자라는 것 중에서 먹을 만한 것은 나무 열매밖에 없어. 거기 사는 야생 동물들은 새까만 데다 모양도 기괴하고 성질도 포악하지. 물을 담을 가죽 주머니를 주겠어. 활하고 화살도 주지. 어둠숲에서 먹거나 마셔도 좋을 것을 찾을 수 있으리라고는 생각할 수 없네. 내가 알기로는, 길을 가로질러 세차게 흐르는 검은 강이 있는데, 그 물은 마셔도 안 되고 목욕을 해서도 안 돼. 마법에 걸린 물이라서 졸음과 망각을 일으킨다고 들었거든. 그 어둠숲에서는 먹을 만한 것이든 아니든 무엇이든 활로 쏘았다가는 길을 잃고 헤매게 될 거야. 무슨 일이 있어도 '절대' 하지 말아야 해.

내가 해 줄 수 있는 충고는 이게 전부일세. 일단 숲에 들어선 다음에는 내가 도와줄 방법이 별로 없어. 그저 자네들의 행운과 용기와 내가 준 음식에 의지해야지. 숲의 입구에서 내 말과 조랑말 들을 돌려보내 주게. 자네들이 신속히 여행할 수 있기를 바라네. 그리고 혹시라도 자네들이 이 길로 돌아오게 된다면, 내 집은 언제라도 자네들을 환영하네."

물론 그들은 수없이 절하고 두건을 흔들며 "넓은 나무 집의 주인이시여, 당신께 봉사하겠습니다!"라고 거듭 되풀이하며 고마움을 표시했다. 그러나 그들은 베오른의 심상치 않은 말에 마음이 덜컥 내려앉았고 예상했던 것보다 더 위험한 모험이 기다리고 있다는 것을 깨달았다. 그리고 그 위험한 숲길을 통과한다 해도 그 끝에는 용이 기다리고 있는 것이다.

오전 내내 그들은 떠날 채비를 하느라 분주했다. 정오가 지난 후 그들은 베오른과 마지막으로 식사를 하고, 그가 빌려준 말에 올라타고는 여러 번 작별 인사를 하고 문을 지나 빠른 속도로 달려갔다.

울타리를 두른 베오른의 땅 동쪽의 높은 산울타리를 나서자마자 그들은 북쪽으로 방향을 바꾸어 곧장 북서쪽으로 나아갔다. 베오른의 충고에 따라서, 그의 땅 남쪽으로 나 있는 큰 숲길을 따라가지 않을 작정이었다. 원래 계획대로 그 길을 따라갔다면 그들은 산에서 내려오는 시냇물을 따라 내려갔을 것이고 그 시냇물은 바우바위에서 남쪽으로 몇 킬로미터 떨어진 곳에서 '큰강'과 합류했을 것이다. 거기에는 조랑말을 타고 건널 수 있는 깊은 여울이 있고 그것을 넘어 길을 따라가면 어둠숲 언저리에 이르고 옛숲길이 시작되는 곳에 이르렀을 것이다. 그러나 베오른은 요사이 고블린들이 그 길을 자주 이용하고 있다고 경고했다. 그리고 그 숲길의 동쪽 끝에는 나무와 덤불이 너무 무성해서 지나갈 수 없고 또 건널 수 없는 늪이 있어서 오래전에 길들이 다 없어졌다고 했다. 게다가 그 숲길의 동쪽 출구는 외로운산에서 남쪽으로 너무 멀리 떨어져 있었으므로, 그들이 숲 건너편에 이르더라도 북쪽으로 길고 힘든 행군을 해야만

했을 것이다. 바우바위의 북쪽으로는 어둠숲의 언저리가 '큰강'의 변두리까지 비교적 가깝게 접해 있었고, 안개산맥도 더욱 가깝게 접해 있었는데, 베오른은 이 길을 택하라고 충고했다. 왜냐하면 바우바위에서 정북으로 며칠간 말을 달리면 갈 수 있는 거리에, 그리 알려지지는 않았지만 어둠숲을 관통하는 길의 입구가 있었고, 그 길은 거의 똑바로 외로운산으로 이어졌기 때문이었다.

"고블린들은 '큰강'을 건너서 바우바위의 북쪽으로 150킬로미터 이내에는 감히 들어오지 못할 거야. 내 집 가까이 오지 못하는 건 물론이고. 내 집은 밤에 수비가 삼엄하거든. 하지만 나라면 삘리 달리겠네. 만약 녀석들이 습격한다면 자네들을 죽이려고 강을 건너 남쪽으로 가서 숲 언저리를 완전히 쑥밭으로 만들어 버릴 거야. 그리고 와르그들은 조랑말보다 훨씬 빨리 달린다네. 그러니 자네들은 북쪽으로 가는 편이 더 안전할 거야. 비록 놈들의 요새 가까이 되돌아가는 것처럼 보이지만 말이야. 그쪽으로 가리라고는 예상하지 못할걸. 그러니 자네들을 잡으려면 다시 돌아서 먼 거리를 달려야 하는 거지. 지금 당장 최대한 빨리 출발하게!"

이렇게 베오른이 말했다. 그래서 그들은 지금 입을 꾹 다물고 말을 달리고 있었다. 평평한 풀밭에서는 최대한 속도를 냈다. 검은 안개산맥을 왼쪽에 끼고 달리자 멀리 보이는 강줄기를 따라 둑에 서 있는 나무들이 점점 더 가까워졌다. 그들이 출발했을 때 태양이 막 서쪽으로 넘어가기 시작했는데 저녁이 될 때까지 주위의 땅을 황금빛으로 비추어 주었다. 뒤에서 고블린들이 추격하는 것 같지는 않았다. 베오른의 집에서부터 몇 킬로미터 달리고 난 후에 그들은 다시 이야기도 하고 노래도 하면서 그들 앞에 놓인 어두운 숲길에 대해서는 잊어버리기 시작했다. 그러나 저녁이 되어 어스름이 깔리고, 산봉우리들이 석양빛에 붉게 물들자 그들은 야영을 하고 불침번을 세웠다. 그들 대부분은 사냥하는 늑대들이 울부짖고 고블린들이 함성을 지르는 꿈을 꾸면서 뒤숭숭한 밤을 보냈다.

하지만 이튿날이 되자 다시 환하게 새벽이 밝아 왔다. 땅에 가을 안개가 하얗게 깔리고 공기는 싸늘했지만 동쪽에서 붉은 해가 떠오르자 곧 안개가 걷혔다. 하지만 그들이 다시 출발한 후에도 그림자는 길게 드리워져 있었다. 그들은 이틀간 더 달렸고 그동안에 풀과 꽃, 새와 드문드문 서 있는 나무 들, 때로 한낮에 그늘에서 풀을 뜯어 먹거나 앉아 있는 붉은 사슴 떼를 제외하고는 아무것도 보지 못했다. 때로 빌보는 기다란 풀잎 사이로 삐죽 나온 수사슴의 뿔을 보았지만 처음에는 죽은 나뭇가지인 줄 알았다. 사흘째 저녁에는 더욱 열심히 길을 재촉했다. 나흘째 되는 날 일찍 숲의 입구에 도착해야 한다고 베오른이 말했기 때문이었다. 그래서 땅거미가 지고 밤이 이슥해진 후에도 그들은 달빛을 받으며 계속 달렸다. 어둑어둑해졌을 때 빌보는 멀리 오른쪽, 아니 왼쪽에서 그들과 같은 방향으로 움직이는 거대한 곰의 형체를 어렴풋이 본 것 같았다. 그러나 그가 용기를 내어 간달프에게 말하자 마법사는 "쉿! 알은체하지 말게!"라고 대답했을 뿐이었다.

다음 날, 그들은 전날 밤에 거의 쉬지 못했지만 새벽이 되기 전에 출발했다. 빛이 들기 시작하자 그들은 마치 그들을 만나려고 기다리고 있었던 듯이 그들 앞에 시커멓고 위압적인 벽처럼 모습을 드러낸 숲을 볼 수 있었다. 이제 땅은 계속 비탈진 오르막이었고, 호빗은 정적이 그들을 옥조이는 느낌이 들었다. 새들의 노래도 점차 줄었고 사슴은 물론 토끼조차 보이지 않았다. 오후가 되자 그들은 어둠숲의 처마 밑에 도착했고 숲 밖에 서 있는 나무들의 늘어진 거대한 나뭇가지 밑에서 쉬었다. 나무들의 몸통은 거대하고 울퉁불퉁했으며 가지들은 뒤틀렸고 나뭇잎들은 검고 길쭉길쭉했다. 그 위로 담쟁이덩굴이 자라서 땅 위로 늘어져 있었다.

"자, 어둠숲에 다 왔군! 북쪽 세상의 숲 중에서 가장 큰 숲이라네.

그 형세가 자네들 마음에 들었으면 좋겠군. 이제 자네들이 빌려 온 이 훌륭한 조랑말들을 돌려보내야겠네."

간달프가 말했다.

난쟁이들이 불평을 늘어놓으려 하자 마법사는 그들에게 어리석게 굴지 말라고 했다.

"베오른은 자네들이 생각하는 것처럼 멀리 있지 않다네. 그리고 그는 무시무시한 상대이기 때문에 그와 한 약속을 꼭 지키는 게 좋아. 밤마다 어두워진 후에 거대한 곰이 우리와 나란히 행군하거나 멀리 떨어진 곳에 앉아서 달빛을 받으며 우리를 지켜보는 걸 알아채지 못했다면, 자네들 눈은 골목쟁이네보다 예리하지 못한 거야. 자네들을 보호하고 안내하려는 것뿐만 아니라 조랑말들을 지켜보려는 것이기도 하지. 베오른은 자네들의 친구이기는 하지만 자기 짐승들을 자식들처럼 사랑한다네. 이렇게 멀리까지 빨리 타고 올 수 있도록 난쟁이들에게 그 동물을 빌려준 것이 얼마나 큰 친절을 베푼 것인지 자네들은 짐작도 못 할 걸세. 그런데 자네들이 그걸 타고 숲 속으로 들어가려 한다면 자네들에게 어떤 일이 일어날지 짐작도 할 수 없어."

"그러면 말은 어떻게 합니까? 말을 돌려보낸다는 말씀은 안 하셨잖아요."

소린이 말했다.

"안 했지. 돌려보내지 않을 테니까."

"그러면 약속은 어떻게 하실 겁니까?"

"약속은 지킬 거라네. 말을 돌려보내는 게 아니라 내가 말을 타고 갈 테니까!"

그제야 그들은 간달프가 바로 어둠숲 언저리에서 그들과 작별할 작정이라는 것을 알았다. 그들은 절망적인 기분에 빠졌다. 그러나 그들이 뭐라 말해도 간달프의 마음을 돌릴 수 없었다.

"자, 전에 바우바위에 도착했을 때 이 이야기는 다 끝내지 않았나. 더 이상 왈가왈부해 봐야 아무 소용 없네. 이미 말했듯이 멀리 남쪽에 급한 용무가 있다네. 자네들 일에 신경 쓰느라 이미 많이 늦었어. 모든 일이 끝나기 전에 다시 만날 걸세. 물론 못 만날 수도 있지만. 그건 자네들의 행운과 용기와 분별력에 달려 있네. 그리고 골목쟁이네를 자네들과 함께 보내니까. 예전에도 말했듯이 그에게는 자네들이 생각하는 것보다 많은 능력이 있어. 머지않아 알게 될 걸세. 그러니 빌보, 기운을 내게. 그렇게 침통해 있지 말고. 소린 일행도 기운 내게! 이건 결국 자네들 원정 아닌가. 종착지에서 기다리고 있는 보물을 생각하고, 숲이나 용은 잊어버리게. 아무튼 내일 아침까지는 말이야!"

다음 날 아침이 되자 그는 여전히 같은 말을 되풀이했다. 그래서 이제는 숲의 입구 가까이 있는 깨끗한 샘에서 물을 떠 가죽 부대에 채우고 조랑말들의 짐을 내리는 것 외에는 달리 할 일이 없었다. 그들은 가급적 짐을 공평하게 나누었다. 그렇지만 빌보는 자기 꾸러미가 진저리 나게 무겁다고 생각했고 그걸 다 등에 지고 한없이 터벅터벅 걸어야 한다는 게 전혀 마음에 안 들었다.

"걱정 말게. 곧 가벼워질 테니까. 머지않아 식량이 바닥나기 시작하면 오히려 '짐이 더 무거웠더라면' 하고 바라게 될 거야."

소린이 말했다.

마침내 그들은 조랑말들에게 작별 인사를 하고 말머리를 집 쪽으로 돌려세웠다. 그 말들은 어둠숲 그늘 쪽으로 꼬리를 돌리자 매우 즐거운 듯 경쾌하게 총총걸음으로 달려갔다. 말들이 출발했을 때 곰 같은 형체가 나무 그늘에서 나와 재빨리 말들을 좇아서 휘청휘청 걸어가는 걸 보았다고 빌보는 맹세라도 할 수 있었다.

이제 간달프도 작별 인사를 했다. 빌보는 너무 비참한 심정으로 바닥에 앉아서 마법사와 함께 그 큰 말을 타고 갈 수 있으면 얼마나 좋을까 생각했다. 그는 아주 간소한 아침을 먹은 뒤에 그 숲속으로 조금 들어가 보았다. 아침이었는데도 그곳은 한밤중처럼 깜깜했고 너무나 으슥했다. 게다가 '무언가 지켜보며 기다리는 듯한 느낌'이라고 그는 혼자 중얼거렸다.

"소린, 잘 가게! 그리고 자네들 모두 잘 가게. 정말 조심하라고! 이제 자네들이 갈 길은 숲을 곧바로 가로지르는 거야. 길에서 벗어나지 말게. 만약 벗어나면 십중팔구 그 길을 다시 찾지 못할 거고 어둠숲에서도 벗어나지 못할 걸세. 그러면 나나 다른 누구도 자네들을 다시는 못 보게 될 기야."

"우리가 정말로 이 길을 지나가야 하나요?"

호빗이 신음하듯 말했다.

"그래, 그렇다네! 자네가 숲 건너편으로 가고 싶다면 말이지. 숲을 가로지르든가 아니면 원정을 포기하든가 둘 중 하나야. 이제 와서 자네가 손을 떼는 건 내가 허락하지 않겠네, 골목쟁이네. 자네가 그런 생각을 하다니 부끄러운 일이야. 자네가 나 대신 이 난쟁이들을 돌봐야 하는데 말이지."

간달프가 웃으며 말했다.

"아니! 아니에요! 그런 뜻이 아니었어요. 제 말은 다른 길로 돌아갈 수 없느냐는 거예요."

"물론 있기야 있지. 자네가 북쪽으로 3백 킬로미터쯤 더 가고 남쪽으로 그 두 배쯤 되는 길을 내려오고 싶다면 말이야. 그런데 그곳도 안전하지는 않아. 이 지역에서 안전한 길은 없네. 자네들은 지금 황야의 경계를 넘어섰고, 어디를 가든 온갖 희한한 것들이 기다리고 있다는 사실을 기억하게. 자네들이 북쪽으로 해서 어둠숲을 돌아가려면 바로 회색산맥의 비탈에 이르게 될 걸세. 그곳은 고블린과 호브고블린, 그리고 가장 악질적인 오르크 들이 득실거리는 지독한 곳이라네. 남쪽으로 해서 어둠숲을 돌아가려면 강령술사의 땅으로 들어서게 될 걸세. 빌보, 자네도 그 검은 마법사에 관한 이야기라면 나한테서 굳이 듣지 않아도 잘 알고 있겠지. 그의 검은 탑이 보이는 곳은 근처에도 얼씬거리지 말라고 충고하겠네! 반드시 숲속의 길을 따라가게. 항상 용기를 잃지 말고 최선의 것을 바라게. 엄청난 행운이 따른다면 자네들은 언젠가는 이 숲을 벗어날 테고 자네들 앞에 펼쳐진 긴늪을 보게 될 거야. 그 너머 동쪽으로 그 친애하는 늙은 용 스마우그가 살고 있는 외로운산이 보이겠지. 녀석이 자네들을 기다리고 있지 않기를 바라네."

"참으로 위안이 되는 말씀만 하시는군요. 잘 가시오! 우리와 함께 가실 생각이 아니라면 더 이상 아무 말씀 말고 가시는 게 좋겠소!"

소린이 투덜거리듯 말했다.

"그럼 잘 가게, 정말로 잘 가라고!"

간달프는 이렇게 말하고는 말머리를 돌려 서쪽으로 달려갔다. 그러나 그는 마지막으로 한 번 더 말하고 싶은 마음을 억누를 수 없었다. 목소리가 들리지 않을 곳에 이르기 직전, 그는 두 손을 오므려 입가에 대고 그들에게 외쳤다. 그의 목소리가 희미하게 들려왔다.

"잘 가게! 잘 지내고, 조심하게. 그리고 '절대' 길에서 벗어나지 말게!"

그러고는 전속력으로 질주하여 곧 시야에서 사라졌다.

"그래, 잘 가시오. 가 버려!"

난쟁이들은 이렇게 툴툴거렸다. 마법사가 가 버리자 정말로 낙담해서 더욱 화가 났다. 이제 가장 위험한 여행길이 시작되었다. 그들은 각자 무거운 짐 꾸러미와 물이 든 가죽 부대를 어깨에 메고, 숲 바깥쪽에 비치는 햇빛에서 몸을 돌려 숲속으로 뛰어들었다.

Chapter 8

파리와 거미들

그들은 한 줄로 걸어갔다. 담쟁이덩굴로 뒤얽히고 이끼들이 늘어져서 시커먼 이파리 몇 장밖에 달리지 않은 커다란 고목 두 그루가 아치 모양으로 기대어 입구에 서 있었고 그 너머로 깜깜한 터널이 이어졌다. 길은 비좁고 나무 몸통들 사이로 이리저리 구불구불 이어졌다. 얼마 지나지 않아 숲 입구는 멀리 뒤에서 환히 빛나는 작은 구멍처럼 보였다. 사방이 너무 고요했기에 그들의 발소리는 쿵쿵 울리는 것 같았고 나무들이 그들 머리 위로 몸을 숙이고 귀를 기울이고 있는 듯했다.

눈이 어둠에 익숙해지자 그들은 어렴풋이 암녹색으로 보이는 숲길 양옆을 둘러보았다. 때때로 가느다란 햇살 한 줄기가 운 좋게도 높은 곳에 무성한 나뭇잎들 사이로 미끄러져 내려와, 더욱 운 좋게도 휘감긴 가지들과 엉킨 잔가지들에 가로막히지 않고 그들 앞에 가느다란 밝은 빛살을 내리꽂았다. 그러나 이런 일은 흔치 않았고, 오래지 않아 햇빛은 한 줌도 들지 않았다.

숲속에는 검은 다람쥐들이 있었다. 빌보는 예리하고 호기심 어린 눈으로 주위를 둘러보는 데 익숙해지자, 날쌔게 길에서 벗어나 나무들 뒤편으로 종종거리며 사라지는 다람쥐들을 볼 수 있었다. 덤불에서, 숲의 바닥에서 수북이 쌓인 나뭇잎들 사이에서 으르렁거리는 소리나 발을 질질 끄는 소리, 서둘러 지나가는 소리 등 기이한 소리가 들려왔다. 그러나 누가 그런 소리들을 내는지는 알 수 없었다. 가장 성가신 것은 무척 두꺼운 줄로 촘촘히 짜인 검은 거미줄이었는데, 한 나무에서 다른 나무로 뻗어 있거나 어느 한쪽의 낮은 가지들에 엉켜 있을 때가 많았다. 그러나 숲길을 가로질러 뻗은 거미줄은 없었다. 어떤 마법을 써서 거미줄을 제거한 것인지 아니면 다른 이유가 있는 것인지 짐작도 할 수 없었다.

머지않아 그들은 이 숲을 고블린의 동굴처럼 맹렬히 혐오하게 되었다. 게다가 숲이 언젠가 끝나리라는 희망은 점점 더 사라지는 것 같았다. 태양과 하늘을 보고 싶어 몸살이 날 지경이고 얼굴 위로 불어오는 바람을 느끼고 싶은 마음이 간절해진 후에도 오랫동안 그들은 걷고 또 걸었다. 숲 꼭대기 아래 고인 공기는 전혀 움직임이 없었고 한결같이 고요하고 어둡고 숨이 막혔다. 굴 파는 데 익숙하고 때로 오랫동안 햇빛을 못 보고 사는 난쟁이들도 그렇게 느꼈다. 굴속에 집 짓는 걸 좋아하지만 여름날을 굴속에서 지내는 건 좋아하지 않는 호빗은 서서히 질식당하는 느낌이었다.

밤이 되면 최악이었다. 밤에는 칠흑같이 깜깜했는데, 흔히 말하는 '칠흑같이'가 아니라 칠흑 그 자체여서 정말 아무것도 보이지 않았다. 빌보는 코앞에서 손을 좌우로 흔들어 보았지만 아무것도 볼 수 없었다. 글쎄, 아무것도 볼 수 없었다고 말하는 건 사실이 아니다. 눈들이 보였으니까. 그들은 서로 꼭 붙어서 잤고 교대로 망을 보았다. 빌보가 망을 볼 차례였을 때, 주위의 암흑 속에서 희미한 빛을 보곤 했다. 때로 노란색과 붉은색, 초록색 눈들이 조금 떨어진 곳에서 그를 바라보다가 천천히 희미해지면서 사라지고는 다른 데서 천천히 다시 빛났다. 때로 그 눈들은 그의 머리 바로 위에 있는 나뭇가지에서 빛났는데 빌보는 그때가 가장 무서웠다. 그가 가장 싫어한 것은 알뿌리처럼 둥글고 희미하게 빛나는 눈이었다. 이 눈을 보며 빌보는 속으로 생각했다.

'동물 눈이 아니라 곤충 눈이야. 다만 너무 큰 거야.'

아직은 그렇게 춥지 않았지만 밤이 되었을 때 모닥불을 피우려 했다. 그러나 곧 그만두고 말았다. 모닥불을 피우면 수백 쌍의 눈들이 몰려들었다. 알 수 없는 그 생물들은 깜박거리는 작은 불꽃에 조심스레 몸을 드러내지 않았다. 더욱 참을 수 없는 것은 진회색, 검은색의 나방들이 수천 마리나 몰려드는 것이었다. 손바닥만큼 큰 것도 있었는데, 날개를 펄럭이며 귓가에서 맴돌았다. 나방들과 정장 모자처럼 새까맣고 커다란 박쥐들을 참을 수가 없어 그들은 불 피우는 걸 포기하고, 밤이면 거대하고 으스스한 어둠 속에 앉아서 꾸벅꾸벅 졸았다.

호빗이 느끼기로는 이런 상태가 수십 년간 지속된 것 같았다. 게다가 그는 항상 배가 고팠다. 그들이 음식을 몹시 아껴 먹었기 때문이다. 그렇기는 했지만 여러 날이 지나고 또 지나도 여전히 똑같은 숲길이 이어지자 그들은 불안해지기 시작했다. 식량이 언제까지나 남아 있을 것도 아니고 실제로 이미 꽤 줄어 있었다. 그래서 그들은 다람쥐들을 사냥하려 했다. 화살을 많이 낭비한 끝에 가까스로 한 마리를 잡았다. 그런데 그것을 불에 굽자 맛이 너무 역겨워서 그 후로는 다람쥐를 잡지 않았다.

물을 넉넉히 가져온 것도 아니고 그동안 샘이나 시냇물도 없었기에 갈증도 심해졌다. 이런 상태에 있던 어느 날, 그들은 길을 가로막고 흐르는 물을 보았다. 폭은 그다지 넓지 않았지만 빠른 속도로 세차게 흘렀다. 검은 물이었다. 아니면 어두워서 검게 보였는지도 모른다. 베오른이 그 물에 대해 경고해 주어서 다행이었다. 그러지 않았더라면 색깔이 어떻든 개의치 않고 그 물을 떠 마시고 빈 가죽 물통들을 채웠을 것이다. 그들은 오로지 어떻게 해야 물에 빠지지 않고 건널 수 있을지를 생각했다. 예전에는 물을 가로지르는 나무다리가 있었겠지만 지금은 썩어 부서졌고 물가에 부서진 기둥만 남아 있었다.

빌보는 물가에 무릎을 꿇고 앞을 자세히 살펴보다가 외쳤다.

"저쪽 둑에 나룻배가 있어요! 이쪽에 있었더라면 좋았을걸!"

"얼마나 먼 것 같은가?"

소린이 물었다. 빌보가 그들 중 눈이 가장 예리하다는 것을 지금은 모두들 인정하고 있었다.

"멀진 않아요. 10미터는 안 넘겠는데요."

"10미터라고! 최소한 30미터는 될 것 같은데. 내 눈이 백 년 전만큼 밝지는 못하지만 말이야. 하지만 10미터나 1킬로미터나 마찬가지지. 건너뛸 수도 없고, 걷거나 헤엄쳐서 건널 엄두도 나지 않으니."

"누구 밧줄 던질 수 있어요?"

"그게 무슨 소용이야? 갈고리를 걸 수 있을지도 의심스럽지만 그런다 해도 저 나룻배는 틀림없이 묶여 있을 거야."

"묶여 있는 것 같지는 않아요. 물론 이렇게 어두운 데서 확실히 알 수는 없지만요. 그냥 저쪽 둑 위에 올려진 것 같아요. 물속으로 길이 이어진 곳은 낮거든요."

그러자 소린이 말했다.

"도리가 제일 힘이 세긴 하지만 필리가 가장 어리고 아직은 눈이 제일 좋아. 필리, 이리 오게, 그리고 골목쟁이네가 말하는 나룻배가 보이는지 살펴보게."

필리는 나룻배가 보인다고 생각했다. 그래서 그가 방향을 가늠하느라 한참 응시하는 동안에 다른 이들은 그에게 밧줄을 갖다주었다. 그들은 여러 밧줄 중에서 가장 긴 밧줄을 골라서, 어깨에 거는 가죽끈에 꾸러미를 매달 때 쓰던 커다란 쇠갈고리를 그 끝에 묶었다. 필리는 밧줄을 손으로 잡고 잠시 가늠해 보다가 건너편 둑으로 던졌다.

갈고리는 첨벙 소리를 내며 물속으로 떨어졌다!

"조금 짧았어요! 60센티미터만 더 갔으면 배 안에 떨어졌을 텐데. 다시 해 보세요. 젖은 밧줄 좀 만진다고 해서 해가 될 만큼 마법이 강할 것 같지는 않아요."

줄곧 앞을 응시하던 빌보가 말했다.

필리는 내내 못 미더운 듯 조심스럽게 끌어당겨 쇠갈고리를 집어 들었다. 이번에는 온 힘을 다해 던졌다.

"천천히, 바로 건너편 숲속에 떨어졌어요. 조금씩 당겨 봐요."

빌보가 말했다.

필리는 밧줄을 천천히 끌어당겼고 잠시 후에 빌보가 말했다.

"조심해요. 지금 배 위에 있어요. 갈고리가 어디에 걸리면 좋을 텐데."

그런 모양이었다. 갈고리가 걸렸는지 밧줄이 팽팽해졌고 필리가 잡아당겨도 소용없었다. 킬리가 도와주러 왔고 오인과 글로인도 합세했다. 그들은 힘을 주어 당기고 또 당겼다. 그러다 갑자기 그들 모두 뒤로 나자빠졌다. 하지만 방심하지 않고 계속 지켜보던 빌보가 그 밧줄을 잡았고 물을 가로질러 돌진해 오는 그 작고 검은 배를 작대기로 막았다.

"도와줘요!"

빌보가 소리 지르자 발린이 때마침 달려와서 물살을 따라 흘러내려 가기 직전에 그 배를 잡았다.

"결국 배가 묶여 있었군. 여보게들, 잘 끌어당겼네. 우리 밧줄이 더 튼튼해서 다행이었어."

아직 배에 매달려 있는 끊어진 밧줄을 보며 발린이 말했다.

"누가 먼저 건널까요?"

빌보가 말했다.

"내가 먼저 건너겠어. 그리고 자네와 필리, 발린이 나와 함께 가세. 한 번에 배에 탈 수 있는 최대 인원이 그 정도니까. 다음에는 킬리와 오인, 글로인과 도리가 타고. 그다음에 오리와 노리, 비푸르와 보푸르, 마지막에 드왈린과 봄부르가 타지."

소린이 말했다.

"나는 항상 꼴찌인 게 싫어요. 오늘은 순서를 바꿔요."

봄부르가 말했다.

"그러면 그렇게 뚱뚱하지 말았어야지. 지금은 마지막에 가장 가벼운 이와 함께 타는 수밖에 없어. 내 명령에 투덜거리지 마. 그러지 않으면 자네에게 나쁜 일이 일어날 거야."

"그런데 노가 없군요. 저쪽 둑까지 어떻게 배를 밀고 갈 수 있을까요?"

호빗이 물었다.

"다른 긴 밧줄과 갈고리를 줘 보세요."

필리가 이렇게 말했다. 다른 이들이 밧줄에 갈고리를 묶어서 주자 필리는 눈앞의 어둠 속으로 최대한 높이 던졌다. 그것이 밑으로 떨어지지 않았으므로 틀림없이 나뭇가지에 걸린 것 같았다. 필리가 다시 말했다.

"자, 이제 타세요. 한 명은 저쪽 나무에 걸린 밧줄을 세게 끌어당겨요. 다른 한 명은 처음에 사용한 갈고리를 잡고 있어야 합니다. 저쪽에 안전하게 도착하거든 배에 갈고리를 걸어요. 그러면 배를 다시 끌어당길 수 있어요."

이런 방식으로 그들은 마법에 걸린 시냇물을 건너 모두 안전하게 맞은편 둑에 내렸다. 드왈린이 둘둘 만 밧줄을 안고 기어 나왔다. 마지막으로 봄부르가 (아직도 투덜거리면서) 따라 나오려 할 때 결국 나쁜 일이 벌어졌다. 앞으로 뚫린 숲길에서 날쌔게 움직이는 발굽 소리가 들렸다. 어둠 속에서 갑자기 수사슴 같은 동물이 재빨리 뛰어나와 난쟁이들에게 돌진하더니 그들을 넘어뜨리고는 힘껏 뛰어올랐다. 그것은 힘차게 높이 뛰어 시냇물을 넘었다. 하지만 그것이 건너편 둑에 무사히 닿은 것은 아니었다. 일행 중에 신중하게 경계심을 풀지 않았던 자는 소린뿐이었는데 그는 둑에 내리자마자 숨어 있던 나룻배 주인이 나타날 경우에 대비해서 화살을 활에 메겨 두었고 이제 강을 뛰어넘어 가는 짐승을 겨냥해서 신속하고 정확하게 화살을 쏘았다. 그 짐승은 건너편 둑에 떨어져 넘어졌다. 어둠이 짐승을 감싸 버렸지만 그들은 그것이 비틀거리는 발굽 소리를 내다가 이윽고 조용해지는 것을 알 수 있었다.

그들이 큰 소리로 소린의 활 솜씨를 칭찬하려는 순간 빌보가 무시무시하게 소리를 질러 댔고, 그 바람에 사슴 고기 생각은 싹 달아나버리고 말았다.

"봄부르가 물에 빠졌어요! 기라앉고 있어요!"

정말 그랬다. 봄부르가 한쪽 발을 땅에 올려놓았을 때 수사슴이 뛰어와 그를 밟아 누르고 뛰어올랐던 것이었다. 그는 넘어지면서 배를 둑 반대쪽으로 밀었고, 물가의 미끈거리는 뿌리를 붙잡으려다 손이 미끄러지면서 고꾸라져 검은 물속에 빠졌다. 그사이에 배는 천천히 빙빙 돌면서 멀어지다가 사라지고 말았다.

그들이 둑으로 달려갔을 때 물 위에 남은 것이라고는 그의 두건뿐이었다. 그들은 재빨리 갈고리 달린 밧줄을 그에게 던졌다. 그가 손으로 밧줄을 잡자 그들은 그를 물가로 끌어당겼다. 그는 물론 머리끝에서 발끝까지 온몸이 흠뻑 젖어 있었는데 문제는 그게 아니었다. 둑 위에 눕혔을 때 그는 한 손으로 밧줄을 꼭 잡은 채 이미 깊은 잠에 빠져 있어서 그의 손아귀에서 밧줄을 빼낼 수도 없었다. 깨우려고 별의별 짓을 다 해 보아도 깊이 잠든 그는 깨어나지 않았다.

그들은 봄부르를 내려다보며 자신들의 불운과 봄부르의 우둔함을 저주하고, 배가 없어져서 사슴 고기를 가져올 수 없게 되었다고 한탄했다. 바로 그때 숲속 멀리에서 희미한 뿔피리 소리와 개 짖는 소리가 들려왔다. 그러자 그들은 모두 숨을 죽이고 가만히 앉아서 들어 보았다. 모습은 보이지 않았지만 길 북쪽에서 거대한 사냥꾼 무리가 지나가는 것 같았다.

그들은 감히 움직이지 못하고 그곳에 오랫동안 앉아 있었다. 봄 부르는 그들을 괴롭히는 문제에 더 이상 신경 쓰지 않겠다는 듯 살 진 얼굴에 미소를 띠며 자고 있었다. 그때 갑자기 길 앞에 흰 사슴들 이 나타났다. 이전의 까만 수사슴과는 반대로 눈처럼 하얀 암사슴 과 새끼들이었다. 그 사슴들은 어둠 속에서 희미한 빛을 발했다. 소 린이 소리치기도 전에 난쟁이 세 명이 벌떡 일어나 화살을 쏘아 댔 다. 목표물을 맞힌 화살은 없는 것 같았다. 사슴들은 몸을 돌려 이전 처럼 조용히 나무들 사이로 사라졌다. 난쟁이들은 아무 소득도 없 이 그 뒤로 화살을 날렸다.

"그만해! 멈추라고!"

소린이 소리쳤지만 이미 너무 늦었다. 흥분한 난쟁이들은 마지막 화살까지 다 쏘아 버렸고, 이제 베오른이 준 활은 아무짝에도 쓸모 없게 되었다.

그날 밤 일행은 우울했고 그다음 며칠간 침울한 분위기가 그들을 더욱 짓눌렀다. 그들은 마법에 걸린 시내를 건넜지만, 그 너머의 길 은 전과 마찬가지로 계속 뻗어 나갔고 숲도 달라진 것이 없었다. 하 지만 그들이 숲에 대해 더 잘 알고, 길에 나타났던 흰 사슴과 사냥의 의미를 생각했더라면 자신들이 마침내 동쪽 출구에 다가가고 있다 는 것을 알았을 것이다. 그리고 용기와 희망을 잃지 않았더라면 머 지않아 나무들이 간간이 서 있고 햇빛이 다시 비치는 곳으로 갈 수 도 있었을 것이다.

그러나 그들은 알지 못했고 더구나 무거운 봄부르의 몸을 떠메고 가야 했다. 그들은 번갈아 네 명씩 다른 이들에게 자기 꾸러미를 맡 기고는 그 진저리 나는 짐을 지고 운반해야 했다. 만약 식량 꾸러미 가 지난 며칠 사이에 아주 가벼워지지 않았더라면 그 일을 해내지 못했을 것이다. 그러나 미소를 띠며 자고 있는 봄부르 대신에 아주 무겁더라도 식량이 가득 담긴 꾸러미를 지고 갔더라면 훨씬 기뻤을 것이다. 며칠 지나자 먹고 마실 것이 완전히 동나고 말았다. 숲속에 먹을 수 있는 것은 전혀 없었고, 희끄무레한 이파리에 고약한 냄새가 나는 풀과 버섯만 자라고 있었다.

마법에 걸린 강을 건너고 나서 나흘이 지난 후 그들은 너도밤나무들이 즐비하게 늘어선 곳에 이르렀다. 그곳에는 덤불이 없었고 어둠도 그리 짙지 않아서 처음에 그들은 그 변화에 기운을 내기도 했다. 주위에 푸르스름한 빛이 감돌았고, 어떤 곳에서는 길 양옆으로 어느 정도 먼 곳까지 볼 수도 있었다. 그러나 그 빛 속에서 보이는 것이라고는 어스름에 잠긴 기대한 저택의 기둥 들치럼 끝없이 늘어선 쭉 뻗은 잿빛 나무들뿐이었다. 공기가 숨결처럼 흔들리고 바람 소리 같은 것이 들렸지만 서글픈 소리였다. 이파리 몇 장이 바스락거리고 떨어지면서 바깥세상에 가을이 오고 있음을 상기시켜 주었다. 무수한 세월 동안 가을에 떨어진 나뭇잎들이 울긋불긋한 양탄자처럼 바닥에 두텁게 쌓여 있다가 바람에 날려 길을 덮었다. 그들은 길에 쌓인 나뭇잎들을 헤치며 걸음을 옮겼다.

봄부르는 여전히 자고 있었고 그들은 기진맥진해졌다. 때로 마음을 심란하게 하는 웃음소리가 들렸다. 때로는 멀리서 노랫소리도 들리기도 했다. 고블린이 아니라 아름다운 목소리가 내는 웃음소리였고 노래도 아름다웠지만, 어딘지 모르게 섬뜩하고 기이한 데가 있었다. 그래서 그들은 위안을 받기는커녕, 남은 힘을 그러모아 서둘러 그 지역을 벗어나려 애썼다.

이틀이 지나자 내리막길이 나타났고 얼마 가지 않아서 거대한 아름드리 참나무들이 빽빽하게 들어선 골짜기에 이르렀다. 소린이 말했다.

"이 저주받은 숲은 끝도 없단 말인가? 누군가 나무를 타고 올라가서 숲의 지붕 너머로 머리를 내밀고 주위를 둘러봐야겠어. 제일 좋은 방법은 길 위에 가지를 드리운 가장 큰 나무를 고르는 거야."

물론 '누군가'란 빌보를 가리키는 것이었다. 그들이 빌보를 선택한 데는 이유가 있었다. 그 이유는 숲의 우듬지 너머로 머리를 내밀 수 있어야 하고, 그러려면 제일 위에 뻗은 가느다란 가지에도 몸을 지탱할 수 있을 만큼 가벼워야 하기 때문이었다. 가엾은 골목쟁이네는 나무를 타 본 경험이 그리 많지 않았다. 하지만 그들은 길가에 서 있는 거대한 참나무의 가장 낮은 가지에 그를 올려놓았다. 이렇게 된 이상 있는 힘을 다해 올라가는 수밖에 없었다. 뒤엉킨 가지들 사이로 올라가면서 잔가지에 눈가를 정면으로 여러 차례 얻어맞았고 큰 가지들의 오래된 껍질에 녹색 물이 들고 먼지로 얼룩졌다. 미끄러져 떨어지다가 간신히 나뭇가지를 붙잡은 것도 한두 번이 아니었다. 붙잡을 만한 적당한 나뭇가지가 없어서 한동안 고생한 끝에, 마침내 그는 우듬지 가까이 갔다. 올라가는 동안 그는 거미들이 도사리고 있지나 않을지, 그리고 (떨어져서 내려가는 것 말고) 어떻게 다시 내려갈 것인지를 걱정하느라 마음이 계속 무거웠다.

마침내 빌보는 지붕처럼 덮은 나뭇잎들 위로 머리를 쑥 내밀었다. 바로 그때 거미들이 보였다. 그 거미들은 보통 크기였고, 나비를 쫓고 있었다. 눈부신 햇빛 때문에 눈이 멀 지경이었다. 저 밑에서 난쟁이들이 아우성치는 소리가 들렸지만 그는 그저 눈만 깜빡거리며 가만히 매달려 있을 뿐 아무 대답도 할 수 없었다. 태양이 눈부시게 빛나고 있었다. 한참이 지나서야 그는 햇빛을 견딜 수 있었고 그제야 주위에 바다처럼 펼쳐진 온통 짙푸른 숲을 볼 수 있었다. 나뭇가지들이 여기저기에서 산들바람에 흔들렸고 도처에 수백 마리의 나비들이 날아다니고 있었다. 이 나비들은 참나무 숲 꼭대기를 좋아하는 자줏빛 왕나비였을 것이다. 하지만 이것들은 자줏빛이 아니라 까만색이었고, 실크처럼 부드러운 새까만 날개에 무늬가 전혀 없었다.

그는 그 '까만 왕나비'들을 한참 바라보며 얼굴에 와 닿는 산들바람의 감촉을 만끽했다. 그러나 저 밑에서 난쟁이들이 조급하게 발을 쾅쾅 구르는 소리가 들려와서, 자기의 임무를 떠올려야 했다. 그런데 아무 소용도 없었다. 아무리 눈을 크게 뜨고 둘러보아도 나무들과 이파리들이 끝나는 곳이 보이지 않았다. 햇빛을 보고 바람을 느끼면서 가벼워졌던 그의 마음은 다시 낙담하여 발가락까지 움츠러들었다. 저 밑으로 내려가 봐야 먹을 것도 없었다.

앞에서 말했듯이 사실 그들은 숲의 동쪽 언저리에서 그리 멀지 않은 곳에 와 있었다. 빌보에게 그것을 알아낼 분별력이 있었더라면, 그가 올라온 나무가 꽤 높기는 해도 넓은 계곡의 바닥 근처에 서 있었으므로 그 나무 꼭대기에서 볼 때 주위의 나무들이 기다란 사발의 테두리처럼 차츰 높아지는 것을 볼 수 있었을 테고, 그러므로 숲이 어디까지 뻗어 있는지를 알 수 없다는 사실을 깨달았을 것이다. 그러나 그는 이것을 알아내지 못했고 절망적인 심정으로 기어 내려왔다. 잔가지에 긁히고 열이 나고 참담한 기분으로 다시 바닥에 내려왔을 때, 그 아래는 깜깜해서 아무것도 보이지 않았다. 이내 난쟁이들도 그의 말을 듣고는 마찬가지로 우울해졌다.

"이 숲은 사방으로 끝없이 이어지고 있어. 어떻게 해야 할까? 호빗을 보내 봐야 아무 소용 없잖아!"

그들은 마치 그 일이 그의 잘못이라도 한 듯 소리를 질러 댔다. 나비들에 대해서는 전혀 관심도 없었고 빌보가 상쾌한 산들바람에 대해 이야기하자 더 화를 냈다. 우듬지에 올라가 바람을 쐬기에는 자신들이 너무 무거웠던 것이다.

그날 밤 그들은 마지막으로 남은 음식 찌꺼기와 부스러기를 먹었다. 이튿날 아침에 깨어났을 때 제일 먼저 느낀 것은 아직도 배 속이 끊어질 듯 배가 고프다는 사실이었고, 그다음으로 알아챈 것은 비가 오고 있다는 것이었다. 사방에서 빗방울이 바닥으로 툭툭 떨어지고 있었다. 비를 보자 그들은 혀가 타는 듯 목이 마른데 갈증을 달래 줄 것이 없다는 사실을 새삼 기억했다. 빗방울이 우연히 혀 위에 떨어지도록 커다란 참나무 밑에 서 있는 것으로는 타는 갈증을 해소할 수 없었다. 그나마 조금 위안이 된 것은 뜻밖에도 봄부르였다.

갑자기 그가 잠에서 깨어나더니 일어나 앉아서 머리를 긁적였다. 그는 자기가 어디에 있는지 그리고 왜 그렇게 배가 고픈지 영문을 몰라 어리둥절한 얼굴이었다. 오래전 그 5월의 아침에 여행을 시작한 이후로 일어난 일들을 모두 잊어버린 것이었다. 그가 마지막으로 기억하는 것은 호빗의 집에서 열린 파티였다. 난쟁이들은 그 후로 일어난 온갖 모험을 믿게 하느라 상당히 애를 먹었다.

봄부르는 먹을 것이 없다는 말을 듣자 주저앉아서 슬피 울었다. 기운이 없어 다리가 떨렸던 것이다. 그는 소리를 질렀다.

"도대체 뭐 하러 깨어난 거지! 아주 근사한 꿈을 꾸고 있었는데. 이곳과 비슷한 숲속을 걷고 있는 꿈을 꾸었어. 나무에는 횃불이 켜져 있고 나뭇가지에 등불이 매달려 흔들리고 땅바닥에는 모닥불이 타고 있었지. 그리고 성대한 잔치가 계속, 계속, 끝없이 열리고 있었어. 나뭇잎 왕관을 쓴 숲의 왕이 있었고 즐거운 노래가 들렸고 먹고 마실 것들이 너무 많아서 셀 수도 없었고 그 맛은 뭐라 표현할 수 없을 정도였어."

"표현할 필요 없어. 다른 이야깃거리가 없다면 입 다물고 가만히 있는 게 나을 거야. 지금까지 자네가 우리들 속 썩인 것만으로도 충분해. 자네가 깨지 않았더라면 바보 같은 꿈이나 계속 꾸라고 숲속에 그냥 두고 갔을 거야. 몇 주일이나 식사를 제대로 못 했는데 그런 상태로 자네를 메고 다닌 건 장난이 아니야."

소린이 말했다.

이제 할 일이라고는 텅 빈 배의 허리띠를 더욱 졸라매는 것밖에 없었다. 바닥에 누워 굶어 죽기 전에 숲을 벗어날 수 있으리라는 희망도 갖지 못한 채, 그들은 빈 자루와 꾸러미 들을 지고는 길을 따라 터벅터벅 걸었다. 그날 그들은 하루 종일 걸었다. 아주 천천히 지친 발걸음을 내디뎠다. 봄부르는 다리가 말을 듣지 않는다며 누워 자고 싶다고 계속 하소연했다.

"아니, 그럴 수 없어. 자네 다리도 제 몫을 해야지. 우리가 자네를 여기까지 운반해 온 것만으로도 이미 충분해."

그들이 말했다.

하지만 그는 갑자기 한 걸음도 더 내딛지 않으려 하면서 땅에 주저앉았다.

"가야 한다면 자네들이나 가. 나는 그냥 여기 누워 자면서 식사하는 꿈이나 꿀 거야. 다른 식으로는 음식을 먹을 수 없으니까. 다시는 깨지 않았으면 좋겠어."

바로 그 순간 약간 앞에서 걷던 발린이 큰 소리로 외쳤다.

"저게 뭐지? 숲속에서 빛이 반짝이는 것 같아."

모두들 바라보았다. 멀리 떨어진 어둠 속에서 붉은 불빛이 보였다. 그리고 그 옆에 다른 불빛이 하나씩 솟아올랐다. 봄부르도 벌떡 일어났다. 그 불을 피운 자가 트롤이든 고블린이든 개의치 않고 모두들 그쪽으로 달려갔다. 불빛은 숲길 왼쪽에서 타오르고 있었다. 마침내 그 불빛과 나란한 곳으로 다가갔을 때 나무들 밑에서 타고 있는 횃불과 모닥불이 선명하게 보였다. 그러나 그들이 있는 숲길에서 상당히 떨어져 있었다.

"내 꿈이 실현되는 것 같아."

봄부르가 뒤에서 헐떡거리며 말했다. 그는 불빛을 따라 숲속으로 곧장 뛰어들려 했지만 다른 이들은 마법사와 베오른의 경고를 너무나 잘 기억하고 있었다.

"우리가 살아서 돌아올 수 없다면 진수성찬도 아무 소용 없어."

소린이 말했다.

"하지만 음식이 없다면 우리는 어차피 살아남을 수도 없을 거예요."

봄부르가 이렇게 말했고 빌보는 그의 말에 진심으로 동의했다.

그들은 이 문제에 대해 오랫동안 논의를 거듭한 끝에, 불빛 가까이 기어가서 더 많은 정보를 알아오도록 정찰병 두 명을 보내자는 데 동의했다. 그러나 누구를 보낼지는 쉽게 결정할 수 없었다. 잘못하면 길을 잃고 친구들을 다시는 못 만날 수 있기 때문에 어느 누구도 그런 위험을 무릅쓰려 하지 않았다. 길을 벗어나지 말라는 경고를 받았지만 결국에는 배고픔이 모든 것을 압도했다. 봄부르가 꿈속의 잔치에서 어떤 맛있는 음식들을 먹었는지를 계속 떠벌렸기 때문이었다. 그래서 그들은 다 같이 길을 벗어나 숲속으로 뛰어들었다.

한동안 살금살금 걷고 기어간 후에 그들은 나무 뒤에 몸을 숨기고 주위를 자세히 둘러보았다. 그곳에는 나무를 몇 그루 베어 내고 평평하게 고른 땅이 있었다. 초록색과 갈색 옷을 입고 있는 요정 같은 이들이 통나무를 잘라 만든 의자에 커다랗게 빙 둘러앉아 있었다. 그 가운데 모닥불이 피어올랐고 주위 몇 그루의 나무에 횃불이 달려 있었다. 무엇보다 근사한 것은 그들이 먹고 마시며 즐겁게 웃고 있다는 것이었다.

고기 굽는 냄새가 너무나 매혹적이어서 그들은 서로 의논할 겨를도 없이 음식을 구걸하겠다는 일념으로 모두 일어서서 급히 앞으로 걸어 나갔다. 처음에 누군가 그 빈터에 발을 들여놓자마자 마술처럼 불빛이 모두 꺼져 버렸다. 누군가 모닥불을 발로 찼다. 그러자 반짝이는 불똥이 공중으로 솟구치더니 사라져 버렸다. 그들은 완전히 깜깜한 어둠 속에서 길을 잃었고 한동안 서로를 찾을 수도 없었다. 어둠 속에서 미친 듯이 어슬렁거리다가 통나무 위로 넘어지기도 했고 쿵 소리를 내며 나무에 부딪치기도 했다. 사방 몇십 리 안에 사는 것들을 모조리 깨울 만큼 큰 소리를 지르고 서로를 부르다가, 마침내 그들은 가까스로 한곳에 모였다. 그들은 서로 몸을 더듬어 인원을 헤아렸다. 그러나 이제는 숲길이 어느 쪽에 나 있는지 도무지 짐작할 수 없었고, 적어도 아침이 될 때까지는 별수 없이 길을 잃은 채 헤매야 했다.

그래서 그들은 지금 있는 곳에서 자리를 잡고 밤을 지내기로 작정했다. 또다시 서로를 잃어버릴까 겁이 나서 땅에 떨어진 음식 부스러기도 찾아보려 하지 않았다. 그런데 그들이 바닥에 드러누운 지 얼마 지나지 않아 빌보가 막 잠들려는 찰나에, 제일 먼저 보초를 섰던 도리가 큰 소리로 말했다.

"저 너머에 다시 불빛이 나타나고 있어. 아까보다 많은데."

그들은 모두 벌떡 일어났다. 분명 그리 멀지 않은 곳에서 수십 개의 불빛이 반짝였고 목소리와 웃음소리가 또렷이 들려왔다. 그들은 한 줄로 서서 각각 앞 사람의 어깨를 붙잡고 불빛을 향해 천천히 나아갔다. 가까이 갔을 때 소린이 말했다.

"이번에는 앞으로 돌진하면 안 돼. 내 명령이 떨어질 때까지 숨어 있는 곳에서 움직이지 말게. 우선 골목쟁이네를 보내서 그들과 이야기를 나눠 보도록 하세. 요정들은 그를 겁내지 않을 거야. 어찌 되었든 그들이 골목쟁이네에게 고약한 짓을 하지 않기를 바라네."

그 말을 듣고 빌보는 '내가 그들을 겁내는 건 어떻고?' 하고 생각했다. 불빛이 둥글게 비치는 곳에 가까이 왔을 때 그들은 갑자기 빌보의 등을 떠밀었다. 반지를 낄 시간도 없이 그는 모닥불과 횃불이 활활 타오르는 곳으로 꼬꾸라졌다. 이번에도 아무 소용 없었다. 또다시 불이 꺼졌고 완전히 깜깜해졌다.

앞서도 한데 모이기 어려웠지만 이번에는 더더욱 어려웠다. 호빗을 어디에서도 찾을 수 없었던 것이다. 난쟁이들이 몇 번이고 무리를 세어 볼 때마다 열셋밖에 되지 않았다. 그들은 소리쳐 불렀다.

"골목쟁이네 빌보! 호빗! 이 성가신 호빗! 여보게, 호빗! 이 골칫덩어리, 어디 있는 거야?"

더 심한 말들도 했지만 아무런 대답도 없었다.

그들이 막 포기하려고 했을 때 도리가 그를 발견했다. 순전히 운이 좋아서였다. 어둠 속에서 도리는 통나무처럼 보이는 것에 걸려 넘어졌는데, 몸을 웅크린 채 자고 있는 호빗이었던 것이다. 세게 흔들어 댄 다음에야 깨어났지만 그는 몹시 불쾌한 기분으로 투덜거렸다.

"아주 멋진 꿈을 꿨어요. 아주 훌륭한 저녁을 먹는 꿈이었지요."

"맙소사! 봄부르와 똑같아졌군. 우리에게 꿈 얘기는 하지 말게. 꿈속의 잔칫상이 다 무슨 소용이야. 같이 먹을 수도 없는데."

그들이 말했다.

"하지만 이 지긋지긋한 곳에서 얻을 수 있는 제일 좋은 게 바로 그걸 거야."

그는 이렇게 중얼거리며 난쟁이들 옆에 누워서 다시 잠을 청해 꿈속으로 돌아가려 했다.

그러나 이것이 숲에서 본 마지막 불빛은 아니었다. 밤이 매우 깊어진 뒤에 보초를 서던 킬리가 다가와서 그들을 모두 깨우며 말했다.

"멀지 않은 곳에서 불길이 활활 타오르고 있어. 수백 개나 되는 횃불과 모닥불이 갑자기 마술처럼 피어올랐어. 노랫소리와 하프 소리를 들어 봐!"

그들은 잠시 누워서 그 소리를 들었고, 가까이 다가가서 한 번 더 도움을 청하고 싶은 욕망을 물리칠 수 없었다. 그들은 다시 일어섰다. 이번에는 비참한 결말이 기다리고 있었다. 이번 향연은 전보다 큰 규모에 더욱 훌륭했다. 연회 손님들이 길게 늘어서 있었고 그 줄 맨 앞에는 숲의 왕이 앉아 있었다. 그는 봄부르가 묘사한 꿈속의 인물처럼 황금빛 머리에 나뭇잎으로 엮은 왕관을 쓰고 있었다. 요정들은 모닥불 너머로 술잔을 건넸고 어떤 요정은 하프를 뜯으며 노래를 불렀다. 그들의 빛나는 머리는 꽃으로 장식되었고, 옷깃과 허리띠에는 초록색과 흰색 보석이 반짝였으며, 그들의 얼굴과 노래는 기쁨으로 충만했다. 노랫소리는 크고 맑고 아름다웠는데 그 노래가 한창 고조되었을 때 소린이 발을 들여놓았다.

노랫말의 한 단어가 끝나기도 전에 사방이 쥐 죽은 듯 고요해졌다. 불빛은 모두 꺼져 버렸다. 모닥불은 검은 연기를 내며 솟아올랐다. 난쟁이들의 눈에 재와 숯이 떨어졌고 숲은 다시 그들이 아우성치는 소리로 요란했다.

빌보는 같은 곳을 빙글빙글 돌고 있는 것 같았다. 그러면서 계속 소리를 질러 댔다.

"도리, 노리, 오리, 오인, 글로인, 필리, 킬리, 봄부르, 비푸르, 보푸르, 드왈린, 발린, 참나무방패 소린."

볼 수도 만질 수도 없었지만 난쟁이들도 그 주위에서 똑같이 소리 지르고 있었다. 때때로 "빌보!"를 끼워 넣으며 말이다. 그런데 난쟁이들이 외치는 소리가 조금씩 더 멀어지고 더 희미해졌다. 잠시 후 그 소리는 멀리 떨어진 곳에서 들리는 고함이나 도움을 청하는 외침으로 바뀐 것 같았는데, 마침내 그 소리마저 모두 사라졌고 빌보는 완전한 정적과 어둠 속에 홀로 남게 되었다.

이때가 빌보에게는 더없이 괴로웠던 순간들 중 하나였다. 그러나 낮이 되어 조금이라도 빛이 들 때까지는 무엇을 해 봐야 소용도 없고, 기운을 돋울 아침 식사에 대한 희망도 없이 어슬렁거리며 돌아다녀 봐야 지치기만 할 뿐이라고 빌보는 생각했다. 그래서 그는 나무에 등을 기대고 앉아서, 그 아름다운 식료품 저장실이 있는 아주 먼 곳의 호빗굴에 대한 생각에 빠져들었다. 물론 이번이 그곳을 마지막으로 떠올린 것도 아니었다. 그가 베이컨과 달걀, 토스트와 버터 생각에 푹 빠져 있을 때 뭔가 몸에 닿는 게 느껴졌다. 질기고 끈적거리는 줄 같은 것이 왼손에 닿았다. 빌보는 움직이려 했지만 다리가 끈적거리는 줄로 이미 칭칭 감겨 있어 일어서려는 순간 벌렁 나자빠지고 말았다.

바로 그때 거대한 거미가 뒤에서 나타나 달려들었다. 그가 졸고 있는 사이에 그를 부지런히 감아 놓은 거미였다. 그 물체의 눈밖에 보이지 않았지만 그 끔찍한 줄로 그의 몸을 감으려고 버둥거리는 놈의 털투성이 다리를 느낄 수 있었다. 그가 적시에 정신을 차린 게 다행이었다. 그러지 않았더라면 머지않아 전혀 움직일 수 없게 되었을 것이다. 이제 그는 줄에서 풀려나려고 필사적으로 싸웠다. 보통 작은 거미들이 파리에게 침을 쏘아서 마비시키듯, 그 거미는 빌보에게 독침을 쏘아서 꼼짝 못 하게 하려 했다. 빌보는 놈을 주먹으로 마구 치다가 자기에게 검이 있다는 걸 기억하고는 검을 빼 들었다. 그러자 거미는 펄쩍 뒤로 물러났고 그사이에 그는 다리를 옭아맨 줄들을 자를 수 있었다. 다음에는 그가 공격할 차례였다. 거미는 옆구리에 그런 날카로운 침을 차고 다니는 녀석을 본 적이 없는 모양이었다. 그렇지 않았더라면 더 빨리 도망갔을 것이다. 빌보는 거미가 달아나기 전에 재빨리 달려들어 검으로 곧장 그놈의 눈을 찔렀다. 거미는 미친 듯이 뛰어 올랐다가 풀쩍풀쩍 뛰어다니더니 무서운 경련을 일으키며 다리를 쭉 뻗었다. 빌보는 다시 한번 일침을 가해서 그것을 죽였다. 그러고는 쓰러져서 오랫동안 의식을 잃고 있었다.

그가 정신을 차렸을 때는 벌써 낮이었지만 숲속에는 여전히 어둑한 잿빛이 감돌고 있었다. 거미는 옆에 나동그라져 있었고 그의 칼날은 검은색으로 물들어 있었다. 어둠 속에서 그 거대한 거미를 마법사나 난쟁이뿐 아니라 어느 누구의 도움도 받지 않고 혼자서 죽인 것은 어쩌면 골목쟁이네에게 엄청난 영향을 미친 사건이었다. 그는 다른 사람이 된 것 같았고 배 속이 비어 있기는 해도 더욱 용맹하고 과감해졌다고 느꼈다. 그는 풀잎으로 칼날을 닦고는 칼집에 다시 넣으며 말했다.

"네게 이름을 지어 주지. 너를 스팅이라고 부르겠어."

그러고 나서 그는 주위를 샅샅이 살피며 돌아보았다. 숲속은 무시무시하고 고요했지만 무엇보다 우선 친구들을 찾아야 했다. 요정들이나 더 사악한 것들에게 포로로 끌려가지 않았다면, 난쟁이들은 멀지 않은 곳에 있을 듯했다. 소리를 질러 부르면 위험할 것 같아서, 그는 한참 동안 가만히 서서 어느 쪽에 길이 있을지, 난쟁이들을 찾으러 어디로 가야 할지 곰곰이 생각했다.

"아, 베오른과 간달프의 충고를 기억했어야만 했는데! 지금 우리는 궁지에 빠진 거야! 우리! 정말 '우리'였으면 좋겠다. 혼자 있는 건 끔찍해."

그는 탄식하듯 말했다.

결국 빌보는 간밤에 도와달라는 소리가 어느 쪽에서 났었는지를 짐작해 보려 했다. 그리고 앞으로 알게 되겠지만, 상당히 운 좋게도 그의 짐작은 비교적 정확했다. 그는 행운을 담뿍 받고 태어난 인물 같았다. 이제 마음을 정하고 나서 그는 가급적 조용히 기어갔다. 앞서 말했듯 호빗들은 특히 숲속에서 소리를 내지 않는 재주가 있다. 게다가 출발하기 전에 반지를 끼었기 때문에 거미들은 그가 오는 것을 보지도, 듣지도 못했다.

한동안 살금살금 걸어갔을 때, 숲의 다른 곳보다 유난히 더 시커멓고 어두운 곳이 눈앞에 나타났다. 마치 한밤중의 어둠이 물러나지 않고 머물러 있는 곳 같았다. 가까이 다가가서 보니 그것은 위아래, 앞뒤로 뒤엉킨 거미집들이었다. 갑자기 머리 위 나뭇가지에 앉아 있는 거대하고 흉측한 거미들이 눈에 들어왔다. 반지를 끼었든 안 끼었든 간에 그는 거미들에게 들킬까 봐 두려움에 떨었다. 나무 뒤에 서서 그는 한참 그 무리를 바라보았다. 그러다가 고요한 정적이 감돌고 있는 숲속에서 그 혐오스러운 생물들이 서로 이야기를 나누고 있다는 것을 알게 되었다. 거미들은 가느다란 소리로 끽끽거리고 쉿쉿거리며 말했는데, 신기하게도 그는 거미들의 말을 대부분 알아들을 수 있었다. 그놈들은 난쟁이들에 대해 말하고 있었다!

"격렬한 격투였어. 그만한 가치는 있을 거야. 그놈들 가죽은 틀림없이 고약하게 두꺼울 거야. 하지만 맛있는 육즙이 들어 있을 거야."

한 마리가 말했다.

"그래, 조금만 더 매달아 놓으면 맛있어질 거야."

다른 거미가 말했다.

"너무 오래 달아 놓지 마. 그놈들은 기대만큼 살이 많지 않을지도 몰라. 최근에는 잘 먹지 못한 거 같거든."

셋째 거미가 말했다.

"죽이자. 지금 그놈들을 죽인 채 좀 매달아 두자."

넷째 거미가 말했다.

"장담컨대 지금쯤 죽었을걸."

첫째가 말했다.

"안 죽었어. 방금 한 놈이 버둥거리는 걸 봤거든. 아름다운 꿈을 꾸다가 이제 정신이 드나 봐. 내가 보여 주지."

이렇게 말하면서 살진 거미 한 마리가 밧줄을 따라 올라가 높은 가지에 한 줄로 대롱대롱 매달려 있는 열두 개의 뭉치에 이르렀다. 빌보는 이제야 처음으로 어둠 속에 매달려 있는 뭉치들을 보고는 경악했다. 어떤 뭉치 아래쪽에는 난쟁이의 발이 삐죽 나와 있었고 어떤 것은 코끝이나 수염 또는 두건이 조금씩 삐죽 나와 있었다.

거미는 뭉치들 가운데 가장 퉁퉁한 것에 다가갔다.

'틀림없이 불쌍한 봄부르일 거야.' 하고 빌보는 생각했다.

거미는 삐죽 나와 있는 코를 세게 물어뜯었다. 뭔가에 덮여 있는 듯 희미한 고함 소리가 안에서 새어 나왔고 발가락이 뻗어 나와 거미를 곧장 세게 걷어찼다. 봄부르는 아직도 목숨이 붙어 있는 것이었다. 바람 빠진 축구공을 걷어차는 듯한 소리가 들렸고, 화가 난 거미는 가지에서 떨어질 뻔하다가 가까스로 자기 거미줄을 붙잡고 매달렸다.

다른 거미들이 마구 웃어 댔다.

"네 말이 맞았어. 저 고기가 살아서 발길질을 하는군."

"저놈을 당장 끝장내겠어."

화가 난 거미는 씩씩거리며 다시 가지 위로 기어올랐다.

빌보는 자기가 어떻게든 행동을 개시할 때가 되었다고 생각했다. 그렇지만 그 곤충들이 있는 곳으로 올라갈 수도 없었고 던질 만한 것도 없었다. 하지만 주위를 돌아보자, 예전에 물이 흐르던 작은 개천이었지만 지금은 말라 버린 곳에 지천으로 널려 있는 돌맹이들이 눈에 띄었다. 빌보는 돌맹이를 던지는 데는 꽤나 이력이 났으므로 곧 자기 손에 꼭 들어맞는 매끄러운 달걀 모양의 돌맹이를 찾을 수 있었다. 어린 시절에 그는 무엇이든 보기만 하면 돌맹이를 던지는 연습을 했기 때문에 토끼나 다람쥐, 심지어 새 들도 그가 몸을 굽히기만 하면 번개처럼 재빨리 그의 사정거리에서 달아나곤 했다. 어른이 되어서도 그는 고리 던지기, 다트 던지기, 장대 맞히기, 공 굴리기, 아홉 개의 핀 맞추기 등 여전히 무언가를 던져 과녁을 맞히는 그런 조용한 놀이를 하면서 시간을 보냈다. 실제로 그는 연기 고리 만들기와 수수께끼 내기, 그리고 요리 말고도 많은 것을 할 줄 알았다. 아직 그 이야기를 할 시간이 없었지만 말이다. 그런데 지금도 그럴 시간이 없기는 마찬가지다. 그가 돌을 주웠을 때 거미가 봄부르에게 가까이 다가갔다. 그냥 두었으면 봄부르는 곧 죽었을 것이다. 바로 그 순간 빌보는 돌맹이를 던졌다. 그것은 퉁 소리를 내며 거미의 머리에 명중했고, 거미는 의식을 잃고 가지에서 떨어져 다리를 위로 올린 채 땅바닥에 쿵 부딪혔다.

다음 돌맹이는 윙 소리를 내며 커다란 거미집을 뚫고 날아가 거미줄을 끊고 그 가운데 앉아 있던 거미를 죽였다. 그러자 거미들 사이에서 엄청난 소동이 벌어졌다. 놈들은 잠시 난쟁이들을 잊었다. 거미들은 빌보를 볼 수 없었지만 돌맹이가 날아온 방향은 짐작할 수 있었다. 번개처럼 빠르게 거미들은 호빗을 향해 맹렬한 기세로 달려왔고 사방팔방에 거미줄을 쳐서 순식간에 허공을 흔들리는 덫으로 가득 채운 것 같았다.

그러나 빌보는 금세 다른 데로 빠져나갔다. 가능하면 성난 거미들을 난쟁이들에게서 멀리 떨어진 곳으로 유인하자는 생각이 들었다. 또 거미들이 어리둥절해서 흥분하고 동시에 격분하도록 만들 생각이었다. 빌보가 조금 전에 서 있던 곳에 거미 쉰 마리 정도가 몰려들었다. 그는 이 거미들에게 돌멩이를 몇 개 더 던졌고 뒤처진 거미들에게도 던졌다. 그러고는 나무들 사이를 춤추듯 뛰어다니며 노래를 불렀는데, 그것은 거미들을 격분시켜서 자기를 따라오게 하고 난쟁이들에게 자기 목소리를 들려주려는 것이었다.

빌보가 부른 노래는 다음과 같다.

늙고 뚱뚱한 거미가 나무에서 실을 잣고 있다네!
늙고 뚱뚱한 거미는 나를 볼 수 없다네!
　　실타래, 실타래!
　　　멈추지 않을래,
실을 그만 잣고 나를 찾지 않을래?

몸집만 큰 늙어 빠진 바보야!
늙어 빠진 바보야, 날 볼 수 없다네!
　　실타래! 실타래!
　　　떨어져라!
나무 위에서는 나를 잡지 못할걸!

썩 잘 지은 노래라고는 할 수 없겠지만, 빌보가 매우 위험한 순간에 즉석에서 혼자 지은 노래라는 점을 염두에 두어야 한다. 어쨌거나 이 노래는 효과가 있었다. 빌보는 노래하면서 돌멩이를 몇 개 더 던지고 발을 굴렀다. 그러자 그곳에 있던 거미들이 모두 그를 따라왔다. 어떤 거미들은 땅으로 떨어지고, 다른 거미들은 나뭇가지를 따라 쏜살같이 달려가거나 나뭇가지들 사이로 흔들리며 이동했고, 어두운 곳에서 새로 끈적끈적한 줄을 던지기도 했다. 거미들은 그의 예상보다 더 빨리 그가 소리 내는 쪽으로 돌격해 왔다. 거미들은 무섭게 화가 나 있었다. 돌맹이에 맞는 것 말고도, 실타래라고 불리는 것을 좋아하는 거미는 없다. 물론 늙어 빠진 바보란 누구에게나 모욕적인 말이었다.

빌보는 종종길음으로 달려 다른 곳으로 갔지만, 몇몇 거미들은 이미 그들이 살고 있는 숲속 빈터의 다른 곳으로 달려가서 나무줄기 사이의 공간을 온통 거미줄로 가로막고 있었다. 곧 호빗은 빽빽하게 둘러싼 거미줄에 잡히고 말 것이다. 적어도 거미들은 그렇게 생각했다. 빌보는 자기를 찾아 헤매며 거미줄을 치는 거미들 사이에 서서 용기를 내어 새로운 노래를 불렀다.

게으른 굼벵이와 얼빠진 실타래
날 잡으려고 실을 잣고 있다네.
다른 고기보다 맛있는 나를
아직도 찾지 못하네!

나는 여기 있지, 조그만 개구쟁이 파리,
너는 뚱뚱하고 게을러서
아무리 해도 날 가둘 수 없지,
네 흔들리는 거미집 덫에.

이렇게 노래하면서 몸을 돌리고 살펴보자, 큰 나무 두 그루 사이에 마지막으로 남아 있던 공간이 벌써 거미줄로 막혀 있었다. 그렇지

만 다행히도 촘촘히 짜인 거미집이 아니라 나무 몸통들 사이로 이리
저리 서둘러 걸어 놓은 두 겹의 길고 두꺼운 거미줄이었다. 그는 검
을 빼 들어 거미줄을 내리쳐 잘라 버리고 노래를 부르며 달아났다.

거미들은 그 검을 보았지만 그게 무엇인지 알지 못했을 것이다.
이내 거미들은 모두 다 호빗을 쫓아왔다. 털투성이 다리를 흔들고
집게와 실 구멍으로 탁탁 소리를 내면서 눈이 툭 튀어나온 채 거품
을 물고 격분하여 땅 위와 나뭇가지를 따라 달렸다. 빌보는 놈들을
최대한 숲속 멀리 유인했다. 그러고 나서 빌보는 생쥐보다도 조용히
살금살금 되돌아왔다.

거미들이 빌보를 찾다가 지치면 넌더리를 내며 난쟁이들이 매달
려 있는 나무로 돌아올 것이다. 그때까지의 귀중한 시간이 얼마 되
지 않음을 빌보는 알고 있었다. 그동안에 난쟁이들을 구해야 했다.
가장 고약한 일은 뭉치들이 매달려 있는 긴 가지로 올라가는 것이었
다. 다행히 어떤 거미가 줄을 늘어뜨려놓지 않더라면 빌보는 올
라가지 못했을 것이다. 줄이 손바닥에 끈적끈적 달라붙고 몸에 상
처를 내기는 했지만, 빌보는 거미줄을 붙잡고 기어올랐다. 그런데
어떤 늙고 굼뜨고 사악하고 뚱뚱한 거미와 맞닥뜨리게 되었다. 그
거미는 포로들을 지키려고 뒤에 남아 있었고, 어느 것이 육즙이 많
은지 알아보려고 이리저리 찔러 보며 바삐 움직이고 있었다. 그 거미
는 다른 거미들이 멀리 있는 사이에 혼자서 잔치를 벌이려는 속셈이
었다. 그러나 골목쟁이네는 시간이 없었기 때문에 단번에 처리했다.
그 거미는 무슨 일이 일어났는지도 모르는 사이에 빌보의 스팅에 맞
고는 나뭇가지에서 굴러떨어져 죽었다.

다음에 할 일은 난쟁이를 풀어 주는 것이었다. 이제 어떻게 해야
할까? 만약 난쟁이를 매달고 있는 줄을 끊는다면 가엾은 난쟁이는
저 아래 땅으로 굴러떨어질 것이다. 그는 나뭇가지에서 꿈틀거리며
나아가 첫째 뭉치에 이르렀다. 이 때문에 불쌍한 난쟁이들은 잘 익

은 과일처럼 춤추듯이 흔들렸다.

꼭대기에 삐죽 나온 푸른 두건을 보고는 '필리이거나 킬리일 거야'라고 생각했다. 더 가까이 가서 둘둘 감긴 실뭉치에서 삐죽 나온 긴 코끝을 보자 '필리겠지'라는 생각이 들었다. 그는 몸을 밑으로 숙여 난쟁이를 둘둘 감고 있는 질기고 끈적끈적한 줄들을 간신히 거의 다 잘랐다. 그러자 발로 차고 몸부림치는 필리의 몸이 거의 드러났다. 필리는 줄 위에서 까딱까딱하는 우스꽝스러운 장난감처럼 겨드랑이 밑에 감긴 거미줄에 매달려 굳어진 팔다리를 마구 움직였다. 이 모습을 보고 빌보는 웃음을 디뜨리지 않을 수 없었다.

그럭저럭 필리는 나뭇가지 위에 올라섰고 호빗을 도우려고 최선을 다했다. 비록 거미 독으로 몸이 마비된 데다 어젯밤부터 거의 온종일 코만 밖으로 내놓고 온몸이 감긴 채 매달려 있어서 구역질이 나고 여기저기 아팠지만 말이다. 그 끔찍한 거미줄을 눈과 눈썹에서 떼어 내는 데도 한참 걸렸고 턱수염은 대부분 잘라 내야 했다. 이제 그 두 명은 난쟁이들을 차례로 끌어 올려 풀어 주었다. 그들 중에 필리보다 상태가 나은 난쟁이는 없었고 어떤 난쟁이는 매우 심각했다. 어떤 이는 거의 숨을 못 쉬었고 (아시다시피 긴 코가 때로는 유용한 법이다) 독침에 더 많이 찔린 난쟁이도 있었다.

이런 식으로 그들은 킬리와 비푸르, 보푸르, 도리와 노리를 구했다. 불쌍한 봄부르는 너무나 기진맥진하여 나뭇가지에서 굴러 '쿵' 하고 땅에 떨어졌는데 다행히 나뭇잎 위에 떨어져 널브러져 있었다. 그는 가장 뚱뚱해서 끊임없이 꼬집히고 찔렸던 것이다. 그래도 아직가지 끝에 매달린 난쟁이가 다섯이나 있었는데, 그때 거미들이 전보다 더 화가 나서 돌아오고 있었다.

빌보는 즉시 나무 몸통 가까이 있는 나뭇가지 끝으로 가서 기어오르는 거미들을 막았다. 그가 필리를 구할 때 반지를 뺀 후 다시 끼는 것을 잊었기 때문에, 이제 거미들은 모두 침을 튀기고 쉿쉿 소리를 내며 지껄였다.

"이제 너를 볼 수 있다, 이 역겨운 꼬마야. 너를 먹어 치우고 네 뼈와 가죽을 나무 위에 달아 주지. 우! 침을 갖고 있군그래? 그래도 네놈을 잡아서 하루 이틀 정도 머리를 거꾸로 매달아 놓을 거야."

이러는 사이에 다른 난쟁이들은 나머지 포로들을 풀어 주려고 검으로 거미줄을 잘랐다. 곧 난쟁이들이 모두 풀려날 것이다. 그다음에는 어떻게 될지 모르지만 말이다. 전날 밤에 거미들은 난쟁이들을 아주 쉽게 잡았지만 그것은 아무도 눈치채지 못한 사이에 일어난 일이었고 게다가 어둠 속에서 기습했기 때문이었다. 이번에는 격렬한 격투가 벌어질 것 같았다.

갑자기 빌보는 거미들 몇 마리가 땅에 떨어진 봄부르 주위로 몰려들어 벌써 그를 꽁꽁 묶어서 끌고 가는 걸 알아챘다. 그는 고함을 지르며 앞을 막아선 거미들을 내리쳤다. 거미들은 금방 물러섰고 그는 나무에서 기어 내려가 땅바닥에 있는 거미들의 한복판에 들어섰다. 그의 단검은 거미들에게는 낯선 침이었다. 그것은 쏜살같이 여기저기 쑤시며 돌진했다! 빌보가 거미들을 찌르자 검은 기쁨으로 빛을 발했다. 여섯 마리가 죽었고 다른 거미들은 봄부르를 내버려 두고 도망쳤다.

"내려와요! 내려와! 거기 있다가는 그물에 잡혀요!"

그는 나뭇가지 위의 난쟁이들에게 소리쳤다. 거미들이 옆에 있는 나무들에 우르르 몰려들어 난쟁이들 머리 위의 가지로 기어가고 있었던 것이다.

난쟁이들은 기거나 뛰어내리거나 떨어지거나 해서 열한 명 모두 한군데 모였지만 몸이 비틀거리고 다리가 부들부들 떨려서 가만히 서 있기도 힘들었다. 이제 그들은 불쌍한 봄부르까지 합쳐서 마침내 열두 명이 되었고, 봄부르는 사촌 비푸르와 형제 보푸르에게 부축을 받고 있었다. 빌보는 그의 검을 휘두르며 이리저리 뛰어다녔고 머리끝까지 화가 난 거미 수백 마리가 난쟁이들을 앞과 뒤와 옆과 위에서 둘러싸고 눈알을 희번덕거렸다. 절망적인 상황이었다.

이렇게 전투가 시작되었다. 어떤 난쟁이들은 칼을 갖고 있었고 어떤 난쟁이들은 막대기를 들고 있었다. 돌멩이는 누구든지 던질 수 있었고, 빌보는 요정의 검을 갖고 있었다. 그들은 거미들을 많이 물리쳤고 많이 죽였다. 그러나 끝없이 계속할 수는 없는 일이었다. 빌보는 거의 기진맥진했고 난쟁이들 중에서 제대로 서 있을 수 있는 이는 넷밖에 없었다. 곧 그들은 지친 파리들처럼 모두 압도될 것이었다. 빌써 거미들은 주위의 나무들에 거미줄을 치고 있었다.

결국 빌보는 난쟁이들에게 반지의 비밀을 알려 주는 것 외에는 다른 수가 없다고 생각하기에 이르렀다. 유감스럽기는 하지만 어쩔 수 없는 일이었다.

"나는 이제 곧 사라질 겁니다. 가능하면 거미들을 다른 곳으로 유인할 거예요. 그러면 당신들은 함께 모여서 반대쪽으로 가세요. 저기 왼쪽으로. 그쪽이 아마도 우리가 마지막으로 요정의 불빛을 본 곳일 겁니다."

안 그래도 머리가 어지럽고 고함을 지르며 막대기를 내리치고 돌을 던지느라 정신이 없었던 그들은 그의 말을 이해하지 못했다. 하지만 빌보는 더 이상 지체할 수 없다고 느꼈다. 거미들이 포위망을 점점 더 좁혀 왔다. 그는 얼른 반지를 손가락에 끼었고 난쟁이들이 깜짝 놀라는 와중에 사라져 버렸다.

곧 오른쪽으로 조금 떨어져 있는 나무들 사이에서 '게으른 굼벵이'니 '실타래'니 하는 소리가 들려왔다. 이 말에 거미들은 대단히 격분했다. 그들은 전진을 멈추었고 몇 마리는 그 목소리가 들리는 곳으로 달려갔다. '실타래'란 말에 격분해서 제정신을 잃은 것이었다. 그러자 빌보의 계획을 다른 난쟁이들보다 잘 알아들은 발린이 반격을 주도했다. 난쟁이들은 한 무리로 모여 서서 빗발처럼 돌멩이를 던지며 왼쪽 거미들에게 진격하여 포위망을 뚫고 나갔다. 뒤에서 들리던 고함과 노랫소리가 갑자기 멎었다.

난쟁이들은 빌보가 잡히지 않았기를 진심으로 바라면서 계속 전진했다. 하지만 그리 빠른 걸음은 아니었다. 그들은 온몸이 아픈 데다 탈진한 상태였다. 거미들이 바로 뒤에서 따라오고 있었지만, 아무리 애써도 절뚝거리고 뒤뚱거릴 수밖에 없었다. 때때로 몸을 돌려 그들을 사로잡으려는 곤충들과 싸워야 했다. 이미 어떤 거미들은 그들 앞의 나무에 올라가서 길고 끈끈한 줄을 늘어뜨리고 있었다.

다시 상황이 나빠졌을 때 갑자기 빌보가 나타났다. 그리고 깜짝 놀란 거미들을 불시에 옆에서 공격했다.

"계속! 앞으로 가요! 내가 막을 테니까!"

그는 소리를 질렀다.

그는 정말 그렇게 했다. 그는 앞뒤로 돌진하며 거미줄을 자르고 거미의 다리를 베고 아주 가까이 다가온 거미들의 뚱뚱한 몸을 찔렀다. 거미들은 격분하여 몸을 부풀리고 침을 튀기고 거품을 물고는 쉿쉿거리며 끔찍한 저주의 말을 내뱉었다. 그러나 그놈들은 스팅을 대단히 무서워했기 때문에 다시 그것이 나타나자 바싹 붙어서 달려들지는 못했다. 그래서 놈들이 조금 떨어진 곳에서 저주하고 욕설을 퍼붓는 가운데 먹이들은 느리지만 꾸준히 빠져나갈 수 있었다. 대단히 무시무시한 상황이었고 몇 시간이나 지속된 것 같았다. 빌보가 더 이상 검을 내리칠 수 없을 정도로 지쳤을 때, 마침내 거미들은 갑자기 추격을 포기하고는 실망하여 자기들의 어두운 서식지로 돌아갔다.

그제야 난쟁이들은 요정들이 불을 피우고 둥글게 앉아 있던 곳 가까이에 이르렀다. 그곳이 전날 밤에 본 곳이었는지는 확실히 알 수 없었다. 그러나 거기에는 거미들이 좋아하지 않는 어떤 선한 마술이 감도는 듯했다. 어쨌든 이곳의 빛은 더 푸르렀고 나뭇가지들도 다른 곳처럼 위협적으로 빽빽하지 않았으므로 그들은 쉬면서 숨을 돌릴 시간을 얻었다.

그곳에서 그들은 얼마간 숨을 몰아쉬고 헐떡거리며 누워 있었다. 그러나 이내 난쟁이들은 질문을 퍼붓기 시작했다. 빌보가 사라진 게 어찌 된 일인지 자초지종을 다 설명해 달라고 했다. 특히 반지를 발견한 대목에 큰 흥미를 느끼면서 자기들의 걱정거리를 잠시 잊기도 했다. 발린은 특히 골룸 이야기를 한 번 더 해 달라고 졸랐다. 반지에 관한 이야기를 제자리에 끼워 넣고 수수께끼와 다른 것들도 모두 포함해서 말이다. 시간이 좀 지나사 빛이 사라지기 시작했다. 그러자 다른 질문들이 쏟아져 나왔다. 그들은 어디 있는 것이며 길은 어디에 있는가? 그리고 음식은 어디서 구할 수 있으며 이제 어떻게 할 것인가? 그들은 이런 질문들을 끊임없이 되풀이했고, 작은 빌보에게서 그 답을 기대하는 것 같았다. 이런 사실로 보아 그들은 이제 골목쟁이네에 대한 생각을 바꾸었고, 간달프가 예언했듯이 빌보를 존경하게 되었음을 알 수 있다. 사실 그들은 빌보가 자기들을 곤경에서 구해 줄 놀라운 계획을 생각해 내리라 기대했고 더 이상 투덜거리지도 않았다. 호빗이 아니었더라면 자기들 모두 이미 죽은 목숨이라는 사실을 너무나 잘 알았기에 그에게 고맙다고 여러 차례 인사했다. 심지어 몇 명은 일어서서 코가 땅에 닿도록 절을 하기도 했다. 그렇게 절하다가 넘어져서 한참 동안 다시 일어설 수도 없었지만 말이다. 그들은 빌보가 어떻게 해서 사라질 수 있었는지 그 비밀을 알게 되었지만, 빌보에 대한 그들의 존경심이 줄지는 않았다. 이제 그들은 빌보에게 행운과 마법의 반지뿐 아니라 지혜도 있다는 것을 알 수 있었기 때문이다. 이 세 가지는 모두 대단히 유용한 자산이다. 난쟁이들이 빌보를 지나치게 칭찬했기에, 빌보는 자신에게 정말로 과감한 모험가 기질이 있다고 느끼기에 이르렀다. 먹을 것이 조금만 있었더라면 훨씬 더 과감해졌겠지만 말이다.

하지만 먹을 것이라고는 전혀, 아무것도 없었다. 그리고 그들 중 어느 누구도 먹을 것을 찾거나 잃어버린 길을 탐색하러 갈 형편이 아니었다. 잃어버린 길이라! 빌보의 지친 머리에는 아무 생각도 떠오르지 않았다. 그저 멍하니 앉아서 눈앞에 끝없이 서 있는 나무들을 물끄러미 바라볼 뿐이었다. 잠시 후 난쟁이들도 입을 다물었다. 발린만 빼고 말이다. 다른 이들이 모두 입을 다물고 눈을 감은 지 한참 지났는데도 그는 혼자 중얼거리며 낄낄거렸다.

"골룸! 아니, 이럴 수가! 그렇게 해서 살금살금 내 곁을 지나갔단 말이지? 이제 알겠어! 아주 조심조심 소리를 안 내고 기어 왔다고, 골목쟁이네? 문간에 단추가 다 떨어지고! 대단한 빌보…… 빌보…… 보…… 보…… 보…….."

그러고서 그는 잠이 들었고 한동안 아주 조용했다.

그때 갑자기 드왈린이 한쪽 눈을 뜨고 그들을 둘러보며 물었다.

"소린은 어디 있지?"

끔찍이도 충격적인 일이었다. 그들은 열세 명뿐이었다. 난쟁이 열두 명과 호빗 한 명. 소린은 정말 어디 있는 걸까? 어떤 사악한 운명이 그에게 닥친 걸까? 마술일까 아니면 검은 괴물들일까? 그들은 이런 생각에 몸을 떨면서 길을 잃은 채 숲에 누워 있었다. 서서히 저녁이 지나 깜깜한 밤이 되면서 그들은 하나씩 불편한 잠에 빠져들었고 계속 무시무시한 꿈을 꾸었다. 이제 잠시 그들을 그곳에 두기로 하자. 보초를 세우거나 교대로 망을 보지도 못할 만큼 너무도 지치고 온몸이 아픈 그들을.

소린은 그들보다 먼저 포로로 잡힌 것이었다. 여러분은 빌보가 불빛이 둥글게 비추는 곳으로 걸어 들어섰을 때 그가 통나무처럼 잠에 빠져든 걸 기억할 것이다. 그다음 번에 불빛이 비치는 곳에 발을 내디딘 것은 소린이었는데 빛이 꺼졌을 때 그는 마법에 걸린 돌처럼 바닥에 쓰러졌다. 한밤중에 길을 잃은 난쟁이들의 고함 소리, 거미들이 그들을 사로잡아 묶었을 때의 비명 소리, 그리고 다음 날 치열했던 전투의 소음들이 울려 퍼졌어도 그는 듣지 못했다. 그때 숲요정들이 그에게 다가와 그를 묶어 끌고 갔던 것이다.

잔치를 벌이던 자들은 물론 숲요정들이었다. 이 요정들은 악한 족속은 아니었지만, 단점이 있다면 낯선 자들을 불신한다는 것이었다. 그들의 마법은 강력했지만 이 당시에도 그들은 경계를 소홀히 하지 않았다. 그들은 서쪽의 높은요정들과 달랐고, 더 위험하고 덜 현명한 족속이었다. 그들 대부분은 언덕과 산지에 흩어져 사는 그들의 친척들과 마찬가지로, 서쪽의 요정의 나라에 가 본 적이 없는 고대 부족들의 후예였기 때문이다. 빛의요정들과 지식의요정들, 바다요정들은 '요정의 나라'에 가서 몇 시대를 살았고 점점 더 아름답고 현명하고 학식이 더욱 풍부해졌다. 그리고 아름답고 경이로운 것들을 만들면서 마법과 정교한 솜씨를 계발했고 나중에 몇몇 요정들은 큰세계로 돌아왔다. 이 큰세계에서 숲요정들은 태양과 달의 어스름 속에서 어슬렁거렸는데, 무엇보다도 별을 좋아했다. 그들은 지금은 사라져 버린 높고 거대한 숲에서 배회했다. 그들은 주로 숲가에서 살았고 때로 숲을 벗어나 사냥을 가거나 달빛이나 별빛을 받으며 훤히 트인 평원 위로 말을 달렸다. 인간들이 출현한 이후 그들은 더욱더 황혼의 땅거미를 선호하게 되었다. 그들은 조용한 요정들이었고 지금도 그러하며 선한 종족이다.

어둠숲의 동쪽 언저리에서 몇 킬로미터 떨어진 곳에 커다란 동굴이 있었다. 이 당시 요정들의 위대한 왕이 그곳에 살고 있었다. 숲의 고지대에서 흘러온 강이 그 동굴의 거대한 돌문 앞을 지나서, 큰 나무들이 울창하게 늘어선 숲 기슭의 습지로 흘러들었다. 이 거대한 동굴에는 작은 동굴들이 사방으로 무수히 뚫려 있었고, 땅속으로 멀리 구불구불 이어지면서 많은 통로와 넓은 방 들을 갖추고 있었다. 그러나 고블린의 굴보다는 훨씬 밝고 위생적이었으며 그렇게 깊거나 위험하지도 않았다. 사실 요정 왕의 신하들은 대부분 탁 트인 숲에서 살거나 사냥을 했고 땅 위와 나뭇가지에 집이나 오두막을 지었다. 그들이 가장 좋아하는 나무는 너도밤나무였다. 왕의 동굴은 그의 왕궁이자 보물을 보관하는 금고였으며 적들에 대항하여 백성들을 보호하는 성채였다.

그곳은 또한 죄수들을 가두는 토굴 감옥이기도 했다. 그래서 그들은 소린을 그 동굴로 끌고 갔다. 요정들은 그를 아주 점잖게 다루지는 않았다. 그들은 난쟁이들을 좋아하지 않았으며 그들을 적으로 여겼기 때문이다. 아주 오랜 옛날, 요정들은 난쟁이들과 전쟁을 치렀고 난쟁이들이 자기들의 보물을 훔쳤다고 비난했다. 이러한 비난에 대해서 난쟁이들이 어떻게 항변했는지를 밝혀야 공정할 것이다. 난쟁이들은 요정들의 주장과는 다르게 설명했다. 요정 왕이 그들에게 그의 순금과 은 세공을 주문한 후에 대가를 지불하지 않았기 때문에 자신들의 정당한 몫을 차지했을 뿐이라는 것이다. 요정 왕에게 약점이 있다면 그것은 보물, 특히 은과 하얀 보석을 못 견디게 좋아한다는 것이었다. 그의 보물 창고는 값진 보석들로 가득했지만 언제나 더 많은 보물을 탐냈다. 왜냐하면 그는 옛날 다른 요정 군주들처럼 굉장한 보물을 갖지 못했기 때문이다. 그의 백성들은 채광이나 금속 및 보석 세공에 손대지 않았을 뿐더러 구태여 교역이나 농사에 힘쓰지도 않았다. 소린의 가문은 지금 이야기한 옛날의 분쟁과 아무 상관도 없었지만, 이 이야기는 난쟁이라면 누구나 잘 알고 있었다. 따라서 소린은 요정들의 주문에서 풀려나 정신을 차렸을 때, 더구나 그들이 자기를 거칠게 대하는 데 화가 나서, 금이나 보석에 대해서는 한마디도 입 밖에 내지 않겠다고 마음먹었다.

소린이 끌려 나오자 왕은 근엄한 눈으로 쳐다보고 여러 가지 질문을 던졌다. 그러나 소린은 몹시 배가 고프다는 말만 되풀이했다.

"너와 네 족속들은 왜 즐겁게 잔치를 벌이고 있는 내 백성들을 세 번이나 공격하려 했느냐?"

왕이 물었다.

"우리는 공격한 게 아닙니다. 배가 고파서 먹을 것을 좀 얻으러 간 겁니다."

소린이 대답했다.

"네 친구들은 지금 어디 있는가, 그리고 무엇을 하고 있는가?"

"잘은 모르겠소만 아마 숲에서 굶어 죽어 가고 있을 거요."

"너희들은 숲에서 무엇을 하고 있었느냐?"

"허기져서 먹을 것과 마실 것을 찾고 있었소."

"하지만 무엇 때문에 숲에 들어왔는가?"

왕이 화가 나서 물었다.

그 말에 소린은 입을 꾹 다물고 한마디도 하지 않았다.

"좋다! 이 녀석을 데려가서 안전한 곳에 가두어라. 백 년이 걸리더라도 이 녀석이 사실을 털어놓고 싶어 할 때까지 가두어 두어라."

요정들은 그에게 가죽끈을 매달고 튼튼한 나무 문이 달린 가장 깊숙한 동굴에 그를 가두었다. 썩 훌륭한 음식은 아니더라도 먹을 것과 마실 것은 충분히 주었다. 숲요정들은 고블린들과 달랐고, 철천지원수를 사로잡았을 때라도 온당하고 경우 바르게 대했다. 그들이 자비심을 베풀지 않는 유일한 생물은 거대한 거미들이었다.

이렇게 해서 불쌍한 소린은 왕의 지하 감옥에 누워 있게 되었다. 요정들이 갖다준 빵과 고기와 물을 고맙게 받아먹은 다음, 불행한 친구들이 어떻게 되었을지 궁금해했다. 머지않아 그는 자기 일행의 거처를 알게 되었지만 그것은 다음 장에 나오는 이야기이고, 거기에서 호빗이 쓸모 있는 인물임을 다시 한번 보여 주는 또 다른 모험이 시작된다.

Chapter 9

풀려난 통들

거미들과 격투를 치른 다음 날, 빌보와 난쟁이들은 숲을 빠져나갈 길을 찾기 위해 마지막으로 필사적인 노력을 기울였다. 가만히 있다가는 배고픔과 갈증으로 죽을 지경이었던 것이다. 그들은 일어서서 열세 명 중 여덟 명이 숲길이 있는 쪽일 거라고 동의한 방향으로 비틀거리며 나아갔다. 그러나 그들이 옳았는지는 결코 알 수 없었다. 숲속에 그나마 남아 있던 희미한 빛이 다시 사라지고 깜깜한 밤이 되자, 갑자기 그들 주위로 수백 개의 붉은 별처럼 횃불이 솟아올랐다. 활과 창을 든 숲요정들이 뛰어나와 난쟁이들에게 멈추라고 명령했다.

저항은 생각할 수도 없었다. 포로로 잡히는 것을 오히려 반가워할 정도는 아니더라도, 그들의 유일한 무기인 단검으로는 어둠 속에서 새의 눈도 맞힐 수 있다는 요정의 화살에 대항해 봤자 아무 소용도 없다는 것을 알고 있기에 그들은 걸음을 딱 멈추고 앉아서 기다렸다. 슬쩍 반지를 끼고 재빨리 옆으로 미끄러지듯 비켜선 빌보를 제외하고 말이다. 요정들이 난쟁이들을 한 줄로 길게 세워 묶은 후 인원을 세어 보았을 때, 호빗을 발견하지도 셈에 넣지도 못한 것은 바로 그 때문이었다.

포로들을 숲으로 끌고 갈 때 횃불 뒤로 조금 떨어진 곳에서 빌보가 종종걸음으로 따라오는 것을 요정들은 듣지도, 느끼지도 못했다. 난쟁이들의 눈을 모두 가렸는데 그래 봐야 달라질 것도 없었다. 눈을 뜨고 있는 빌보도 어디로 가고 있는지 알 수 없었으니까. 사실 빌보와 난쟁이들은 자기들이 어디에서 출발했는지도 몰랐다. 빨리 잡아 오라는 요정 왕의 명령에 따라 요정들이 지치고 몸이 성치 않은 난쟁이들을 빨리 걷도록 재촉하는 바람에, 빌보는 횃불을 따라 잡느라 온 힘을 다했다. 갑자기 횃불 대열이 정지했고, 호빗은 그들이 다리를 건너기 전에 간신히 따라잡았다. 그 다리를 지나 강을 건너면 왕의 성문에 이른다. 다리 밑으로 시커먼 강물이 힘차게 빠르게 흐르고 있었다. 다리 건너편에는 나무들이 빽빽이 늘어선 가파른 언덕과 이어진 거대한 동굴의 입구에 성문이 있었다. 그곳에 언덕의 커다란 너도밤나무들이 강둑까지 내려와 물속에 발을 담근 채 자라고 있었다.

요정들은 난쟁이들을 떠밀며 다리를 건넜지만 빌보는 뒤쪽에 서서 망설였다. 동굴 입구의 모양새가 전혀 마음에 들지 않았던 것이다. 하지만 빌보는 친구들을 버리지 않겠노라고 마음을 굳게 먹었고, 왕의 거대한 성문이 쾅 소리를 내며 닫히기 직전에 마지막 요정의 바로 뒤를 따라 간신히 허둥지둥 달려 들어갔다.

통로 안쪽은 붉은 횃불로 밝혀져 있었고, 요정 경비대는 이리저리 엇갈리고 뒤얽혀서 메아리가 울리는 길을 따라 행군하며 노래를 불렀다. 이 통로들은 고블린 동굴과 달리 훨씬 작고, 땅속으로 깊게 파이지 않았으며 깨끗한 공기가 감돌고 있었다. 자연석으로 만든 기둥들이 늘어선 큰 방에 들어가자, 요정 왕이 나무로 깎은 의자에 앉아 있었다. 작은 열매와 붉은 이파리 들로 만든 왕관을 머리에 쓰고 있었다. 다시 가을이 온 것이다. 봄철이면 그는 숲속의 야생화로 만든 왕관을 썼다. 그는 참나무로 조각한 지팡이를 쥐고 있었다.

포로들은 그의 앞으로 끌려 나왔다. 왕은 그들을 무서운 눈으로 쳐다보았지만 풀어 주라고 부하들에게 명령했다. 그들이 지쳐서 탈진한 상태였기 때문이다.

"게다가 여기서는 밧줄이 필요 없어. 일단 여기에 들어온 자들은 내 마술의 문에서 달아날 방법이 없지."

왕은 난쟁이들에게 무엇을 하고 있었는지, 어디로 가려고 했으며, 어디에서 왔는지를 한참 신문하듯 물었다. 그러나 소린을 신문했을 때와 마찬가지로 그들에게서도 정보를 거의 얻어 낼 수 없었다. 그들은 화가 나서 퉁명스럽게 대답했으며 공손한 태도도 취하지 않았다.

"왕이시여, 우리가 무슨 잘못을 저질렀다는 말입니까? 숲에서 길을 잃고 굶주리고 목마르고 거미들의 덫에 갇힌 게 죄입니까? 거미들을 죽인 것 때문에 그렇게 화를 내시는 거라면, 거미들은 당신이 길들인 짐승입니까, 아니면 당신의 애완동물입니까?"

남아 있는 난쟁이들 중 가장 연장자인 발린이 말했다.

이런 질문을 받자 왕은 더 화가 나서 대답했다.

"내 영토에서 허락 없이 배회하는 건 죄다. 너희들은 내 왕국에서 우리 종족이 만든 길을 이용했다는 걸 잊었느냐? 너희들은 세 번이나 숲속에서 우리 백성을 좇아와서 방해하고 소동을 벌이고 소란을 떨며 거미들을 깨우지 않았느냐? 너희들이 그렇게 소동을 피웠으므로, 나는 너희들이 왜 이곳에 왔는지 알 권리가 있다. 지금 말하지 않겠다면, 너희들이 도리와 예의를 배울 때까지 모두 감옥에 가두 겠다!"

그러고서 그는 난쟁이들을 각각 독방에 가두고 음식을 주라고 명령했고, 일행 중 한 명이라도 왕이 알고자 하는 것을 모두 털어놓기 전까지는 작은 감방 문을 나설 수 없을 거라고 덧붙였다. 왕은 소린이 죄수로 감금되어 있다는 사실을 말하지 않았다. 그것을 알아낸 것은 빌보였다.

불쌍한 골목쟁이네, 그는 요정 왕의 궁전에서 지긋지긋하리만큼 기나긴 시간을 혼자서 지냈다. 감히 반지를 빼지도 못하고, 잠도 거의 못 자며, 가장 어둡고 외진 구석에 숨어 하루하루를 보냈다. 그는 소일거리 삼아서 요정 왕의 궁전을 돌아다녔다. 성문은 마법으로 닫혔지만 잽싸게 움직이면 밖으로 나갈 수도 있었다. 숲요정들은 이따금 왕을 선두로 하여 사냥을 나가거나 아니면 동쪽의 숲이나 다른 지역으로 용무를 보러 말을 타고 나갔다. 그때 민첩하기만 하다면, 위험하긴 했지만, 그들 뒤에 바싹 붙어서 슬쩍 빠져나갈 수 있었다. 하지만 마지막 요정이 밖으로 나가자마자 큰 소리를 내며 닫히는 문틈에 끼일 뻔한 적도 여러 번이었다. 그리고 그림자 때문에 (횃불에 비친 그림자처럼 아주 흐릿하게 어른거릴 뿐이었지만) 발각되거나 아니면 부딪혀서 빌각될까 봐 두려워 요정들 사이에 끼어 걷는 것은 엄두도 내지 못했다. 밖으로 나가는 일이 흔치 않았지만 나가 봐야 좋은 일도 없었다. 그는 난쟁이들을 버리고 싶지 않았고, 그들을 버리고 간다 해도 대체 어디로 가야 할지 알 수도 없었다. 사냥에 나서는 요정들을 뒤따라도 그 무리를 따라잡을 수가 없었기에 숲을 벗어나는 길도 알 수 없었다. 그저 길을 잃지 않을까 전전긍긍하며 불안하게 숲을 배회하다가 돌아올 기회를 엿볼 뿐이었다. 그는 사냥을 하지 않았기에 밖에 나가면 배가 고팠다. 하지만 동굴 안에서는 아무도 옆에 없을 때 식품 창고나 식탁에서 음식을 훔쳐 먹으며 이럭저럭 살아갈 수 있었다.

'달아나지도 않고 매일 같은 집을 털면서 비참하게 살아가는 도둑 신세군. 이건 이 불행하고 성가시고 불편한 모험에서 가장 처량하고 지겨운 일이야. 내 호빗굴로 돌아가서 환한 등불이 비치는 따뜻한 난롯가에 앉아 있다면 얼마나 좋을까!'

마법사에게 도움을 청하는 전갈을 보낼 수 있으면 좋겠다는 생각도 종종 들었다. 물론 그건 불가능한 일이었다. 머지않아 그는 분명한 사실을 깨닫게 되었다. 어떤 일이든 벌여야 한다면, 그것은 바로 자기 자신이 해야 하며, 그것도 누구의 도움도 없이 혼자서 해야 한다는 것이었다.

결국 한두 주일 정도 이렇게 몰래 배회하면서 경비병들을 관찰하고 따라다니고 어떤 기회라도 놓치지 않으려고 노력한 끝에, 그는 가까스로 난쟁이들이 각각 어디에 갇혀 있는지 알게 되었다. 그는 궁전의 여러 다른 구역에 있는 열두 감방을 모두 알아냈고, 얼마 후에는 궁전의 길도 아주 잘 알게 되었다. 어느 날 감옥에서도 특히 어둡고 깊은 감방에 난쟁이가 또 한 명 있다는 경비대원의 말을 엿들었을 때 그가 얼마나 놀랐는지. 그 순간 그는 당연히 소린일 거라고 짐작했고 얼마 후에는 그 짐작이 옳았음을 확인했다. 여러 가지 우여곡절을 겪은 후에 그는 간신히 그 감방을 찾아냈고, 아무도 없을 때 난쟁이들의 우두머리와 이야기를 나누게 되었다.

소린은 너무 비참한 심정이어서 자기에게 닥친 불운에 더 이상 화도 나지 않았고, 심지어는 요정 왕에게 보물 탐험에 대해 털어놓을까 하는 생각도 들었다. 이 정도로 의기소침해져 있을 때 열쇠 구멍으로 호빗의 작은 목소리가 들려온 것이다. 그는 자기 귀를 믿을 수가 없었다. 그렇지만 그는 착각이 아니라고 마음을 가다듬고 문가로 가서 반대쪽의 호빗과 속삭이며 오랫동안 이야기를 나누었다.

이렇게 하여 빌보는 소린의 전갈을 다른 감방에 갇힌 난쟁이들에게 은밀히 전할 수 있었다. 그들의 우두머리인 소린도 가까운 감방에 갇혀 있으며, 어느 누구도 아직은, 다시 말해서 소린이 명령을 내리기 전까지는 그들의 임무를 왕에게 누설해서는 안 된다는 것이었다. 소린은 호빗이 동료들을 거미들에게서 구출한 이야기를 듣고는 용기를 얻었다. 그래서 요정 왕에게 보물 일부를 주겠다고 약속하면 풀려날 수 있겠지만 그렇게 하지 않겠다고 다시 마음을 굳혔다. 적어도 다른 방법으로 탈출할 가능성이 완전히 사라질 때까지는 말이다. 이는 실은 '눈에 보이지 않는 그 훌륭한 골목쟁이네'가 대단한 묘수를 생각해 내는 데 완전히 실패할 때까지라는 의미였다. 소린은 빌보를 상당히 높이 평가하게 된 것이었다.

.The ElvenKing's Gate.

요정 왕의 궁전 입구

다른 난쟁이들도 그 전갈을 들었을 때 전적으로 동의했다. 그들은 지금 궁지에 빠져 있고 아직 용을 처치하지 못했음에도 불구하고, 이미 그 보물이 자기들 소유라고 믿어 의심치 않았고, 숲요정들이 보물의 일부를 요구하면 자기들 몫이 상당히 줄어들 것을 염려했다. 그리고 그들은 모두 빌보를 신뢰했다. 간달프가 말한 대로였다. 어쩌면 간달프가 그들을 두고 떠나간 것은 부분적으로는 이런 이유 때문이었는지도 모른다.

그러나 빌보는 그들처럼 그렇게 낙관적일 수 없었다. 그는 모두들 자기에게 의지하는 게 부담스러웠고 마법사가 옆에 있었으면 하고 바라기도 했다. 그러나 부질없는 바람이었다. 그들 사이에는 어둡고 긴 어둠숲이 가로놓여 있을 테니까. 그는 머리가 터질 정도로 생각하고 또 생각했지만 묘안이 떠오르지 않았다. 마법의 반지가 하나 있다는 건 멋진 일이기는 했지만, 열네 명이나 구출해야 하는 경우에는 별 도움이 되지 않았다. 물론 여러분은 벌써 짐작했겠지만, 그는 결국 친구들을 구출했다. 그 구출담은 다음과 같다.

어느 날 빌보는 이리저리 배회하며 낌새를 살피다가 아주 흥미로운 사실을 발견했다. 커다란 성문이 이 동굴의 유일한 출입구가 아니라는 사실이었다. 궁전의 가장 아래층 밑으로 물이 흐르고 있었는데, 이 물은 동쪽으로 더 흘러가 가파른 언덕 너머 커다란 강어귀에서 숲강과 합류했다. 이 지하수가 언덕 비탈에서 흘러 나가는 곳에 수문이 있었다. 그곳은 바위 천장이 수면에 닿을 정도로 낮았고 내리닫이 쇠살문이 강바닥까지 곧바로 박히게 되어 있어서 누구든 그곳을 통해 들어가거나 나갈 수 없었다. 그러나 그 내리닫이 쇠살문은 종종 열려 있었다. 그 수문을 통해 수송물이 많이 드나들기 때문이었다. 만약 누군가 그곳으로 들어온다면 깊숙한 언덕의 심장부로 이어지는 어둡고 거친 지하 굴로 연결되었을 것이다. 그러나 동굴 아래를 지나다 보면 어느 지점에서 천장에 커다란 참나무 문이 덮여 있는 곳에 이른다. 이 문은 위로 열리며 왕의 포도주 저장실로 연결되었다. 거기에는 무수히 많은 술통들이 있었다. 왜냐하면 숲요정들, 특히 그들의 왕이 포도주를 대단히 좋아했기 때문이다. 근방에서는 포도가 자라지 않기에, 포도주와 다른 음식들은 멀리 남쪽에 사는 그들의 친족들에게서나 아니면 먼 나라에 사는 인간들의 포도밭에서 운반되었다.

가장 커다란 통들 뒤에 숨어 왕의 신하들의 이야기를 들으면서 빌보는 그 문과 그것의 용도를 알게 되었고 포도주와 다른 음식들이 어떻게 강에서 올라오고 육로를 지나는지, 그리고 어떻게 신호수로 운반되는지를 알게 되었다. 긴호수에는 아직도 인간의 마을이 번창하고 있는 듯했다. 그 마을은 온갖 적들, 특히 외로운산에 사는 용에 대항하기 위한 방어 기지로서 강으로 길게 뻗어 나간 다리 위에 세워져 있었다. 그 통들은 호수마을에서 숲강으로 운반되었다. 종종 요정들은 그 통들을 커다란 뗏목처럼 묶어 장대로 밀거나 노를 저어서 강 상류로 운반했고, 때로는 바닥이 평평한 배에 실어 날랐다.

그 통들이 비면 요정들은 문을 열어 아래로 내던지고 수문을 열어서 밖으로 내보냈다. 그러면 그 통들은 강물 위를 까딱까딱 움직이며 떠내려갔고, 그러다 물살에 휩쓸려 어둠숲의 동쪽 언저리 가까이 둑이 돌출한 강가로 운반되었다. 거기에서 요정들이 통들을 모아 묶어서 호수마을로 다시 띄워 보냈다. 호수마을은 숲강이 긴호수로 흘러드는 하구 가까이 있었다.

빌보는 한참 앉아서 이 수문에 대해 생각했고, 그것을 이용하여 친구들을 탈출시킬 방법을 궁리했다. 그러다가 마침내 필사적으로 계획을 짜기 시작했다.

저녁 식사가 포로들에게 배급된 다음이었다. 경비병들은 횃불을 들고 통로를 따라 쿵쿵거리며 걸어 내려갔고 사방이 온통 깜깜한 암흑에 잠겼다. 그때 빌보에게 왕의 집사가 경비대장에게 건네는 저녁 인사말이 들려왔다.

"자, 나와 함께 가세. 그리고 방금 들어온 새 포도주 맛을 좀 보게나. 오늘 밤은 포도주 저장실의 빈 통들을 치우느라 힘들 걸세. 그러니 일하는 데 힘도 낼 겸, 먼저 한잔하자고."

그러자 경비대장이 껄껄 웃으며 말했다.

"그거 좋군. 함께 맛을 보고 왕의 식탁에 올려도 될지 알아보세. 오늘 밤에 연회가 있으니 형편없는 술을 올려선 안 되지."

이 말을 들었을 때 빌보는 가슴이 두근거렸다. 이제 행운이 찾아와서 그의 필사적인 계획을 실행에 옮길 때가 된 것이다. 그는 그 요정 두 명을 따라갔다. 그들은 작은 포도주 저장실로 들어가서 큰 포도주 병 두 개가 놓인 식탁에 앉았다. 곧 그들은 마시며 즐겁게 웃었다. 이때 놀라운 행운이 또 빌보를 찾아왔다. 숲요정들은 웬만한 포도주를 마셔서는 술에 취해 자는 법이 없었다. 그런데 도르위니온의 커다란 포도밭에서 생산된 이 포도주는 도수가 높아서 취기를 금세 올리는 것이었다. 그래서 병사들이나 신하들이 마시지 않고 왕의 연회에만 올렸고, 또한 집사의 커다란 술병에 담아 병째 들이켤 것이 아니라 작은 술잔에 담아 조금씩 마셔야 하는 포도주였다.

이내 경비대장은 꾸벅꾸벅 졸다가 탁자에 머리를 올려놓고는 깊은 잠에 빠졌다. 집사는 그것을 알지 못한 채 혼자서 계속 말하고 웃더니 이내 머리를 끄덕끄덕 탁자에 찧었다. 그러다가 깊은 잠에 빠져 친구 옆에서 드렁드렁 코를 골았다. 그때 호빗이 살그머니 들어왔다. 곧 경비대장의 허리띠에서 열쇠 꾸러미가 빠져나왔다. 빌보는 감방으로 통하는 길을 따라 최대한 빨리 종종걸음으로 뛰었다. 열쇠 꾸러미는 무척 무거웠다. 이따금 그는 소스라치게 놀랐다. 마법의 반지를 끼었지만 열쇠 꾸러미가 짤랑거리며 철컥거리는 소리는 막을 수 없었던 것이다. 그런 소리가 나면 온몸이 덜덜 떨렸다.

우선 그는 발린의 감방 문을 열었고, 그 난쟁이가 밖으로 나오자마자 조심스럽게 문을 다시 잠갔다. 쉽게 예상할 수 있듯이, 발린은 대단히 놀랐다. 그런데 그는 진저리 나는 작은 감방에서 나온 게 좋기는 했지만, 일단 멈춰 서서 빌보가 앞으로 어떻게 할 것인지 계획을 듣고 싶어 했다. 호빗이 말했다.

"지금은 시간이 없어요! 그저 따라오기나 하세요! 우리 모두 함께 있어야 하고, 흩어지면 안 됩니다. 모두 다 같이 탈출하거나 아니면 아무도 탈출하시 못하는 거죠. 이번이 마지막 기회예요. 발각되면 다음에는 요정 왕이 당신의 손과 발을 사슬로 묶어 어디에 가둘지 아무도 모릅니다. 그러니 묻지 마세요!"

그러고서 그는 이 방 저 방으로 재빨리 뛰어다녔고, 마침내 그를 따라오는 무리는 열두 명으로 불었다. 사방이 어두운 데다가 오랫동안 갇혀 있었기 때문에 그 누구도 민첩하지 못했다. 그들 중 누군가 쿵 소리를 내며 부딪치거나 어둠 속에서 투덜거리고 속삭일 때마다 빌보는 심장이 두근두근 뛰었다.

'이 성가신 난쟁이들, 야단법석을 떨다니!'

그는 속으로 중얼거렸다. 하지만 모든 일이 잘 풀려서 그들은 경비병과 마주치지 않았다. 사실 그날 밤 궁전의 넓은 홀에서뿐만 아니라 숲속에서도 성대한 가을 축제가 열렸던 것이다. 요정들은 거의 모두 잔치를 벌이며 흥겹게 놀고 있었다.

비틀거리고 넘어지기를 한참 거듭한 끝에 그들은 마침내 동굴 깊은 곳에 있는 소린의 감방에 도착했다. 다행히도 그곳은 포도주 저장실에서 멀지 않았다.

빌보는 소린에게 밖으로 나와서 친구들과 합류하라고 조그만 소리로 속삭였다. 그리고 문을 열어 주자 소린은 밖으로 나와 말했다.

"맹세코! 간달프께서 언제나 그랬듯 진실을 말씀하셨군! 때가 되니 자네가 아주 훌륭한 도둑이 된 것 같군그래. 앞으로 어떤 일이 일어나더라도, 진실로 우리 모두는 영원히 자네에게 봉사하겠네. 그런데 다음엔 어떻게 할 건가?"

빌보는 이제 자기 계획을 자세히 설명할 때가 되었다고 생각했다. 하지만 난쟁이들이 그의 계획을 어떻게 받아들일지에 대해서는 전혀 마음을 놓을 수 없었다. 그 우려는 상당히 타당한 것이었다. 난쟁이들은 그의 계획을 전혀 마음에 들어 하지 않았으며, 그토록 위험한 상황인데도 큰 소리로 투덜거렸다.

"우리는 멍들고 부딪혀서 이리저리 찢기고 게다가 물에 빠져 죽을 거야! 우리는 자네가 열쇠를 손에 넣었을 때 어떤 분별 있는 계획을 세웠을 줄 알았어. 이건 미친 생각이야!"

그들은 이처럼 투덜거렸다.

빌보는 풀이 죽었지만 한편으로는 약간 화가 나서 말했다.

"좋습니다! 당신들 모두 그 멋진 감방으로 돌아가세요. 그러면 다시 문을 잠글 테니까. 그곳에서 편안하게 앉아서 더 나은 계획을 생각해 보세요. 하지만 앞으로는 원하더라도 열쇠를 두 번 다시 손에 넣을 수 없을 거예요."

이 말은 너무나 충격적이었으므로 그들은 곧 잠잠해졌다. 결국 그들은 빌보의 제안을 따를 수밖에 없었다. 위층의 넓은 방으로 올라가는 길을 찾는다든지 아니면 요정들과 싸우고 마술로 닫히는 성문을 탈출하는 것은 명백히 불가능했다. 그리고 통로에서 불평해 봐야 다시 잡히기나 할 뿐 아무 소용도 없기 때문이었다. 그래서 그들은 호빗을 따라 맨 아래층의 포도주 저장실로 살금살금 걸어갔다. 경비대장과 집사가 얼굴에 미소를 띠고 아직도 행복하게 코를 골고 있는 방을 지나갔다. 도르위니온의 포도주는 깊고 즐거운 꿈을 꾸게 해 주는 모양이었다. 빌보는 지나치기 전에 살짝 들어가서 친절하게도 경비대장의 허리띠에 열쇠 꾸러미를 다시 걸어 주었다.

하지만 다음 날 경비대장의 얼굴은 결코 행복한 미소를 띠지 못할 것이다.

'열쇠가 있으면 그래도 난처한 지경에서 벗어나는 데 좀 도움이 되겠지. 나쁜 녀석은 아니었어. 포로들에게 꽤 점잖게 대했지. 우리가 없어지면 요정들이 몹시 놀랄 거야. 우리가 대단히 강력한 마법을 써서 잠긴 문을 통과해 사라졌다고 생각하겠지. 사라진다! 정말 그러려면 빨리 움직여야 해!'

골목쟁이네는 혼자 중얼거렸다.

그는 발린에게 경비대장과 집사를 지켜보다가 그들이 깨어날 것 같으면 알려 달라고 말했다. 나머지 난쟁이들은 뚜껑 문이 있는, 바로 옆의 포도주 저장실로 들어갔다. 꾸물거릴 시간이 없었다. 곧 요정들이 명령을 받고 내려올 것이다. 그들은 집사를 도와서 뚜껑 문을 열고 비어 있는 통들을 물속으로 떨어뜨릴 것이다. 빌보는 그것을 잘 알고 있었다. 실로 빈 통들이 벌써 방 한가운데 가지런히 늘어서서, 밖으로 밀려 나갈 차례를 기다리고 있었다. 그 통들 중 몇 개는 포도주통이었는데 그것들은 그리 쓸모가 없었다. 뚜껑이 쉽게 열리지 않는 데다가 엄청난 소리를 냈으며 쉽게 닫을 수도 없었다. 그러나 왕의 궁전으로 버터나 사과 그리고 온갖 종류의 식료품을 나르는 데 사용되었던 다른 통들도 있었다.

그들은 곧 난쟁이 한 명이 들어갈 만큼 널찍한 빈 통 열세 개를 찾아냈다. 사실 어떤 통은 너무 넓어서, 난쟁이들은 그 안으로 기어들면서 속에서 흔들리고 부딪힐 일을 걱정했다. 빌보는 그 짧은 시간에 가능한 한 그들을 편안하게 감싸 줄 밀짚과 다른 것들을 찾아 넣느라 최선을 다했다. 마침내 열두 명의 난쟁이들이 모두 통에 들어갔다. 소린이 가장 성가시게 굴었다. 그는 통 속에서 몸을 돌리고 비틀었으며 작은 개집에 갇힌 커다란 개처럼 투덜거렸다. 마지막에 온

발린은 공기구멍이 작다고 수선을 피웠으며 뚜껑이 닫히기도 전에
숨이 막힌다고 엄살을 부렸다. 빌보는 통의 옆면에 있는 구멍들을
틀어막고 최대한 안전하게 뚜껑들을 고정시키려고 최선을 다했다.
그리고 이제 다시 혼자 남아 뛰어다니며 마무리를 하고, 요행이라도
바라는 심정으로 자기 계획이 성사되기를 빌었다.

그 일이 여유 있게 일찌감치 끝난 것은 아니었다. 발린이 들어간
통의 뚜껑을 꼭 닫은 지 1, 2분쯤 지나자 목소리가 들리고 깜빡거리
는 불빛이 보였다. 요정들이 웃고 이야기하고 간단한 노래를 부르며
포도주 저장실로 들어왔다. 그들은 위층 어느 홀에서 벌어지는 흥
겨운 연회장에서 왔기 때문에 가능한 한 빨리 돌아가려는 생각뿐이
었다.

"집사 갈리온은 어디 있는 거지? 오늘 밤 연회장에서 그를 보지
못했어. 지금은 여기 와서 어떤 일을 해야 할지 알려 줘야 하는데."

한 요정이 말했다.

"그 굼뜬 얼간이가 느지막이 나타나면 마구 화를 낼 거야. 위에서
는 노래가 한창인데 여기서 시간 낭비하고 싶지 않거든!"

둘째 요정이 말했다.

"하, 하! 여기 늙은 악당이 술병에 머리를 박고 있군! 친구인 경비
대장하고 둘이서 조촐한 술잔치를 연 모양이야."

누군가 소리쳤다.

"흔들어 깨워!"

다른 요정들이 조급하게 고함을 질렀다.

억지로 흔들어 깨우자 갈리온은 기분이 매우 상했고, 놀림거리가
되어 더더욱 기분이 나빠졌다. 그는 투덜거렸다.

"너희들 모두 늦었어. 너희들이 술을 마시고 흥겹게 놀면서 임무
를 잊고 있는 동안 나는 여기 지하에서 너희들을 목 빠지게 기다렸
거든. 내가 지쳐서 잠이 들었더라도 놀라운 일이 아니야."

그들이 말했다.

"바로 옆에 술병이 있으니 놀랄 일도 아니지요. 일을 시작하기 전에 우리도 수면제를 맛보게 해 주세요! 저기 경비대장은 깨울 필요 없어요. 얼굴을 보니 벌써 자기 몫을 다 마신 모양이니까."

그러고서 그들은 한 차례 돌아가며 포도주를 마시고는 곧 거나하게 취했다. 하지만 제정신을 잃을 정도는 아니었다.

"갈리온, 여기 좀 도와줘요! 일찌감치 술잔치를 벌이더니 머리가 뒤죽박죽인 모양이군요! 무게로 보면, 여기 있는 건 빈 통이 아니에요. 속이 꽉 차 있는 통들을 여러 개 쌓아 놓았어요."

몇 명이 소리쳤다.

"일을 계속해! 게으른 술고래들의 팔이니 무겁게 느껴지는 게 당연하지. 바로 그것들이 내려갈 통이야. 다른 것들이 아니라고. 내가 시킨 대로 해!"

집사가 으르렁거리듯 말했다.

"좋아요, 그러지요. 당신에게 무서운 벌이 따를 거예요. 왕이 드실 버터와 최고급 포도주가 가득 든 통들을 강에 던져서 호수 사람들이 공짜로 먹고 마실 수 있게 된다면 말이지요!"

굴려라, 굴려, 굴려, 굴려,
굴려, 굴려, 구멍 아래로 굴려라!
자 들어 올려! 첨벙, 털썩 던져라!
내려간다, 쿵 하고 내려간다!

그들은 이렇게 노래하면서 덜거덕거리며 통을 하나씩 어두운 구멍으로 밀고 가서 몇 미터 아래의 차가운 물속으로 내던졌다. 어떤 통들은 정말로 비어 있었고 어떤 통들은 난쟁이가 한 명씩 들어가 꽉 채워져 있었다. 그 통들은 모두 쿵, 털썩 소리를 내며 차례대로 떨어졌다. 밑에 있는 통 위에 떨어지기도 하고, 찰싹거리며 물에 빠지기도 하고, 떠밀려 가서 통로의 벽에 부딪히기도 하고, 서로 부딪히기도 하면서 흔들흔들 물살에 실려 갔다.

바로 이 순간 빌보는 갑자기 자기 계획의 약점을 깨달았다. 아마도 여러분은 진작 그 허점을 눈치채고 그를 비웃었을지도 모른다. 하지만 여러분이 그의 처지에 있었다면 그의 절반만큼도 잘하지 못했을 것이다. 물론 그는 통 속에 있지 않았다. 통에 들어갈 기회가 있었다 해도 그를 넣고 뚜껑을 닫아 줄 사람이 없었다. 통들은 이미 거의 다 검은 뚜껑 문 밑으로 사라졌다. 이번에야말로 빌보는 친구들을 영영 잃을 테고, 혼자 뒤에 남아서 요정 동굴의 고정 도둑으로 영원히 남몰래 숨어 지내야 할 것 같았다. 빌보가 즉시 성문으로 탈출한다 해도 난쟁이들을 다시 만날 가능성은 거의 없었다. 그는 그 통들을 수거하는 곳으로 가는 육로를 알지 못했다. 그는 난쟁이들에게 대체 어떤 일이 일어날지를 생각해 보았다. 난쟁이들에게 자기가 알게 된 것을 모두 말해 줄 시간도 없었고, 일단 그들이 숲을 빠져나간 후 무엇을 할 것인지도 알려 주지 못했다.

이런 생각들이 그의 마음을 스치는 동안 요정들은 뚜껑 문 주위에 서서 아주 흥겹게 노래를 부르기 시작했다. 통들이 모두 저 아래 물 위로 떠오르면 그것들을 내보내려고 어떤 요정은 벌써 수문의 내리닫이 쇠살문을 끌어 올릴 밧줄을 잡아당기려 하고 있었다.

어둡고 빠른 물결을 따라 내려가라
다시 예전에 알고 있던 땅으로!
깊은 동굴과 넓은 방을 떠나라,
가파른 북쪽 산들을 떠나라,
넓고 어둑한 숲이
음침한 잿빛 그늘 속에 웅크리고 있는 곳!

나무들의 세상 너머로 둥둥 떠가라,

산들바람이 속삭이는 곳으로,

골풀을 지나, 갈대밭을 지나,

습지의 흔들리는 잡초들을 지나,

밤이면 작은 못과 웅덩이에서

하얗게 솟아오르는 안개를 가르고!

차갑고 가파른 하늘에

솟아오른 별들을 따라가라.

땅 위로 새벽이 다가올 때면 방향을 돌려라,

급류 너머로, 모래 너머로,

멀리 남쪽으로, 멀리 남쪽으로!

한낮의 햇빛을 찾아서

다시 목초지로, 다시 풀밭으로,

암소들과 황소들이 풀을 뜯어 먹는 곳!

다시 언덕 위의 들판으로,

한낮의 햇빛을 받으며

열매가 자라 그득 찬 곳으로!

멀리 남쪽으로, 멀리 남쪽으로!

어둡고 빠른 물결을 따라 내려가라

다시 예전에 알고 있던 땅으로!

이제 마지막으로 남은 통이 문 쪽으로 굴러가고 있었다! 불쌍한 빌보는 달리 어찌할 바를 모르고 절망적인 심정으로 그 통을 붙잡았고, 그 통과 함께 구멍 속으로 내던져졌다. 철썩 그는 물속에 떨어졌고, 차갑고 검은 물속에서 통 밑에 매달렸다.

그는 다시 물 위로 고개를 내밀고 물을 튀기며 쥐새끼처럼 나무통에 매달렸지만 아무리 애를 써도 통 위로 기어오를 수 없었다. 기어오르려 할 때마다 통이 빙그르르 돌아서 그를 다시 물속에 처박았다. 그 통은 속이 비어 있었기 때문에 코르크처럼 가볍게 떠다녔다. 빌보의 귀는 물속에 잠겨 있었지만, 위 저장실에서 아직도 노래 부르는 요정들의 노랫소리가 들려왔다. 그러다 갑자기 문이 쿵 소리를 울리며 닫혔고 그들의 목소리는 사라졌다. 그는 깜깜한 터널의 얼음처럼 차가운 물에 혼자 떠 있었다. 친구들 모두 짐짝처럼 통 속에 갇혀 있으니 혼자라는 말이 맞지 않을까?

얼마 지나자 앞쪽의 어둠 속에 희끄무레한 곳이 나타났다. 수문이 올라가며 삐걱거리는 소리가 들렸고, 이내 그는 까닥까닥 움직이며 부딪치는 통들 사이에 휩싸이게 되었다. 그 통들은 둥글게 튀어나온 바위 밑을 지나 물살이 넓어지는 곳으로 나가려고 서로 밀치고 있었다. 빌보는 다른 통에 부딪쳐 밀려나거나 여기저기 얻어맞지 않으려고 애썼다. 마침내 서로 부딪히던 통들이 흩어지면서 하나씩 나아가 둥근 바위 지붕 밑을 빠져나간 다음, 멀리 강물에 실려 갔다. 그제야 빌보는 자신이 가까스로 통 위에 걸터앉을 수 있었더라도 소용이 없었으리라는 것을 알 수 있었다. 수문이 있는 곳에 돌연 낮게 드리워진 바위 지붕과 통의 윗부분 사이에는 남는 공간이 전혀 없었고, 심지어 호빗 한 명도 지나갈 공간이 없었기 때문이다.

이제 그들은 동굴을 벗어나 양쪽 강둑에 늘어선 나무들의 늘어진 가지들 밑으로 지나갔다. 빌보는 난쟁이들이 어떤 기분일지, 그리고 통 속에 물이 새어 들지 않았을지 궁금했다. 어둠 속에서 옆으로 까닥거리며 지나가는 통들 가운데 몇 개는 물속에 꽤 깊이 잠긴 것 같았고, 그는 그게 난쟁이들이 들어 있는 통일 거라고 생각했다.

'뚜껑이 꼭 닫혀 있으면 좋을 텐데!'

그는 이렇게 생각했지만 오래지 않아 스스로에 대한 걱정 때문에 난쟁이들에 대해서는 잊고 말았다. 그는 간신히 머리를 물 밖에 내

Bilbo comes to the Huts of the Raft-elves

빌보가 뗏목 요정들의 오두막에 가다

놓고 있었지만 추워서 온몸이 덜덜 떨렸다. 이러다가 운이 바뀌기 전에 죽지나 않을지, 얼마나 더 오래 이런 상태로 버틸 수 있을지, 그냥 통을 놓아 버리고 강둑으로 헤엄쳐 가야 할지, 이런 것들을 궁리하느라 머릿속이 복잡했다.

머지않아 운이 바뀌었다. 물살이 소용돌이치면서 통 몇 개를 강둑 쪽으로 밀어 갔고, 거기서 통들은 물 밑에 숨어 있는 나무뿌리에 걸려 한동안 움직이지 않았다. 빌보가 매달린 통도 다른 통들에 기대어 꼼짝하지 않았다. 빌보는 이 기회를 틈타 통 옆으로 기어올랐다. 물에 빠진 생쥐처럼 기어올라 가급적 균형을 유지하려고 애쓰며 통 위에서 팔다리를 뻗고 누웠다. 바람이 차가웠지만 그래도 물속보다는 나았다. 통이 다시 움직이기 시작하면 갑자기 굴러떨어질까 봐 걱정이었다.

이내 통들은 다시 방향을 돌려 흩어지면서 물살을 따라 강의 주류로 흘러갔다. 걱정했던 대로 통 위에 달라붙어 있자니 무척 힘들었다. 하지만 괴로울 정도로 불편하기는 해도 그럭저럭 견딜 수 있었다. 다행히 그의 몸은 아주 가벼웠고 그 통은 상당히 큰 데다 지금은 물이 새어 들어 약간 차 있었다. 어쨌든 그것은 풀밭에서 뒹굴 생각밖에 없는 배불뚝이 조랑말을 고삐나 등자도 없이 타려는 것과 같았다.

이렇게 해서 마침내 골목쟁이네는 양옆으로 나무들이 드문드문 서 있는 곳으로 나아가게 되었다. 나무들 사이로 어슴푸레한 하늘이 보였다. 강은 갑자기 넓어지더니 요정 왕의 궁전의 커다란 성문 앞에서 급류를 이루며 흘러내리는 숲강의 주류와 만났다. 넓게 펼쳐진 희미한 강물은 더 이상 나무들의 그림자에 덮이지 않았고, 미끄러지듯 움직이는 수면 위로 구름과 별빛 조각들이 반사되어 흔들리며 빛났다. 숲강의 세찬 물살은 통들을 모두 멀리 북쪽 강둑으로 밀어 갔고, 그곳의 물결은 넓은 만을 잠식하고 있었다. 툭 튀어나온 강둑 아래에는 자갈이 깔려 있었고 오른쪽 끝은 작은 방파제처럼 돌출한 단단한 바위에 둘러싸여 있었다. 통들은 물이 얕은 강가로 굴러갔고 몇몇은 더 나아가 암벽 방파제에 부딪히기도 했다.

강둑 위의 망루에 사람들이 있었다. 그들은 재빨리 통들을 장대로 밀어 얕은 물가로 몰았고, 그 숫자를 세어 본 다음 밧줄로 묶고는 아침까지 그대로 내버려 두었다. 불쌍한 난쟁이들! 이제 빌보의 형편은 그들만큼 나쁘지는 않았다. 그는 통에서 미끄러져 내려와 물속을 걸어 강가로 나와서는 근처의 오두막으로 살그머니 걸어갔다. 이제는 기회만 있다면 저녁거리를 주제넘게 슬쩍하는 일에 대해 망설이지 않았다. 너무 오랫동안 그렇게 할 수밖에 없었던 것이다. 맛있는 음식들로 채워진 식료품실의 산해진미에 그저 예의상 관심을 기울이는 것이 아니라 진짜 배고픈 게 어떤 건지 너무나 잘 알고 있었으니까. 나무들 사이로 불빛이 보이는 데다 다 해어져 너덜거리고 물이 뚝뚝 떨어지는 옷이 몸에 착 달라붙어 차갑고 끈적거리자 그는 자기도 모르게 불빛에 이끌려 그쪽으로 걸어갔다.

그날 밤 그의 모험에 대해서는 길게 이야기할 필요가 없을 것이다. 이제 우리는 동쪽으로 향한 여행의 거의 막바지에 이르렀고 최후의 엄청난 모험에 다가가고 있으므로 서둘러야겠다. 물론 빌보는 마법의 반지 덕분에 처음에는 잘해 나갔다. 그러나 젖은 발자국과 그가 앉은 곳 어디에나 남는 물의 흔적 때문에 결국 발각되고 말았다. 게다가 재채기가 나오기 시작했는데, 어디에 숨어 있든 참았던 재채기가 아주 큰 소리로 터져 나오는 바람에 들키고 말았다. 이내 강가의 마을에서는 소동이 벌어졌다. 그러나 빌보는 자기 것이 아닌 빵 한 덩어리와 가죽 부대에 든 포도주, 파이를 훔쳐 들고 숲으로 도망쳤다. 밤새 불 근처에도 가 보지 못하고 몸이 젖은 채 지내야 했지만 포도주 덕분에 그럭저럭 버틸 수 있었다. 그는 마른 낙엽 더미 위에서 잠깐 졸기도 했다. 한 해가 저물어 가고 있었고 공기는 쌀쌀했다.

그는 잠에서 깨어나자마자 특히 요란하게 재채기를 했다. 벌써 어슴푸레 날이 밝고 강가에서 즐겁게 떠드는 소리가 들려왔다. 그들은 통들을 묶어 뗏목을 만들었고 곧 숲요정들이 그것을 몰고 강을 따라 내려가 호수마을까지 운반할 것이다. 빌보는 다시 재채기를 했다. 몸에서 더 이상 물이 떨어지지는 않았지만 온몸이 으슬으슬 떨렸다. 그는 뻣뻣한 다리를 최대한 빨리 움직여 강둑 밑으로 기어 내려갔다. 그러고는 혼잡한 틈을 타서 아무도 알아채지 못하게 간신히 통 위에 올라탈 수 있었다. 다행히 아직은 해가 뜨지 않아서 그 곤란한 그림자가 생기지 않았으며, 고맙게도 한동안은 재채기가 나오지 않았다.

이제 장대 여러 개가 힘껏 뗏목을 밀었다. 얕은 물가에 서 있던 요정들은 밧줄을 잡아 끌어당겼다. 밧줄로 단단히 묶여 있는 통들이 삐걱거리며 잔물결을 일으켰다.

"이건 정말 무겁군! 물속에 너무 깊이 잠겨 있어. 이것들 중 몇 개는 빈 통이 아니야. 낮에 강가에 도착했더라면 속을 들여다보았을 텐데."

누군가 투덜거렸다.

"지금은 시간 없어! 자, 빨리 밀어내!"

사공이 말했다.

그리하여 그들은 마침내 뗏목을 밀어냈다. 처음에는 천천히 움직이다가 툭 튀어나온 방파제에 서 있던 다른 요정들이 가까이 오지 못하도록 장대로 밀자, 그곳을 지나면서부터는 점점 더 빨리 움직여서 강의 주류에 들어섰고, 멀리멀리 호수를 향하여 미끄러지듯 떠내려갔다.

이렇게 해서 그들은 왕의 지하 감옥을 탈출하고 숲을 빠져나왔다. 그러나 살았는지 죽었는지는 아직 두고 볼 일이다.

Chapter 10
따뜻한 환영

그들이 물 위를 떠내려가는 동안 날이 점점 밝아오면서 따뜻해졌다. 얼마 후에 강은 왼쪽으로 이어져 내려온 가파른 산자락을 돌아갔다. 내륙의 절벽처럼 생긴 그 암벽 기슭 아래로 수심이 깊은 물이 철썩철썩 거품을 내며 밀려갔다. 갑자기 절벽이 멀어졌고, 뭍이 물속으로 가라앉았다. 나무들은 더 이상 보이지 않았다. 그때 빌보는 놀라운 광경을 보았다.

사방으로 넓게 펼쳐진 땅을 강물이 뒤덮고 있었는데, 강물은 수백 갈래의 구불구불한 수로로 나뉘어 이리저리 흘러가기도 하고, 도처에 작은 섬들이 점점이 박힌 늪이나 웅덩이로 흘러들어 고이기도 했다. 그러나 아직 그 한가운데로 세찬 물줄기가 꾸준히 흘러가고 있었다. 그리고 아주 멀리 찢어진 구름 사이로 검은 봉우리가 드러나며 그 산의 위용이 어렴풋이 드러났다! 동북쪽으로 가까이 있는 산들이나 산들 사이의 구릉지는 보이지 않았다. 오로지 그 산이 홀로 높이 솟아 늪을 가로질러 숲 쪽을 바라보고 있었다. 외로운 산! 그 산을 보려고 빌보는 숱한 모험을 겪으며 멀리 왔지만, 지금 동쪽에 자리 잡은 그 산의 형세는 조금도 마음에 들지 않았다.

빌보는 사공들의 이야기를 엿들으며 그들이 의도치 않게 흘린 정보들을 꿰맞춰 보고는 자기가 이렇게 먼 거리에서라도 산을 볼 수 있게 된 것이 대단한 행운임을 깨달았다. 요정들의 감옥에 갇혀 있을 때는 처량했고, 지금도 그의 처지는 (그 밑에 있는 난쟁이들은 말할 것도 없고) 결코 유쾌하지 않았지만, 스스로 생각했던 것보다 훨씬

252

더 운이 좋았던 것이다. 사공들의 이야기에 따르면, 동쪽에서 어둠숲으로 가는 길이 소실되었거나 사용되지 않으면서 지금은 수로 교역으로 강의 통행량이 증가했고, 그래서 숲강을 보존하고 둑을 관리하는 문제로 호수마을의 인간들과 숲요정들 사이에 언쟁이 있었던 모양이었다. 난쟁이들이 외로운산에서 살았던 시절, 지금은 대부분의 사람들이 그저 아득한 전설로 기억하는 시절 이후로, 이 지역은 대단히 많은 변화를 겪었다. 심지어는 간달프가 이 지역에 대한 소식을 마지막으로 들은 뒤, 최근에도 많이 달라졌다. 엄청난 홍수와 폭우로 인해 동쪽으로 흐르는 물이 불어났고 한두 번 지진도 일어났다(어떤 요정들은 용이 살기 때문에 그런다고 생각했지만, 용에 대해서 말할 때는 직접 언급하지 않고 그저 불길하다는 듯 그 산을 바라보면서 저주했다). 늪지와 수렁이 점점 더 넓어지고 길들이 없어지고, 말을 탄 사람들이나 방랑자들 역시 가로지르는 길을 찾으려다 사라져 버리곤 했다. 난쟁이들이 베오른의 충고를 좇아서 따라온 요정들의 숲길은 이제 숲의 동쪽 언저리 어딘가 수상한 곳에서 끝나 버렸고 그 길을 이용하는 사람도 거의 없었다. 북쪽의 어둠숲 변두리에서 그 너머 산 그림자에 덮인 평지까지 이르는 데 안전한 길이라고는 강뿐이었다. 그리고 강은 숲요정들이 지키고 있었다.

　그러니 빌보가 택한 길이 결국은 이용할 수 있는 유일한 길이었음을 여러분은 알 수 있을 것이다. 이런 소문이 멀리 떨어져 있는 간달프에게도 전해져서, 그는 몹시 걱정스러운 나머지 자기의 다른 임무(이것에 대해서는 이 이야기에서 다루지 않는다)를 끝내고 소린 일행을 찾아보려고 준비하고 있었다. 통 위에서 떨고 있는 골목쟁이네가 이를 알았더라면 큰 위안을 얻었을 것이다. 그러나 빌보는 알지 못했다.

　그가 아는 것이라고는 강이 끝없이, 영원히 이어지는 듯하다는 것이었다. 그는 배가 고팠고 고약한 코감기에 걸렸으며, 점점 다가갈

수록 얼굴을 찌푸리고 위협을 하는 듯한 산의 형상이 마음에 들지
않았다. 그러나 얼마 후 강이 남쪽으로 방향을 틀자 산은 뒤쪽으로
물러났다. 마침내 늦은 오후가 되자 강기슭에 바위가 많아지고 늪지
대에서 여러 갈래로 나뉘었던 수로들이 한데 모여, 깊고 빠른 큰 강
줄기로 바뀌었다. 그들은 빠른 속도로 휩쓸려 갔다.

숲강이 동쪽으로 굽이진 흐름을 따라 돌아서 긴호수로 힘차게 흘
러 들어갔을 때는 해가 이미 진 다음이었다. 그곳에는 넓은 하구가
있고 양쪽에 돌로 만든 절벽 같은 문들이 있었다. 돌문 바닥에는 조
약돌이 깔려 있었다. 긴호수! 빌보는 바다가 아닌 호수가 그렇게 크
고 넓을 수 있다는 것을 상상도 해 본 적이 없었다. 그 호수는 너무
넓어서 건너편 기슭이 아스라이 작게 보였지만, 길이는 그보다 더욱
길어서 외로운산 쪽으로 들어간 북쪽의 기슭은 전혀 보이지 않았
다. 벌써 북두칠성이 반짝이는 저기 머나먼 곳에서 달리는강이 흘
러 내려와 너른골에 이르러 호수로 흘러들고 숲강과 합쳐져 한때는
깊고 거대한 바위 골짜기였던 곳을 깊은 물로 채웠다는 것을 빌보는
다만 지도를 통해서 알고 있었다. 긴호수의 남쪽 끝에 이르면 두 물
줄기가 만나 갑절로 불어난 물이 다시 높은 폭포를 타고 쏟아져 내
렸으며 미지의 땅으로 급히 흘러갔다. 고요한 저녁이면 폭포 소리가
멀리서 포효하는 함성처럼 공중에 울려 퍼졌다.

숲강 하구에서 멀지 않은 곳에 그 신기한 마을이 있었다. 빌보는
요정들이 왕의 식품저장실에서 그 마을에 대해 이야기하는 것을 엿
들은 적이 있었다. 호숫가에도 오두막과 건물 들이 몇 채 있기는 했
지만 그 마을은 호수 기슭에 지어진 것이 아니라 바로 호수의 수면
위로 뻗어 나가도록 세워져 있었다. 바위 곶이 호수로 밀려드는 강
의 소용돌이를 막아 고요한 만을 이루었다. 그 마을은 숲의 나무로
세운 거대한 건조물 위에 목재로 지어졌는데, 호숫가에서 마을까지
커다란 목제 다리가 길게 뻗어 있었다. 그곳은 요정의 마을이 아니

라 인간의 마을이었다. 용이 살고 있는 먼 산의 그림자에 덮인 이곳에는 지금도 용감한 인간들이 살고 있었고, 그들은 교역을 통해 번창하고 있었다. 남쪽 땅에서 생산된 물품들은 배를 타고 커다란 강을 거슬러 올라와 폭포를 지날 때쯤 수레에 옮겨져 그들의 마을로 운송되었다. 그들은 예전에 북쪽의 너른골이 한창 부유하고 번성하던 시절에 더욱 풍요롭고 강력했다. 그 당시에는 강 위에 함대가 떠다녔고, 어떤 함대는 금이나 무장한 병사들을 가득 실었으며, 지금은 전설이 되어 버린 전투를 치르고 위업들을 이루었다. 가뭄이 들어 호수의 물이 줄어들면, 지금보다 더 큰 마을을 떠받치던 건조물이 기슭에서 썩어 가는 것을 지금도 볼 수 있다.

어떤 사람들은 아직도 그 산의 난쟁이 왕들과 두린족의 스로르와 스라인, 용의 출현, 너른골 군주들의 몰락에 대한 옛 노래들을 부르기도 했지만, 대부분의 사람들은 과거의 일을 거의 잊고 말았다. 어떤 이들은 스로르와 스라인이 언젠가는 돌아올 것이고, 산의 정문을 통해 황금이 강으로 흘러내릴 것이며, 이 땅 전체가 새로운 노래와 새로운 웃음으로 가득하리라고 노래했다. 그러나 이 유쾌한 전설은 그들의 일상에 별 영향을 주지 못했다.

통들을 엮은 뗏목이 시야에 들어오자마자 마을의 건조물에서는 작은 배 몇 척이 노를 저어 다가갔고, 뗏목을 운반한 자들을 큰 소리로 환호하며 맞이했다. 그러고는 밧줄을 던지고 노를 저어 그 뗏목을 이내 숲강의 주류에서 끌어내 높다란 바위 곶의 밑을 돌아 호수마을의 자그마한 만으로 끌어갔다. 뗏목은 거기 커다란 다리의 육지 쪽 입구에서 멀지 않은 곳에 정박했다. 머지않아 남쪽 땅에서 온 사람들이 몰려와 통을 몇 개씩 가져가고 자기들이 가져온 물건들을 다른 통들에 채워 다시 강을 거슬러 요정 왕의 궁전으로 돌려보낼 것이다. 뗏목을 타고 온 요정들과 그들을 맞이하러 나온 뱃사공들은 통들을 물에 띄워 둔 채 맛있는 음식을 먹으러 호수마을로 갔다.

호수마을

자기들이 떠난 다음에 어둠이 깔린 뒤 호숫가에서 어떤 일이 벌어졌는지를 볼 수 있었더라면 그들은 대단히 놀랐을 것이다. 빌보는 우선 통 하나를 묶은 밧줄을 자르고 물가로 밀어서 뚜껑을 열었다. 그 안에서 신음 소리가 들리더니 몹시 가련한 난쟁이 한 명이 기어 나왔다. 질질 끌리는 그의 수염에 젖은 밀짚이 달라붙어 있었다. 온몸이 쑤시고 뻣뻣하게 굳은 데다 멍도 많이 들고 부딪힌 곳이 많아서 있기도 힘들고, 얕은 물속을 비틀거리며 걸어 올라가 뭍에 신음하며 누워 있기도 힘들 지경이었다. 굶주린 그의 얼굴은 마치 사슬에 묶인 채 깜빡 잊혀 일주일이나 개집에 갇혀 있던 개처럼 사나워 보였다. 그는 소린이었다. 황금 사슬과 하늘색 두건이 아니었다면 그가 누구인지도 알 수 없었을 것이다. 소린의 두건은 지저분하고 너덜너덜해졌고 거기에 달린 은색 술도 더러워져 있었다. 한참 시간이 지난 다음에야 소린은 호빗에게 애써 예의를 차릴 수 있었다.

"저, 살아 있는 겁니까, 아니면 죽은 겁니까?"

빌보는 상당히 퉁명스럽게 물었다. 어쩌면 빌보는 자기가 난쟁이들보다 적어도 한 끼는 더 잘 먹었고 공기를 마음껏 들이마실 수 있었으며 그뿐 아니라 팔다리를 마음대로 움직일 수 있었다는 것을 잊어버린 모양이었다.

"아직도 감옥에 있나요, 아니면 자유로운 몸인가요? 음식을 먹고 싶다면, 그리고 이 어리석은 모험을 계속하고 싶다면, 이건 당신 모험이지 내 모험이 아니니까, 팔을 주무르고 다리를 문질러 기회가 있을 때 나를 도와서 다른 이들을 꺼내 주는 게 좋을 겁니다!"

물론 소린은 이 말이 타당하다고 생각했으므로 몇 번 더 끙끙거린 후 일어서서 호빗을 도왔다. 그러나 사방이 깜깜한 가운데 차가운 물속에서 허우적거리며 난쟁이가 들어 있는 통을 찾아내는 것은 꽤 어렵고 까다로운 일이었다. 밖에서 두드리고 불러서 찾을 수 있었던 것은 그나마 대답이라도 할 수 있었던 난쟁이 여섯 명뿐이었다. 이들을 통에서 꺼내고 뭍으로 데려가자, 털썩 주저앉거나 누워서 투덜거리고 끙끙거렸다. 온몸이 흠뻑 젖었고 멍들고 쥐가 나서 자기들이 풀려난 것을 실감하지도 못했고, 고마움을 표하지도 않았다.

그중에서도 가장 상태가 나쁜 것은 드왈린과 발린이었다. 이들에게는 도움을 청해 봐야 아무 소용이 없었다. 비푸르와 보푸르는 타박상이 적었고 많이 젖지도 않았지만 드러누워서 꼼짝도 하려 들지 않았다. 그러나 필리와 킬리는 난쟁이들치고는 나이가 어렸고 밀짚이 많은 작은 통에 들어가 있었던 탓에 미소를 지으며 통에서 나왔다. 멍도 한두 군데밖에 들지 않았고 뻣뻣하게 굳은 팔다리도 곧 좋아졌다. 필리가 말했다.

"사과 냄새를 다시는 맡고 싶지 않아! 내 통에는 사과 냄새가 배어 있었지. 움직일 수도 없고 춥고 배가 고파서 속이 쓰린데, 끊임없이 사과 냄새를 맡으려니 미칠 지경이었어. 지금은 이 넓은 세상의 무엇이든 먹을 수 있을 것 같아. 몇 시간이고 계속해서 말이야. 하지만 사과만은 아니야!"

필리와 킬리의 도움으로 소린과 빌보는 마침내 나머지 동료들을 모두 찾아 꺼내 주었다. 불쌍한 뚱보 봄부르는 잠들었거나 아니면 의식을 잃은 것 같았다. 도리, 노리, 오리, 오인, 그리고 글로인은 물에 잠겨 있었으며 살아 있는 것 같지도 않았다. 그들을 모두 한 명씩 뭍으로 운반하자 그들은 무기력하게 늘어져 꼼짝도 하지 못했다. 소린이 말했다.

"자! 이제 다 됐네! 우리의 별과 골목쟁이네에게 감사해야 한다고 생각하네. 분명 골목쟁이네는 그럴 권리가 있어. 좀 더 편안한 여행을 계획했더라면 좋았겠지만 말이야. 그래도 우리 모두 자네에게 봉사하겠다고 다시 한번 맹세하네, 골목쟁이네. 배가 부르고 몸이 회복되면 그때는 정말로 고마움을 느낄 걸세. 그런데 이제 뭘 하지?"

"호수마을로 갑시다. 그 밖에 달리 뭐가 있겠어요?"

빌보가 말했다.

그 밖에 달리 제안할 것이라고는 물론 없었다. 그래서 소린과 필리와 킬리와 호빗은 다른 이들을 남겨 두고 기슭을 따라 큰 다리로 갔다. 다리 끝에는 경비병들이 있었지만 그들은 경계를 철저히 하지 않았다. 오래전부터 그럴 필요가 없어졌던 것이다. 가끔 강의 통행료를 둘러싸고 시시한 말다툼을 벌이는 것을 제외하면 그들은 숲요정들과 친하게 지냈다. 다른 종족들은 멀리 떨어져 살고 있었다. 마을의 젊은이들 가운데 몇몇은 산속에 산다는 용에 대해 공공연히 의구심을 드러냈고, 수염이 희끗희끗한 노인들이나 시골 노파가 젊은 시절에 하늘을 나는 용을 보았다고 말하면 드러내 놓고 비웃었다. 사정이 이렇기에, 경비 초소의 불가에서 술을 마시고 웃어 대던 경비병들이 난쟁이들을 풀어 주는 소리나 정찰 나온 네 명의 발소리를 듣지 못한 것은 놀랄 일도 아니었다. 참나무방패 소린이 경비 초소로 걸어 들어가자 그들은 몹시 놀랐다.

"너희들은 누구냐, 원하는 게 뭐야?"

그들은 벌떡 일어나 무기로 손을 뻗치며 소리쳤다.

"산아래의 왕 스로르의 아들 스라인의 아들 소린이다!"

난쟁이는 큰 소리로 말했다. 찢어진 옷과 더러워진 두건을 걸쳤어도 그는 정말 그렇게 보였다. 그의 목과 허리춤에서 금이 반짝였으며 그의 눈은 어둡고 깊었다.

"내가 돌아왔다. 너희 마을의 영주를 만나고 싶다!"

그러자 엄청난 흥분으로 소동이 일어났다. 몇몇 어리석은 사람들은 마치 한밤중에 그 산이 황금으로 변하고 호수가 그 자리에서 황금빛으로 바뀌기를 기대하는 듯 오두막 밖으로 뛰쳐나왔다. 경비대장이 앞으로 나왔다.

"이자들은 누구입니까?"

그는 필리와 킬리 그리고 빌보를 가리켰다.

"내 아버지의 딸들의 아들들이다. 두린 가문의 필리와 킬리이고, 이분은 서쪽에서 우리와 함께 여행한 골목쟁이네라."

"평화로이 오신 거라면 무기를 내려놓으십시오!"

"무기는 없다."

소린이 말했고 그건 정말 사실이었다. 난쟁이들은 위대한 검 오르크리스트를 포함해서 무기를 모두 숲요정들에게 빼앗겼던 것이다. 빌보는 평상시와 마찬가지로 단검을 숨기고 있었지만 아무 말도 하지 않았다.

"우리에게는 무기가 필요 없다. 고향으로 돌아가는 데 무슨 무기가 필요하단 말인가? 그리고 우리는 이렇게 많은 사람들을 상대로 싸울 수도 없다. 우리를 너희들 영주에게 안내해라!"

"영주께서는 연회에 가셨습니다."

대장이 대답했다.

"그렇다면 우리를 더더욱 그분께 데려가야겠지. 우리는 길고 험한 길을 와서 지치고 굶주렸단 말이오. 아픈 이들도 있소. 더 이상 말하지 말고 서두르시오. 안 그러면 당신 영주에게서 꾸지람을 듣게 될 거요."

엄숙한 절차에 조급해진 필리가 끼어들었다.

"그렇다면 따라오십시오."

대장은 이렇게 말하고는 경비병 여섯 명으로 그들을 호위하여 다리를 건너고 문을 지나 마을 시장으로 들어갔다. 고요한 물 주위를 건조물들과 긴 목제 부두가 넓고 둥글게 에워싸고 있는 곳이었다. 건조물 위에는 커다란 집들이 지어져 있었고, 부두에서는 많은 계단과 사다리를 이용해서 수면으로 내려갈 수 있었다. 한 커다란 연회장에서 환한 불빛이 새어 나오고 왁자한 소리도 들렸다. 그들은 연회장 문을 열고 들어서서 불빛에 눈을 깜빡거리며 많은 사람들이 앉아 있는 긴 식탁을 바라보았다.

"나는 산아래의 왕 스로르의 아들 스라인의 아들 소린이다! 내가 돌아왔다!"

대장이 말을 꺼내기도 전에 소린은 문간에 서서 크게 소리쳤다.

모두들 벌떡 일어났다. 마을의 영주도 큰 의자에서 튀어 오르듯 일어섰다. 하지만 누구보다도 놀란 것은 말석에 앉아 있던 요정 사공들이었다. 그들은 영주의 식탁 앞으로 밀치고 나가서 소리쳤다.

"이자들은 우리 왕의 죄수들인데 탈출했나 봅니다. 방랑하는 부랑자 난쟁이들로, 자신들에 대해 들어 줄 만한 설명을 한마디도 하지 못했습니다. 숲에서 몰래 배회하면서 우리 종족을 괴롭혔지요!"

"사실인가?"

영주가 물었다. 사실 그는 산아래의 왕이 돌아왔다기보다는 요정의 말이 훨씬 그럴듯하다고 생각했다. 산아래의 왕이라는 자가 실제로 존재한다 하더라도 말이다.

"우리가 우리 땅으로 돌아오는 길에 요정들에게 부당한 공격을 받았고 정당한 이유 없이 감금되었다는 것은 사실이다. 그러나 옛이야기에 나오는 왕의 귀환을 자물쇠나 빗장으로 막을 수는 없다. 이 마을은 숲요정들의 영토가 아니다. 나는 요정 왕의 사공들이 아니라 호수마을의 영주에게 말하고 있는 것이다."

소린이 말했다.

그러자 영주는 망설이며 이쪽저쪽을 번갈아 보았다. 요정 왕은 이 지역에서 막강한 세력을 누리고 있었기 때문에 영주는 그와 불화가 생기기를 바라지 않았다. 또한 옛 노래라는 것도 대단하게 생각하지 않았고, 교역과 통행세, 뱃짐과 금에만 관심을 쏟았으며, 그러한 습성 덕분에 현재의 지위에 오른 인물이었다. 그러나 다른 사람들은 다르게 생각했으며, 그 문제는 그의 견해와 상관없이 신속하게 결정되었다. 난쟁이 왕이 돌아왔다는 소식은 연회장에서 온 마을로 불길처럼 번져 나갔다. 사람들은 연회장 안과 밖에서 소리를 질렀고 부둣가에 분주하게 떼 지어 몰려들었다. 어떤 사람들은 산속의 왕의 귀환에 대한 옛 노래를 불렀다. 그들은 돌아온 이가 스로르가 아니라 스로르의 손자라는 사실에 전혀 개의치 않았다. 다른 사람들은 노래를 이어 불렀고, 그 노래는 호수 너머로 크고 높은 소리로 울려 퍼졌다.

산아래의 왕,
　　돌 조각품의 왕,
은빛 샘의 군주께서
　　그의 왕궁으로 돌아오실 거라네!

그의 왕관을 떠받치고
　　그의 하프를 다시 뜯고
그의 궁전에는 다시 부르는 옛날 노래의
　　황금 메아리가 울려 퍼질 거라네.

숲은 산위에서 물결치고
　　풀은 태양 아래에서 물결치고.
그의 재화는 샘에서 흘러나오고
　　강은 황금빛으로 흐를 거라네.

물줄기는 기쁨에 젖어 흐르고
　　호수는 빛나며 타오를 거라네,
비탄과 슬픔은 모두 사라질 거라네,
　　산의 왕이 돌아오시면!

사람들은 이런 노래나 이와 비슷한 노래를 불렀는데, 이것 말고도 더 많은 노래들이 이어졌다. 노래와 뒤섞인 하프와 깡깡이 소리뿐 아니라 함성도 요란했다. 실제로 노인들이 기억하기에도 이 마을이 이처럼 흥분과 열광의 도가니에 빠졌던 적은 오랫동안 단 한 번도 없었다. 숲요정들은 처음에는 의아해하다가 나중에는 두려움마저 느꼈다. 물론 그들은 소린이 어떻게 탈출했는지를 알지 못했고, 그들의 왕이 심각한 실수를 저질렀을 거라고 생각했다. 영주는 들썩이는 여론에 따라 최소한 당분간만이라도 소린을 그가 주장하는 대로 난쟁이들의 왕이라고 믿는 척할 수밖에 없다고 생각했다. 그래서 그는 소린에게 자기의 커다란 의자를 양보했고 그 옆의 귀빈석에 필리와 킬리를 앉게 했다. 심지어는 빌보도 식탁의 상석에 자리를 얻었다. 연회장 전체가 소란스러운 가운데 어느 누구도 빌보가 어디에서 왔는지 알려 달라고 요구하지 않았다. 노랫말에는 그에 대한 아주 모호한 언급도 없었으니 말이다.

곧이어 다른 난쟁이들도 큰 찬사를 받으며 마을에 들어섰다. 그들 모두 매우 즐겁고 만족스럽게 치료를 받고 음식을 먹었으며, 잠을 자거나 하고 싶은 일을 했다. 소린과 그의 동료들은 커다란 집을 숙소로 얻었고 배와 사공을 마음대로 부릴 수 있었다. 사람들은 밖에 나와 앉아서 하루 종일 노래를 불렀으며 난쟁이의 코끝이라도 보이면 환성을 질렀다.

사람들은 옛날 노래를 불렀지만 새로운 노래를 지어 부르기도 했다. 용의 돌연한 죽음과 귀중한 선물을 실은 뱃짐이 강을 따라 내려와 호수마을로 들어올 거라고 장담하는 노래도 있었다. 이런 노래들은 대개 영주의 머릿속에서 나온 것이었고, 난쟁이들은 이런 노래들을 그다지 좋아하지 않았다. 이 마을에서 아주 만족스럽게 지내는 동안 그들은 금세 다시 살이 오르고 튼튼해졌다. 실제로 한 주일이 지나자 그들은 완전히 회복하여 자기들에게 맞는 색깔의 멋진 옷을 차려입고 수염을 빗질하고 다듬었으며 당당한 걸음으로 돌아다녔다. 소린의 외모나 걸음걸이를 보면, 그는 벌써 왕국을 되찾고 스마우그를 잘게 토막 내어 버린 것 같았다.

소린이 이미 말했듯이, 그 작은 호빗에 대한 난쟁이들의 호감은 나날이 커져 갔다. 끙끙거리거나 불평하는 소리는 더 이상 들리지 않았다. 그들은 빌보의 건강을 기원하며 축배를 들었고, 그의 등을 톡톡 두드렸으며 그를 보살핀답시고 야단법석을 떨었다. 빌보는 그리 유쾌한 기분이 아니었기 때문에 오히려 그편이 더 나았다. 그는 그 산의 형세를 잊지 않았고 용에 대한 생각도 잊을 수 없었다. 게다가 그는 독감에 걸려서 사흘 동안 재채기를 하고 기침을 하는 바람에 밖으로 나갈 수도 없었다. 그 후로도 연회에서 할 수 있는 말이라고는 "대다니 고마스니다"밖에 없었다.

한편 숲요정들은 짐을 싣고 숲강을 거슬러 올라갔고, 요정 왕의 궁전에서는 큰 소동이 벌어졌다. 나는 경비대장과 집사가 어떻게 되었는지 듣지 못했다. 물론 난쟁이들은 호수마을에 머무는 동안 열쇠라든가 통에 대해서는 한마디도 하지 않았고, 빌보는 마법의 반지를 끼지 않으려고 조심했다. 그렇지만 요정들은 아마도 알 수 없는 부분은 짐작으로 맞혔을 것이며, 틀림없이 빌보를 불가사의한 존재로 여겼을 것이다. 어쨌든 이제 요정 왕은 난쟁이들의 목적이 무엇인지 알게 되었다. 아니, 안다고 생각했다. 그래서 그는 혼자 중얼거렸다.

'좋아! 두고 보자! 보물이 어둠숲을 통해서 돌아가려 한다면 그 문제에 대해 나는 할 말이 있지. 하지만 그 녀석들은 모두 파멸할 거야. 그래야 마땅해!'

난쟁이들이 스마우그 같은 용에 대적해 싸우고 용을 죽인다는 것은 어쨌든 믿을 수 없는 일이었으므로, 요정 왕은 난쟁이들이 도둑질이나 하지 않을까 의심했다. 이것으로 보아 그 왕은 마을 사람들보다 더욱 현명하다는 것을 알 수 있다. 하지만 결말에 가면 알게 될 텐데, 현명하다고 해서 전적으로 옳은 것은 아니다. 그는 호수 기슭과 북쪽 산으로 멀리 정찰대를 보내 놓고 소식을 기다렸다.

두 주일이 지나자 소린은 떠나야겠다고 생각했다. 마을의 열광적인 분위기가 지속되는 동안에 도움을 받을 수 있겠기 때문이었다. 지체하다가 열광이 식어 버리면 아무런 보탬도 되지 않을 것이다. 그래서 그는 동료들과 함께 산으로 떠나겠다고 영주와 고문들에게 말했다.

그러자 영주는 처음으로 깜짝 놀랐고, 약간 겁도 났다. 결국 소린이 정말로 옛 왕의 후손이란 말인가 하는 생각이 들었다. 그는 난쟁이들이 감히 스마우그에게 가까이 가리라고는 생각하지 않았고, 조만간 들통나서 쫓겨날 협잡꾼일 거라고 믿었던 것이다. 그의 생각은 틀렸다. 물론 소린은 산아래 왕의 진짜 손자였다. 그리고 난쟁이들은 복수를 위해서라면, 또는 자기 것을 되찾기 위해서라면 어떤 험한 일도 마다하지 않는다.

그러나 영주는 그들을 보내는 것이 조금도 유감스럽지 않았다. 그들을 보살피는 데 비용이 많이 들었고, 그들이 도착한 후 마을은 모든 일이 중단된 채 긴 휴일을 맞고 있었기 때문이다.

'가서 스마우그를 괴롭혀 보라지. 용이 녀석들을 어떻게 반기는지 보라고!'

그는 이런 생각을 하면서도 말했다.

"물론이지요, 스로르의 아들 스라인의 아들 소린이시여! 당신의 권리를 주장해야지요. 옛이야기에 나오는 시간이 임박했습니다. 우리가 제공할 수 있는 것이라면 무엇이든 도와드리겠습니다. 당신의 왕국을 되찾을 때 당신이 사의를 표하리라 기대합니다."

이제 가을이 깊어져서 바람은 차고 나뭇잎들이 재빨리 떨어지고 있었다. 그런 어느 날, 난쟁이들과 빌보는 식량을 가득 실은 세 척의 배를 타고 사공들과 함께 호수마을을 떠났다. 말과 조랑말 들은 우회로로 미리 보내 약속된 부두에서 합류하기로 되어 있었다. 영주와 그의 고문들은 호수로 내려가는 마을 회관의 커다란 계단에 서서 작별 인사를 했다. 사람들은 부두와 창가에서 노래를 불렀다. 하얀 노가 물방울을 튀기며 물속에 잠겼다 나오기를 거듭하는 가운데 그들은 호수 북쪽으로 출발했다. 이제 긴 여행의 마지막 종착지에 들어선 것이었다. 실낱같은 희망도 품지 못한 채 괴로워하는 이는 빌보뿐이었다.

Chapter 11

현관 계단에서

이틀 동안 곧장 긴호수의 상류로 노를 저어 달리는강에 접어들자,
이제 외로운산이 그들 앞에 우뚝 솟아 무시무시한 모습을 드러냈
다. 물살이 빨라서 전진이 더딜 수밖에 없었다. 사흘째 되는 날 저녁
무렵 그들은 강을 몇 킬로미터 더 올라가서 왼쪽(서쪽) 강둑에 닿아
배에서 내렸다. 여기서 그들은 식량과 보급품들을 싣고 온 말들과
그들이 이용하도록 미리 보내진 조랑말들과 합류했다. 그들은 꾸릴
수 있는 물건들을 모두 조랑말에 실었고 나머지는 천막 아래 쌓아
두었다. 그런데 호수마을에서 온 사람들은 산의 그림자가 드리운 곳
가까이에서는 단 하룻밤도 머물지 않으려 했다.

"어쨌든 노랫말이 모두 실현될 때까지는 안 되겠습니다!"

그들은 이렇게 말했다. 이 황폐한 곳에서는 소린을 믿는 것보다
용을 믿는 편이 더 쉬웠다. 사실 그들이 쌓아 둔 물건들은 지킬 필요
도 없었다. 그 일대가 허허벌판에 황무지였으므로. 그래서 그 호위
대는 이미 어두워지고 있는데도 난쟁이 일행을 떠나 재빨리 강기슭
에 난 길로, 강으로 내려가 버렸다.

춥고 외로운 밤을 보내면서 그들의 사기는 뚝 떨어졌다. 이튿날 그
들은 다시 출발했다. 발린과 빌보는 뒤에서 조랑말을 타고 각자 무
거운 짐을 실은 조랑말을 한 마리씩 더 끌고 갔다. 길이라고는 전혀
보이지 않았으므로 다른 난쟁이들은 앞장서서 길을 찾으며 천천히
나아갔다. 그들은 달리는강에서 비스듬히 서북쪽으로 나아갔고,
그들을 향해 남쪽으로 넓게 펼쳐진 거대한 산자락으로 점점 더 다

가갔다.

그 피곤한 행군은 조용히 은밀하게 이어졌다. 웃음소리나 노랫소리, 하프 소리도 없었다. 호숫가에서 옛 노래를 부를 때 용솟음쳤던 자신감과 희망은 이제 시들어 버렸고 침울한 기분만 끈질기게 이어졌다. 그들은 이제 여행이 막바지에 이르고 있으며, 그 종말은 지독히 참혹할 수 있다는 것을 알고 있었다. 그들 주위의 땅은, 소린의 말에 따르면 과거에는 초록 풀이 무성한 아름다운 곳이었지만, 지금은 황량하고 황폐했다. 풀이라고는 거의 자라지 않았고, 얼마 지나지 않아 덤불이나 나무도 보이지 않았다. 부러지고 시커멓게 타 버린 그루터기들이 예전에 사라진 나무들의 흔적을 보여 줄 뿐이었다. 그들은 용의 폐허에 들어섰다. 그것도 한 해가 저물어 가는 시점에 들어선 것이다.

그래도 그들은 위험한 일을 전혀 겪지 않고 산기슭에 도착했다. 용이 자기 보금자리 주위에 만들어 놓은 황무지 외에는 용의 흔적이 보이지 않았다. 그들 앞에 놓인 산은 어둡고 고요했으며 위로 계속 높아만 가는 듯했다. 그들은 거대한 남쪽 산맥의 서쪽 비탈에 첫 번째 야영지를 세웠다. 그 산맥은 갈까마귀언덕이라 불리는 높은 언덕에서 끊어졌는데, 예전에는 그곳에 오래된 경비 초소가 있었다. 하지만 그들은 아직 그곳에 올라갈 엄두를 내지 못했다. 위험에 노출된 곳이었기 때문이다.

그들의 온 희망이 걸린 비밀 문을 찾으러 서쪽 산맥을 탐사하기 전에, 소린은 먼저 정찰대를 보내 정문이 있는 남쪽 지역을 조사하게 했다. 그는 발린과 필리, 킬리를 선발했고 빌보도 그들과 함께 갔다. 그들은 괴괴한 잿빛 절벽 밑을 지나 갈까마귀언덕 기슭으로 갔다. 그곳에서 강은 넓은 만곡선을 그리며 너른골 계곡을 감돌고 나와 산을 뒤로하고, 호수로 가는 길목으로 접어들어 요란한 소리를 내며 급히 흘러갔다. 강물보다 높이 가파르게 세워진 둑은 나무 한 그루 없는 바위투성이였다. 강둑에 서서 큰 돌들 주위로 거품을 내고 물방울을 튀기며 흐르는 좁은 강 너머를 바라보았을 때, 그들은 산맥의 그림자에 가린 그 넓은 계곡에서 옛 집들과 탑들, 성벽들의 잿빛 잔해를 볼 수 있었다.

"저기에 너른골의 흔적이 남아 있네. 저 마을에서 종이 울렸던 시절엔 산비탈이 숲으로 푸르렀고, 바람이 들이치지 않는 아늑한 계곡은 풍요롭고 즐거운 곳이었지."

이렇게 말하는 발린의 얼굴은 슬프고도 결연해 보였다. 그는 용이 처음 이곳에 온 날 소린과 같이 있었던 일행 중 하나였다.

강을 따라서 정문 쪽으로 나아가는 것은 엄두도 낼 수 없었다. 대신 그들은 남쪽 산맥의 끝자락을 넘어가서 바위 뒤에 숨어 내다보았다. 산의 지맥들 사이에 벽처럼 늘어선 거대한 절벽에 뚫려 있는 어두운 동굴 모양의 입구가 보였다. 그 입구에서 달리는강의 물줄기가 흘러나왔고, 또한 증기와 검은 연기가 흘러나왔다. 그 황폐한 곳에서 움직이는 것이라고는 연기와 물, 그리고 이따금 날아다니는 검고 불길한 까마귀뿐이었다. 들리는 소리라고는 돌 위를 흐르는 물소리와 이따금 깍깍거리는 사나운 새소리밖에 없었다. 발린이 몸을 부르르 떨며 말했다.

"돌아갑시다! 여기 있어 봐야 좋을 거 없어! 그리고 저 검은 새들이 마음에 안 들어. 마치 악의 정찰대 같군."

"그렇다면 용이 아직 살아 있고, 산아래 궁전에 있다는 거로군요. 아니면 저 연기로 보아 그렇게 생각할 수 있겠어요."

호빗이 말했다.

"자네 말이 옳을 거라고 생각하지만, 그것으로 입증할 수는 없어. 용이 잠시 다른 데 갔거나 아니면 산비탈에 누워서 망을 보고 있을 수도 있거든. 용이 안에 없더라도 저 문에서는 연기와 증기가 쏟아져 나올 거야. 저 안의 방들은 그 녀석의 악취 나는 연기로 가득 차 있을 테니까."

발린이 말했다.

이런 우울한 생각을 하면서 그들은 머리 위로 까마귀들이 울부짖으며 계속 따라오는 가운데 지친 발걸음을 돌려 야영지로 돌아갔다. 그들이 엘론드의 아름다운 집에 손님으로 머문 때는 6월이었고 지금은 가을이 겨울로 서서히 접어드는 시점이었지만, 그 즐겁던 시간은 마치 몇 해 전에 있었던 일 같았다. 그들은 홀로 위험한 황무지에 있었고 더는 누구의 도움도 받을 가망이 없었다. 이제 여행의 막바지에 접어들었지만, 원정의 목적과는 여전히 동떨어져 있는 것 같았다. 활기찬 기운이 남아 있는 사람은 아무도 없었다.

그런데 참으로 이상한 일이지만, 골목쟁이네는 다른 이들보다 더 활기를 띠었다. 그는 종종 소린의 지도를 빌려 보며 룬 문자와 엘론드가 읽어 주던 달빛 문자의 의미를 골똘히 생각했다. 난쟁이들이 서쪽 산비탈을 헤매며 비밀 문을 찾으려는 위험한 탐색에 나서게 된 것도 빌보 때문이었다. 그들은 야영지를 긴 골짜기로 옮겼는데, 그 골짜기는 강물이 흘러내리는 남쪽의 거대한 계곡보다 더 좁았고, 나지막한 산맥들로 둘러싸여 있었다. 여기 있는 지맥은 주봉들의 서쪽으로 뻗어 나갔고, 가파르고 긴 능선은 경사져 내려와 평원으로 이어졌다. 이 서쪽 사면에는 용이 짓밟은 흔적이 적었고, 조랑말들이 먹을 풀도 약간 있었다. 해가 어둠숲 쪽으로 넘어갈 때까지 낮에는 절벽과 산벽으로 온종일 가려져 있는 서쪽 야영지에서 그들은 날마다 몇 무리로 나누어 산비탈을 오르는 길을 찾아다녔다. 만약 지도가 정확하다면, 이 골짜기 꼭대기의 높은 절벽 어딘가에 비밀 문이 있어야 했다. 그러나 그들은 날마다 아무 소득도 없이 야영지로 돌아왔다.

그러나 마침내 예기치 않게 그들은 자기들이 애타게 찾던 것을 발견했다. 필리와 킬리 그리고 호빗은 어느 날 골짜기를 다시 내려가 남쪽 구석에서 뒹굴고 있는 바위들 사이를 기어오르고 있었다. 정오쯤 되어 기둥처럼 홀로 서 있는 거대한 돌 뒤로 살금살금 걷던 빌보는 위쪽으로 이어지는 거친 계단 같은 것을 발견했다. 몹시 흥분한 빌보와 난쟁이들은 이 계단을 따라가다가 좁다란 오솔길의 흔적을 발견했는데, 그 길은 종종 끊어지다가 다시 이어지기도 하면서 이리저리 돌아 남쪽 능선의 꼭대기로 이어졌고, 마침내 더 좁은 바위 턱으로 그들을 이끌었다. 그 바위 턱은 북쪽을 향해 외로운산의 정면을 마주 보고 있었다. 아래를 내려다보니, 자신들이 골짜기 꼭대기의 절벽 위에 있다는 것을 알 수 있었다. 저 아래 자신들의 야영지가 내려다보였다. 아무 말 없이 그들은 오른쪽 암벽에 매달려 한 줄로 바위 턱을 따라 걸어갔다. 마침내 암벽이 벌어진 곳에 이르자 삼면이 가파른 벽으로 둘러싸인 조그마한 평지에 들어서게 되었다. 바닥에 풀이 깔려 있고 정적이 감도는 곳이었다. 그들이 발견한 그 입구는 위쪽으로 돌출한 절벽에 가려 밑에서는 보이지 않았고, 또 너무 작아서 고작해야 시커멓게 갈라진 금 같았기에 멀리서도 보이지 않았다. 그 입구는 동굴이 아니었고, 하늘로 훤히 트여 있었다. 그 안쪽 끝에는 평평한 벽이 서 있었는데, 벽 아래쪽과 바닥이 접한 부분은 석공의 작품인 양 곧바르고 매끄러웠고 이음새나 갈라진 틈 하나 볼 수 없었다. 기둥이나 가로대 또는 문지방의 흔적도 없었으며 빗장이나 자물쇠, 열쇠 구멍의 흔적도 없었다. 그러나 그들이 마침내 그 비밀 문을 찾았다는 것은 의심의 여지가 없었다.

그들은 문을 두드리거나 힘껏 밀기도 하고 제발 움직여 달라고 사정도 하고 문을 여는 데 효과가 있다는 엉터리 주문을 외기도 했지만, 문은 꿈쩍도 하지 않았다. 마침내 지친 그들은 문 옆의 풀밭에 앉아 쉬다가, 저녁이 되자 다시 먼 길을 내려왔다.

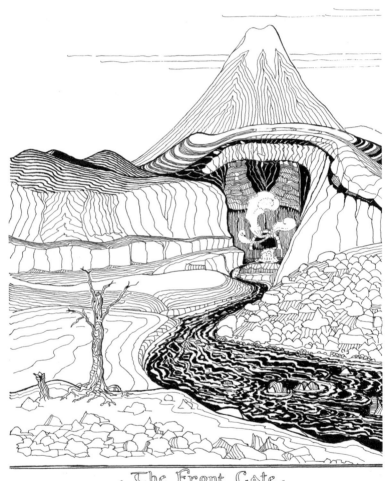

. The Front Gate .

정문

그날 밤 야영지는 온통 홍분에 휩싸였다. 아침이 되자 그들은 다시 이동할 준비를 했다. 보푸르와 봄부르만 뒤에 남아서 조랑말들과 강에서 가져온 보급품들을 지키기로 했다. 나머지는 골짜기를 내려가서 새로 발견한 길을 따라 그 좁은 바위 턱으로 올라갔다. 그 길은 너무 좁고 아슬아슬해서 꾸러미나 보따리를 들고 갈 수 없었다. 발을 헛디디면 50미터쯤 아래 있는 날카로운 바위들에 추락할 수밖에 없었다. 그러나 그들은 각자 단단히 꼬인 밧줄로 허리를 바짝 감아서 마침내 아무런 사고 없이 풀이 무성한 작은 평지에 도착했다.

그들은 그곳에 세 번째 막사를 세우고 필요한 것들을 밧줄로 밑에서 끌어 올렸다. 또 밧줄을 이용해서 때로 킬리처럼 활동적인 난쟁이를 내려보내 서로 소식을 교환하기도 하고 보푸르가 위의 야영지로 올라와 있는 동안 교대로 망을 보게 했다. 봄부르는 밧줄에 매달려서든, 길을 걸어서든 올라오려 하지 않았다.

"나는 그렇게 사뿐히 날아가듯 걷기에는 너무 뚱뚱해. 머리가 어찔어찔해서 내 수염을 밟을 거고, 그러면 너희들은 다시 열세 명이 될 거야. 그리고 꼬아 엮은 밧줄은 너무 가늘어서 내 몸을 지탱할 수 없어."

봄부르는 이렇게 말했다. 앞으로 알게 되겠지만, 다행히도 그의 말은 사실이 아니었다.

그동안 몇몇은 그 입구를 지나 바위 턱을 살펴보다가, 산으로 더 높이 오르는 길을 발견했다. 그러나 그들은 감히 그쪽으로 멀리 가볼 엄두도 내지 못했고 그럴 필요도 별로 없었다. 그 위쪽에 감돌고 있는 정적은 갈라진 바위틈에서 이는 바람 소리를 제외하고는 어떤 소리나 새들의 소리로도 깨지지 않았다. 그들은 낮은 목소리로 소곤거렸고 큰 소리로 부르거나 노래를 부르지도 않았다. 어느 바위에나 위험이 도사리고 있었던 것이다. 문의 비밀을 알아내려고 분주했던 자들도 소득이 없기는 마찬가지였다. 열의가 지나친 나머지 그들은 룬 문자나 달빛 문자는 신경도 쓰지 않고, 매끈한 바위 표면에서 정확히 어느 부분에 문이 숨겨져 있는지를 알아내려고 쉴 새 없이 노력했다. 처음에는 호수마을에서 가져온 곡괭이와 다른 연장들을 사용해 보았다. 그러나 곡괭이가 바위에 부딪치자 나무 손잡이가 쪼개졌고 팔에 엄청난 충격이 전해졌으며 강철 날은 깨지거나 납처럼 구부러졌다. 광산에서 쓰는 연장으로는 문에 걸린 마법을 풀 수 없다는 것이 분명했고, 곡괭이를 내리칠 때마다 울리는 소리도 간담을 서늘하게 했다.

빌보는 현관 계단에 앉아 있는 일이 외롭고 지루했다. 물론 현관 계단이 실제로 있는 것은 아니었다. 다만 그들은 오래전에 호빗굴에서 벌어진 뜻밖의 파티에서 빌보가 한 말을 떠올리고는 농담 삼아 산벽과 입구 사이의 작은 풀밭을 현관 계단이라고 불렀다. 그때 그는 현관 계단에 오랫동안 앉아 있다 보면 뭔가 좋은 생각이 떠오를 거라고 말했던 것이다. 실로 그들은 현관 계단에 앉아서 생각에 잠겼고, 아무 목적도 없이 주위를 배회했다. 그러고는 점점 더 침울해졌다.

그 오솔길을 발견했을 때는 신이 났지만 이제는 맥이 빠지고 말았다. 하지만 그들이 포기하고 떠나는 일은 없을 것이다. 이제는 호빗도 난쟁이들보다 나을 것이 없었다. 그는 그저 바위에 등을 대고 앉아서 트인 공간 사이로 멀리 서쪽을 응시하고 있을 뿐이었다. 절벽 너머로, 황무지 너머 시커멓게 솟은 어둠숲으로, 그리고 그 너머 머나먼 곳으로. 그 먼 곳에서 때로 안개산맥이 아스라이 보이는 것 같았다. 난쟁이들이 그에게 무엇을 하고 있느냐고 물으면 그는 대답했다.

"문으로 들어가는 건 말할 것도 없고 현관 계단에 앉아서 생각하는 게 내 일이라고 그랬잖아요. 그래서 이렇게 앉아서 생각하고 있어요.”

하지만 유감스럽게도 그는 비밀 문에 대해서가 아니라, 저 아득히 먼 곳 너머에 있는 고요한 ‘서쪽 땅’과 ‘언덕’, 그리고 그 언덕 아래에 있는 자기의 호빗굴을 생각하고 있었다.

풀밭 한가운데에는 커다란 잿빛 돌이 있었는데, 그는 울적한 기분으로 그것을 멍하니 응시하거나 큰 달팽이들을 바라보았다. 달팽이들은 차가운 바위로 둘러싸여 보이지 않는 이 작고 아늑한 풀밭을 좋아하는 것 같았다. 바위에 달라붙어서 천천히 모퉁이를 따라 기어 다니는 거대한 달팽이가 꽤 많았다.

“내일 가을의 마지막 주가 시작되는군.”

어느 날 소린이 말했다.

“가을이 지나면 겨울이 오겠지요.”

비푸르가 말했다. 그러자 드왈린이 대답했다.

“그다음에는 내년이 오겠지. 그리고 우리 수염이 자라서 절벽 밑의 골짜기까지 늘어져도 여기서는 아무 일도 일어나지 않을 거야. 우리 도둑님은 우리를 위해 뭘 하고 있는 거지? 눈에 보이지 않게 해 주는 반지도 있고, 지금은 특히 탁월한 수완을 발휘해야 할 때잖아. 정문으로 들어가서 정황을 살펴봐야 하지 않겠어?”

빌보에게 이런 말이 들려왔다. 그가 앉아 있던 평지 바로 위의 바위에서 난쟁이들이 이야기를 나누고 있었던 것이다.

‘맙소사! 그래, 바로 그런 생각을 하게 되었어? 저들을 어려운 처지에서 구해 준 건 항상 불쌍한 나였어. 적어도 마법사가 떠난 후로는 말이야. 내가 뭘 할 작정이냐고? 결국에는 나한테 끔찍한 일이 일어나리라는 걸 알았어야 했는데. 그 처참한 너른골 계곡을 다시 본다면 견딜 수 없을 거야. 증기가 새어 나오는 문은 또 어떻고!!!’

그날 밤 그는 몹시 참담한 기분이라서 잠도 거의 자지 못했다. 다음 날 난쟁이들은 모두 뿔뿔이 흩어져 돌아다녔다. 어떤 난쟁이는 밑에서 조랑말들을 훈련시켰고, 어떤 난쟁이는 산비탈을 헤매고 다녔다. 그는 하루 종일 우울하게 풀밭에 앉아 돌을 바라보거나 좁은 틈 사이로 서쪽을 바라보았다. 자신이 뭔가를 기다리고 있는 듯한 묘한 느낌이 들었다.

'어쩌면 오늘 마법사가 갑자기 돌아올지도 몰라.'

그는 이렇게 생각했다.

만약 그가 고개를 들었더라면 멀리 떨어진 숲이 힐끗 보였을 것이다. 태양이 서쪽으로 기울어지면서 마지막 남은 색 바랜 이파리들에 빛을 뿌린 듯 숲의 꼭대기는 노란 미광으로 은은히 빛나고 있었다. 곧 둥근 주홍빛 태양이 빌보의 눈높이까지 서서히 내려앉았다. 그는 벌어진 틈새로 가 보았다. 거기 지평선 위로 떠오른 가느다란 새 달이 희미하고 어슴푸레한 빛을 발하고 있었다.

바로 그 순간 그의 등 뒤에서 날카로운 딱 소리가 들렸다. 풀밭의 잿빛 돌 위에 거대한 개똥지빠귀가 앉아 있었는데, 몸은 칠흑처럼 새까맣고 상아색 가슴에 검은 점들이 점점이 박힌 새였다. 딱! 그 새는 달팽이를 물어 그것으로 돌을 두드리고 있었다. 딱! 딱! 딱!

별안간 빌보는 깨달았다. 그는 위험하다는 것도 잊고 벌떡 일어나 바위 턱에 서서 양손을 휘두르며 큰 소리로 난쟁이들을 불렀다. 가까이 있던 난쟁이들은 무슨 일인지 의아해하며 바위에 걸려 넘어져 가면서 재빨리 바위 턱을 따라 다가왔다. 다른 난쟁이들은 밧줄로 올려 달라고 소리쳤다. 물론 봄부르를 제외하고 말이다. 그는 자고 있었다.

빌보는 재빨리 설명했다. 그들은 모두 아무 말도 하지 않았다. 호빗은 잿빛 돌 옆에 섰고 난쟁이들은 수염을 흔들며 초조하게 바라보았다. 해는 점점 깊이 가라앉았고 그들의 희망은 사라졌다. 태양은 붉게 물든 긴 구름 속으로 들어가 사라졌다. 난쟁이들은 신음 소리를 냈지만 그래도 빌보는 꼼짝하지 않고 가만히 서 있었다. 작은 달이 지평선으로 가라앉고 있었다. 저녁이 다가오고 있었다. 그때 갑자기, 그들의 희망이 거의 다 사라졌을 때, 한 줄기 붉은 햇살이 구름 사이의 터진 틈으로 손가락처럼 빠져나왔다. 그 광선은 곧바로 입구를 통해 평지를 지나서는 매끄러운 바위 표면에 꽂혔다. 높은 곳에 앉아서 머리를 갸웃거리며 반짝이는 둥근 눈으로 지켜보던 그 늙은 개똥지빠귀가 갑자기 떨리는 소리로 노래했다. 딱 소리가 크게 들렸다. 벽에서 바위 박편이 떨어져 나와 땅에 떨어진 것이다. 갑자기 땅에서 1미터쯤 올라간 곳에 구멍이 나타났다.

이 기회가 사라질까 봐 몸을 떨면서 난쟁이들은 재빨리 달려가 바위를 밀었지만 아무 소용도 없었다.

"열쇠! 열쇠! 소린은 어디 있지요?"

소린이 서둘러 올라왔다.

"그 열쇠! 지도하고 같이 있던 열쇠 말이에요. 아직 시간이 있을 때 그걸 돌려 보세요!"

그러자 소린이 다가와서 목에 걸린 사슬에서 열쇠를 꺼냈다. 그는 그 열쇠를 구멍에 넣었다. 그것은 꼭 맞았고 저절로 돌아갔다. 딸깍! 그 순간 희미한 빛도 사라지며 해가 넘어갔고, 달도 사라졌으며, 어둠이 성큼 온 하늘에 퍼져 나갔다.

그들은 모두 달려들어 힘껏 바위를 밀었다. 바위벽의 일부분이 천천히 움직였다. 길고 곧게 갈라진 틈이 보였고, 그 틈새는 점점 더 벌어졌다. 높이 150센티미터에 너비가 90센티미터 되는 문이 윤곽을 드러냈고, 아무 소리 없이 천천히 안쪽으로 돌아갔다. 산비탈의 그 구멍에서 어둠이 증기처럼 흘러나오는 것 같았다. 아무것도 보이지 않는 시커먼 구멍이 눈앞에 드러났고, 하품하듯 벌리고 있는 그 입은 안으로, 아래로 이어지고 있었다.

Chapter 12

비밀 정보

난쟁이들은 문 앞의 어둠 속에 서서 오랫동안 의논했고, 마침내 소린이 말했다.

"자, 우리의 긴 여행길에서 좋은 벗이었음을 입증했고, 체구에 비해 용기와 재주가 넘치는 호빗이며, 또 이런 말을 해도 좋다면, 보통 사람들에 비해 많은 행운을 타고난 우리의 존경하는 골목쟁이네에게 바야흐로 때가 되었네. 지금이야말로 그가 우리 동료로 편입되었던 이유, 즉 우리의 목적을 위해 공헌할 때라고 할 수 있네. 지금이야말로 그가 받을 보상의 대가를 치러야 할 때이지."

여러분은 중요한 순간에 소린이 어떤 식으로 말하는지 이미 알고 있을 테니 더 이상 그의 말을 옮기지 않겠다. 이런 식의 말이 한참 더 이어졌지만 말이다. 지금이 중요한 순간인 것은 분명했다. 하지만 빌보는 그의 말을 참을 수 없었다. 지금쯤은 소린에게 익숙해져 있기도 했고, 그가 무엇을 노리고 있는지도 알고 있었다. 빌보는 성이 나서 말했다.

"오, 스라인의 아들 참나무방패 소린이여, 당신의 수염이 점점 더 길게 자라기를! 당신이 하려는 말이 비밀 통로로 먼저 들어가는 것이 내 임무라고 생각한다는 거라면, 간단히 그렇게 말하고 끝내세요! 나는 거절할 수도 있어요. 이미 두 번이나 당신들을 궁지에서 구해 주었고, 그건 원래의 계약에는 없던 것이니까 나는 이미 어느 정도 보상을 받을 권리가 있다고 생각해요. 하지만 우리 아버지께서는 '세 번째가 모든 것을 보상한다'고 말씀하시곤 했어요. 어쨌든 나는

278

거절하지는 않을 거예요. 어쩌면 내 행운을 더욱 철석같이 믿게 된 모양입니다. 옛날보다 말이에요."

옛날이란 그가 집을 떠나오기 전의 지난봄을 의미했지만, 몇백 년은 지난 것 같았다.

"어떻든 지금 당장 가서 한번 둘러보고 끝내겠어요. 자, 누가 같이 갈 거죠?"

그는 난쟁이들이 일제히 자원하리라고는 기대하지 않았다. 그렇기 때문에 실망도 하지 않았다. 필리와 킬리는 불편한 기색으로 망설이고 있었지만, 다른 난쟁이들은 자원하는 척도 하지 않았다. 호빗을 꽤 좋아했던 보초병 발린을 제외하고 말이다. 그는 필요하다면 도움을 청할 준비를 하고 최소한 굴 안쪽으로, 어쩌면 길을 따라 조금은 더 들어가겠다고 말했다.

난쟁이들에 대해 최대한 너그럽게 평가하자면 이렇게 말할 수 있을 것이다. 그들은 빌보의 도움에 대해 정말로 후하게 대가를 지불할 의도가 있었고, 위험한 일을 자기들 대신 하게 하려고 그를 데려온 것이며, 그 가엾은 꼬마 친구가 스스로 그 어려운 일을 떠맡고자 한다면 굳이 막을 이유가 없다고 생각했다고. 만약 빌보가 곤경에 빠진다면 그들은 그를 구해 주려고 최선을 다할 것이었다. 모험의 초반부에 그들이 빌보에게 고마워해야 할 특별한 이유가 없었을 때, 트롤에게 잡힌 그를 구해 주었듯이 말이다. 바로 이렇다. 난쟁이들은 영웅이 아니었고, 금전의 가치를 대단히 중시하는, 셈에 밝은 족속이다. 어떤 난쟁이들은 교활하고 배신을 잘하는 꽤 나쁜 녀석들이지만 어떤 난쟁이들은 그렇지 않고 소린과 그의 동료들처럼 점잖은 편이다. 그들에게 너무 많은 것을 기대하지 않는다면 말이다.

호빗이 마술의 비밀 문을 지나 산속으로 기어가고 있을 때, 검은 구름이 길게 뻗은 어슴푸레한 하늘에서는 별들이 나오고 있었다.

굴속은 예상했던 것보다 걷기가 수월했다. 고블린의 출입구나 숲요정의 거친 동굴과는 달랐다. 난쟁이들이 가장 번성을 누리고 기술이 최고 수준에 이르렀을 때 만든 통로였으므로, 그 굴은 줄자처럼 곧고 바닥과 옆면이 매끄럽게 다듬어져 있었으며, 완만한 기울기를 일정하게 유지하면서 저 아래 멀리 떨어져 있는 암흑 속 종착지로 곧바로 연결되었다.

잠시 후 발린은 빌보에게 "행운을 비네!"라고 말하고는 멈춰 섰다. 아직 굴 입구의 윤곽이 희미하게 보이고 굴속에서 메아리가 울리기 때문에 저 밖에서 다른 이들이 속삭이는 소리도 들리는 곳이었다. 그러자 호빗은 반지를 꼈고, 메아리가 두려워 소리를 내지 않으려고 더욱 조심하면서 조심히 암흑 속으로 한 걸음 한 걸음 내려갔다. 겁이 나서 온몸이 덜덜 떨리고 있었지만 그의 조그만 얼굴은 단호하게 굳어 있었다. 이미 그는 오래전 골목쟁이네 집에서 손수건도 없이 허둥거리며 달려 나온 그 호빗과는 전혀 다른 인물이었다. 손수건 없이 지낸 지 수십 년은 지난 것 같았다. 그는 칼집에서 단검을 끌러 놓고 허리띠를 졸라맨 후 계속 걸음을 옮겼다.

그는 혼자서 중얼거렸다.

'자, 이제 넌 결국 빠져나갈 구멍이 없는 거야, 골목쟁이네 빌보. 파티가 열린 그날 밤에 네 스스로 불구덩이에 발을 들여놔 곤경에 빠졌지. 이제 발을 빼고 그 대가를 치러야 해. 맙소사, 엄청난 바보였지. 지금도 그렇고!'

툭 집안의 기질과 가장 거리가 먼 그의 어떤 부분이 말했다.

'용이 지키고 있는 보물 따위는 내게 아무 상관도 없어. 그 보물은 영원히 여기 있어도 좋아. 다만 잠에서 깨어났을 때 이 끔찍한 굴이 내 집 현관의 복도로 바뀌어 있다면 얼마나 좋을까!'

물론 그는 잠에서 깨지도 않았고, 여전히 앞으로 걸어갔다. 마침내 뒤쪽에서 보이던 입구는 흔적조차 사라져 버렸다. 그는 완전히 혼자였다. 곧이어 굴속이 따뜻해지고 있다는 느낌이 들었다.

'저 아래 바로 앞에 보일락 말락 하는 것이 불빛인가?'

그랬다. 앞으로 나아갈수록 그 빛은 더욱 또렷해져서 의심의 여지가 없었다. 그 빛은 갈수록 점점 더 선명하게 붉어졌다. 이제는 의심할 수 없을 정도로 굴속이 뜨거웠다. 작은 수증기 기포가 그를 스치며 떠다녔고, 그의 몸에서는 진땀이 났다. 또 어떤 소리가 귓전에서 울리기 시작했다. 화로 위의 커다란 단지에서 부글부글 끓어오르는 소리와 커다란 수고양이가 가르랑거리듯이 우르르 올리는 소리가 뒤섞여 있었다. 그 소리는 점점 커졌는데, 저 아래 붉은빛이 새어 나오는 곳에서 잠에 빠져 코를 골고 있는 거대한 동물의 꾸르륵 소리인 것이 분명했다.

그 자리에서 빌보는 걸음을 딱 멈추었다. 그곳에서 앞으로 발을 내딛은 것은 그때까지 그가 해 온 일들 중에서 가장 용감한 행동이었다. 그 이후에 일어난 엄청난 사건들은 그에 비하면 아무것도 아니었다. 숨어서 기다리고 있는 그 어마어마한 위험과 직면하기 전에 그는 굴속에서 혼자 진정한 싸움을 벌인 것이다. 어떻든 그는 잠시 걸음을 멈추었다가 다시 발을 앞으로 내딛었다. 그가 굴이 끝나는 곳으로 걸어가는 광경을 여러분은 상상해 볼 수 있을 것이다. 그 끝에는 위에 있는 문과 똑같은 크기에 똑같은 모양을 한 입구가 있었다. 빌보는 그 입구에 작은 머리를 들이밀고 슬쩍 들여다보았다. 음식 창고인지 지하 감옥인지 모르지만 옛날 난쟁이들이 산의 밑바닥에 지어 놓은 거대한 방이었다. 너무 어두워서 그 엄청난 크기는 어렴풋이 짐작할 수밖에 없었다. 그런데 돌이 깔린 바닥의 가까운 쪽에서 커다란 불길이 타오르고 있었다. 스마우그의 불이었다!

바로 거기에 그 거대하고 불그레한 황금색 용이 깊은 잠에 빠져 누워 있었다. 그의 턱과 콧구멍에서 나지막하게 그르렁 소리가 들리고 가느다란 연기가 새어 나왔지만, 잠자고 있는 용의 불길은 거세지 않은 편이었다. 그의 몸 아래, 똬리를 틀고 있는 거대한 꼬리와 다리들 밑에, 그리고 보이지 않는 바닥을 가로질러 사방으로 뻗은 몸 주위에 헤아릴 수 없이 많은 귀금속들이 산더미처럼 쌓여 있었다. 정련한 금과 정련하지 않은 금, 보석과 장신구, 그리고 붉은빛에 불그스름하게 물든 은이었다.

스마우그는 엄청나게 큰 박쥐 날개 같은 것을 접고 몸을 한쪽으로 약간 기울인 채 누워 있었기 때문에, 호빗은 용의 희끄무레한 긴 배와 아랫부분을 볼 수 있었다. 오랫동안 그 비싼 침대에 누워 있어서 보석과 금 조각 들이 용의 뱃가죽에 더덕더덕 붙어 있었다. 그 너머로 가장 가까운 벽에 갑옷, 투구, 도끼, 칼, 창이 걸려 있는 것이 어렴풋이 보였다. 그곳에는 커다란 항아리와 단지가 줄지어 있었고, 그 안에는 짐작도 할 수 없는 귀금속이 들어 있었다.

빌보가 숨이 막힐 정도로 움찔 놀랐다고 말한다면 그것은 전혀 적절한 묘사라고 볼 수 없다. 세상이 온통 경이롭던 시절에 요정들에게서 배운 언어를 인간들이 그 이후로 변화시켜 왔으므로, 오늘날에는 놀란 그의 마음을 제대로 표현할 수 있는 말이 남아 있지 않은 것이다. 빌보는 예전에 용의 보물에 관한 이야기와 노래를 들은 적이 있었지만, 그런 보물이 내뿜는 휘황찬란한 빛과 보물에 대한 갈망과 찬사를 실감해 본 적은 한 번도 없었다. 그러나 이제 그의 마음은 보물에 매혹되었고 난쟁이들과 같은 욕망이 가슴에 차올라 고통스러울 지경이었다. 그는 그 무서운 보물 감시자도 거의 잊은 채 가만히 서서 헤아릴 수도, 값을 따질 수도 없이 쌓여 있는 보물을 황홀한 듯 쳐다보았다.

꽤 오랫동안 바라보다가 빌보는 자기도 모르게 어둑한 입구에서 살금살금 빠져나와 바닥을 가로질러 가장 가까이 있는 보물 더미에 다가갔다. 그의 머리 위로 용이 누워 자고 있었는데, 자고 있어도 여전히 무섭고 위협적인 대상이었다. 그는 무게가 운반할 수 있을 만하고 손잡이가 양쪽에 달린 술잔을 움켜쥐고는, 겁에 질린 눈으로 올려다보았다. 스마우그의 날개 하나가 움직이더니 발톱 하나가 펴졌고, 우르르 코 고는 소리가 달라졌다.

그러자 빌보는 달아났다. 하지만 용은 깨지 않았다(아직은 아니었다). 작은 호빗이 무거운 술잔을 들고 끙끙거리며 긴 터널을 올라가는 동안, 용은 거기 훔친 궁전에 누워서 탐욕과 폭력이 난무하는 또 다른 꿈을 꾸기 시작했다. 빌보는 가슴이 쿵쿵 뛰었고 다리는 내려갈 때보다 더 후들후들 떨렸지만 그래도 그 잔을 꼭 움켜잡았다. 그의 머리에 떠오른 주된 생각은 이것이었다.

'내가 해냈어. 이것이 그들에게 보여 줄 거야. 좀도둑이라기보다는 채소 장수처럼 보인다고? 그래? 이젠 그런 말 더 이상 듣지 않게 될 거야.'

정말 그랬다. 발린은 호빗을 다시 보자 기뻐서 어쩔 줄 몰랐고, 놀란 만큼 즐거워했다. 그는 빌보를 번쩍 안아 들고 바깥으로 나갔다. 한밤중이었고 별들은 구름에 가려 보이지 않았지만 그는 눈을 감고 누워 헐떡이면서 다시 신선한 공기를 맡는 즐거움을 한껏 만끽했다. 몹시 흥분한 난쟁이들은 그를 칭찬하며 등을 두드려 주고, 그들 자신과 그들의 후손들 대대로 그에게 봉사하겠다고 맹세했다.

난쟁이들이 돌아가면서 그 잔을 만져 보고 보물을 되찾을 이야기를 즐겁게 나누고 있을 때, 갑자기 산 아래쪽에서 엄청난 으르렁 소리가 터져 나왔다. 오랫동안 잠들어 있던 화산이 다시 분출하려고 마음먹은 것 같았다. 뒤쪽에 있는 문이 거의 닫힐 것 같아서 돌멩이를 끼워 막았지만, 으르렁거리고 쿵쿵거리며 밟아 뭉개는 듯한 굉음이 긴 터널 저 멀리 깊은 곳에서 무시무시한 메아리를 일으켰다. 그 소리에 난쟁이들이 앉아 있던 땅이 흔들렸다.

그러자 난쟁이들은 조금 전까지의 기쁨과 의기양양한 자신감을 한순간에 잃어버리고 겁에 질려 움츠러들었다. 아직은 스마우그를 염두에 두어야 했다. 살아 있는 용 가까이에 있다면 용을 계산에 넣지 않는 것은 가당치도 않은 일이었다. 용들은 보물을 쓸 일이 별로 없더라도 오래 소유하고 난 뒤에는 아주 작은 것까지도 잘 안다. 스마우그도 예외는 아니었다. 그는 뒤숭숭한 꿈(몹시 불쾌하게도, 체구는 보잘것없지만 무자비한 칼과 대단한 용기를 가진 전사가 등장하는 꿈이었다)을 꾸다가 얕은 잠으로 옮겨 갔고 선잠을 자다가 완전히 깨어났다. 그의 굴에서 낯선 숨결이 느껴졌다. 저 작은 구멍에서 바람이 들어올 수 있을까? 아주 작은 구멍이기는 했지만 예전부터 좀 꺼림칙했다. 이제 의심스러운 눈으로 그 구멍을 바라보면서 용은 그것을 왜 진작 막아 버리지 않았을까 후회했다. 최근에 용은 멀리 위에서 두드리는 소리가 그 구멍을 통해 굴속으로 희미하게 들려오는 것 같다고 생각했다. 그는 몸을 일으키고 목을 쭉 뻗어 냄새를 맡았다. 바로 그때, 술잔이 없어졌다는 것을 알았다!

도둑놈들! 불! 살인! 이런 일은 그가 이 산에 온 뒤로 한 번도 없었다. 용이 느낀 분노는 이루 다 말로 할 수 없을 정도였다. 그것은 자기들이 누릴 수 없을 정도로 많은 것을 소유한 부자들이, 오랫동안 갖고 있었지만 전에는 사용하지도 않았고 필요하지도 않았던 물건을 갑자기 잃어버렸을 때 느낄 법한 그런 분노였다. 트림을 하듯 불을 내뿜고 방 안을 연기로 채우면서 그는 산을 뿌리째 흔들었다. 머리를 그 조그만 구멍에 밀어 넣으려 했지만 들어가지 않자 용은 온몸으로 똬리를 틀고는 땅속에서 울리는 천둥처럼 포효하며 재빨리 그 깊은 굴에서 나와 커다란 문을 거쳐 산속 궁전의 넓은 통로를 지나서 정문 쪽으로 올라갔다.

그의 머릿속에는 도둑을 잡아서 사지를 찢고 짓밟을 때까지 온 산을 이 잡듯 뒤지겠다는 생각뿐이었다. 그가 분출하듯이 정문에서 튀어나오자 강물은 휘파람 소리를 내며 맹렬하게 끓어올라 증기를 내뿜었다. 용은 불을 내뿜으며 공중으로 솟구치다가 초록색과 진홍색 불꽃을 분출하며 산꼭대기에 내려앉았다. 난쟁이들은 용이 날아가는 무시무시한 소리를 들었고, 어떻게 해서든 사냥에 나선 용의 무서운 눈을 피할 수 있기를 바라면서 커다란 돌 밑에 웅크리거나 풀밭의 벽에 기대 쭈그려 앉았다.

또다시 빌보가 아니었다면 그들은 모두 죽었을 것이다.

"자, 빨리, 빨리! 문으로! 굴속으로! 여기는 안 좋아요."

그는 다급하게 헐떡이며 말했다.

이 말에 모두들 정신을 차리고 터널로 기어들려 할 때, 비푸르가 소리쳤다.

"내 사촌들! 봄부르와 보푸르. 그들을 잊었어. 아직 골짜기 밑에 있는데!"

"그들은 살해될 거야. 조랑말들도. 그리고 식량도 모두 없어지겠지. 우리가 할 수 있는 일이 없어."

다른 난쟁이들이 신음하듯 말했다.

"말도 안 되는 소리!"

소린이 그의 위엄을 되찾으며 말했다.

"그들을 그냥 내버려 둘 수는 없어. 안으로 들어가게, 골목쟁이네와 발린, 그리고 너희 두 명, 필리와 킬리. 용이 우리 모두를 먹어 치우게 할 수는 없지. 이제 나머지 난쟁이들, 밧줄이 어디 있지? 빨리 움직여!"

이때가 아마도 그들이 지금까지 겪었던 순간들 중 최악의 고비였을 것이다. 격분한 스마우그는 저 위의 우묵하게 들어간 바위틈에서 끔찍한 소리를 질러 대고 있었다. 언제라도 불꽃을 일으키며 내려오거나 빙빙 돌면서 날아올라, 그 위험한 절벽에서 미친 듯이 밧줄을 끌어당기고 있는 난쟁이들을 발견할 것이다. 보푸르가 올라왔고, 아직은 모두 안전했다. 봄부르가 올라와서 거친 숨을 내쉬며 헐떡거렸고 밧줄이 삐걱거렸지만, 아직은 모두 안전했다. 연장들과 식량 꾸러미가 올라왔는데 바로 그때 위험이 바로 머리 위에 닥쳐왔다.

휙 소리가 들렸다. 붉은 불길이 바위 끝에 닿았다. 용이 온 것이었다.

그들이 짐을 잡아 질질 끌면서 터널로 간신히 들어갔을 때 스마우그는 북쪽에서 돌진하듯 날아와 산비탈에 화염이 넘실거리게 만들고 울부짖는 바람 소리를 내면서 커다란 날개를 퍼덕거렸다. 그의 뜨거운 숨결에 문 앞의 풀이 시들어 버렸고, 열어 두었던 문틈으로 밀려든 열기에 숨어 있던 그들이 그을렸다. 불길이 어른거리며 일어나자, 검은 바위의 그림자가 흔들렸다. 그리고 용이 지나가자 사방에 어둠이 덮였다. 조랑말들은 공포에 질려 소리 지르다가 밧줄을 끊고는 미친 듯이 달려가 버렸다. 용은 방향을 돌려 그것들을 급습하러 쫓아갔다.

"저 불쌍한 짐승들은 이제 끝장이야! 일단 스마우그의 눈에 띄면 누구도 달아날 수 없거든. 우리는 이제 계속 여기 있어야겠지. 스마우그가 망을 보고 있는데 훤히 드러나는 길을 따라 멀리 강까지 걸어가겠다고 생각한다면 모를까."

소린이 말했다.

그것은 유쾌한 생각은 아니었다! 그들은 터널 안으로 더 기어 들어갔다. 비록 덥고 답답했지만 새벽이 되어 문틈으로 흐릿한 빛이 들어올 때까지 그곳에 누워 몸을 떨었다. 밤새 이따금씩 용이 날아다니면서 산비탈을 샅샅이 뒤지며 울부짖는 소리가 커졌다가 사라지곤 했다.

용은 야영지의 흔적과 조랑말들을 발견하고는 인간들이 강과 호수에서 올라와 조랑말들이 있던 계곡에서 산비탈을 따라 올라갔을 거라고 짐작했다. 하지만 용의 예리한 눈에도 그 비밀 문은 보이지 않았고 높은 암벽으로 둘러싸인 그 조그만 평지에는 그의 맹렬한 화염이 들이치지 않았다. 오랫동안 찾아다녔으나 아무 소용도 없고, 새벽이 되어 분노가 차갑게 식자 그는 황금 침대로 돌아가서 잠을 청하며 새로 힘을 충전하려 했다. 그는 그 도둑질을 잊지도, 용서하지도 않을 것이다. 천년의 세월이 흘러 그가 연기 나는 돌로 변한다 해도 말이다. 그리고 그는 언제까지라도 기다릴 수 있었다. 천천히 소리 없이 그는 자기 굴로 기어들어 눈을 반쯤 감았다.

아침이 되자 난쟁이들의 공포심도 줄어들었다. 그런 보물 감시자를 상대할 때 이런 위험은 피할 수 없는 것이며, 지금 모험을 포기한다 하더라도 아무 소용이 없다는 사실을 깨달은 것이다. 소린이 지적했듯이 지금은 도망갈 수도 없었다. 조랑말들은 도망쳤거나 죽었을 것이다. 그들이 먼 길을 무사히 걸어갈 수 있으려면 스마우그가 경계를 풀어야 하고, 그러려면 상당한 시간이 흘러야 할 것이다. 다행히 아직 얼마간 지탱할 수 있을 만큼은 식량이 비축되어 있었다.

그들은 앞으로 어떻게 할 것인가에 대해 오랫동안 논의했지만, 스마우그를 제거할 방법을 도무지 생각해 낼 수 없었다. 빌보가 몇 차례나 지적하고 싶었듯이, 이것이 처음부터 그들의 계획에 내재된 약점이었다. 그러나 완전히 혼란에 빠진 족속들의 습성이 그러하듯, 그들은 호빗에게 불평을 쏟아 내기 시작했으며, 처음에는 그리도 기쁘게 받아들였던 것에 대해 그를 비난했다. 쓸데없이 술잔을 훔쳐 와서 용의 성미를 너무 빨리 자극했다는 것이었다.

"그렇다면 좀도둑이 무슨 일을 할 거라고 생각해요? 나는 용을 죽이기로 약속한 게 아니에요. 그것은 전사들이 하는 일이지요. 내일은 보물을 훔치는 겁니다. 시작은 아주 좋았어요. 내가 스로르의 보물을 모두 등에 지고 달려올 거라고 기대했나요? 당신들이 불평을 늘어놓는다면 나도 한마디 해야겠어요. 당신들은 도둑을 한 명이 아니라 적어도 5백 명은 데리고 왔어야 해요. 그래야 당신 증조부의 명예를 훼손하지 않았겠지요. 그런데 당신은 그분의 보물이 얼마나 되는지 그 엄청난 양을 분명히 알려 주지 않았다는 점은 인정해야 할 거예요. 내 몸이 쉰 배나 더 크고 스마우그가 토끼처럼 양순하더라도 그 보물을 다 가져오려면 몇백 년은 걸릴 겁니다."

빌보가 화가 나서 말했다.

그러자 물론 난쟁이들은 용서를 빌었다. 소린이 공손하게 물었다.

"그렇다면 우리가 무엇을 해야 한다고 생각하나?"

"보물을 옮기는 일에 대해서라면 지금으로서는 아무 생각도 없어요. 오로지 운에 달린 일이에요. 어떤 행운이 다시 찾아와서 스마우그를 제거할 수 있다면 가능하겠지요. 용을 없애는 일은 내게 맞는 일이 아니지만, 그것에 대해서도 최선을 다해 생각해 보겠어요. 개인적으로는 전혀 희망이 없는 일이라고 생각하지만. 나는 그저 안전하게 집에 돌아가기만 바랄 뿐이에요."

"잠시 그 소망은 접어 두게! 오늘, 지금 당장 어떻게 해야 할까?"

"글쎄, 진정 내 충고를 원하신다면 말씀드리죠. 우리가 할 일은 그저 지금 있는 곳에 가만히 있는 거예요. 낮이 되면 밖에 나가서 바람을 쐬어도 괜찮겠지요. 어쩌면 오래지 않아 한두 명 정도를 뽑아 강가로 보내서 우리 식량을 가져올 수도 있겠지요. 그러나 밤에는 모두 굴속에 있는 것이 안전할 거예요.

한 가지 제안을 하지요. 내게 반지가 있으니까 바로 오늘 정오에 저 밑으로 내려가서 그 녀석이 무엇을 하려는지 살펴보겠어요. 혹시 스마우그가 낮잠을 자고 있을지도 모르니까요. 무언가를 우연히 발견할 수 있을지도 모르지요. 우리 아버지께서는 '지렁이들도 제각각 약점이 있다'고 말씀하시곤 했어요. 물론 그 말씀이 개인적 경험에서 나온 건 아니지만."

당연히 난쟁이들은 그 제안을 흔쾌히 받아들였다. 그들은 이미 조그만 빌보를 존경하고 있었다. 이제 빌보는 자기 나름의 생각과 계획을 갖고 있어서 그들의 모험을 이끄는 진짜 지도자나 다름없었다. 정오가 되자 그는 다시 산속으로 들어갈 준비를 했다. 물론 가고 싶지 않았지만 이제는 굴속에 무엇이 있는지 조금 알고 있었으므로 그리 나쁘지는 않았다. 하지만 용들의 교활함에 대해 더 잘 알고 있었더라면, 이번에 낮잠 자는 용과 마주치는 것이 더 무섭고 더욱 걱정스러웠을 것이다.

빌보가 내려가기 시작했을 때 밖에서는 태양이 빛나고 있었지만 굴속은 밤처럼 깜깜했다. 거의 닫힌 문틈으로 들어온 빛은 얼마 가지 않아 금세 희미해졌다. 그는 아주 조용히 걸어갔는데, 부드러운 바람에 실린 연기도 그보다 고요할 수는 없을 것이다. 그는 아래쪽 입구를 향해 가까이 가면서 약간 자부심을 느끼기도 했다. 이번에는 아주 희미한 불빛이 새어 나왔다.

'늙은 스마우그가 지쳐서 자고 있군. 그 녀석은 나를 볼 수도, 들을 수도 없을 거야. 빌보, 기운 내라!'

그러나 빌보가 미처 염두에 두지 않은 것이 있었다. 용의 후각이 예민하다는 것을 잊었거나 아니면 들어 본 적이 없었던 것이다. 그리고 용들이 의심을 품고 있을 때는 잠자는 동안에도 눈을 반쯤 뜨고 망을 볼 수 있다는 것도 성가신 일이었다.

빌보가 다시 입구에 서서 살짝 들여다보았을 때 스마우그는 분명 깊은 잠에 빠져 있는 것 같았다. 죽은 듯이 코도 골지 않았고 눈에 보이지 않는 김을 내뿜는 것 외에는 불길도 사라져 거무튀튀하게 보였다. 그런데 빌보가 막 돌바닥으로 걸어 나오려는 순간, 갑자기 스마우그의 늘어진 왼쪽 눈꺼풀 밑에서 가늘고 찌를 듯한 붉은 광선 한 줄기가 빠져나왔다. 스마우그가 자는 척하고 있었다니! 굴 입구를 감시하고 있었다니! 빌보는 펄쩍 뒤로 물러섰고 반지의 행운에 감사했다. 그러자 스마우그가 말했다.

"자, 도둑놈아! 네 냄새를 맡을 수 있고 네 모습을 느낄 수 있다. 네가 숨 쉬는 소리도 들린다. 이리 나와 봐라! 다시 네 마음대로 집어가라. 보물은 남아돌 만큼 많으니까!"

하지만 빌보가 그 정도로 용에 대해서 무지한 것은 아니었으므로, 만약 빌보가 그렇게 쉽게 가까이 오리라고 스마우그가 기대했다면 실망했을 것이다.

"고맙지만 아닙니다. 오, 무시무시한 스마우그여! 나는 선물을 받으려고 온 것이 아닙니다. 그저 당신을 한번 보고 당신이 정말 이야기에 나오는 것처럼 대단한지 알고 싶었을 뿐입니다. 그런 이야기를 믿지 않았거든요."

"지금은 믿게 되었느냐?"

용은 빌보의 말을 한마디도 믿지 않았지만 약간 우쭐해져서 말했다.

"실로 노래나 이야기들은 전혀 실물에 미치지 못합니다. 오, 스마우그, 가장 위대한 최고의 재앙이여."

"도둑에다 거짓말쟁이치고는 예의가 바르군. 너는 내 이름을 잘 알고 있는 것 같은데 나는 네놈 냄새를 맡아 본 기억이 없다. 너는 누구고 어디서 왔는지 물어도 되겠느냐?"

"물론이지요. 나는 언덕 아래에서 왔고 언덕 아래와 언덕 위로 길을 따라왔습니다. 그리고 하늘을 날아서 왔지요. 나는 눈에 보이지 않게 걷는 자입니다."

"그 말은 믿을 수 있겠다. 하지만 그것이 평소 이름은 아니겠지."

스마우그가 말했다.

"나는 실마리를 찾는 자, 거미집을 자르는 자, 독침을 찌르는 파리입니다. 나는 행운의 숫자를 위해서 선발되었습니다."

"멋있는 호칭이군! 하지만 행운의 숫자라고 언제나 성공하는 건 아니야."

용이 빈정거렸다.

"나는 산 채로 친구들을 가두고 물에 빠뜨리고 다시 물에서 끄집어내어 살리는 자입니다. 나는 자루처럼 생긴 골목의 끝에서 왔지만 자루를 뒤집어쓴 적은 없습니다."

"그건 그리 믿을 만하게 들리지 않는데."

용이 비웃었다.

"나는 곰들의 친구이고 독수리들의 손님입니다. 나는 반지를 얻은 자, 행운을 타고난 자, 그리고 통을 타는 자입니다."

빌보는 수수께끼 같은 말을 하는 데 재미를 느끼며 말을 이었다.

"그쪽이 훨씬 낫군! 하지만 네 멋대로 상상력을 발휘하지 마라!"

스마우그가 말했다.

용에게 여러분의 본명을 솔직히 밝히고 싶지 않고(이렇게 하는 것이 현명하다), 그리고 딱 잘라 거절함으로써 용의 분노를 사고 싶지 않다면(이것도 대단히 현명하다), 물론 가장 적절한 방식은 이렇게 말하는 것이다. 용들이란 수수께끼 같은 말의 매력을 뿌리치지 못하고, 그것을 이해하려고 시간을 들여 노력하는 재미를 놓치지 않으려 한다. 빌보의 이야기에는 스마우그가 알아듣지 못할 것이 많이 있었지만(여러분은 빌보가 언급한 모험에 대해서 다 알고 있으니까 잘 이해할 것이다), 그래도 그는 충분히 이해했다고 생각했고 그 사악한 마음으로 혼자 낄낄거렸다.

'어젯밤에 그런 생각이 들었어. 호수인간들, 통으로 물건을 운반하고 거래하는 비천한 호수인간들의 비열한 음모라고. 내 짐작이 틀렸다면 나는 도마뱀이다. 호수마을 쪽으로 아주 오랫동안 발길을

끊었었는데 이제는 달라질걸!'

그는 이런 생각을 하며 혼자 미소를 지었다.

"좋아, 통을 타는 자여! 어쩌면 통은 네 조랑말의 이름이었겠지. 아닐 수도 있고. 그 녀석이 아주 뚱뚱하기는 했지만 말이야. 너는 눈에 보이지 않게 걸을 수 있는지 모르지만 여기까지 계속 걸어온 것은 아니었어. 어젯밤에 나는 조랑말을 여섯 마리 먹었는데, 곧 나머지 놈들도 모두 잡아먹을 생각이라는 것을 알려 주지. 그 훌륭한 식사에 대한 보답으로 네게 충고 한마디 해 주겠어. 피할 수 있다면 난쟁이들과는 더 이상 관계하지 않는 게 좋아!"

"난쟁이들이라고요?"

빌보는 놀란 척하면서 말했다.

"내 말에 끼어들지 마! 나는 난쟁이들의 냄새와 맛을 알고 있어. 나보다 더 잘 아는 자는 없을걸. 내가 난쟁이가 탔던 조랑말을 먹고도 그걸 모를 것 같은가? 그런 친구들과 어울리다가는 파멸에 이를 거야, 통을 타는 도둑이여. 돌아가서 그들에게 내 말을 전해도 상관없어."

그러나 그는 전혀 알 수 없는 냄새, 즉 호빗 냄새가 있었다는 것은 말하지 않았다. 그 냄새는 예전에 맡아 보지 못한 것이라서 그는 무척 어리둥절했다.

"어젯밤에 그 술잔을 갖고 가서 값을 잘 받았겠지? 자, 말해 봐! 한 푼도 받지 못했어? 거봐, 그 녀석들은 꼭 그렇다니까. 자기들은 밖에 숨어 있고, 그들을 위해 위험한 일은 네가 혼자 도맡아 하겠지. 내가 안 보는 사이에 들고 갈 수 있는 것을 훔쳐 가면서 말이야. 그런데 네가 공정한 몫을 받을 거라고? 그걸 믿는단 말이냐? 살아서 돌아가기만 해도 운이 좋은 거야."

이제 빌보는 정말로 불안해졌다. 스마우그의 눈이 어둑한 곳의 그를 찾아 두리번거리다가 그의 몸을 스쳐 번쩍일 때마다 몸이 떨렸다. 앞으로 뛰어나가 자기 정체를 밝히고 스마우그에게 모든 사실을 털어놓고 싶은, 이해할 수 없는 충동이 그를 사로잡았다. 사실 그는 용의 주문에 걸릴 위험에 빠진 것이었다. 그러나 그는 용기를 내어 다시 말했다.

"당신이 알고 있는 것이 전부는 아닙니다. 오, 스마우그, 위대한 자여, 우리가 이곳에 온 것이 오로지 황금 때문만은 아니에요."

스마우그가 웃었다.

"하! 하! 이제 '우리'라고 인정하는군. '우리 열네 명'이라고 말하고 그 이야긴 그만하는 게 어때, 행운의 숫자 씨? 이 지역에서 볼일이 내 황금 말고도 또 있다니 반갑군. 그렇다면, 어쩌면, 순전히 시간 낭비하는 것은 아닐 수도 있겠군.

네가 보석을 조금씩 조금씩 훔쳐 갈 수 있더라도 여기 있는 걸 다 가져가려면 한 백 년은 걸리겠지만, 그 보석을 아주 멀리 갖고 갈 수 없다는 생각을 해 본 적 있는지 모르겠군. 산비탈에서는 황금이 쓸모가 없다고? 숲에서도 전혀 쓸모가 없다고? 저런! 함정이 있을 거라는 생각은 해 본 적이 없나? 14분의 1이나 그 정도가 계약 조건이었겠지, 그렇지? 하지만 어떻게 운반할 건가? 수레에 실어서 운반할 건가? 무장한 경비병이나 통행료는 어떻게 하고?"

그리고 스마우그는 큰 소리로 웃었다. 그는 사악하고 교활한 마음을 가지고 있었고 자기 추측이 그리 틀리지 않다는 것을 알고 있었다. 이 계획의 배후에는 호수인간들이 있으며, 노획물 대부분은 거기 호수마을, 그가 젊었던 시절에 에스가로스라고 불리던 곳으로 보내질 거라고 생각했지만 말이다.

여러분은 믿기 어렵겠지만, 가엾은 빌보는 정말로 깜짝 놀라서 당황했다. 지금까지 그는 외로운산에 도착해서 입구를 찾는 일에 대해서만 생각했고 노력해 왔다. 보물을 어떻게 운반할 것인지에 대해서는 생각해 본 적이 없었고, 자기 몫으로 떨어질 보물 일부를 언덕 아래 골목쟁이네 집까지 그 먼 길을 가져갈 방법에 대해서는 결코 생각해 본 적이 없었다.

이제 그의 마음에서 억누르기 힘든 의혹이 피어오르기 시작했다. 난쟁이들도 이 중요한 문제를 생각하지 못했던 걸까, 아니면 그들은 내내 뒤에서 그를 비웃고 있었던 걸까? 용의 교묘한 언사가 경험이 없는 사람에게 미치는 효과는 바로 이런 것이었다. 빌보는 물론 조심했어야 하지만, 스마우그는 저항하기 어려운 매력적인 성격을 갖고 있었다.

빌보는 친구들을 배신하지 않고 자기 목적에 충실하려고 애쓰며 말했다.

"우리에게 금은 부차적인 것에 불과합니다. 우리는 복수를 하려고 언덕 너머로 그리고 언덕 아래로 파도와 바람을 타고 온 겁니다. 오. 헤아릴 수 없이 많은 보물을 소유한 자, 스마우그여, 당신의 성공으로 인해 원한을 품은 적들이 생겼다는 것은 알고 계시겠지요?"

그러자 스마우그는 정말로 폭소를 터뜨렸다. 모든 것을 휩쓸어 버릴 듯한 그 어마어마한 소리에 빌보는 바닥에 넘어졌고, 멀리 굴 위에 모여 있던 난쟁이들은 마침내 호빗이 불시에 비참한 종말을 맞은 모양이라고 생각했다.

"복수라고!"

용은 코웃음을 쳤고, 그의 눈은 붉은 번갯불처럼 타오르며 바닥에서 천장까지 방을 훤히 밝혔다.

"복수라고! 산아래의 왕은 죽었는데 감히 복수를 꿈꾸는 그의 친족이 어디 있다는 말이냐? 너른골의 군주 기리온도 죽었고, 나는 양떼를 습격한 늑대처럼 그의 백성을 잡아먹었다. 그의 아들들의 아들들 중에 감히 내게 접근하려는 녀석이 어디 있단 말이냐? 나는 누구든 내 마음대로 어디에서나 죽였고, 감히 내게 저항할 자도 없었다. 옛날의 전사들을 다 멸망시켰지. 요즘 세상에는 그들 같은 용사도 없다. 게다가 그때는 내가 젊고 연약했지만 지금은 늙고 튼튼하고 강하고 억세다, 어둠 속의 도둑이여!"

그는 흡족한 듯 웃었다.

"내 비늘은 열 겹의 방패와 같고 내 이빨은 칼이며 내 발톱은 창이고 내 꼬리의 타격은 천둥이며 내 날개는 폭풍이고 내 숨결은 곧 죽음이다!"

빌보는 겁에 질려 삑삑거리듯이 말했다.

"용들은 아래쪽 특히, 저어, 가슴께가 연약하다고 들었습니다. 하지만 당신처럼 그토록 강력하게 무장한 용이라면 그 부분을 틀림없이 대비해 두었겠지요."

용은 자랑을 하다가 갑자기 멈추고는 딱딱거리며 말했다.

"네가 알고 있는 정보는 케케묵은 거야. 나는 위아래로 쇠 비늘과 단단한 보석들로 무장하고 있어. 어떤 칼도 나를 꿰뚫을 수 없다."

"그러리라고 짐작했습니다. 참으로 꿰뚫을 수 없는 자, 스마우그 제왕께 버금가는 자는 어디서도 찾을 수 없을 겁니다. 멋진 다이아몬드 조끼를 입고 계셔서 더욱 훌륭하십니다!"

"그래, 정말 희귀하고 놀라운 것이지."

스마우그는 터무니없이 기분이 좋아져서 말했다. 용은 호빗이 지난번에 왔을 때 이미 그의 특이한 뱃가죽을 얼핏 보았고 자기 나름의 이유가 있어서 더 자세히 보려고 안달이 났다는 것을 모르고 있었다. 용은 몸을 한쪽으로 굴렸다.

"봐라! 어떠냐?"

"눈부시게 훌륭합니다! 완벽하고요! 결함이 전혀 없고! 굉장합니다!"

빌보는 큰 소리로 경탄했다. 그러나 속으로는 '늙은 바보 같으니! 왼쪽 가슴의 저기 움푹 들어간 곳은 껍데기에서 나온 달팽이처럼 맨살이 드러났잖아!'라고 중얼거렸다. 그것을 본 후 골목쟁이네는 이제 도망가자는 생각뿐이었다.

"자, 이제 제가 위대하신 자를 더 이상 붙들고 있으면 안 되겠지요? 몹시 휴식이 필요하실 텐데 방해해서는 안 되겠지요. 무엇이든 단숨에 해야지, 시작하고 나서 시간이 지나면 조랑말 잡기도 꽤 힘들 겁니다. 도둑놈 잡기도 마찬가지일걸요."

빌보는 쏜살같이 물러나 터널을 올라가면서 작별 인사로 빈정거리는 말을 덧붙였다.

그것은 대단히 유감스러운 말이었다. 용이 그의 등 뒤로 소름 끼치는 화염을 뿜어 댔기 때문이었다. 비록 그가 경사진 길을 재빨리 올라갔지만 마음을 놓을 수 있을 만큼 멀리 가기도 전에 스마우그는 그 무시무시한 머리를 입구에 밀어 넣었다. 다행히도 머리와 턱 전체가 구멍에 들어가지 않았지만, 용은 콧구멍으로 불과 증기를 내뿜었다. 빌보는 하마터면 그 자리에서 화염에 휩싸일 뻔했고, 엄청난 고통과 공포에 질려 정신없이 비틀거리며 걸어갔다. 그는 스마우그와 대화를 나누면서 영리하게 처신해 꽤 기분이 좋았는데, 끝에 가서 실수를 저지르고는 정신이 번쩍 들었다.

"빌보, 이 바보야, 다시는 살아 있는 용을 비웃지 마!"

그는 혼자 중얼거렸다. 나중에 그는 이 말을 즐겨 인용했고, 결국 이 말은 속담이 되었다.

"아직은 모험이 끝난 게 아니야."

그는 이렇게 덧붙였고 그것은 맞는 말이었다.

그가 다시 돌아와서 비틀거리며 현관 계단에서 졸도했을 때는 벌써 저녁 무렵이었다. 난쟁이들은 그가 정신을 차리도록 돌봐 주었고 그의 화상을 잘 치료해 주었다. 그러나 그의 머리와 발꿈치 뒤쪽 털이 다시 제대로 자라기까지는 오랜 시간이 걸렸다. 털은 물론이고

Conversation with Smaug

스마우그와의 대화

살갗까지 그을리고 타들어 간 것이었다. 친구들은 그의 기운을 북돋워 주려고 최선을 다했다. 그들은 그의 이야기를 듣고 싶어 했고, 특히 용이 왜 그렇게 끔찍한 소리를 질렀는지, 그리고 빌보가 어떻게 빠져나왔는지를 알고 싶어 했다.

그러나 호빗은 걱정과 불안감에 사로잡혀, 난쟁이들에게 이야기를 들려줄 기분이 아니었다. 그는 자신이 용에게 했던 말을 돌이켜 생각하면서 이제 그중 몇 가지를 후회하고 있었고, 그 말을 난쟁이들에게 들려주고 싶지 않았다. 늙은 개똥지빠귀 한 마리가 가까이 있는 바위 위에 앉아서 고개를 한쪽으로 갸웃거리며 이야기를 듣고 있었다. 빌보는 돌을 집어서 그 새에게 던졌다. 이것만으로도 빌보의 마음이 얼마나 불편한 상태였는지 알 수 있다. 그 새는 그저 날개를 푸드덕거리며 옆으로 날아갔다가 다시 돌아왔다.

"성가신 새로군! 저것이 듣고 있어요. 난 저 새의 생김새가 마음에 들지 않아요."

빌보가 성이 나서 말했다.

"그냥 내버려 두게! 개똥지빠귀는 원래 착하고 친절한 새라네. 이 새는 아주 나이가 많은데, 어쩌면 옛날에 이 근방에 살면서 내 아버지와 할아버지의 손에 길들여진 옛 혈통의 마지막 후손인지도 모르지. 그 새들은 오래 살았고 마력을 갖고 있었어. 이 새는 2백 년 전쯤이나 아니면 그보다 더 오래전에 살았던 새들 중 한 마리일지도 몰라. 너른골 사람들은 새들의 언어를 이해하는 재주가 있었는데, 호수마을이나 다른 곳으로 소식을 전하는 데 새들을 이용했다네."

소린이 말했다.

"그렇다면 호수마을에 곧장 전달할 소식을 얘기하면 되겠군요. 이 새가 그걸 원한다면 말이에요. 개똥지빠귀의 언어로 골치를 썩일 사람이 거기에 남아 있지 않겠지만."

빌보가 말했다.

"자, 무슨 일이 있었나? 이야기를 계속해 보게!"

그래서 빌보는 기억할 수 있는 것을 모두 이야기했고, 야영지와 조랑말에 관련된 수수께끼에서 용이 너무 많은 것을 알아냈다는 불안감이 든다고 고백했다.

"용은 분명 우리가 호수마을에서 왔고 거기서 도움을 얻었다는 것을 알고 있어요. 그래서 그놈이 이제 그 마을로 갈 거라는 끔찍한 예감이 들어요. 통을 타는 사람에 대한 말을 하지 않았더라면 좋았을걸. 이 지역에 사는 눈먼 토끼라도 그 말을 들으면 호수인간들을 떠올릴 거예요."

"그래, 그래! 이젠 어쩔 도리가 없잖아. 용하고 이야기를 나눌 때는 무심코 실수를 하게 된다더군. 그런 얘기를 많이 들었네. 나는 자네가 아주 잘했다고 생각해. 어쨌든 한 가지 아주 요긴한 사실을 알아냈고 살아서 돌아왔으니까. 그건 스마우그 같은 용하고 이야기를 나눈 사람들이 대개 알아내지 못한 것이지. 그 늙은 뱀의 다이아몬드 조끼에 맨살이 드러나는 부분이 있다는 사실을 알아낸 것은 축복이고 행운일세."

발린이 그를 위로하려고 애쓰며 말했다.

그러자 화제가 바뀌어 모두들 용을 살해한 무용담에 대해서 말하기 시작했다. 역사적으로 실제 일어난 사건도 있었고 의심스럽거나 신화적인 이야기도 있었다. 또 찌르기나 겹찌르기, 쳐올리기 등등 용을 물리치는 다양한 술책과 전략에 관한 이야기였다. 난쟁이들의 이야기를 종합해 보자면, 낮잠을 자는 용을 잡는 것은 말처럼 쉬운 일이 아니고 잠자고 있는 용을 찌르거나 쑤시는 것은 과감한 정면 공격보다 더 큰 재앙을 가져올 가능성이 많다. 그들이 이런 이야기를 나누는 동안 그 개똥지빠귀는 내내 듣고 있다가 별들이 나타나자 조용히 날개를 펴고 날아가 버렸다. 이야기를 나누는 사이에 그림자들이 점점 길어졌고, 빌보는 불길한 예감에 사로잡혀 점점 더 침울해졌다.

마침내 그는 그들의 이야기를 가로막았다.

"이곳은 무척 위험한 것 같아요. 여기 앉아 있을 이유도 없고요. 용이 이 쾌적한 풀밭을 모두 말려 버렸으니. 어쨌든 밤이 되어 추워졌어요. 이곳은 틀림없이 다시 공격을 받을 거예요. 이제 스마우그는 내가 어떻게 그의 굴로 갔는지 알고 있으니까 굴의 다른 쪽 끝이 어디 있는지 추측할 수 있겠죠. 필요하다면 입구를 막으려고 산비탈을 산산조각 내 버릴 거고, 그 바람에 우리도 박살이 난다면 더 좋아하겠지요."

"골목쟁이네, 자네 너무 비관적이군. 스마우그가 우리를 그렇게 몰아내고 싶다면 왜 아래쪽 입구를 막아 버리지 않았을까? 그 녀석은 그렇게 하지 않았어. 했다면 그 소리가 들렸을 텐데."

소린이 말했다.

"글쎄, 모르겠어요. 어쩌면 처음에는 나를 다시 꾀려 했기 때문이겠지요. 지금은 오늘 밤의 사냥이 끝날 때까지 기다리려는 것일 수도 있고, 아니면 피할 수만 있다면 자기 침실을 훼손하고 싶지 않아서겠지요. 어쨌든 논쟁은 그만뒀으면 좋겠어요. 스마우그는 언제라도 나올 수 있고, 우리의 유일한 희망은 굴속으로 들어가서 문을 잘 닫는 거예요."

그의 말이 너무도 진심인 것 같았기에 난쟁이들은 결국 그의 말을 따랐다. 하지만 문을 닫는 것은 미루었다. 그 계획은 너무나 절망적으로 보였던 것이다. 그 문을 안에서도 열 수 있는지, 만일 그렇다면 어떻게 여는지를 누구도 알지 못했고, 용의 굴을 통과해야만 밖으로 나갈 수 있는 그런 곳에 갇히는 것은 생각하기도 싫었다. 게다가 굴 밖이나 안이나 쥐 죽은 듯 조용했다. 그래서 그들은 굴속으로 들어가 반쯤 열어 둔 문에서 그리 멀지 않은 곳에 앉아 이야기를 계속 나누었다.

이번에는 난쟁이들에 대해 용이 했던 악랄한 말이 화제에 올랐다. 빌보는 그 말을 듣지 않았더라면 더 좋았을 거라고 생각했다. 그리고 일단 보물을 차지한 후에 어떻게 될 것인지에 대해서는 단 한 번도 생각해 보지 않았다는 난쟁이들의 말이 참으로 정직한 말이라고 믿을 수 있으면 좋겠다고 생각했다. 소린이 말했다.

"우리는 필사적인 모험이 될 거라고 생각했고, 지금도 그렇게 생각하네. 보물을 어떻게 처리할 것인지는 보물을 얻은 다음에 궁리해도 충분하리라고 생각하네. 골목쟁이네, 자네의 몫에 대해 말하자면, 우리는 자네에게 더없는 고마움을 느끼고 있으니 우리에게 나눠 가질 보물이 생긴다면 자네의 몫인 14분의 1을 직접 골라 갖도록 하게. 보물 운송에 대해 걱정해야 하다니 유감이네. 운송의 어려움이 상당히 클 거라고 나도 인정해. 세월이 흐르면서 이 지역은 평화로워지기는커녕 오히려 그 반대가 되었으니까. 하지만 우리는 자네를 위해서 할 수 있는 일이라면 무엇이든 하겠고, 때가 되면 운송비도 분담하겠네. 내 말을 믿든 말든 그건 자네 마음대로 하게!"

그 말에서 이제 화제는 엄청나게 축적된 보물과, 소린과 발린이 기억하고 있는 보석들로 옮겨 갔다. 난쟁이들은 보물들이 저 산 아래에 손상되지 않은 채 남아 있는지 궁금해했다. 오래전에 죽은 위대한 왕 블라도르신의 군대를 위해 제조한 창의 칼날은 세 번이나 주조된 쇠로 만들어졌고 손잡이에는 멋지게 금이 박혀 있었지만, 그 칼들은 인도되지도 않았고 그 대가도 받지 못했다. 오래전에 죽은 전사들의 방패, 망치로 두드리고 새와 꽃을 조각한 후 눈과 꽃잎은 보석으로 장식한, 손잡이가 두 개 달린 스로르의 커다란 황금 컵, 은과 금박을 입혀 꿰뚫을 수 없는 갑옷, 초록 풀빛의 에메랄드 5백 개를 엮어 만든 너른골의 군주 기리온의 목걸이 등등. 기리온은 이 목걸이를 장남에게 주어 난쟁이들이 엮은 사슬갑옷에 달아 무장하게 했다. 이 갑옷은 강철 세 겹의 힘과 강도에 달하는 순은으로 만든 것이기에 과거에도 그와 비슷한 것이 만들어진 적이 없었다. 그러나 무엇보다도 아름다운 것은 커다랗고 하얀 보석이었는데, 난쟁이들이 산의 뿌리에서 캐낸 '산의 심장', '스라인의 아르켄스톤'이었다.

"아르켄스톤! 아르켄스톤!"

소린은 어둠 속에서 턱을 무릎에 괴고 꿈을 꾸듯 중얼거렸다.

"그것은 작게 깎은 면이 천 개나 되는 공 같았어. 불빛을 받으면 은처럼 빛나고, 햇빛을 받으면 물처럼 빛나고, 별빛 아래서는 눈 같고, 달빛 위에서는 비 같았지!"

그러나 보물에 대한 욕망은 빌보에게서 이미 사라진 지 오래였다. 빌보는 난쟁이들의 이야기를 내내 건성으로만 듣고 있었고, 문 바로 옆에 앉아서 한쪽 귀를 쫑긋 세우고 밖에서 나는 소리를 감지하려하고 있었다. 그의 다른 귀는 난쟁이들이 웅얼거리는 소리 너머 저 밑에서 무언가 움직이는 소리나 어떤 울림도 놓치지 않으려고 긴장하고 있었다.

어둠이 깊어질수록 더욱 불안해져서 그는 간청하다시피 말했다.

"문을 닫아요! 용에 대한 공포가 뼛속까지 파고들어요. 이 고요함은 어젯밤의 소란보다 훨씬 더 불길한 것 같고. 제발 너무 늦기 전에 문을 닫아요!"

그의 목소리가 너무 절박했기에 난쟁이들은 불안한 느낌이 들었다. 소린은 꿈에서 깨어난 듯 천천히 일어서더니 문에 받쳐 두었던 돌멩이를 발로 차 버렸다. 그들이 문을 힘껏 밀자 문은 찰칵, 털커덕 소리를 내며 닫혔다. 문 안쪽에는 열쇠 구멍의 흔적도 없었다. 그들은 산속에 갇혀 버린 것이다!

그러나 조금만 늦었어도 큰일 날 뻔한 순간이었다. 그들이 굴속으로 조금 내려가기도 전에 거인들이 숲속 참나무로 만든 망치를 휘둘러 성벽을 때려 부수는 듯한 엄청난 타격이 산비탈에 가해졌다. 바위가 우르르 꽝 울리고 벽이 갈라지며 머리 위 천장에서 돌이 떨어져 내렸다. 문이 아직 열려 있었으면 어떤 일이 일어났을지 나는 생각도 하고 싶지 않다. 그들은 아직 살아 있는 것만으로도 기뻐하며 아래로 달음질쳤고, 등 뒤 바깥에서 스마우그가 격분하여 포효하고 으르렁거리는 소리가 들려왔다. 용은 거대한 꼬리를 채찍질하듯 내리쳐서 바위를 산산이 부수고 암벽과 절벽을 박살 냈다. 결국 높은 절벽 위에 세웠던 그들의 조그마한 막사와 불에 그슬린 풀밭, 개똥지빠귀가 앉았던 바위, 달팽이가 기어 다니던 벽, 좁은 바위 턱, 이 모든 것들이 조각 난 바위들로 뒤범벅이 되었으며, 쪼개진 바위 조각들이 산사태를 일으켜 절벽 아래 골짜기로 떨어져 내렸다.

스마우그는 말이든 인간이든 불시에 사로잡고 그 도둑이 이용한 통로의 출구를 찾아내려고 소리 없이 은밀하게 자기 굴을 빠져나와 조용히 공중으로 솟아올랐고 괴물 까마귀처럼 어둠 속에서 천천히 육중하게 떠다니다가 바람을 타고 산 서쪽으로 내려왔던 것이다. 그러나 틀림없이 출구가 있을 거라고 짐작했던 곳에서 아무도 찾지 못하고 아무것도 보이지 않자 분노가 터져 나왔다.

이런 식으로 분노를 발산하고 나자 그는 기분이 좋아졌고, 앞으로는 그쪽에서 성가신 일이 일어나지 않을 거라고 생각했다. 이제 한 차례의 복수가 더 남아 있었다. 그는 코웃음 치며 말했다.

"통을 타는 자라고! 네 발자국은 강가 쪽에서 왔으니 틀림없이 강으로 올라왔겠지. 네 냄새는 맡아 본 적이 없지만 네놈이 호수인간 중 하나가 아니라면 그들의 도움을 받았겠지. 그 인간들은 나를 보게 될 것이고 산아래의 진짜 왕이 누구인지 깨닫게 될 것이다!"

그는 불꽃을 내며 솟아올라 멀리 남쪽 달리는강을 향해 날아갔다.

Chapter 13

출타 중

그동안 난쟁이들은 고요하기 그지없는 어둠 속에 앉아 있었다. 그들은 거의 먹지도 않고 말도 하지 않았다. 시간의 흐름을 헤아릴 수도 없었고, 감히 움직이려 들지도 않았다. 조그맣게 속삭이는 목소리도 굴속에 울려 퍼졌고 조금만 움직여도 바스락 소리가 났던 것이다. 잠깐 졸다가 깨어나면 여전히 암흑 속에 정적이 감돌고 있었다. 마침내 며칠이 흐른 듯 오랫동안 기다린 후, 공기가 부족해서 숨이 막히고 머리가 멍해지자 그들은 더 이상 견딜 수 없었다. 용이 돌아오는 소리가 밑에서 들려왔다면 오히려 반가웠을 것이다. 숨 막히는 정적 속에서 그들은 그의 교활하고 잔인한 행위를 두려워하고 있었지만, 그렇다고 거기에 영원히 앉아 있을 수는 없는 일이었다.

소린이 말했다.

"문을 열어 보세! 당장 얼굴에 바람을 쐬지 않으면 죽을 것 같군. 여기서 숨 막혀 죽느니 차라리 밖에 나가서 스마우그에게 맞아 죽는 것이 낫겠어."

그래서 몇몇 난쟁이들은 일어서서 더듬거리며 문이 있었던 곳으로 돌아갔다. 그러나 산산이 부서져 깨진 바위 더미로 굴의 천장 부분이 막혀 있었다. 이제는 마법의 열쇠로도 그 문을 다시 열 수 없게 되었다. 그들은 신음하듯 말했다.

"우리는 갇혔어! 이게 끝이야. 여기서 죽게 될 거야."

그러나 어찌 된 일인지 난쟁이들이 더없이 깊은 절망에 빠져 있을 때, 빌보는 마치 가슴속에서 무거운 짐이 사라진 듯 이상하게도 마음이 가벼워지는 것을 느꼈다.

"자, 자! '생명이 있는 동안에는 희망이 있다'고 우리 아버지께서 말씀하셨어요. 그리고 '세 번째는 모든 것을 보상한다'고도 하셨지요. 내가 한 번 더 터널을 내려가 보겠어요. 저 끝에 용이 있다는 것을 알고 있을 때 두 번 갔지요. 그러니 지금 용이 있는지 없는지 알수 없을 때 세 번째로 가 볼 겁니다. 어쨌든 이제 출구라고는 내려가는 길밖에 없으니까요. 그리고 이번에는 당신들 모두 함께 가는 것이 좋겠어요."

그들은 낙담한 심정으로 동의했고, 소린이 제일 먼저 일어나 빌보 옆에 섰다.

"자, 조심하세요. 그리고 가급적 조용히 하세요. 저 바닥에 스마우그가 없는 것 같지만 혹시 있을지도 모르니까. 불필요한 모험은하지 맙시다!"

그들은 아래로, 아래로 내려갔다. 물론 난쟁이들은 살금살금 움직이는 데 호빗과 견줄 수 없다. 그들은 숨을 헐떡이며 발을 질질 끌었고, 이 소리는 놀라울 정도로 크게 울려 퍼졌다. 빌보는 겁이 나서 걸음을 멈추고 귀를 기울였지만 아래쪽에서는 아무 소리도 들리지 않았다. 바닥에 가까이 왔다고 짐작했을 때, 빌보는 반지를 끼고 앞으로 나갔다. 하지만 그럴 필요도 없었다. 온통 깜깜했기 때문에 반지를 끼었든 안 끼었든 모습이 보이지 않는 건 매한가지였다. 실은 너무나 깜깜해서 뜻밖에도 갑자기 입구가 나타나자 호빗은 손을 허우적거리다가 휘청이더니 넘어져서 곤두박질치며 홀 안으로 굴러 떨어졌다!

그곳에서 그는 얼굴을 바닥에 댄 채 감히 일어날 엄두도 내지 못했고 숨도 쉬지 못했다. 그러나 아무 일 없이 고요했다. 희미한 빛도 없었다. 그는 서서히 고개를 들었다. 어슴푸레한 흰 빛이 깜깜한 암흑 속에서 그의 머리 너머 멀리 떨어진 곳에서 반짝이고 있었다. 그러나 용이 내뿜는 불은 아니었다. 용의 지독한 악취가 풍기고 있었고, 혀끝에서 연기의 맛이 느껴졌지만 말이다.

마침내 골목쟁이네는 더 이상 참을 수 없어서 끽끽 소리를 질렀다.

"망할 놈의 스마우그, 지렁이 같은 놈아! 숨바꼭질 그만해라! 불을 내뿜고 날 잡아먹어라, 잡을 수 있다면!"

보이지 않는 방 주위로 메아리가 희미하게 울려 퍼졌지만 아무 대답도 없었다.

빌보는 일어섰지만 어느 쪽으로 가야 할지 몰랐다.

"도내체 스마우그가 뭘 하면서 놀고 있는지 모르겠군. 오늘 낮에는 (아니 밤인가, 어느 쪽이든 간에) 출타 중이시군. 오인과 글로인이 부시통을 잃어버리지 않았으면 작은 불을 밝혀서 아직 틈이 있을 때 이 방을 돌아볼 수 있을 텐데."

그러다 그는 갑자기 소리쳤다.

"불! 누구 불 피울 수 있어요?"

난쟁이들은 빌보가 쿵 소리를 내며 계단 밑으로 고꾸라졌을 때 물론 대단히 놀랐고, 빌보가 그들을 두고 간 터널 끝에 모여 웅크리고 앉아 있었다.

"쉿! 쉿!"

빌보의 목소리가 들리자 그들은 쉿 소리를 냈다. 그 소리 덕분에 호빗은 그들이 어디 있는지를 알 수 있었지만, 그들에게서 다른 도움을 받을 수 있을 때까지는 한참 시간이 지나야 했다. 결국 빌보가 바닥을 발로 차면서 날카로운 목소리로 목청껏 "불!"이라고 소리치자, 소린은 마지못해 오인과 글로인에게 굴 꼭대기에 있는 짐을 가져오라고 명했다.

잠시 후 어렴풋이 빛나는 불빛과 함께 그들이 돌아오는 것이 보였다. 오인은 불이 붙은 조그만 소나무 횃불을 들고 있었고, 글로인은

막대 한 묶음을 겨드랑이에 끼고 있었다. 빌보는 재빨리 입구로 걸
어가서 횃불을 받아 들었다. 그러나 난쟁이들에게 횃불을 더 만들
어서 함께 방 안을 돌아보자고 아무리 설득해도 소용이 없었다. 소
린이 신중하게 설명한 바에 의하면, 골목쟁이네는 아직 공식적으로
그들의 전문 도둑이며 염탐꾼이었다. 만약 그가 위험을 무릅쓰고라
도 횃불을 밝혀 돌아보겠다면 그건 전적으로 그의 일이었다. 그들
은 굴에서 그의 보고를 기다릴 것이다. 그러므로 그들은 입구 가까
이 앉아서 지켜보았다.

난쟁이들은 호빗의 작고 검은 몸이 작은 불을 높이 치켜들고 방
을 가로질러 가는 것을 보았다. 호빗이 아직 가까이 있는 동안에는
그가 이따금 금붙이에 발이 걸려 넘어질 때마다 반짝이는 빛이 보
였고 찰랑거리는 소리가 들렸다. 그러나 그 거대한 방의 다른 쪽으
로 멀어져 가면서 빛은 점점 더 작아졌고 그러다가 춤추듯 공중으
로 오르기 시작했다. 빌보가 산더미처럼 쌓인 보물 더미에 오르고
있었던 것이다. 얼마 지나서 그는 꼭대기에 올라섰고 계속 앞으로
나아갔다. 그러다가 그가 잠시 멈춰 서서 몸을 굽혔지만 그들은 그
이유를 알지 못했다.

그것은 산의 심장, 아르켄스톤이었다. 소린의 묘사로 미루어 볼
때 바로 그것일 거라고 빌보는 짐작했다. 실로 그런 보석은 이처럼
엄청난 보물 더미에서도 두 개 있을 리가 없고, 전 세계에서도 단 하
나밖에 없을 것이다. 그가 보물 더미에 오르고 있을 때 그 보물은 앞
에서 흰 빛을 발하며 그의 발을 끌어당겼다. 그것은 서서히 희끄무
레한 빛을 내는 조그만 공 모양으로 바뀌었고, 가까이 다가가자 흔
들리는 횃불 빛을 반사하여 표면에서 명멸하는 무수한 색깔들의 광
채를 발했다. 마침내 빌보는 그것을 내려다보았고 흠칫 놀라 숨을
죽였다. 오래전 난쟁이들이 산의 심장부에서 파내어 면을 깎고 모양
을 다듬었던 그 커다란 보석은 그의 발치에서 그 자체의 빛으로 빛

나면서도, 위에 닿는 모든 빛을 흡수하여 무지갯빛으로 물든 수만 가지 반짝이는 흰 빛을 발산했다.

갑자기 빌보는 그것에 매료되어 팔을 불쑥 내뻗었다. 그 보석은 크고 무거워서 그의 작은 손으로는 감싸 쥘 수 없었다. 그러나 그는 그것을 집어 눈을 감고는 가장 깊은 속주머니에 넣었다.

'이제는 진짜 도둑이 되었군! 그렇지만 난쟁이들에게 말해야겠지. 언젠가는 말이야. 내가 내 몫을 고르고 선택해도 된다고 했잖아. 난 이걸 고르겠어. 다른 것은 그들이 다 가져도 좋아!'

그는 이렇게 생각했다. 그러나 이 놀라운 보석은 고르고 선택할 수 있는 대상에 포함되지 않을 것이며, 여기서 골치 아픈 문제가 생길 거라는 불편한 느낌을 지울 수 없었다.

이제 그는 다시 앞으로 나아갔다. 커다란 보물 더미의 반대쪽으로 내려가자 그의 횃불이 난쟁이들의 눈에는 보이지 않았다. 그러나 곧 멀리 떨어진 곳에서 다시 횃불이 나타났다. 빌보는 방을 가로지르고 있었다.

빌보는 계속 걸음을 옮겨 더 멀리 앞쪽의 커다란 문들에 이르렀다. 그곳에서 들어오는 공기에 기분이 상쾌해졌지만 횃불이 꺼질 뻔했다. 그는 조심스럽게 문밖을 내다보았다. 어둠 속에서 큰 복도와 위로 올라가는 넓은 계단이 어렴풋이 드러났다. 스마우그는 여전히 보이지도, 들리지도 않았다. 그가 막 몸을 돌려 돌아가려는 순간 어떤 검은 형체가 달려들어 그의 얼굴을 스쳤다. 그는 깜짝 놀라 비명을 지르며 뒷걸음질하다가 넘어졌다. 횃불이 곤두박질쳐서 불이 꺼지고 말았다!

"아마 박쥐였을 거야. 그렇기를 바라! 하지만 이제 어쩌지? 어느 쪽이 동쪽이고, 어디가 남쪽이고, 북쪽이고, 서쪽이야?"

그는 참담한 기분으로 중얼거리고는 목청껏 소리 질렀다.

"소린! 발린! 오인! 글로인! 필리! 킬리! 불이 꺼졌어요! 누가 와서 나를 도와줘요!"

하지만 그 목소리는 어둠에 잠긴 넓은 방에서 가늘고 작은 소음처럼 들렸다. 잠시 그는 용기를 완전히 잃은 것 같았다.

그의 작은 외침이 난쟁이들에게 어렴풋이 들렸다. 알아들을 수 있는 말이라고는 "도와줘요!"밖에 없었지만 말이다.

"대체 무슨 일이지? 용이 나타난 건 아니야. 그렇다면 저렇게 소리를 지를 리가 없어."

소린이 말했다.

그들은 잠시 기다렸지만 용이 내지르는 소리는 여전히 들리지 않았다. 실은 빌보가 멀리서 고함치는 소리 외에는 사방이 쥐 죽은 듯 고요했다.

"자, 자네들 중 한 명이 가서 횃불을 한두 개 더 만들게! 우리가 가서 좀도둑을 도와야 할 것 같네."

소린이 명령했다.

"우리가 도울 차례지요. 내가 기꺼이 가겠습니다. 어쨌든 지금은 안전한 것 같으니까요."

발린이 이렇게 말했다.

글로인은 횃불을 몇 개 더 만들었고, 그들은 모두 차례로 기어 나와 종종걸음으로 급히 벽을 따라갔다. 곧 그들을 향해 오고 있는 빌보와 마주쳤다. 난쟁이들의 불빛이 어른거리자 그가 정신을 차린 것이다.

"박쥐가 나타나는 바람에 횃불을 떨어뜨렸어요. 더 나쁜 일은 없었어요!"

그는 그들의 질문에 답했다. 그들은 마음을 놓았지만, 공연히 겁에 질렸다고 투덜거리려 했다. 만일 그 순간 빌보가 그들에게 아르켄스톤에 대해 이야기했다면, 그들이 뭐라고 말했을지 나는 모르겠다. 벽을 따라가면서 힐끗 보았던 보물 더미가 난쟁이들의 마음속

불을 다시 지펴 놓았다. 대단히 점잖은 난쟁이라 하더라도 금과 보물로 마음속 열망이 일깨워지면, 그들은 갑자기 대담해지고 사나워지기도 한다.

이제 빌보는 난쟁이들을 재촉할 필요도 없었다. 그들 모두 기회가 있는 동안에 그 방을 돌아보느라 열심이었고, 당분간은 스마우그가 집에 돌아오지 않을 거라고 믿고 싶어 했다. 그들은 모두 횃불을 들고 여기저기 둘러보면서 두려움과 경계심도 잊어버렸다. 큰 소리로 말하고 서로에게 소리치면서 보물 더미와 벽에서 옛 보물들을 끄집어내어 빛에 비추어 보고 쓰다듬고 만지작거렸다.

필리와 킬리는 신이 나서 들떠 있었고, 은줄을 묶은 황금 하프 여러 개가 아직도 걸려 있는 것을 보자 그것들을 꺼내어 하프를 타 보았다. 그것들은 마술의 하프였기에 (그리고 음악에 별로 관심이 없었던 용이 건드리지 않았기에) 아직도 조율이 잘 되어 있었다. 오랫동안 괴괴했던 그 어두운 방에 아름다운 선율이 넘쳐흘렀다. 그러나 난쟁이들 대부분은 더 현실적이었기에 보석들로 호주머니를 꽉꽉 채웠고, 가져갈 수 없는 것들은 한숨을 쉬면서 손가락 사이로 떨어뜨렸다. 소린도 다른 이들 못지않았다. 하지만 그는 보이지 않는 무언가를 찾느라 이쪽저쪽을 계속 뒤졌다. 그것은 물론 아르켄스톤이었겠지만, 그는 아직 누구에게도 그 말을 하지 않았다.

이제 난쟁이들은 벽에 걸린 갑옷과 무기를 내려서 무장했다. 도금한 사슬갑옷을 입고 진홍빛 보석이 박힌 허리띠에 은손잡이가 달린 도끼를 건 소린은 정말로 왕처럼 근사해 보였다.

"골목쟁이네! 이것이 자네에게 주는 첫 번째 보상이네! 낡은 겉옷을 벗고 이것을 입게!"

그는 이렇게 소리치면서 옛날에 젊은 요정 왕자를 위해서 만들었던 작은 갑옷을 빌보에게 입혀 주었다. 그것은 요정들이 '미스릴'이라고 부르는 은철을 엮은 것으로, 진주와 수정으로 만든 허리띠도 있었다. 무늬가 있는 가죽으로 만든 가벼운 투구도 호빗의 머리에 씌워졌다. 안쪽을 강철 테로 강화하고 가장자리에 하얀 보석들을 점점이 박은 아름다운 투구였다.

'굉장한 인물이 된 기분이야. 그렇지만 조금 우스꽝스럽게 보일 거야. 고향의 언덕에서 얼마나 웃어 댈까! 거울이 옆에 있으면 좋겠는데!'

빌보는 생각했다.

그래도 골목쟁이네는 난쟁이들만큼 보물의 마력에 사로잡히지는 않았다. 난쟁이들이 보물을 살펴보는 데 싫증을 내기 한참 전부터, 그는 보물에 진저리를 내며 바닥에 주저앉아서 이 모험이 어떻게 끝날 것인지 불안한 마음으로 걱정하기 시작했다.

'베오른의 나무 사발로 기운을 돋워 줄 것을 한 잔 마실 수만 있다면 이 귀금속 술잔들을 얼마든지 내줄 텐데!'

이런 생각을 하다가 그는 큰 소리로 말했다.

"소린! 이젠 어떻게 할 건가요? 우리가 무장을 하긴 했지만, 그 무서운 스마우그에 대항해서는 갑옷과 투구가 아무 소용도 없잖아요? 이 보물은 아직 되찾은 것이 아니에요. 우리가 지금 찾고 있는 건 황금이 아니라 탈출 방법이에요. 별일 없을 거라고 믿으면서 여기 너무 오래 지체했어요."

소린이 제정신을 차리며 대답했다.

"자네 말이 맞네! 가세! 이제는 내가 안내하겠네. 천년이 지나도 이 궁전의 길을 잊을 리 없지."

그는 다른 난쟁이들을 소리쳐 불렀다. 그들은 한데 모여서 횃불을 머리 위로 높이 쳐들고 열린 문으로 나갔다. 갈망하는 눈으로 몇 번이나 뒤돌아보면서 말이다.

그들은 반짝이는 갑옷 위에 다시 낡은 망토를 걸치고 빛나는 투구를 누더기가 된 두건으로 덮은 다음 차례로 소린의 뒤를 따라 걸었다. 조그만 불빛들이 어둠 속에서 한 줄로 나아가다 용이 오는 소리가 들리는지 알아보려고 가끔 멈춰 서서 귀를 기울였다.

궁전의 옛 장식들은 오래전에 썩어 부서졌고 용이 지나다니며 많은 것들을 더럽히고 손상시켰지만, 소린은 통로와 모퉁이를 샅샅이 알고 있었다. 그들은 긴 계단을 올라간 다음 모퉁이를 돌아 소리가 울려 퍼지는 넓은 복도를 따라 내려갔다. 다시 모퉁이를 돌아 계단을 한참 올라가고 또다시 올라갔다. 이 계단들은 넓고 아름다운 자연석을 잘라 만든 것이라서 매끄러웠다. 한참을 올라가도 살아 있는 것이라고는 흔적도 보이지 않았다. 바람에 흔들리는 횃불이 다가가자 어둠이 달아났을 뿐이다.

그 계단들은 어떻든 호빗의 다리 길이에 맞게 만들어진 게 아니었다. 빌보가 더 이상은 올라갈 수 없다고 느꼈을 때 갑자기 횃불 빛이 닿지 않을 만큼 지붕이 멀어지고 높아졌다. 저 높이 벌어진 틈새로 희미한 흰 빛이 새어 들어왔고, 공기에서 더 향기로운 냄새가 풍겼다. 앞쪽의 큰 문들 사이로 흐릿한 빛이 들어왔다. 반쯤 타 버린 문들은 경첩 위에 비틀린 채 매달려 있었다.

"이 방이 스로르의 대연회실이자 회의실이네. 이제 정문이 멀지 않았네."

소린이 말했다.

그들은 폐허로 변한 방을 지나갔다. 탁자와 긴 의자들은 뒤집힌 채 시커멓게 불에 타서 썩어 가고 있었다. 두개골들과 뼈들이 바닥 위에 흐트러진 포도주 병과 큰 잔들, 부서진 뿔잔, 먼지 사이에 널려 있었다. 그 방 끝에 있는 여러 개의 문을 통과하자 물소리가 들려왔고 희끄무레한 빛이 갑자기 더 충만해졌다.

"저기가 달리는강의 발원지라네. 여기에서부터 정문으로 급히 흐르지. 그걸 따라가세!"

소린이 말했다.

바위벽의 어두운 틈새에서 물이 거품을 일으키며 흘러나왔고, 옛날 장인들이 교묘한 솜씨로 곧고 깊게 깎아 놓은 좁은 수로를 따라 소용돌이치며 흘러갔다. 수로 옆에는 돌이 깔린 포장도로가 있었는데 여럿이 나란히 걸을 수 있을 만큼 넓었다. 그들은 이 길을 따라 재빨리 달려서 넓게 굽은 모퉁이를 돌았다. 보라! 눈앞에 대낮의 환한 햇살이 비치고 있었다. 앞에는 높다란 아치가 솟아 있었는데, 닳아서 쪼개지고 거무튀튀하기는 했지만 예전에 새겨진 조각들의 일부가 아직도 남아 있었다. 산자락 사이로 안개 낀 태양이 희미한 빛을 보냈고, 금빛 광선이 포장도로 입구에 내리꽂혔다.

연기가 피어오르는 횃불 때문에 깜짝 놀라 잠에서 깨어난 박쥐들이 그들 머리 위에서 혼란스럽게 떠돌았다. 용이 지나다니며 문질러서 매끄러워지고 점액으로 미끌미끌한 돌길이라서 그들은 미끄러지곤 했다. 이제 눈앞에서 강물은 요란한 소리를 내며 폭포처럼 떨어졌고, 거품을 일으키며 계곡을 향해 흘러내렸다. 그들은 흐릿한 횃불을 땅에 내던지고 멈춰 서서 눈이 부셔 껌뻑거리며 바라보았다. 드디어 정문에 도착해서 너른골을 바라보고 있는 것이다.

"아! 나는 이 문에서 밖을 내다보리라고는 상상도 하지 못했어요. 그리고 태양을 다시 보고 내 얼굴에 닿는 바람을 느끼는 게 이렇게 즐거울지 전혀 몰랐어요. 그런데 앗, 이 바람은 너무 차갑군요!"

빌보가 말했다. 사실이었다. 모진 동쪽 바람이 다가오는 겨울을 예고하며 몰려왔다. 그 바람은 산의 지맥들 위에서 소용돌이치며 돌다가 골짜기로 밀려갔고, 바위들 사이에서 한숨 소리를 냈다. 진땀이 흐르는 용의 깊은 굴에서 오랜 시간을 보낸 터라 그들은 햇볕을 받으면서도 몸서리를 쳤다.

갑자기 빌보는 몹시 지쳤을 뿐 아니라 배가 무척 고프다는 것을 깨달았다.

"늦은 아침인 것 같아요. 아침 먹을 시간일 겁니다. 먹을 것이 남아 있다면 말이죠. 하지만 스마우그의 정문 계단은 식사를 하는 데 안전한 장소 같지 않아요. 잠시 조용히 앉아 있을 수 있는 곳으로 갑시다!"

"맞아! 우리가 어디로 가야 할지 알겠어. 이 산의 서남쪽 모퉁이에 있는 오래된 망루로 가야 해."

발린이 말했다.

"얼마나 멀어요?"

호빗이 물었다.

"다섯 시간 정도 행군하면 될 거야. 걷기가 쉽진 않겠지. 정문에서 왼쪽 강가를 따라 난 길은 다 부서진 것 같군. 하지만 저 아래를 보게! 강이 너른골을 가르며 폐허가 된 마을 앞에서 동쪽으로 갑자기 둥근 만을 이루고 있지 않나? 저곳에 예전에는 다리가 있었는데, 오른쪽 둑으로 올라가는 가파른 계단이 나오고 갈까마귀언덕으로 가는 길로 연결되어 있었지. 그 길에서 벗어나 망루로 올라가는 샛길이 있었어. 지금도 있는지 모르지만. 옛날의 계단이 아직 남아 있더라도 올라가기 힘들 거야."

"맙소사! 아침도 먹지 못하고 더 걸어야 하고 더 올라가야 하다니! 시계도 없고 시간도 없는 그 고약한 굴에서 아침 식사뿐 아니라 다른 식사도 몇 번이나 걸렀는지 아세요?"

호빗이 투덜댔다.

실은 용이 마술의 문을 뭉개 버린 다음에 두 번의 밤과 한 번의 낮이 지나갔을 뿐이고 음식을 전혀 먹지 않은 것도 아니었지만, 빌보는 시간 감각을 완전히 잃어버렸던 것이다. 그가 느끼기로는 그 기간이 하룻밤이었을 수도 있었고 일주일 밤일 수도 있었다.

"자, 자! 내 왕궁을 고약한 굴이라고 부르지 말게! 깨끗이 치우고 다시 장식할 때까지 기다려 봐!"

소린이 웃으면서 말했다. 그는 활기를 되찾았고, 주머니 속에 든 귀중한 돌들을 짤랑거렸다.

"스마우그가 죽기 전에는 안 될 거예요. 그런데 그 녀석은 어디 있는 걸까요? 그걸 알 수만 있다면 훌륭한 아침 식사라도 양보할 텐데. 그 녀석이 산 위에서 우리를 내려다보고 있는 게 아니라면 좋겠어요."

호빗이 침울하게 대답했다.

이 말에 난쟁이들은 몹시 불안해졌고, 빌보와 발린의 말이 옳다고 재빨리 동의했다.

"이곳에서 벗어나야겠어. 마치 그 녀석의 눈이 내 뒤통수에 꽂혀 있는 것 같아."

도리가 말했다.

"춥고 외로운 곳이군. 마실 것은 있는지 모르지만 먹을 것이라고는 흔적도 없군. 이런 곳에서는 용도 늘 배가 고플 거야."

봄부르가 말했다.

"가자! 가자! 발린이 말한 길로 가자!"

다른 난쟁이들이 말했다.

오른쪽 암벽 밑으로는 길이 없어서 그들은 강 왼쪽의 돌밭을 터덜터덜 걸었다. 이내 그 황량하고 황폐한 풍경에 소린도 기분이 가라앉았다. 발린이 말했던 다리는 이미 부서진 지 오래였고, 다리에서 떨어진 돌들은 요란하게 흐르는 얕은 강물 속에서 닳고 닳아 둥글게 마모되어 있었다. 하지만 그들은 별 어려움 없이 개울을 건넜고, 옛날의 계단을 발견하여 높은 강둑으로 올라갔다. 얼마간 걸어가자 옛 도로에 들어섰고 머지않아 바위들 사이에 가려진 깊은 골짜기에 이르렀다. 그곳에서 그들은 잠시 쉬면서 아침을 먹었다. 아침으로 먹을 것이라고는 크램과 물밖에 없었다(크램이 무엇인지 궁금하다면, 나는 그것을 만드는 방법은 알지 못한다고 말할 수밖에 없다. 비스킷처럼 생겼는데 영구 보관이 가능하고 체력을 유지해 주며 몸에 좋은 음식이라고 한다. 그렇지만 입을 즐겁게 해 주는 음식은 아니다. 실은 씹는 훈련을 하는 것 외에는 별 재미가 없기 때문이다. 호수인간들은 긴 여행을 떠날 때 그것을 만들어 가지고 간다).

아침을 먹은 후 그들은 다시 길을 떠났다. 이제 서쪽으로 접어든 길은 강가에서 멀어졌고, 남쪽 산맥의 거대한 등성이가 점점 더 가까워졌다. 마침내 그들은 언덕으로 오르는 작은 길에 이르러 가파르게 치솟은 그 길을 한 줄로 천천히 계속 걸어갔다. 오후 늦게야 산마루의 꼭대기에 닿은 그들은 겨울 해가 서쪽으로 넘어가는 것을 바라보았다.

그 꼭대기의 평지는 삼면이 트여 있었지만 북쪽으로는 암석에 문처럼 생긴 입구가 나 있었다. 그 문에서는 동쪽과 남쪽, 서쪽으로 멀리까지 바라볼 수 있었다. 발린이 말했다.

"옛날에 항상 보초병이 주둔했던 곳이네. 저 뒤의 문으로 들어가면 바위를 깎아 만든 방이 있는데 초소로 쓰였지. 산 주위에 이런 곳이 여러 군데 있었어. 그렇지만 우리가 번영했던 시절에는 망을 볼 필요가 별로 없었고, 그래서 경계 태세가 느슨했을 거야. 그렇지 않았더라면 용이 오는 것을 오래전에 알았을 테고, 그러면 상황이 달라질 수 있었을 텐데. 어쨌든 우리는 당분간 여기 숨어 지내면서 용의 눈에 띄지 않고 많은 것을 볼 수 있을 걸세."

"우리가 이곳으로 오는 걸 용이 보았다면 별 소용이 없겠지요."

도리가 말했다. 그는 계속 산봉우리를 올려다보았고, 뾰족탑 위에 새가 앉아 있듯 그 위에 웅크리고 있는 스마우그를 보게 될 거라고 생각하는 것 같았다.

"운명에 맡기는 수밖에 없네. 오늘은 더 이상 갈 수 없으니까."

소린이 말했다.

"옳소, 옳소!"

빌보는 소리치며 땅에 벌렁 드러누웠다.

바위를 깎아 만든 방은 백 명도 들어갈 수 있으리만큼 널찍했다. 안쪽에는 작은 방이 있었는데, 바깥의 차가운 공기와 더욱 차단되어 아늑했다. 사람의 자취도 없는 황폐한 곳이었고, 들짐승들도 스마우그가 지배한 시절에는 그곳에서 살지 않은 것 같았다. 그들은 짐을 내려놓았다. 어떤 난쟁이는 금세 누워 잠들었지만 다른 난쟁이들은 바깥문 옆에 앉아서 앞으로의 계획을 상의했다. 그들의 이야기는 계속해서 한 가지 의문으로 되돌아갔다. 스마우그는 대체 어디 있는 걸까? 서쪽을 바라보았지만 아무것도 없었고, 동쪽도 마찬가지였다. 남쪽에도 용의 흔적은 보이지 않았고, 새 떼가 큰 무리를 지어 모여 있었다. 그들은 새들을 바라보며 의아해했다. 그러나 차가운 저녁 무렵 첫 번째 별이 나와도 어리둥절하기는 매한가지였다.

Chapter 14
불과 물

이제 여러분도 난쟁이들처럼 스마우그의 소식이 궁금하다면 용이 분노를 억누를 수 없어 그 비밀 문을 박살 내고 날아갔던 이틀 전 저녁으로 되돌아가야 한다.

시커먼 동쪽에서 매서운 바람이 불어왔기 때문에 호수마을 에스가로스의 사람들은 대부분 집 안에 있었지만 몇몇 사람은 부두 위를 거닐면서 늘 그렇듯이 매끄러운 호수 표면에 비친 하늘의 별빛을 바라보며 감상했다. 호수 끝자락의 나지막한 언덕들에 가려 외로운 산은 그들의 마을에서 거의 보이지 않았고, 달리는강은 북쪽 언덕들 사이의 틈에서 흘러왔다. 날이 맑으면 외로운산의 높은 봉우리들이 보였지만 아침 햇살을 받아도 불길하고 음산하게 보이는 풍경이었기에 사람들은 그 산을 거의 쳐다보지 않았다. 이제 어둠에 묻히자 전혀 보이지 않았다.

그런데 갑자기 그쪽에서 번쩍하면서 잠깐 광채가 나더니 희미해졌다.

"저길 봐! 또 빛이 나는군! 어젯밤에는 한밤중부터 새벽까지 불이 활활 타오르다가 희미해졌다고 야경꾼이 말하더군. 저기에서 무슨 일이 일어나고 있는 모양이야."

누군가가 말했다.

"아마 산아래의 왕께서 금을 주조하시나 보지. 그가 북쪽으로 간지 꽤 오래되었어. 노랫말들이 다시 실현될 때가 되었어."

다른 사람이 말했다.

"왕이라니 누구 말이야? 아마도 저건 용이 뿜어내는 불일 거야. 우리가 아는 산아래의 진짜 왕은 바로 그거야."

또 다른 사람이 냉정하게 말했다.

"자네는 늘 비관적인 생각을 하는군! 홍수가 날 거라느니 물고기에 독이 들었다느니 하면서. 좀 즐거운 것을 생각하게!"

다른 사람들이 말했다.

바로 그때 갑자기 휘황찬란한 빛이 언덕 나지막한 곳에서 번쩍하더니 호수의 북쪽 끝을 황금색으로 물들였다.

"산아래의 왕! 그의 보물은 태양과 같고 그의 은은 샘과 같고 그의 강은 황금으로 흐른다네! 산에서 강은 황금으로 흐른다네!"

그들은 이렇게 소리쳤고, 도처에서 창문이 열리며 발소리가 분주하게 들렸다.

마을에는 또다시 엄청난 흥분과 열광의 소용돌이가 일었다. 그러나 냉정한 목소리로 말했던 그 사내는 허겁지겁 영주에게 달려갔다.

"용이 오고 있습니다. 아니라면 제가 바보지요. 다리를 끊으십시오. 무기를! 무기를!"

그는 소리쳤다.

그러자 갑자기 경고의 나팔 소리가 울렸고, 그 소리는 바위들이 들쭉날쭉한 호숫가를 따라 울려 퍼졌다. 환호의 함성이 멎고 기쁨은 두려움으로 바뀌었다. 그러므로 용이 다가왔을 때 그들에게 대비가 전혀 되어 있지 않은 것은 아니었다.

오래지 않아 용이 무서운 속도로 날아왔기에 곧 사람들은 자기들을 향해 쏜살같이 날아오는 불꽃을 볼 수 있었다. 그 불꽃은 점점 더 커지고 더욱 환하게 빛나서 아무리 어리석은 사람이라도 노래의 예언이 틀렸음을 의심할 수 없었다. 그래도 아직은 시간이 조금 남아 있었다. 용이 가까이 오면서 무시무시하게 포효하는 소리가 점점 더 커지고 그의 무서운 날갯짓으로 호수에 불이 붙은 듯 붉은 잔물결이 일기 전에, 마을에 있는 그릇들은 죄다 물로 채워졌고 병사들은 무장했으며 화살과 창이 준비되었고 육지로 잇는 다리는 파괴되었다.

사람들의 비명과 탄식과 고함 소리가 요란한 가운데 용은 그들 머리 위로 날아와서 다리 쪽으로 선회했다. 그런데 허를 찔렸던 것이다! 이미 다리는 사라졌고 적들은 깊은 물에 잠긴 섬 위에 있었다. 물이 너무 깊고 어둡고 차가워서 마음에 들지 않았다. 그가 물속으로 돌진한다면 며칠간 온 땅을 안개로 뒤덮을 만큼 증기와 김이 솟구칠 것이나. 그러나 호수는 용보다 더 대단해서 그기 호수에서 빠져나오기도 전에 그의 불을 꺼 버릴 것이다.

용은 으르렁거리며 다시 마을 위를 선회했다. 검은 화살들이 빗발치듯 튀어 올라 그의 비늘과 보석에 부딪쳐 딱딱 소리를 내며 부러졌다. 용의 입김에 불붙은 화살들은 쉿쉿 소리를 내며 다시 호수로 떨어졌다. 여러분이 아무리 화려한 불꽃놀이를 상상하더라도 그날 밤의 광경에는 미치지 못할 것이다. 윙 하고 날아가는 활 소리와 높은 나팔 소리에 용은 이글이글 타오르는 분노를 발했고, 그 분노로 인해 눈이 멀고 제정신을 잃을 지경이었다. 지금까지 오랜 세월 동안 그 누구도 용에게 감히 대항하지 못했다. 지금도 냉정한 목소리를 가진 사람(그의 이름은 바르드였다)이 아니었더라면 마을 사람들은 감히 저항하지 못했을 것이다. 바르드는 여기저기 뛰어다니면서 사수들을 격려했고, 화살이 다 떨어질 때까지 싸우게 하라고 영주를 다그쳤다.

용의 턱에서 불길이 솟구쳤다. 잠시 용은 그들 위의 공중 높은 곳에서 선회했다. 호수 전체가 환하게 빛났고 강가의 나무들은 피처럼 구릿빛으로 물들고 시커먼 그림자가 나무들의 발치에서 날뛰었다. 용이 빗발치는 화살을 뚫고 곧바로 급강하해 덮쳤다. 격분한 나머지 비늘이 덮인 옆구리 쪽으로 적들을 공격해야 한다는 것도 잊고 경솔하게 오로지 그 마을을 불태워 버리려 했다.

용이 오기 전에 온 마을에 물을 흠뻑 뿌려 두었지만 용이 돌진하여 내려와 지나가면서 다시 방향을 바꾸었을 때 초가지붕과 배의 가로 들보에서 불길이 솟구쳤다. 이제 불길이 솟는 곳마다 수많은 사람들이 모여 한 번 더 물을 퍼부었다. 용은 다시 소용돌이쳤다. 꼬리를 휘두르자 마을 회관의 지붕이 부서지고 박살 나 버렸다. 도저히 물로 끌 수 없는 화염이 밤하늘 높이 솟구쳤다. 용이 다시 한번 급강하하여 급습하자 또 다른 집들에서 불길이 솟으며 부서졌다. 그러나 아무리 화살을 쏘아 봐야 습지에서 날아온 파리처럼 스마우그에게 상처도 입히지 못했고 그를 가로막지도 못했다.

사람들은 이미 사방에서 물속으로 뛰어들고 있었다. 시장 주위 선착장의 짐배에 여자들과 아이들이 뒤죽박죽으로 태워지고 있었다. 무기들은 내던져졌다. 얼마 전만 하더라도 난쟁이들이 돌아와서 좋은 시절이 올 거라는 옛 노래가 울려 퍼지던 곳에 애도하고 울부짖는 소리만 요란했다. 이제 사람들은 난쟁이들의 이름을 저주했다. 영주 자신은 그 혼란통에 몰래 도망가서 목숨을 부지할 생각으로 자신의 호화로운 큰 배로 달아나고 있었다. 곧 사람은 하나도 남지 않고 마을 전체가 수면까지 완전히 불에 타 버릴 판이었다.

용이 바란 것은 바로 그것이었다. 인간들이 모두 배에 타더라도 상관없었다. 배에 탄 인간들을 사냥하는 재미를 맛볼 수 있을 테니까. 사람들이 그대로 배에 있다가는 굶어 죽을 것이다. 그들이 뭍으로 올라온다면 용은 그곳에 대기하고 있을 것이다. 강 연안의 모든 숲을 불태울 것이고 들판과 목초지를 모두 말려 버릴 것이다. 지금 그가 마을 사람들을 괴롭히는 놀이는 지난 여러 해 동안의 그 어떤 일보다도 재미있었다.

그러나 불타고 있는 집들 사이에는 아직 활을 버리지 않고 굳건히

자리를 지키고 있는 사수들이 있었다. 그들의 대장은 냉정한 목소리에 엄격한 얼굴을 한 바르드였다. 그의 친구들이 그의 가치와 용기를 알고 있었으면서도 홍수와 독이 든 물고기를 예언했다고 비난하기도 했던 바로 그 사람이었다. 그는 너른골의 군주 기리온의 오랜 혈통을 이어받은 후손이었다. 오래전에 폐허가 된 곳에서 기리온의 아내와 아이는 달리는강을 따라 탈출했던 것이다. 지금 그는 커다란 주목 활로 용을 쏘았고, 마침내 단 하나의 화살을 남겨 두고 있었다. 옆에서 불길이 솟구치고 있었고, 그의 동료들도 그를 떠나려 했다. 그는 마지막으로 활을 구부렸다.

갑자기 어둠 속에서 무엇인가 퍼덕거리며 어깨 옆으로 날아왔다. 그는 깜짝 놀랐다. 그것은 늙은 개똥지빠귀였다. 겁도 없이 그 새는 그의 귓가에 앉아 소식을 전해 주었다. 놀랍게도 그는 그 새의 말을 알아들을 수 있었다. 그가 너른골 종족의 혈통을 이어받았기 때문이었다.

"잠깐만! 기다리세요! 용이 당신의 머리 위를 날면서 방향을 바꿀 때 왼쪽 가슴의 움푹 들어간 곳을 겨누세요!"

바르드가 놀라서 가만히 있는 동안 그 새는 산위에서 일어난 사건들과 거기서 들은 이야기를 전해 주었다.

이야기를 들은 바르드는 시위를 귀에 닿을 정도로 힘껏 잡아당겼다. 용은 낮게 날면서 다시 빙빙 돌았고, 놈이 다가왔을 때 동쪽 호숫가 너머로 떠오른 달이 그 거대한 날개를 은빛으로 물들였다.

"화살이여! 검은 화살이여! 너를 최후까지 남겨 두었다. 너는 나를 실망시킨 적이 없었고, 나는 언제나 너를 되찾았다. 너를 아버지에게서 물려받았고, 아버지는 그분의 아버지에게서 물려받으셨지. 만약 네가 산아래 진짜 왕의 대장간에서 만들어진 화살이라면 이제 힘차게 번개처럼 날아 다오!"

용은 전보다 더 낮게 다시 급습했다. 용이 몸을 돌려 급강하했을 때, 그의 배는 달빛에 반사된 보석들의 빛으로 하얗게 반짝였다. 하지만 한 부분은 그렇지 않았다. 커다란 활이 윙 소리를 냈다. 활시위를 떠난 검은 화살은 앞발을 넓게 벌린 용의 왼쪽 가슴의 움푹 들어간 곳을 향해 일직선으로 곧장 날아갔다. 그것이 용의 가슴을 힘차게 뚫고 깊이 파고들자 화살촉과 화살대, 깃털까지 모두 사라져 버렸다. 그만큼 맹렬히 날아간 것이었다. 스마우그는 무시무시한 비명을 질렀다. 그 엄청난 괴성에 인간들의 귀가 멀고 나무가 쓰러지고 돌이 쪼개졌다. 스마우그는 화염을 내뿜으며 공중으로 휙 올라갔다가 뒤집어지더니 높은 곳에서 요란한 소리를 내며 떨어졌다.

그는 마을 한복판에 떨어졌다. 그의 단말마의 고통으로 마을 전체가 산산이 부서지고 화염에 휩싸였다. 호수 물이 요란한 소리를 내며 밀려들었다. 그러자 갑자기 캄캄해지며 달빛 아래 엄청난 양의 증기가 하얗게 피어올랐다. 쉿 소리를 내며 물이 소용돌이쳤고 급기야 아무 소리도 들리지 않았다. 스마우그와 에스가로스는 종말을 고한 것이다. 하지만 바르드에게는 종말이 아니었다.

달이 차면서 점점 더 높이 떠올랐고 바람은 차갑고 거세졌다. 바람은 하얀 안개를 구부려 휘어진 기둥처럼 만들고 구름들을 급히 서쪽으로 몰아가서 어둠숲 앞의 습지 너머로 산산이 흩뜨려 놓았다. 그러자 수면 위에 점점이 박힌 검은 점처럼 물 위에 떠 있는 배들이 드러났고, 에스가로스 사람들이 잃어버린 마을과 물건들과 부서진 집들을 한탄하는 소리가 바람에 실려 왔다. 하지만 그들이 제정신으로 생각할 수 있었더라면 실은 고마워해야 할 것도 많이 있었다. 그 순간에 그들에게서 온전한 사고를 기대할 수는 없었지만 말이다. 마을 사람들은 최소한 4분의 3 정도가 살아남았고, 그들의 숲과 들판과 목초지와 가축과 배 대부분은 전혀 손상을 입지 않았다. 그리고 용이 죽은 것이었다. 그 사실이 무엇을 의미하는지 그들은 아직 실감하지 못하고 있었다.

그들은 서쪽 호숫가에 모여 차가운 바람에 떨면서 탄식했다. 무엇보다도 다른 사람들이 아직 마을을 방어하려고 애쓰고 있을 때 일찌감치 마을을 떠나 버린 영주에 대한 불평과 불만이 터져 나왔다.

"영주는 사업에는, 특히 자기 장사를 하는 데는 머리가 좋을지 모르지. 하지만 심각한 일이 벌어질 때는 아무짝에도 쓸모가 없어!"

누군가 중얼거렸다. 사람들은 모두 바르드의 용기와 그가 마지막에 보여 준 뛰어난 활 솜씨를 칭찬했다.

"바르드가 살해되지만 않았더라면 그를 왕으로 모셨을 텐데. 기리온 혈통의 바르드, 용을 쏘아 맞힌 이! 애석하게도 그가 사라지다니!"

그런데 그들이 한창 이야기하고 있는 와중에 키가 큰 사람이 어둠 속에서 걸어 들어왔다. 물에 흠뻑 젖어 검은 머리카락이 얼굴과 어깨에 들러붙고 눈이 매섭게 빛나는 사람이었다.

"바르드는 죽지 않았다!"

그가 소리쳤다.

"용이 살해되었을 때 에스가로스에서 물속으로 뛰어들었다. 내가 바로 기리온 혈통의 바르드, 용을 죽인 자다!"

"바르드 왕 만세! 바르드 왕 만세!"

사람들이 함성을 질렀다. 그러자 영주가 딱딱 부딪치는 이를 갈면서 말했다.

"기리온은 너른골의 군주이지, 에스가로스의 왕이 아니오. 호수마을은 언제나 연로하고 현명한 사람들 중에서 영주를 선출해 왔고, 그저 싸움만 잘하는 무사들의 지배를 받은 적이 없었소. '바르드 왕'에게 자기 왕국으로 돌아가라고 하시오. 이제 너른골은 그의 용맹한 행위 덕분에 해방되었고, 그의 귀향을 막을 것은 아무것도 없소. 원하는 사람은 그와 함께 가도 좋소. 푸르른 호수 기슭보다 산 그림자로 덮인 차가운 돌멩이가 더 좋다면 말이지. 현명한 사람은 여기 남아서 우리 마을을 재건합시다. 시간이 지나면 다시 평화와 풍요를 누릴 것이오."

"우리는 바르드 왕을 모실 거요! 돈 계산만 할 줄 아는 늙은이에게는 이제 질렸소."

가까이 있던 사람들이 소리쳤다. 그러자 멀리 떨어져 있던 사람들도 그 함성을 이어받았다.

"명사수를 받들자, 돈지갑을 타도하자!"

이런 아우성 소리가 기슭을 따라 울려 퍼졌다.

바르드가 바로 뒤에 서 있었기에 영주는 조심스럽게 말했다.

"나는 명사수 바르드를 절대로 과소평가할 사람이 아니오. 그는 오늘 밤에 우리 마을을 구한 사람들의 명부에서 가장 높은 자리를 차지했소. 불멸의 노래로 칭송해 마땅한 사람이오. 그러나 여러분, 왜?"

이 부분에서 그는 벌떡 일어나 아주 크고 분명한 소리로 말했다.

"내가 왜 여러분의 비난을 받아야 한단 말이오? 무슨 잘못 때문에 내가 쫓겨나야 한단 말이오? 누가 잠자고 있는 용을 깨웠는지 묻고 싶소. 우리에게서 선물과 도움을 받고 옛 노래들이 실현될 거라고 믿게 만든 자들이 누구요? 누가 우리의 다정한 마음과 즐거운 환상에 호소했소? 그들이 그 보답으로 강물에 금을 흘려보내기라도 했소? 용이 일으킨 불과 파괴! 우리가 입은 손해에 대한 보상과 우리의 과부들과 고아들에 대한 도움을 누구에게서 받아야 한단 말이오?"

여러분도 알아차렸겠지만, 영주가 그의 직위를 거저 얻은 것은 아니었다. 그가 이렇게 말하자 사람들은 새로운 왕을 추대하겠다는 생각을 잠시 까맣게 잊고, 소린과 그의 일행에게로 분노를 돌렸다. 여러 사람들이 큰 소리로 거칠고 가혹한 말들을 해 댔다. 전에는 가장 큰 소리로 옛 노래들을 불렀던 사람들이 이제 난쟁이들이 일부러 용을 자극해서 자신들을 공격하게 만들었다고 외치고 있었다!

"어리석은 사람들!"

바르드가 말했다.

"왜 그 불운한 난쟁이들에게 욕설과 분노를 퍼붓는 거요? 틀림없이 그들은 스마우그가 우리에게 오기 전에 먼저 불에 타 죽었을 것이오."

바르드가 말했다. 이런 말을 하는 동안 옛이야기에 나오는 보물이 감시인도 없고 주인도 없이 산속에 남아 있다는 생각이 마음을 스치자 그는 갑자기 입을 다물었다. 그는 영주의 말에 대해 생각해 보았고, 사람들만 모을 수 있다면 너른골을 재건할 수도 있고 개나리꽃이 만발한 곳으로 가꿀 수도 있겠다고 생각했다. 마침내 그는 다시 입을 열었다.

"지금은 말다툼을 하거나 중대한 변화를 일으킬 계획을 세울 때가 아닙니다, 영주님. 당장 해야 할 일이 있으니까요. 나는 아직은 당신의 명을 받들겠지만, 얼마 후에는 당신의 말을 다시 생각해 보고 나를 따를 사람들과 북쪽으로 떠나겠소."

그러고서 그는 야영지를 세우고 병자들과 부상당한 사람들을 돌보려고 성큼성큼 걸어가 버렸다. 그러나 영주는 그냥 땅바닥에 앉아서 찌푸린 얼굴로 그의 뒷모습을 노려보았다. 그는 여러 가지 생각이 많았지만 말을 거의 하지 않았고, 모닥불과 음식을 가져오라고 큰 소리로 시종을 불렀을 뿐이다.

이제 바르드는 어디를 가든지 사람들 사이에서 불처럼 번져 나가는 주인 없는 어마어마한 보물에 대한 이야기를 들을 수 있었다. 사람들은 자기들이 입은 손해에 대한 보상을 곧 받게 될 거라고 말했다. 그 부는 남부의 물자를 마음껏 사들이고도 남을 정도라고 했다. 그런 이야기는 고통에 처한 그들에게 큰 위안이 되었다. 그날 밤은 가혹하리만큼 비참한 상태였으므로 그편이 차라리 나았다. 피난처를 구할 수 있는 사람들은 거의 없었으며(그중 한 곳은 영주가 차지했다), 음식도 거의 없었다(영주조차 음식이 부족했다). 마을이 부서지는 와중에 다치지 않고 탈출한 많은 이들도 그날 밤 습기와 추위와 슬픔으로 병이 들었고 이후 세상을 떴다. 그 후에도 많은 질병이 돌았고 굶주림이 상당 기간 지속되었다.

그동안 바르드는, 항상 영주의 이름으로 시행하긴 했지만, 주도권을 잡고 그의 생각대로 사태를 수습해 나갔다. 사람들을 통제하고 보호하고 거처를 마련해 주도록 지휘하는 것은 상당히 어려운 일이었다. 가까운 곳에서 도움의 손길을 내밀지 않았더라면 어쩌면 그들 대부분은 어느새 가을을 지나 서둘러 다가올 겨울을 넘기지 못하고 거의 다 죽었을 것이다. 그러나 도움의 손길이 곧 닿았다. 바르드는 요정 왕에게 도움을 청하려고 발 빠른 사자들을 강 상류로 보냈다. 스마우그가 쓰러진 지 사흘밖에 지나지 않았지만, 사자들은 벌써 대규모로 이동하는 요정 부대를 보았다.

요정 왕은 정찰대를 파견하고 요정들에게 우호적인 새들을 통해서 이미 소식을 들었으므로 어떤 일이 일어났는지를 알고 있었다. 용의 황무지 변방에 사는 날개 달린 생물들 사이에서도 엄청난 동요가 일었다. 무수한 새들이 떼를 지어 공중에서 빙빙 돌았고, 새의 전령들은 급히 날아다니며 하늘을 가로질러 여기저기에 소식을 전했다. 숲의 경계 너머로 휘파람 소리며 외치는 소리, 지저귀는 소리가 들려왔다. "스마우그가 죽었다!"는 전갈은 어둠숲 너머 멀리 퍼져 나갔다. 나뭇잎들은 바스락거리며 깜짝 놀라 귀를 기울였다. 요정 왕이 말을 타고 나서기도 전에 그 소식은 서쪽으로 안개산맥의 소나무숲까지 전해졌다. 베오른은 자신의 통나무집에서 그 소식을 들었고, 고블린들은 동굴에서 대책 회의를 열었다.

"참나무방패 소린의 소식을 듣는 것은 이번이 마지막이겠군. 내 손님으로 계속 있었더라면 더 나았을 텐데. 하지만 아무리 고약한 바람이라도 어떤 이에게는 이득이 되는 법이지."

요정 왕도 스로르 왕의 보물에 대한 전설을 잊지 않았던 것이다. 그래서 바르드의 사자가 그를 찾아왔을 때, 이미 그는 대규모의 창병들과 사수들을 이끌고 진군하고 있었다. 그 지역에서 오랫동안 일어나지 않았던 전쟁이 이제 다시 발발할 거라고 생각한 까마귀들이 주위에 모여들었다.

그러나 요정 왕은 바르드의 간청을 들었을 때 연민을 느꼈다. 그는 선량하고 친절한 종족의 군주였던 것이다. 그래서 처음에는 곧장 외로운산을 향해 나아가던 행군을 돌려서 이제는 긴호수 쪽으로 서둘러 강을 따라 내려갔다. 대군이 모두 탈 만한 배나 뗏목이 없었기 때문에 그들은 육로로 천천히 돌아갈 수밖에 없었다. 하지만 비축해 두었던 많은 식량을 수로를 통해서 먼저 보냈다. 이 당시 요정들은 행군이라든가 숲과 호수 사이의 위험한 지역에 그다지 익숙하지 않았지만 워낙 발이 가벼운 종족이었으므로 신속히 이동할 수 있었다. 그래서 용이 죽은 지 불과 닷새밖에 지나지 않았을 때 요정들은 강기슭에 닿았고 폐허가 된 마을을 보았다. 예상할 수 있듯이, 그들은 열렬한 환영을 받았다. 호수마을의 사람들과 영주는 요정 왕의 도움에 대한 보답으로 장차 어떤 계약이라도 맺을 용의가 있었다.

그들은 곧 재건 계획을 세웠다. 영주는 여자와 아이, 노인, 환자 들과 함께 마을에 남았다. 재주가 많고 여러 가지 기술이 있는 요정들도 함께 남아서 다가오는 겨울철에 대비하기 위해 부지런히 나무를 베고 숲에서 내려보낸 목재를 모아 강기슭에 오두막을 짓기 시작했다. 그리고 영주의 지휘하에 전보다 아름답고 더 큰 새 마을을 건설하기 시작했다. 새로 세운 마을은 강의 북쪽으로 더 올라간 곳에 자리 잡았다. 용은 죽었지만 사람들은 용이 누워 있는 물속을 두려워했던 것이다. 자신의 황금 침대로 다시 돌아가지 못한 용은 얕은 강

바닥 위에 뒤틀린 채 돌처럼 차가운 몸을 뻗고 누워 있었다. 그 후로
도 오랫동안 바람이 잔잔한 날에는 옛 마을의 폐허 더미 속에서 그
의 거대한 뼈들을 볼 수 있었다. 그러나 그 저주스러운 곳을 건너가
려는 자는 거의 없었고, 등골을 오싹하게 하는 물속으로 감히 뛰어
들어 썩어 가는 용의 시체에서 떨어져 나온 보석들을 주우려는 자
도 전혀 없었다.

그러나 아직 움직일 수 있는 모든 전사들과 요정 왕의 군대 대부
분은 북쪽의 외로운 산으로 진군할 준비를 갖추었다. 그리하여 마
을이 파괴된 지 열하루째가 되는 날, 그들의 선봉대는 호수 끝의 돌
문을 지나 황량한 땅으로 들어섰다.

Chapter 15
먹구름이 드리우다

이제 빌보와 난쟁이들에게로 돌아가 보자. 그들은 밤새 한 사람씩 번갈아 보초를 섰지만, 아침이 되어서도 위험의 징후라고 할 만한 것은 보이지도, 들리지도 않았다. 하지만 새들이 점점 더 많이 모여들었다. 새들은 남쪽에서 날아왔다. 그리고 아직 산 근방에 살고 있던 까마귀들이 공중에서 빙빙 돌며 끊임없이 소리를 질러 대고 있었다. 소린이 말했다.

"뭔가 심상치 않은 일이 일어나고 있어. 철새들이 이동하는 가을 철은 이미 지났는데 말이야. 게다가 이 새들은 늘 땅에서 사는 것들이야. 찌르레기와 되새 떼가 있군. 그리고 저 멀리 썩은 고기를 먹는 새들도 있어. 마치 전쟁이라도 일어날 것 같군!"

갑자기 빌보가 손가락질하며 소리쳤다.

"저기 그 늙은 개똥지빠귀가 또 나타났군요. 스마우그가 산비탈을 박살 냈을 때 도망친 모양입니다. 달팽이들은 도망가지 못했겠지만!"

실로 그 늙은 개똥지빠귀가 나타났고, 빌보가 가리키는 동안 그들에게로 날아와서 가까이 있는 돌 위에 앉았다. 그러고는 날갯짓을 하며 노래를 불렀다. 그러고 나서 뭔가 듣는 것처럼 고개를 한쪽으로 갸우뚱했다. 그리고 다시 노래를 부르더니 듣는 시늉을 했다. 발린이 말했다.

"이 새는 틀림없이 우리에게 무언가 이야기해 주려는 거야. 하지만 이런 새의 말을 알아들을 수 있어야 말이지. 너무 빠르고 어렵거든. 골목쟁이네, 자네는 이해할 수 있겠나?"

"잘은 모르겠지만, 이 늙은 새는 무척 흥분한 것 같군요."

빌보는 이렇게 말했지만 실은 새의 지저귐 소리를 전혀 알아듣지 못했다.

"갈까마귀였다면 좋았을걸!"

발린이 말했다.

"갈까마귀를 안 좋아하는 줄 알았는데요! 전에 우리가 이쪽으로 왔을 때 당신은 그 새들을 아주 무서워하는 것 같았어요."

"그것들은 까마귀였어! 게다가 불쾌하게도 의심쩍게 보이는 것들이었고 또 무례하기까지 했지. 그 새들이 우리 뒤에서 얼마나 욕을 해 댔는지 자네도 들었겠지. 하지만 갈까마귀들은 달라. 그 새들은 스로르의 종족과 아주 친하게 지냈다네. 종종 은밀한 소식을 전해 주기도 했고, 그 대가로 자기들이 좋아하는 반짝이는 것들을 받으면 자기들 둥지에 감춰 두곤 했다네.

갈까마귀들은 아주 오래 살고 기억력도 좋네. 자기들이 얻은 지식을 후손들에게 물려주지. 나는 어렸을 때 암벽에 사는 갈까마귀들을 많이 알고 있었어. 이 높은 언덕이 한때 갈까마귀언덕이라고 불렸는데, 여기 초소 위에서 현명하고 유명한 갈까마귀 부부, 늙은 카르크와 그의 아내가 살았기 때문이야. 하지만 그 옛 혈통에서 지금 여기 살아남은 새는 없을 거야."

그가 말을 마치자마자 그 늙은 개똥지빠귀는 큰 소리를 내더니 즉시 날아가 버렸다.

"우리는 저 새의 말을 이해하지 못하지만, 저 늙은 새는 분명 우리의 말을 알아듣네. 이제 조심하게, 그리고 어떤 일이 일어나는지 보자고!"

오래지 않아 날개를 퍼덕이는 소리가 들리더니 그 개똥지빠귀가 돌아왔다. 그런데 아주 늙어 빠진 새를 한 마리 데려왔다. 눈이 거의 멀어 잘 날지도 못하고 정수리의 털은 다 빠져 버린 엄청난 크기의 갈까마귀였다. 그 새는 그들 앞에 뻣뻣한 몸으로 내려앉더니 천천히 날개를 치면서 소린 쪽으로 머리를 까딱거렸다.

"오, 스라인의 아들 소린과 푼딘의 아들 발린이여."

그 새가 쉰 소리로 말했다. 새들의 말이 아니라 일상 언어였기 때문에 빌보도 그 말을 알아들을 수 있었다.

"저는 카르크의 아들 로악입니다. 카르크는 죽었지만 한때 당신들은 그를 잘 알고 있었지요. 제가 알에서 깨어난 지 백 년과 50년 하고도 3년이 지났습니다. 하지만 아버지께서 말씀해 주신 것을 잊지 않았습니다. 지금 저는 산위의 큰 갈까마귀들의 대장입니다. 극소수에 지나지 않지만 우리는 아직도 옛날의 왕을 기억하고 있습니다. 내 종족 대부분은 지금 사방팔방으로 날아다니고 있는데, 남쪽에서 엄청난 소식이 전해져 왔기 때문입니다. 어떤 소식은 여러분에게 기쁨을 주겠지만 어떤 소식은 그다지 달갑지 않을 것입니다.

보십시오! 남쪽과 동쪽과 서쪽에서 새들이 다시 외로운산과 너른골로 모여들고 있습니다. 스마우그가 죽었다는 말이 퍼져 나갔기 때문입니다!"

"죽어! 죽었다고?"

난쟁이들이 소리쳤다.

"죽었다고! 그렇다면 우리는 쓸데없이 두려움에 떨고 있었군. 보물은 이제 우리 거야!"

그들은 모두 벌떡 일어나 기뻐서 껑충껑충 뛰었다.

"네, 죽었습니다. 개똥지빠귀가, 그의 깃털이 영원히 빠지지 않기를, 용이 죽는 것을 목격했답니다. 그의 말은 믿을 수 있을 것입니다. 사흘 전 달이 떠오를 무렵 스마우그가 에스가로스의 인간들과 싸우다가 떨어지는 것을 보았답니다."

한참 시간이 지난 다음에야 소린은 난쟁이들을 진정시키고 갈까마귀의 소식에 귀를 기울이게 했다. 로악은 용과의 싸움에 대해 모두 들려준 다음 이렇게 덧붙였다.

"즐거운 소식이란 이 정도입니다, 참나무방패 소린이여. 당신은 안전하게 당신의 궁전으로 돌아갈 수 있습니다. 보물은 모두 당신 것입니다. 당분간은 말이지요. 그런데 이쪽으로 모여들고 있는 것이 새들 외에도 아주 많습니다. 보물 감시자가 죽었다는 소문은 벌써 멀리까지 퍼졌고, 아직도 많은 이들이 스로르의 보물에 대한 전설을 기억하고 있으니까요. 그래서 많은 이들이 그 전리품을 한몫 차지하려고 이쪽으로 오고 있습니다. 이미 요정들의 군대가 오고 있고, 시체를 먹는 새들은 전투와 학살을 기대하며 함께 오고 있습니다. 호수마을의 사람들은 난쟁이들 때문에 슬픔을 겪게 되었다고 불평하고 있습니다. 스마우그가 마을을 완전히 파괴해 버렸기 때문에 그들은 집도 잃었고 많은 이들이 죽었습니다. 그들도 당신의 보물로 보상을 받으려 하고 있습니다. 당신이 살아 있든 죽었든 간에 말이지요.

이제 당신은 지혜를 발휘하여 어떤 방도를 택할 것인지 결정해야 합니다. 그러나 과거에 여기 살았고 지금은 멀리 흩어져 살고 있는 위대한 두린족의 후손으로서 열세 명의 인원은 너무 적습니다. 만약 제 충고를 들으시겠다면, 호수인간들의 영주를 믿지 마시고 용을 쏘아 죽인 사람을 믿으십시오. 그는 너른골의 종족 기리온 가문의 바르드입니다. 그는 엄격한 사람이지만 진실합니다. 우리는 오랫동안 황폐하게 살아왔으니 이제는 난쟁이들과 인간들과 요정들 사이에 평화가 다시 찾아들기를 바랍니다. 그러나 당신은 황금으로 큰 대가를 치러야 할지도 모릅니다. 이것으로 제 말을 끝내겠습니다."

그러자 소린은 벌컥 화를 냈다.

"고맙소, 카르크의 아들 로악이여. 그대와 그대의 종족을 잊지 않을 것이오. 그러나 우리가 살아 있는 동안에는, 도둑들이나 폭도들이 우리 황금을 빼앗거나 훔쳐 갈 수 없소. 만약 그대가 가까이 접근하는 자들의 소식을 전해 준다면 더 고맙겠소. 그리고 간청하건대, 그대들 가운데 아직 젊고 튼튼한 날개를 가진 새들이 있다면, 여기에서 서쪽과 동쪽으로 있는 북부 산악지대의 우리 친족들에게 보내서 우리의 곤경을 전해 주시오. 특히 철산에 사는 나의 사촌 다인에게 전령을 보내 주시오. 그는 무장이 잘된 전사들을 많이 거느리고 있고 이곳에서 가장 가까운 곳에 살고 있으니. 그에게 급히 오라고 전해 주시오!"

"이 결정이 옳은지 그른지에 대해서는 말하지 않겠습니다. 그러나 할 수 있는 일은 하겠습니다."

로악은 쉰 소리로 말하고는 천천히 날아갔다.

"다시 산으로 돌아가자! 낭비할 시간이 없어."

소린이 말했다.

"먹을 음식도 없어요!"

그 점에서는 언제나 현실적인 빌보가 외쳤다. 어쨌든 그는 이제 용이 죽었으니 당연히 모험이 끝났다고 생각했는데, 그의 생각은 큰 착각이었다. 그는 이 사건이 평화롭게 종결될 수만 있다면 자기 몫의 보물을 거의 다 내놓고 싶은 심정이었다.

"산으로 돌아가자!"

난쟁이들은 빌보의 말을 듣지 못한 듯이 소리쳤다. 그래서 빌보도 함께 갈 수밖에 없었다.

여러분은 이미 몇 가지 사건들을 알고 있으니 난쟁이들에게 아직 며칠간의 여유가 있음을 짐작할 것이다. 그들은 동굴을 다시 탐사해 보았고, 예상대로 정문만 남아 있다는 것을 알게 되었다. 다른 문들은 (물론 그 조그만 비밀 문을 제외하고) 오래전에 스마우그가 부수고 막아 놓아서 흔적도 보이지 않았다. 그래서 이제 난쟁이들은 정문을 요새화하고 정문에서 이어지는 새 길을 만들기 위해 열심히 일하기 시작했다. 옛날의 광부들과 채석공들, 목수들이 쓰던 연장이 많이 있었다. 그리고 그런 작업에 대한 난쟁이들의 솜씨는 여전히 뛰어났다.

갈까마귀들이 끊임없이 소식을 전해 주었기에 그들은 요정 왕이 군대를 돌려 호수마을로 향했다는 것을 알았고 그래서 아직은 숨을 돌릴 여유가 있었다. 그보다 더 좋은 소식은 그들의 조랑말 세 마리가 탈출하여 달리는강 둑에서 멀리 내려가 그들의 나머지 보급품들이 남아 있던 곳 근방에서 멋대로 돌아다니고 있다는 것이었다. 그래서 다른 이들이 일을 계속하는 가운데, 필리와 킬리는 갈까마귀의 안내를 받아 조랑말과 보급품 들을 찾으러 갔다.

산으로 돌아온 지 나흘째 되는 날, 호수인간들과 요정 군대가 합세하여 급히 외로운산으로 진군해 오고 있다는 소식이 전해졌다. 그러나 지금 난쟁이들은 더 큰 희망을 품을 수 있었다. 아껴 먹으면 몇 주일은 버틸 수 있는 식량이 있었던 것이다. 물론 거의 다 크램이었고, 신물이 나기는 했지만 그래도 아무것도 없는 것보다는 훨씬 나았다. 그리고 이미 네모난 돌로 입구를 가로질러 아주 높고 두꺼운 성벽을 쌓아서 정문을 봉쇄했던 것이다. 성벽에 뚫린 구멍들을 통해서 그들은 적들을 내다볼 수도 있고 활도 쏠 수도 있지만 출입구는 없었다. 그들은 사다리로 오르내렸고 밧줄로 물건을 끌어 올렸다. 새로 쌓은 성벽 아랫부분에 조그맣고 나지막한 아치를 만들어 물줄기가 흘러가게 했다. 그러나 입구 근처의 성벽에서 폭포까지는 좁은 하천 바닥을 파내어 넓은 웅덩이를 만들었다. 물줄기는 그 폭포를 넘어 너른골을 향해 흘러가게 되었다. 이제 정문으로 접근하려면 헤엄쳐 웅덩이를 건너지 않는 한 성벽에서 바깥쪽을 내다보았을 때 오른쪽에 있는 절벽의 좁은 바위 턱을 따라오는 길밖에 없었다. 그들은 조랑말을 옛날 다리가 있던 곳의 계단까지만 끌고 와서 짐을 내린 다음, 남쪽에 있는 그들의 주인에게 돌려보냈다.

그러던 어느 날 밤, 멀리 남쪽의 너른골에 갑자기 수없이 많은 모닥불과 횃불이 나타났다.

"그자들이 왔다! 막사가 대단히 크군. 양쪽 강둑을 따라 어스름을 타고 계곡으로 들어왔을 거야."

발린이 말했다.

그날 밤 난쟁이들은 잠을 거의 이루지 못했다. 이튿날 아침이 채 밝기도 전에 일단의 사람들이 다가오는 것이 보였다. 그들이 계곡 입구로 다가와서 천천히 올라오는 것을 난쟁이들은 성벽 위에서 지켜보았다. 곧 전쟁을 치를 듯이 완전 무장한 호수 인간들과 요정 사수들이 보였다. 마침내 이들 가운데 선두는 뒤죽박죽으로 쌓인 바위들을 올라 폭포 꼭대기에 이르렀다. 그러나 눈앞에 펼쳐진 웅덩이와 성벽으로 봉쇄된 정문을 보았을 때 그들은 깜짝 놀랐다.

그들이 손짓하며 서로 이야기를 하고 있을 때 소린이 큰 소리로 외쳤다.

"너희들은 누구냐? 산아래의 왕 스라인의 아들 소린의 성문에 전쟁이라도 일으키려고 온 것인가. 너희들이 원하는 것이 뭐냐?"

그러나 그들은 아무 대답도 하지 않았다. 어떤 이들은 재빨리 몸을 돌렸고 다른 이들은 정문과 방어벽을 한참 쳐다본 후 돌아갔다. 그날 그들의 야영지는 강의 동쪽으로, 바로 산의 지맥들 사이로 옮겨졌다. 그러자 산의 암벽에서는 실로 오랜만에 사람들의 목소리와 노랫소리가 울려 퍼졌다. 요정들의 하프와 아름다운 노랫소리가 메아리쳐 난쟁이들에게 들려오자 차가운 공기가 따뜻해지는 것 같았다. 봄철에 피는 숲의 꽃향기가 희미하게 풍겨 왔다.

빌보는 어두운 요새에서 탈출하여 모닥불 옆에서 열리는 즐거운 잔치에 끼고 싶었다. 젊은 난쟁이들 몇 명도 마음이 동했다. 일이 이

렇게 되지만 않았더라면 그 종족들을 친구로 환영할 수도 있었을
거라고 중얼거렸다. 그러나 소린은 인상을 찌푸렸다.

  그러자 난쟁이들도 보물 더미에서 찾은 하프와 다른 악기들을 가
져와 그의 기분을 풀어 주려고 연주했다. 그러나 그들의 노래는 요
정들의 흥겨운 노래와 비슷하지 않았고, 오래전에 빌보의 작은 호빗
굴에서 불렀던 노래와 흡사했다.

　

　　어둡고 높은 산아래
　　왕께서 궁전에 오셨다네!
　　그의 적, 공포의 뱀은 죽었다네,
　　그의 적들은 영원히 쓰러질 거라네.

　　날카로운 칼, 긴 창,
　　날랜 화살, 튼튼한 성문,
　　황금을 바라보는 마음은 대담하고
　　난쟁이들은 부당함을 참지 않을 거라네.

　　예전의 난쟁이들은 강력한 주문을 걸었지,
　　망치 소리가 종소리처럼 울리는 동안에
　　깊은 곳, 암흑의 생물이 자고 있는 곳,
　　산아래 텅 빈 홀에서.

　　은목걸이에 별빛을 묶고
　　왕관에는 용의 화염을 걸고
　　꼬인 철사로
　　하프의 멜로디를 짜냈다네.

산의 옥좌를 되찾았다네!
오! 방랑하는 동족이여, 부름을 들어라!
서둘러 오라! 서둘러 오라! 황야를 넘어!
왕께서 친구와 친족을 부르시니.

이제 차가운 산 너머로 부른다,
"옛 동굴로 돌아오라!"
여기 성문에서 왕이 기다리신다,
그의 손에는 보석과 황금이 넘친다네.

왕께서 그의 궁전으로 오셨다네,
어둡고 높은 산아래로.
공포의 지렁이는 살해되었고
우리의 적들은 영원히 쓰러질 거라네.

　소린은 이 노래를 듣고 즐거운 듯이 다시 미소를 지으며 쾌활해
졌다. 그는 철산까지의 거리를 따져 보고, 만약 다인이 소식을 듣자
마자 출발했다면 얼마나 걸려야 외로운산에 도착할 수 있을지 셈해
보기 시작했다. 그러나 빌보는 난쟁이들의 노래와 이야기를 듣자 가
슴이 덜컥 내려앉았다. 정말로 전쟁이 일어날 것 같았던 것이다.
　다음 날 아침 일찍 일단의 창병들이 강을 건너 계곡을 따라 올라
오는 것이 보였다. 그들은 요정 왕의 초록 깃발과 호수인간들의 푸
른 깃발을 들고 있었고, 바로 성문 벽 앞에서 멈춰 섰다. 다시 소린이
그들에게 큰 소리로 말했다.
　"산아래의 왕 스라인의 아들 소린의 성문 앞으로 전투 무장을 하
고 온 자가 누구냐?"
　이번에는 대답이 들렸다. 검은 머리칼에 단호한 얼굴을 한 키가

큰 사람이 앞으로 나와 소리쳤다.

"소린에게 인사하오! 어찌하여 당신은 요새에 숨어 있는 강도처럼 자신을 방어하고 있는 것이오? 우리는 아직 적대적인 관계가 아니오. 그리고 예상했던 바와 달리 당신이 살아 있어서 우리는 기쁘오. 우리는 여기에서 살아남은 자를 보지 못하리라고 생각했소. 그러나 이제 서로 만나게 되었으니 협상하고 의논할 문제가 있소."

"너는 누구냐? 그리고 무엇에 대해 협상하자는 거냐?"

"나는 바르드라 하오. 내 손으로 용을 살해했고 당신의 보물도 구하게 되었소. 그것은 당신과 관련이 있는 일 아니오? 게다가 나는 너른골 기리온의 직계 자손으로 적법한 상속자요. 당신의 보물에는 옛날에 스마우그가 우리에게서 훔쳐 간 너른골의 보석도 많이 있소. 그것도 우리가 의논해야 할 문제 아니오? 더욱이 마지막 전투에서 스마우그는 에스가로스 사람들의 집을 파괴했는데, 나는 아직은 그곳 영주의 신하로서 영주를 대신해서 그의 종족의 슬픔과 불행에 대해 당신이 아무 배려도 하지 않을 것인지 묻고 싶소. 그들은 당신이 고통을 받고 있을 때 당신을 도왔고, 그 보답으로 지금까지 당신이 가져다준 것은 오직 파멸뿐이었소. 물론 고의는 아니었겠지만 말이오."

바르드가 거만하고 완강하게 말하기는 했지만, 그의 말은 공정했고 진실이었다. 빌보는 소린이 그 즉시 그 말의 정당함을 인정할 거라고 생각했다. 빌보는 용의 약점을 발견한 사람이 바로 자기라는 사실을 기억하는 자가 있으리라고는 기대하지 않았다. 그리고 사실 어느 누구도 기억하지 않았기에, 기대하지 않는 편이 차라리 나았다. 하지만 소린이 바르드의 말을 인정하리라는 예상은, 용이 오랫동안 품고 있었던 황금의 마력이나 난쟁이들의 마음을 고려하지 않은 단순한 생각이었다. 지난 며칠간 소린은 보물 창고에서 긴 시간을 보내면서 보물에 대한 탐욕에 사로잡히고 말았다. 그는 주로 아르켄스톤을 찾아 헤맸지만 거기 있는 다른 경이로운 보석들도 바라보았다. 그 보석들에는 자기 종족의 노고와 슬픔의 오랜 기억이 휘감겨 있었다.

소린이 대답했다.

"가장 형편없는 이유를 가장 중요한 마지막 이유로 제시하는군. 우리 종족의 보물에 대해서 권리를 주장할 자는 아무도 없소. 우리에게서 보물을 빼앗은 스마우그가 그자의 목숨과 집도 빼앗았으니까. 그 보물은 스마우그의 것이 아니었으므로 그의 사악한 행동에 대해서 그 보물로 보상할 수는 없소. 우리가 호수인간들에게서 받은 물건들과 도움에 대해서는 후하게 지불하겠소. 나중에 적절한 때에 말이오. 하지만 무력으로 위협받는 상태에서는 아무것도, 빵한 덩어리의 값도 주지 않겠소. 우리의 성문 앞에서 무장한 군대가 버티고 있는 한, 우리는 당신들을 적이자 도둑으로 간주하겠소. 만일 우리 모두 살해되어 보물을 지키는 자가 없었다면, 당신들이 우리 친족에게 그 유산의 얼마만 한 몫을 지급했을지 묻고 싶소."

바르드가 말했다.

"지당한 질문이오. 하지만 당신은 죽지 않았고 우리는 강도가 아니오. 게다가 부자들은 궁핍할 때 친구가 되어 준 가난한 자들에게 옳고 그름을 떠나서 연민을 느낄 것이오. 그리고 나의 권리에 대해서는 아직 답을 듣지 못했소."

"이미 말했던 대로 내 성문 앞에서 무장하고 대기하는 사람들과는 협상하지 않겠소. 그리고 내가 그리 호의를 느끼지 못하는 요정 왕과는 절대로 협상하지 않겠소. 요정들은 이 협상과 아무 관련도 없소. 그러니 이제 화살이 날아가기 전에 돌아가시오. 그리고 나와 다시 이야기하고 싶다면, 먼저 요정들의 군대를 그들의 보금자리인 숲으로 돌려보내고 우리 문턱에 접근하기 전에 무기를 버리고 다시 오시오."

"요정 왕은 나의 친구이며 곤경에 빠진 호수인간들을 도와주었소. 우리가 그에게서 호의 외에는 아무것도 요구할 권리가 없었지만 말이오. 당신에게 당신의 말을 후회할 시간을 주겠소. 우리가 다시 오기 전에 지혜를 모으시오!"

그리고 바르드는 물러나서 막사로 돌아갔다.

그러나 몇 시간도 채 지나지 않아 기수들이 돌아왔고 나팔수가 앞으로 나와서 나팔을 불었다. 어떤 사람이 소리쳤다.

"에스가로스와 숲의 이름으로, 우리는 스스로를 산아래의 왕이라고 부르는 스라인의 아들 참나무방패 소린에게 말하며, 앞서 언급된 권리 주장에 대해 깊이 숙고하기를 권고한다. 그러지 않으면 우리는 그를 적으로 선포할 것이다. 적어도 그는 용의 살해자이자 기리온의 후예인 바르드에게 보물의 12분의 1을 양도해야 한다. 바르드는 그 몫으로 에스가로스를 재건하도록 도울 것이다. 소린이 예전에 그의 조상들이 그러했듯이 주위 종족들의 우정과 존경을 누리고 싶다면, 호수인간들의 평안을 위해 추가로 그 자신의 몫에서도 어느 정도를 기부해야 할 것이다."

그러자 소린은 뿔활을 잡아 그 말을 하는 사람에게 화살을 날렸다. 화살은 사자의 방패에 꽂혀 부르르 떨었다. 사자가 응답했다.

"이것을 당신의 답으로 간주하고, 나는 외로운산이 포위되었음을 선언한다. 너희들은 스스로 정전과 협상을 요구할 때까지 그곳에서 나오지 못할 것이다. 우리는 너희에게 무기를 휘두르지 않겠다. 너희들의 황금을 마음대로 쓰도록 내버려 두겠다. 원한다면 금을 먹어도 좋다!"

이 말을 남기고 사자들은 재빨리 돌아갔고, 난쟁이들은 자신들이 처한 입장을 생각해 보았다. 소린이 너무 냉혹해졌기 때문에 다른 난쟁이들은 설령 그럴 마음이 있더라도 감히 소린을 비판하지 못했다. 그러나 실제로 난쟁이들 대부분은 소린과 같은 생각을 하는 것 같았다. 어쩌면 늙고 뚱뚱한 봄부르와 필리, 킬리를 제외하고 말이다. 물론 빌보는 사태가 이렇게 전개되는 것을 찬성하지 않았다. 그는 이제 외로운산에 진저리가 났고, 그 안에 포위되어 있는 것이 전혀 마음에 들지 않았다.

'이곳은 아직도 용의 악취가 가득해. 구역질이 날 것 같아. 게다가 크램은 이제 목구멍에 걸려 넘어가지도 않아.'

그는 혼자 투덜거렸다.

Chapter 16

한밤중의 도둑

이제는 하루하루가 천천히 지루하게 흘러갔다. 난쟁이들은 보물을 쌓고 정리하면서 시간을 보냈다. 소린은 스라인의 아르켄스톤에 대해 이야기하고 그것을 구석구석 샅샅이 찾아보라고 명했다.

"내 아버지의 아르켄스톤은 그 자체가 황금이 흐르는 강보다 더 가치 있고, 내게는 값을 따질 수 없는 귀중한 보물이니, 온갖 보석들 중에서 그 돌은 내가 갖겠어. 누구든 그것을 발견하고도 내놓지 않는다면 대가를 치르게 될 거야."

이 말을 들은 빌보는 베개로 사용하는 낡은 잡동사니 꾸러미 속에 넣어 둔 그 돌이 발견될 때 어떤 일이 일어날지 걱정되었다. 그래도 그는 그 돌에 대해 입도 뻥긋하지 않았다. 지루하기 짝이 없는 날들이 점점 무겁게 마음을 짓누르면서 그의 작은 머릿속에 어떤 계획이 떠오르기 시작한 것이다.

얼마간 이런 상황이 지속되었을 때 갈까마귀들이 소식을 전해 주었다. 다인과 5백 명이 넘는 난쟁이들이 철산에서 서둘러 오고 있으며 이제 이틀쯤 행군하면 너른골에 이르는 곳에 도착하리라는 것이었다. 로악이 말했다.

"하지만 그들은 외로운산에 도착하기 전에 발각될 겁니다. 그러면 계곡에서 전투가 벌어지지 않을까 염려됩니다. 이것이 좋은 계획이라고는 말하지 않겠습니다. 다인의 무리들이 용맹하기는 하지만, 당신을 포위하고 있는 대군을 무너뜨릴 수는 없을 겁니다. 설사 무너뜨린다 하더라도 당신이 무엇을 얻겠습니까? 다인의 군대 뒤로 겨울과 눈보라가 서둘러 다가오고 있습니다. 이 근방의 우정과 호의를 얻지 못하면 먹을 것을 어떻게 구하겠습니까? 이제는 용이 존재하지 않더라도 그 보물 때문에 당신은 죽을 수도 있습니다."

그러나 소린은 동요하지 않았다.

"겨울과 눈보라는 인간들과 요정들을 물어뜯을 걸세. 그러면 황무지에서 지내는 것이 고통스럽다는 것을 알게 되겠지. 내 친구들이 뒤에서 압박을 가하고 위에서 한겨울 추위가 짓누르면 그들과 협상하기가 더 수월할 거야."

그날 밤 빌보는 결심했다. 달이 뜨지 않아 하늘은 온통 깜깜했다. 완전히 어두워지자, 그는 성문 바로 안쪽에 있는 방으로 가서 구석에 두었던 그의 꾸러미에서 밧줄과 넝마에 싸여 있는 아르켄스톤을 꺼냈다. 그러고 나서 그는 성벽 꼭대기로 올라갔다. 그곳에는 망을 볼 차례였던 봄부르뿐이었다. 난쟁이들은 한 번에 한 명씩만 보초를 세웠다.

"엄청나게 춥군! 막사처럼 이 위에도 불을 피울 수 있으면 좋겠어!"

봄부르가 말했다.

"안은 그럭저럭 따뜻해요."

빌보가 말했다.

"그렇겠지. 하지만 나는 자정까지 여기 있어야 한단 말이야. 아주 유감스러운 일이야. 내가 감히 소린에게 거역하겠다는 것은 아니고. 그의 수염이 계속 길게 자라기를! 하지만 그는 언제나 목이 뻣뻣한 난쟁이였어."

그 뚱뚱한 난쟁이가 투덜거렸다.

"내 다리만큼 뻣뻣하지는 않겠지요. 내 다리는 돌계단과 돌을 깐 통로에 지쳤어요. 내 발가락에 풀잎이 닿을 수만 있다면 많은 것을 주어도 좋겠어요."

"내 목구멍에 넘어가는 독한 술을 느낄 수 있다면 많은 것을 주어도 좋겠어. 그리고 저녁을 잘 먹은 후에 부드러운 침대에서 잘 수 있다면 말이지!"

"포위 상태가 지속되는 한, 내가 당신에게 그런 것을 줄 수는 없겠지만 내가 보초를 선 지 꽤 오래되었으니 원한다면 당신 대신 불침번을 서겠어요. 오늘 밤에는 잠이 오지 않는군요."

"골목쟁이네, 자넨 좋은 친구야. 그 제안을 고맙게 받아들이겠네. 혹시 수상한 게 있으면 나를 먼저 깨우게, 잊지 말고! 멀지 않은 왼쪽 내실에서 눈을 붙이겠네."

"가세요! 자정에 깨울 테니 그때 당신이 다음 보초를 깨우면 되겠지요."

빌보가 말했다.

봄부르가 가 버리자, 빌보는 반지를 끼고 밧줄을 고정시킨 후 성벽 위로 미끄러져 내려가 사라졌다. 그에게는 다섯 시간쯤 남아 있었다. 봄부르는 잠이 들었을 것이다. 그는 언제라도 잠을 잘 수 있었고, 숲속에서 모험을 겪은 후로는 언제나 그때 꾸었던 그 아름다운 꿈을 다시 꿔 보려고 애썼다. 다른 난쟁이들은 모두 소린과 함께 바쁘게 움직이고 있었다. 필리나 킬리도 그들 차례가 될 때까지는 성벽 위로 나올 것 같지 않았다.

칠흑같이 어두웠다. 얼마 후 그는 새로 만든 길을 벗어나서 물줄기의 아래쪽으로 기어 내려갔다. 그 길은 아주 낯설었다. 의도했던 대로 막사를 향해 가려면 길이 굽은 곳에서 물을 건너야 했다. 그곳의 하천은 얕았지만 폭이 넓어서 작은 호빗이 어둠 속에서 건너기가 쉽지 않았다. 거의 다 건넜을 때 그는 둥근 돌 위에서 발을 헛디뎌 차가운 물속으로 첨벙 빠지고 말았다. 그가 덜덜 떨리는 몸으로 물을 튀기며 맞은편 강둑에 간신히 기어올랐을 때, 요정들이 어둠 속에서 밝은 등불을 들고 소리가 난 곳을 찾아 올라오고 있었다.

"물고기가 아니었어. 근처에 첩자가 있을 거야. 불빛을 숨겨! 만약 그 첩자가 그들의 하인이라는 그 기묘하게 생긴 조그만 녀석이라면, 이 불빛이 우리보다는 그 녀석에게 도움이 될 거야."

"하인이라니, 이런!"

빌보는 콧방귀를 뀌었다. 그 와중에 큰 소리로 재채기가 나왔다. 그 소리에 요정들이 즉시 몰려왔다.

"불을 켜 봐요! 나를 찾는다면, 여기 있소!"

그는 반지를 빼고 바위 뒤에서 불쑥 나타났다.

그들은 깜짝 놀랐지만 그를 재빨리 붙잡았다. 그들은 차례대로 물었다.

"당신 누구요? 당신이 난쟁이들의 호빗이오? 무엇을 하고 있는 거요? 어떻게 우리 보초를 지나 이렇게 멀리까지 왔소?"

"알고 싶다면, 나는 소린의 동료, 골목쟁이네 빌보요. 나는 당신들의 왕을 많이 보아서 잘 알고 있소. 비록 왕께서는 나를 보아도 모르시겠지만, 바르드는 나를 기억할 거요. 그리고 내가 특히 만나고 싶은 사람은 바르드요."

"그렇소? 그런데 용무가 뭐요?"

"무슨 일이든 그건 내 일입니다, 선한 요정들이여. 그런데 이 춥고 황량한 곳에서 당신들의 숲으로 돌아가고 싶다면, 나를 빨리 불가로 데려다주시오. 몸을 말리게 말이오. 그러고 나서 가급적 빨리 당신들의 대장과 이야기를 하게 해 주시오. 한두 시간밖에 여유가 없소."

그는 덜덜 떨면서 말했다.

이렇게 해서 성문에서 탈출한 지 두 시간쯤 지난 후 빌보는 커다란 천막 앞의 따뜻한 불가에 앉아 있게 되었다. 거기에 있던 요정 왕과 바르드가 그를 골똘히 쳐다보았다. 그들은 요정의 갑옷을 입고 낡은 담요를 두르고 있는 호빗을 예전에는 본 적이 없었다. 빌보는 최대한 흥정하는 투로 말했다.

"아시겠지만 정말로 견디기 어려운 상황입니다. 개인적으로 저는 이 모든 사건에 싫증이 났습니다. 좀 더 분별력이 있는 종족이 사는 서쪽 고향으로 돌아갔으면 좋겠어요. 하지만 여기에는 내 이해관계가 걸려 있습니다. 다행히도 지금까지 간직하고 있는 계약서에 따르면, 내 몫은 정확히 14분의 1이지요."

그는 갑옷 위에 덮은 낡은 외투 주머니에서 여러 번 접히고 구겨진 종이를 꺼냈다. 소린이 5월에 그의 벽난로 선반 위 시계 밑에 끼워 둔 바로 그 쪽지였다!

"수익금의 한몫이라고요, 아시겠습니까? 나는 잘 알고 있어요. 개인적으로는 당신들의 주장을 신중하게 검토하고, 총 수익금에서 당신들 몫으로 합당한 금액을 공제한 후에 내 몫을 요구할 의향이 충분히 있습니다. 하지만 당신들은 참나무방패 소린을 지금의 나만큼 잘 알지 못합니다. 단언컨대 당신들이 여기 있는 한, 그는 금더미 위에 앉아서 굶어 죽는 쪽을 택할 겁니다."

"그럼 그렇게 하라고 하시오! 그런 바보는 굶어 죽어 마땅하지."

바르드가 말했다.

"그래요. 당신의 생각을 이해합니다. 그런데 겨울이 빠르게 다가오고 있습니다. 곧 눈이 쏟아질 테고 다른 어려움도 있을 것입니다. 식량 공급도 어려워지겠지요. 요정들에게도 마찬가지일 겁니다. 또 다른 문제도 있습니다. 당신들은 철산의 다인과 난쟁이들에 대해 들어 본 적이 없겠지요?"

"오래전에 들었소. 하지만 그가 우리와 무슨 상관이지?"

요정 왕이 물었다.

"그러리라고 생각했습니다. 당신들이 모르는 정보가 있습니다. 다인은 지금 이틀도 채 걸리지 않을 곳에 와 있어요. 그리고 최소한 5백 명의 호전적인 난쟁이들을 데려오고 있습니다. 그중 많은 이들은, 당신들도 잘 알고 있을 난쟁이들과 고블린들 사이에 벌어졌던 그 끔찍한 전쟁을 치른 자들입니다. 그들이 도착하면 심각한 일이 벌어질 겁니다."

"왜 이런 말을 하는 거요? 당신은 친구들을 배반하는 거요, 아니면 우리를 위협하는 거요?"

바르드가 엄하게 추궁했다.

"친애하는 바르드! 그렇게 성급하게 굴지 마십시오! 이렇게 의심이 많은 사람은 본 적이 없어요! 나는 그저 관련된 모든 이들이 위험을 피할 수 있게 하려는 것뿐이오. 이제 당신에게 한 가지 제안을 하겠습니다!"

"들어 봅시다!"

"이것을 보십시오! 바로 이겁니다!"

그는 아르켄스톤을 꺼내어 둘러쌌던 천을 풀었다.

아름답고 경이로운 보석에 익숙한 요정 왕도 너무 놀라서 벌떡 일어섰다. 심지어는 바르드도 놀라서 아무 말 없이 바라보고 있었다. 그 둥근 돌은 달빛으로 충만한 천체가 서리처럼 흰 별빛으로 엮은 그물에 걸려 그들 앞에 매달려 있는 것 같았다.

"이것이 스라인의 아르켄스톤입니다. 산의 심장이자 또한 소린의 심장이지요. 그는 이것을 황금이 흐르는 강보다도 귀하게 여깁니다. 이것을 당신에게 주겠어요. 협상에 도움이 될 겁니다."

이렇게 말하며 빌보는 그 놀라운 돌을 바르드에게 건네주었는데, 온몸이 떨렸고 갈망의 시선을 거두기 힘들었다. 눈이 부신 듯 바르드는 그것을 손에 쥐었다.

"하지만 이것이 어떻게 마음대로 줄 수 있는 당신의 소유물이 되었소?"

바르드는 마침내 어렵사리 말했다.

"아, 글쎄! 정확히 말하자면 내 것은 아닙니다. 그러나 내 모든 권리 대신 그것을 달라고 할 용의가 있습니다. 내가 훔친 것일 수도 있지요. 난쟁이들은 나를 좀도둑이라고 말합니다. 개인적으로는 그렇게 느껴 본 적이 전혀 없지만요. 바라건대, 나는 꽤 정직한 자입니다. 어쨌든 나는 지금 돌아갈 테고, 난쟁이들은 내키는 대로 내게 뜨끔한 맛을 보이겠지요. 당신들이 그 보물을 유용하게 쓰기 바랍니다."

요정 왕은 다시 놀라서 빌보를 보았다.

"골목쟁이네 빌보! 자네는 요정 왕자의 갑옷을 입고 더 멋지게 보였던 많은 이들보다 훨씬 더 그 갑옷을 입을 자격이 있는 자로군. 하지만 참나무방패 소린도 그렇게 생각할지는 의문이야. 나는 난쟁이들에 대해 자네보다 더 잘 알고 있으니, 우리와 함께 여기 있으라고 권하겠네. 여기서 자네는 몇 배나 더 큰 존경과 환대를 받을 거야."

"정말로 감사합니다. 그러나 지금까지 그 많은 일들을 함께 겪어 온 친구들을 이렇게 저버릴 수는 없습니다. 그리고 자정에 늙은 봄부르를 깨우기로 약속했거든요! 정말로 가야겠습니다. 그것도 신속히."

빌보가 인사를 하며 말했다.

그들이 아무리 설득해도 그는 마음을 돌리지 않았다. 그래서 그에게 호위병을 딸려 보내는 것 외에는 달리 할 일이 없었다. 그가 막사를 나올 때 요정 왕과 바르드는 격식을 갖추어 인사하며 배웅했다. 그들이 막사를 지나고 있을 때, 검은 망토를 걸친 노인이 앉아 있던 천막 입구에서 일어나 다가왔다.

"잘했네! 골목쟁이네! 자네에게는 늘 기대하지 못했던 놀라운 면이 있군!"

빌보의 등을 두드리며 그가 말했다. 간달프였다.

실로 오랜만에 빌보는 진정으로 기뻐했다. 그러나 당장 묻고 싶었던 질문들을 모두 쏟아 낼 시간이 없었다.

"다 때가 되면 하세! 내가 잘못 본 게 아니라면 이제 이 사태는 끝나 가고 있네. 자네에게 곧 불쾌한 시간이 닥칠 걸세. 하지만 기운 내게. 자네는 잘 헤쳐 나갈 거야. 갈까마귀들도 듣지 못한 새로운 파란

이 일어나고 있다네. 잘 가게!"

빌보는 어리둥절했지만 기운을 내어 서둘렀다. 그는 안전한 여울목으로 안내받아 물에 빠지지 않고 강을 건넜고, 요정들에게 작별 인사를 한 뒤 정문으로 다시 기어올랐다. 몹시 지쳐서 온몸이 녹초가 되었지만 그는 자정이 되기 전에 다시 밧줄을 타고 올라갔다. 밧줄은 그가 두었던 곳에 그대로 있었다. 그는 밧줄을 풀어서 감추고는 성벽 위에 앉아서 앞으로 일어날 일을 염려했다.

자정이 되자 그는 봄부르를 깨웠다. 그 늙은 난쟁이의 고맙다는 말을 듣는 둥 마는 둥 하고 (그는 인사를 받을 만한 일을 하지 않았다고 느꼈다) 자기 자리로 내려가 몸을 웅크리고 누웠다. 그는 곧 잠이 들었고, 근심거리를 모두 잊고 아침까지 내리 잤다. 실은 달걀과 베이컨 꿈을 꾸고 있었다.

Chapter 17
먹구름이 갈라지다

다음 날 일찍 막사에서는 나팔 소리가 울려 퍼졌고, 곧 좁은 길을 따라 서둘러 올라오는 기사 한 명이 보였다. 멀리 떨어진 곳에 멈춰 서서 그는 인사를 한 다음 소린에게 새로운 사절단을 만날 의향이 있는지를 물었다. 새로운 소식을 접하게 되어 이제 상황이 달라졌다는 것이었다.

"다인에 대한 소식일 거야! 그가 진군하고 있다는 풍문을 들었겠지. 그러면 분위기가 바뀔 줄 알았어!"

소린은 그 말을 듣고 말했다.

"몇 명만 무기 없이 오라고 해라. 그러면 이야기를 들어 주겠다."

소린이 사자에게 외쳤다.

정오가 되자 숲요정과 호수마을의 깃발이 다시 나타났다. 스무 명가량이 다가오고 있었다. 좁은 길의 입구에서 그들은 칼과 창을 내려놓고 성문으로 다가왔다. 바르드와 요정 왕이 그들 가운데 끼어 있었고, 망토를 입고 두건을 두른 한 노인이 쇠로 묶은 작고 단단한 나무상자를 들고 앞장서서 오고 있었다. 난쟁이들은 깜짝 놀라 바라보았다.

"소린에게 인사하오! 아직도 마음이 바뀌지 않았소?"

바르드가 말했다.

"해가 몇 번 뜨고 졌다고 해서 내 마음이 바뀔 것 같소? 그런 한가한 질문이나 하려고 여기 온 거요? 내가 요구했건만, 요정들이 아직 떠나지 않았군! 그들이 떠날 때까지는 협상하러 와도 아무 소용 없소."

"그러면 그 무엇을 위해서도 당신의 금을 절대 내놓지 않겠다는 말이오?"

"당신과 당신 친구들의 소유물에는 내 금을 주고 사 줄 만한 것이 없소."

"스라인의 아르켄스톤은 어떻소?"

바로 그 순간 노인은 상자를 열어 그 보석을 높이 쳐들었다. 아침 햇살을 받아 눈부시게 밝은 흰 빛이 그 노인의 손에서 퍼져 나왔다.

그러자 소린은 너무나 놀라고 당황한 나머지 아무 말도 못 했다. 한참 동안 아무도 입을 열지 않았다.

마침내 입을 뗀 소린의 목소리는 분노로 거칠었다.

"그 돌은 내 아버지의 것이었고, 이젠 내 것이다. 왜 내가 내 것을 사야 한다는 말이냐?"

그러다가 의아한 생각이 들자 그는 이렇게 덧붙였다.

"그런데 너희들이 어떻게 우리 집안의 가보를 손에 넣었지? 도둑 놈들에게는 그런 질문을 할 필요가 없겠지만 말이다."

"우리는 도둑이 아니오. 당신의 것을 돌려주겠소. 우리 것을 돌려 준다면 그 답례로 말이오."

"어떻게 그것을 손에 넣었냐고?"

소린은 점점 화가 치밀어 와락 소리를 질렀다.

"내가 그들에게 줬어요."

성벽 너머를 바라보고 있던 빌보가 이제 무시무시한 공포에 질려 쉰 소리로 대답했다.

"네가! 네놈이!"

소린은 소리 지르며 그에게로 몸을 돌려 양손으로 그를 움켜잡았다.

"너, 이 볼품없는 호빗 녀석이! 조그만 도둑놈이!"

그는 말이 막혀 마구 소리 지르며 불쌍한 빌보를 토끼처럼 흔들어 댔다.

"두린의 수염에 맹세코! 간달프 영감이 여기 있었으면 좋겠군. 네놈을 선택했으니 그 영감을 저주해야겠다! 그의 수염이 시들어 버리기를! 네놈을 바위에 던져 죽여 버리겠다!"

그는 소리를 지르며 빌보를 들어 올렸다.

"멈춰라! 자네의 소망은 이루어졌다!"

누군가가 말했다. 상자를 들고 있던 노인이 두건과 망토를 젖혔다.

"간달프가 여기 있으니! 아슬아슬한 순간에 온 것 같군그래. 내가 고른 도둑이 마음에 들지 않는다 하더라도 제발 그를 해치지 말게. 그를 내려놓고 우선 그의 이야기를 들어 보게!"

"당신들 모두 작당을 했구먼! 다시는 마법사나 그 패거리들하고 상종도 안 할 거다. 그래, 할 말이 뭐냐, 이 쥐새끼야?"

소린은 빌보를 내려놓고 말했다.

"제발! 제발 진정하세요! 당신에게는 이 상황이 몹시 불편할 거예요. 하지만 14분의 1의 내 몫을 내가 직접 선택해도 된다고 했던 당신의 말을 기억하겠지요? 어쩌면 내가 그 말을 너무 곧이곧대로 받아들였나 봅니다. 난쟁이들은 때로 행동보다 말을 더 예의 바르게 한다는 얘기를 들은 적이 있어요. 그래도 당신이 그 말을 했을 때는 내가 꽤 도움이 되었다고 생각하는 것 같았어요. 쥐새끼라니, 아니! 당신이 내게 약속했던, 당신과 당신 가족들의 봉사가 이런 겁니까, 소린? 내 몫을 내가 원하는 대로 처분했다고 생각하고 그냥 내버려 두십시오!"

"그렇게 하지. 더불어 너도 내버리겠다. 다시는 만날 일이 없기를!"

소린은 험악한 얼굴로 말했다. 그러고는 몸을 돌려 성벽 너머로 외쳤다.

"나는 배신당했다. 내가 우리 집안의 가보인 아르켄스톤을 되찾지 못하고는 견딜 수 없을 거라는 사실을 잘도 알아챈 거지. 그 값으로 보물 중에서 보석은 빼고 금과 은으로 14분의 1을 주겠다. 이 배신자에게 약속했던 몫으로 계산하겠다. 그 보상과 더불어 이 녀석을 내쫓을 테니 너희들 마음대로 나눠 가져라. 틀림없이 이 녀석에게는 남는 게 별로 없겠지. 녀석을 살리고 싶으면 데려가라. 하지만 녀석이 가는 길에 내 우정은 함께하지 않을 것이다."

그러고는 빌보에게 말했다.

"이제 네 친구들에게 내려가라. 안 그러면 던져 버리겠다!"

"금과 은은 어떻게 할 겁니까?"

빌보가 물었다.

"준비되는 대로 나중에 보낼 것이다. 내려가!"

"그때까지 우리가 이 돌을 보관하고 있겠소."

바르드가 외쳤다.

"산아래 왕으로서 훌륭한 모습은 아니군그래. 하지만 아직 달라질 수 있겠지."

간달프가 말했다.

"그럴 거요."

소린이 말했다. 이미 그 순간에도 그의 머릿속은 다인의 도움으로 아르켄스톤을 다시 찾고 그 대가를 지불하지 않을 방법을 열심히 궁리하고 있었다. 보물이 그에게 미치는 마력은 너무나 강력했다.

빌보는 밧줄을 타고 성벽에서 내려왔다. 그렇게 숱한 고생을 했음에도 불구하고 빈손으로 떠났다. 받은 것이라고는 소린이 전에 준 갑옷뿐이었다. 그가 그렇게 떠나자 몇몇 난쟁이들은 부끄러움과 연민을 느꼈다.

"안녕히, 다시 친구로 만날 수 있을 거예요."

빌보가 그들에게 소리쳤다.

"꺼져라! 너는 우리 종족이 만든 갑옷을 입고 있지. 네게는 분에 넘치게 좋은 것이다. 그건 화살로는 뚫을 수 없으니, 빨리 꺼지지 않으면 네 꼴사나운 발을 한 방 쏘아 주겠다. 그러니 빨리 사라져!"

"그렇게 서두를 수야 없지! 내일까지 시간을 주겠소. 정오에 다시 와서 당신이 이 돌에 대한 대가로 치를 보물을 가져왔는지 보겠소. 속임수를 쓰지 않고 그렇게 한다면 우리는 떠날 것이고 요정 군대도 숲으로 돌아갈 거요. 그동안 잘 있으시오!"

바르드가 말했다.

이 말을 마치고 그들은 막사로 돌아갔다. 그러나 소린은 로악을 사신으로 보내어 다인에게 어떤 일이 있었는지를 전하고, 방심하지 말고 빨리 오라고 명했다.

그날 낮이 지나고 밤이 지났다. 다음 날은 서쪽에서 바람이 일고 하늘은 어둡고 음산했다. 막사에서 고함 소리가 들린 것은 이른 아침이었다. 보초들이 달려와 난쟁이들의 군대가 오른쪽 산맥을 돌아 나타나서는 너른골 쪽으로 급히 진군하고 있다고 보고했다. 다인이 온 것이다. 그는 밤새워 달려왔으므로 그들의 예상보다 빨리 도착했다. 다인의 전사들은 무릎까지 내려오는 쇠미늘갑옷을 입고 있었고, 다리에는 가늘고 신축성이 있는 금속 그물 양말을 신고 있었다. 그것을 만드는 비법을 아는 것은 다인의 부족뿐이었다. 난쟁이들은 키에 비해 힘이 무척 세지만, 다인의 부하들은 대부분 보통 난쟁이들보다도 더 힘이 셌다. 전투에 나가면 그들은 양손으로 잡는 무거운 곡괭이를 휘둘렀다. 옆구리에는 짧고 넓은 칼을 찼고 둥근 방패를 등에 매고 다녔다. 수염을 두 갈래로 땋아서 허리띠 안으로 밀어 넣었다. 그들은 쇠로 만든 모자와 구두를 애용했고 얼굴은 험상궂었다.

나팔 소리가 울리자 인간들과 요정들은 무장을 갖추고 전투에 대비했다. 오래지 않아 난쟁이들이 무서운 속도로 계곡을 따라 올라오는 것을 볼 수 있었다. 그들은 강과 동쪽 산자락 사이에서 정지했다. 그러나 몇 명은 계속 길을 따라와 강을 건너 막사로 다가왔다. 그곳에서 그들은 무기를 내려놓고 화친의 표시로 양손을 들었다. 바르드는 그들을 만나러 갔고 빌보도 함께 갔다.

그들은 질문을 받고 이렇게 말했다.

"나인의 아들 다인이 우리를 보냈소. 우리는 외로운산의 친척들에게 서둘러 가는 길이오. 옛 왕국을 되찾았다는 것을 알았기 때문이오. 그러나 수비된 성벽 앞에서 적처럼 진을 치고 있는 당신들은 누구입니까?"

이 말은 이런 경우에 맞는 공손히고 예스러운 언어로 표현되긴 했지만, 순전히 이런 뜻이었다.

'당신들은 여기서 볼일이 없다. 우리는 진군할 테니 길을 내주든가 아니면 싸우자!'

난쟁이들은 산과 강이 굽은 곳 사이로 밀치고 나갈 작정이었다. 그곳의 좁은 지역이 경비가 허술해 보였기 때문이다.

물론 바르드는 난쟁이들이 곧바로 산으로 진군하는 것을 허락하지 않았다. 그는 아르켄스톤의 교환 대가로 금과 은을 가져올 때까지 기다리기로 작정했다. 일단 그렇게 호전적인 대규모 용사들로 그 요새가 보강된다면 그 약속이 지켜지지 않으리라고 생각했기 때문이다. 난쟁이들은 아주 무거운 짐도 나를 수 있었으므로 그들이 가져온 보급품은 대단히 많았다. 빠른 속도로 행군했음에도 불구하고 다인의 부하들은 그들의 무기 말고도 큰 꾸러미를 등에 지고 있었다. 그만한 보급품이 있으면 그들은 몇 주일이고 포위를 견딜 것이고, 그때쯤이면 다른 난쟁이 부대가 더 몰려올 것이다. 소린은 친척이 아주 많았던 것이다. 그사이에 난쟁이들은 다른 성문을 다시 세워서 경계할 수 있을 것이고, 그렇게 되면 포위군은 산 전체를 둘러싸야 하는데 그럴 만한 병력이 충분하지 않았다.

실은 난쟁이들이 세운 계획이 바로 그것이었다(갈까마귀들은 소린과 다인 사이를 부지런히 오갔다). 그러나 당분간은 길이 막혔으므로, 난쟁이 사자들은 화가 나서 투덜거리면서 물러났다. 바르드는 즉시 성문으로 사자를 보냈다. 그러나 성문에는 금은커녕 어떤 보상도 기다리고 있지 않았다. 그들이 사정거리 안에 들어서자 화살이 빗발치듯 쏟아졌다. 그들은 깜짝 놀라 황급히 물러났다. 이제 막사에서는 전투를 대비하느라 어수선했다. 다인의 난쟁이들이 동쪽 강둑을 따라 진군하고 있었던 것이었다.

바르드가 껄껄 웃으며 말했다.

"바보들! 산자락 아래로 오다니! 동굴 속에서 싸우는 법은 잘 알지 몰라도 지상의 전투에 대해서는 아는 바가 없군. 우리 사수들과 창병들이 지금 그들 오른쪽 옆의 바위에 숨어 있소. 난쟁이 갑옷이 견고할지 모르지만 곧 견디기 어려워질 거요. 그들이 충분히 휴식을 취하기 전에 지금 양쪽에서 협공합시다!"

하지만 요정 왕이 반대했다.

"나는 금을 쟁탈하기 위한 이 전쟁을 시작하기 전에 조금 더 기다려 보겠소. 우리가 허락하지 않는 한 난쟁이들은 이곳을 통과할 수 없고, 우리가 알아채지 못하게 어떤 수작을 부릴 수도 없을 거요. 아직은 희망을 갖고 화해할 방법을 더 찾아보기로 합시다. 우리가 수적으로 우세하다는 것으로도 충분하오. 결국은 불행히도 전투를 치르게 되더라도 말이오."

그러나 요정 왕의 이 말은 난쟁이들의 성향을 고려하지 않은 것이었다. 자기들을 포위한 자들의 손에 아르켄스톤이 있다는 생각이 난쟁이들의 머릿속을 떠나지 않았으며, 이글거리는 분노로 마음을 불태웠다. 또한 난쟁이들은 바르드와 그의 친구들이 망설일 거라고 예상하고는, 그들이 논의를 거듭하는 동안 공격하기로 결정했다.

아무런 예고도 없이 갑자기 난쟁이들은 공격을 개시했다. 소리 없이 뛰어온 난쟁이들이 공격을 퍼붓자 활시위가 윙 소리를 내고 화살이 휘파람 소리를 내며 날아갔다. 이제 막 교전이 시작될 참이었다.

그런데 돌연 시커먼 어둠이 무시무시하도록 신속히 몰려왔다. 검은 구름이 순식간에 하늘을 덮어 버렸다. 한겨울의 천둥이 거센 바람을 타고 달려와 골짜기에서 우르르 울렸고 번개가 번쩍이며 산봉우리를 비추었다. 그리고 천둥 아래로 다른 어둠이 소용돌이치듯 다가오고 있었다. 그것은 바람을 타고 온 것이 아니었다. 북쪽에서 내려온 그 어둠은 날개 사이로 빛이 뚫고 들어갈 수 없으리만큼 빽빽하게 모인 거대한 새 떼 같았다.

"멈춰라!"

갑자기 어디선가 나타난 간달프가 큰 소리로 외쳤다. 그는 전진하는 난쟁이들과 그들을 기다리는 군대 사이에 혼자 서서 팔을 높이 쳐들었다.

"멈춰라!"

그의 목소리는 천둥처럼 울렸고, 그의 지팡이는 번개처럼 섬광을 일으켰다.

"그대들 모두에게 두려운 일이 닥쳤다! 슬프게도! 내 예상보다 빨리 왔구나. 고블린의 기습이다! 북쪽의 볼그[1]가 오고 있다. 오, 다인이여! 자네가 그의 아비를 모리아에서 죽였지. 보라! 박쥐들이 메뚜기 떼처럼 그의 군대 상공에서 날아오고 있다. 그들은 늑대를 타고 있고, 와르그가 그들을 수행하고 있다!"

그들은 모두 놀라 당황하여 우두커니 서 있었다. 간달프가 말하는 사이에도 어둠은 점점 더 짙어졌다. 난쟁이들은 주저하며 하늘을 바라보았다. 요정들 여럿이 소리를 질렀다.

"자! 아직 회담을 할 시간이 있다. 나인의 아들 다인을 급히 우리에게 오게 하라!"

---

1) 아조그의 아들. 62~63쪽을 보라.

간달프가 소리쳤다.

이렇게 되어 그 누구도 예상치 못했던 전투가 시작되었다. '다섯 군대 전투'라고 불리게 된 그 전쟁은 처참하기 이를 데 없었다. 한편에는 고블린들과 야생 늑대들이 있었고, 다른 편에는 요정들과 인간들 그리고 난쟁이들이 있었다. 그 전쟁이 벌어지게 된 경위는 이러하다. 안개산맥의 고블린 두목이 죽은 후 난쟁이들에 대한 고블린들의 증오심은 더욱 맹렬히 타올랐다. 전령들이 고블린들이 사는 도시와 부락과 요새를 바삐 오가며 소식을 교환해 왔는데 이제 고블린들은 북쪽 땅을 점령하겠다고 결정하기에 이르렀던 것이다. 그들은 비밀리에 정보를 수집했고, 어느 산에서나 주물 공장을 세우고 무기를 제조했다. 그리고 언덕과 계곡에 모여 진군했고, 밤이 아니라면 언제나 굴속으로만 이동했다. 마침내 그들의 수도였던 북쪽의 커다란 군다바드산 주위와 그 밑에 거대한 군단이 집결하게 되었고 폭풍이 불기를 기다려 남쪽을 기습하여 휩쓸어 버릴 태세를 갖추었다. 그때 스마우그가 죽었다는 반가운 소식이 들려왔다. 그들은 밤마다 산속으로 이동했으며, 마침내 북쪽에서 다인의 뒤쪽에 바싹 붙어서 갑자기 나타난 것이다. 그들이 외로운산과 그 너머 언덕들 사이의 구릉지에 모습을 드러낼 때까지는 갈까마귀들도 그들이 오는 것을 알지 못했다. 간달프가 그들의 진격에 대해서 얼마나 알고 있었는지는 알 수 없지만, 이처럼 갑작스러운 공격을 예상치 못했다는 것은 분명하다.

간달프는 요정 왕과 바르드, 그리고 난쟁이들의 군주로서 이제 그들에게 합세한 다인과 함께 작전 회의를 하면서 계획을 세웠다. 고블린들은 그들 모두의 적이었기 때문에 고블린들이 나타나자 다른 분쟁은 모두 잊히고 말았다. 그들의 유일한 희망은 남쪽과 동쪽으로 뻗은 큰 산맥들에 병사를 배치하고 그 산맥들 사이의 골짜기로 고블린들을 유인하여 협공하는 것이었다. 하지만 고블린 군대가 외로운산 전역을 뒤덮을 정도로 대규모라서 그들의 뒤쪽과 위쪽에서도 공격해 온다면 이 계획은 위험할 것이다. 그러나 다른 계획을 세울 겨를이 없었고 원조를 요청할 시간도 없었다.

천둥은 우르르 울리며 이내 동남쪽으로 사라졌지만, 이번에는 박쥐들이 구름처럼 몰려왔다. 산등성이 너머로 낮게 날면서 햇빛을 가리고 그들의 머리 위를 빙빙 돌면서 그들에게 공포를 불어넣었다.

"산으로 갑시다! 산으로! 아직 시간이 있을 때 자리를 잡읍시다!"

비르드가 소리쳤다.

남쪽 산맥의 나지막한 비탈과 산기슭의 바위틈에는 요정들이 자리 잡았다. 동쪽 산맥에는 인간들과 난쟁이들이 배치되었다. 그러나 바르드와 발 빠른 인간들과 요정들 몇 명은 동쪽 등성이의 높은 봉우리로 올라가 북쪽을 살펴보았다. 산기슭 앞의 대지가 서둘러 몰려오는 대군으로 새카맣게 뒤덮이고 있었다. 오래지 않아 전위부대가 소용돌이치듯 산자락을 돌아 너른골로 돌진해 왔다. 이들은 가장 빠른 늑대 기사들이었고, 이미 그들의 고함과 아우성 소리가 멀리서 대기를 잡아 찢는 듯했다. 이들과 대적할 용감한 사람들이 전면에 배치되었고, 이들은 대항하는 척했다. 그곳에서 많은 사람들이 쓰러졌고 나머지 사람들은 물러나서 양쪽으로 달아났다. 간달프가 기대했던 대로 고블린 군대는 저항을 받는 전위부대 뒤로 집결했고, 이제는 골짜기로 물밀듯이 쏟아져 들어와 산 지맥들 사이로 거칠게 전진하면서 적들을 쫓았다. 검은색과 붉은색이 어우러진 깃발을 무수히 흔들면서 그들은 분노와 혼란에 휩싸인 조수처럼 밀려들었다.

처참한 전투였다. 빌보는 그토록 끔찍한 전투를 경험한 적이 없었고, 그 당시에는 그 전투를 몹시 혐오했다. 그러나 후에는 그 싸움을 가장 자랑스럽게 생각하고 즐겨 회상하곤 했다. 그 전투에서 중요한 역할을 수행한 것은 전혀 아니었지만 말이다. 실은 전투가 시작되자마자 그는 일찌감치 반지를 끼고는 시야에서 사라져 버렸다. 그렇다고 위험에서도 벗어난 것은 아니었다. 아무리 마법의 반지라 하더라도 고블린의 공격에 완전한 보호막이 될 수는 없고, 날아오는 화살이나 거칠게 휘두르는 창을 막아 주지도 못한다. 그러나 남들을 피해 달아나는 데는 도움이 되고, 칼을 휘두르는 고블린 병사가 자신의 머리를 목표물로 삼을 수는 없도록 해 준다.

요정들이 선제공격에 나섰다. 고블린들에 대한 그들의 증오심은 차갑고 격렬했다. 요정들의 창과 칼은 어둠 속에서 냉기가 도는 희미한 불꽃으로 빛났고, 그 무기를 손에 쥔 그들의 분노는 그만큼 치명적이었다. 적군이 골짜기에 밀집하자마자 그들은 빗발치듯 화살을 쏘아 댔다. 화살은 불침이라도 달린 듯 깜박거리며 날아갔다. 화살 공격에 이어 천 명의 창병들이 골짜기를 뛰어내려 공격했다. 귀청을 찢을 만큼 요란한 고함 소리가 울려 퍼졌다. 바위들은 고블린의 피로 검게 물들었다.

요정들의 공격이 멎고 기습을 당한 고블린들이 갑작스러운 습격에서 벗어나 정신을 차리고 있을 때, 굵직한 함성이 골짜기를 가로질렀다. "모리아!", "다인, 다인!"을 외치며 철산의 난쟁이들이 곡괭이를 휘두르며 적에게로 돌진했다. 긴 칼을 든 호수인간들이 그 옆에 나타났다.

고블린들은 돌연한 공포에 빠졌다. 그들이 이 새로운 공격에 맞서려고 방향을 돌리고 있을 때, 요정들이 숫자를 충원하여 다시 공격을 개시했다. 이 협공의 덫에서 벗어나려고 강가를 따라 도망치는 고블린들도 상당수였다. 늑대들은 고블린들에게 달려들어 죽은 자와 부상당한 자들을 찢어 놓고 있었다. 승리가 눈앞에 다가온 듯했을 때, 높은 산에서 고함이 울려 퍼졌다.

고블린들은 뒤편에서 그 산으로 올라와 이미 많은 놈들이 성문

위 비탈에 이르렀고, 다른 놈들은 위쪽에서 산비탈을 공격하려고
앞뒤 가리지 않고 줄지어 내려오고 있었다. 절벽이나 벼랑에서 비명
을 지르며 떨어지는 놈들도 많았지만 그들은 개의치 않았다. 산비
탈로 내려가려면 산의 중앙에서 내려오는 샛길을 이용하는 수밖에
없었다. 그러나 그곳에 배치된 수비군의 숫자가 너무 적어서 그 길
은 오래 막을 수 없었다. 이제 승리는 요원해 보였다. 그들은 다만 조
수처럼 밀려드는 검은 군대의 첫 번째 맹공을 저지했을 뿐이었다.

시간이 흐르고 있었다. 고블린들은 다시 골짜기에 집결했다. 먹이
를 찾는 와르그들과 볼그의 수비대들이 그곳으로 함께 몰려왔다.
그 수비대는 강철 언월도를 든 엄청나게 큰 고블린들이었다. 폭풍이
몰아치는 하늘에 어둠이 깔렸고, 큰 박쥐들은 요정들과 인간들의
머리와 귓가를 맴돌며 사상자들에게 흡혈귀같이 달라붙었다. 바르
드는 동쪽 산자락을 방어하며 싸우고 있었지만 천천히 물러서고 있
었다. 궁지에 몰린 요정 지휘관들은 남쪽 산자락의 갈까마귀언덕의
망루 근처에서 왕을 호위하고 있었다.

갑자기 큰 함성이 들리더니 성문에서 나팔 소리가 울렸다. 그동안
잊고 있던 소린이었다! 성벽의 일부가 지렛대로 밀리자 요란한 소리
와 함께 부서지며 웅덩이에 빠졌다. 산아래의 왕이 뛰어나왔고 그
의 동료들도 그를 따랐다. 그들은 두건과 망토를 벗고 빛나는 갑옷
으로 무장하고 있었으며 붉은빛으로 눈을 번뜩였다. 어둠 속에서
체구가 큰 그 난쟁이는 잦아드는 불 속의 황금처럼 빛을 발했다.

높은 곳에서 고블린들이 바위를 내던졌지만 소린 일행은 계속 전
진하여 폭포 아래로 뛰어내리더니 전장으로 돌진했다. 늑대와 고블
린 들이 그들 앞에서 쓰러지거나 달아났다. 소린은 힘차게 도끼를
휘둘렀다. 그를 해칠 수 있는 자는 없을 것 같았다.

"내게! 내게로 오라! 요정들과 인간들이여! 내게 오라! 오, 내 친족
들이여!"

그는 이렇게 소리쳤고, 그의 목소리는 뿔피리 소리처럼 떨리며 계곡에 울려 퍼졌다.

다인의 난쟁이들은 대장의 명령에 귀를 기울이지 않고 모두 소린을 도우러 달려갔다. 수많은 호수인간들도 돌진했다. 바르드는 그들을 통제할 수 없었다. 그리고 반대쪽에서는 요정 창병들도 수없이 달려 나갔다. 이들은 골짜기에 있던 고블린들을 다시 공격했다. 너른골은 널브러진 고블린들의 시체로 온통 시커멓고 섬뜩했다. 와르그들은 뿔뿔이 흩어졌고, 소린은 곧바로 볼그의 수비대를 향해 돌진했다. 그러나 그는 그들의 대열을 파고들 수 없었다.

소린의 뒤쪽으로 죽은 고블린들 사이에 이미 많은 인간들과 난쟁이들이 쓰러져 있었다. 또한 오랫동안 숲에서 즐겁게 살아갈 수 있었을 아름다운 요정들도 많이 쓰러져 있었다. 그러나 골짜기가 넓어질수록 소린의 공격 속도는 차차 느려졌다. 그들의 숫자가 너무 적었던 것이다. 그의 측면은 아예 무방비 상태였다. 이내 공격자들이 공격을 당하게 되었다. 도처에서 다시 반격에 나선 고블린들과 늑대들에게 포위되어 그들은 커다란 원처럼 둥글게 서서 사방을 바라보며 맞서게 되었다. 볼그의 호위대가 으르렁거리며 그들에게 달려들었고, 모래 절벽에 파도가 밀려오듯이 그들의 대열에 밀어닥쳤다. 난쟁이들의 친구들도 그들을 도울 수 없었다. 산위에서는 고블린들이 갑절로 늘어나서 전보다 더 강력한 공격을 개시했으며, 양쪽 산비탈에 있던 인간들과 요정들도 서서히 압도되고 있었다.

빌보는 비참한 심정으로 이 모든 광경을 바라보았다. 그는 요정들과 함께 갈까마귀언덕에 있었다. 그곳에서는 도망갈 수 있는 가능성이 더 많기 때문이기도 했고, 만약 막다른 골목에 처한다면 자기 나름대로 요정 왕을 보호하고 싶기 때문이기도 했다(그의 마음속에서 툭 집안의 기질이 튀어나온 탓이었다). 간달프도 그곳에 있었다. 깊은 생각에 잠긴 듯 땅에 앉아 있었는데, 종말이 오기 전에 마지막으로 마술을 한바탕 부릴 준비를 하는 것 같았다.

종말은 머지않은 듯이 보였다. 빌보는 생각했다.

'이제 오래 걸리지 않을 거야. 고블린들이 성문을 점령하고 나면 우리는 살해되거나 쫓기거나 잡히겠지. 그토록 고생하며 많은 일을 겪었는데 이렇게 되다니 눈물을 흘릴 만해. 차라리 스마우그가 그 지긋지긋한 보물들을 가지고 그냥 살아 있었더라면 좋았을걸. 이 비열한 생물들이 그것을 차지하느니 말이야. 가엾은 봄부르와 발린, 필리와 킬리, 그리고 다른 난쟁이들도 모두 죽겠지. 바르드와 호수 인간들과 쾌활한 요정들도 말이야. 참으로 슬픈 일이야! 예전에 전쟁 노래를 들을 때는, 패배가 명예로울 거라고 늘 생각했지. 그런데 패배는 대단히 불쾌한 것이로군. 참혹한 건 말할 것도 없고. 여기서 벗어날 수 있다면 얼마나 좋을까!'

구름이 바람에 불려 찢어지고 붉은 석양이 서쪽 하늘을 갈라 놓았다. 어둠 속에서 갑자기 희미한 빛이 드러났다. 빌보는 주위를 돌아보았다. 그러고는 큰 소리를 질렀다. 가슴을 두근거리게 하는 형체를 보았기 때문이다. 멀리서 타오르는 노을빛을 등지고 날아오는 검은 형체는 작지만 당당해 보였다.

"독수리! 독수리야! 독수리들이 오고 있다!"

빌보는 소리쳤다. 빌보의 눈은 거의 틀림없었다. 수많은 독수리들이 줄지어 바람을 타고 날아오고 있었다. 북쪽 땅에 있는 모든 둥지에서 불러모은 듯 대군을 이루고 있었다.

"독수리! 독수리야!"

빌보는 춤을 추고 팔을 흔들면서 소리쳤다. 요정들은 그를 볼 수 없었지만 그의 목소리는 들을 수 있었다. 곧 요정들도 그 소리를 이어받아 함께 외쳤고 그 함성은 골짜기에 울려 퍼졌다. 골짜기에 있던 많은 사람들이 놀라 하늘을 올려다보았지만 아직은 산의 남쪽 등성이 외의 어디에서도 보이지 않았다.

"독수리야!"

빌보는 한 번 더 외쳤다. 바로 그 순간 위에서 날아온 돌이 그의 투구에 세게 부딪쳤다. 그는 쿵 소리와 함께 쓰러져서 더 이상 아무것도 의식하지 못했다.

Chapter 18

귀향길

빌보가 정신을 차렸을 때 그는 그야말로 혼자였다. 갈까마귀언덕의 평평한 바위 위에 누워 있었는데, 옆에는 아무도 없었다. 구름이 끼지 않았어도 싸늘한 내낮이었다. 온몸에 돌멩이처럼 냉기가 돌아 덜덜 떨렸지만, 머리는 불처럼 뜨거웠다.

'아니, 무슨 일이 일어난 거지? 어쨌든 나는 아직 쓰러진 영웅은 아닌 것 같군. 하지만 그렇게 될 시간은 아직 많이 있을 거야.'

그는 이렇게 중얼거리며 욱신거리는 몸을 간신히 일으켰다. 골짜기를 내려다보니 살아 있는 고블린은 한 마리도 보이지 않았다. 잠시 후 머리가 좀 맑아지고 나자 저 아래 바위들 틈에서 움직이는 요정들이 보이는 듯했다. 그는 눈을 비볐다. 조금 떨어진 평지에 막사가 아직 서 있는 것은 분명했다. 그리고 성문 주위를 오가는 사람들도 보였다. 난쟁이들은 성벽을 제거하느라 분주한 것 같았다. 그러나 사방은 쥐 죽은 듯이 고요했다. 함성도, 노래의 메아리도 들리지 않았다. 공기 중에 슬픔이 배어 있는 것 같았다.

"결국에는 승리한 모양이야! 글쎄, 그런데 몹시 울적해 보이는군."

그는 두통을 느끼며 말했다.

갑자기 자기 쪽으로 올라오고 있는 사람이 보였다.

"이봐요, 저기! 이봐요! 무슨 소식 없어요?"

그는 떨리는 목소리로 불렀다.

"바위틈에서 무슨 소리가 들리는 것 같은데?"

그 남자는 빌보가 앉아 있는 곳 근처에 서서 주위를 두리번거렸다.

그제야 빌보는 반지를 생각해 냈다!

'이런 고마울 데가 다 있나! 남의 눈에 보이지 않아서 결국 불리할 때도 있군그래. 그렇지 않았더라면 침대에서 따뜻하고 편안한 밤을 보냈을 텐데!'

"나는 골목쟁이네 빌보예요. 소린의 동료이지요."

그는 서둘러 반지를 빼며 소리쳤다.

그 남자는 성큼 다가서며 말했다.

"당신을 찾게 되어 정말 다행이오! 당신이 없어서 무척 오랫동안 찾았소. 마법사 간달프가 당신의 목소리를 이곳에서 마지막으로 들었다고 말하지 않았더라면, 당신이 죽었다고 생각했을 거요. 참으로 많이 죽었지요. 마지막으로 한 번 더 찾아보려고 왔소. 많이 다쳤소?"

"머리를 심하게 맞았어요. 하지만 다행히 투구를 쓰고 있었고 내 머리통은 단단하니까 견딜 만해요. 그런데 머리가 어지럽고 다리가 지푸라기처럼 후들거리는군요."

"계곡의 막사로 모셔다 드리지요."

그 남자는 가볍게 그를 안아 올렸다.

그는 재빠르고 탄탄하게 발걸음을 옮겼다. 오래지 않아 빌보는 너른골의 막사 앞에 내려졌다. 간달프가 팔에 붕대를 맨 채 거기 서 있었다. 마법사마저도 부상을 피하지 못한 모양이었다. 병사들 중에 다치지 않은 사람은 거의 없었다.

간달프는 빌보를 보자 무척 기뻐하며 소리쳤다.

"골목쟁이네! 설마! 결국 살아 있었군그래! 정말 기쁘네! 자네의 행운이 과연 자네를 끝까지 보살펴 줄지 걱정이었네. 끔찍한 일이었어. 재앙이라고 할 만했지. 하지만 다른 소식들은 뒤로 미루고. 이리

오게! 자네를 찾고 있다네."

그는 갑자기 침울한 기색으로 호빗을 데리고 천막 안으로 들어갔다.

"여보게, 소린! 그를 데려왔네."

간달프가 들어서면서 말했다.

그곳에는 정말로 참나무방패 소린이 누워 있었다. 그의 몸은 여러 군데 큰 부상을 입었고, 그의 찢긴 갑옷과 금이 간 도끼는 바닥에 던져져 있었다. 빌보가 옆에 서자 소린은 빌보를 올려다보았다.

"잘 있게, 선량한 도둑이여. 이제 나는 세상이 바뀔 때까지 기다리는 곳으로 가서 내 조상들 옆에 앉을 거라네. 금과 은을 모두 남겨 두고 떠나네. 그것들이 쓸모없는 곳으로 가니까, 자네와 다정한 사이로 헤어지고 싶네. 그리고 성벽에서 내가 했던 말과 행동을 모두 물리고 싶네."

빌보는 마음 가득 슬픔을 느끼며 한쪽 무릎을 꿇었다.

"잘 가세요, 산아래의 왕이시여. 이렇게 끝나야 하다니, 정말 쓰라린 모험이었습니다. 황금 산을 얻는다 해도 그 보상이 될 수 없을 겁니다. 하지만 당신과 위험한 모험을 함께 나누었다는 것이 기쁩니다. 골목쟁이 집안의 누구도 감히 바랄 수 없는 것이었습니다."

"아닐세! 자네는 스스로 생각하는 것보다 더 선량한 존재라네, 온후한 서쪽의 자손이여! 용기와 지혜를 겸비하고 있지. 우리들 중 더 많은 자들이 음식과 기쁨과 노래를 보물보다 소중하게 여겼더라면 더 즐거운 세상이 되었을 텐데. 하지만 슬프든 기쁘든 이제 나는 떠나야 한다네. 잘 있게!"

빌보는 혼자 밖으로 나왔다. 그러고는 담요를 뒤집어쓰고 앉아서 눈이 새빨개지고 목이 쉴 때까지 울었다. 여러분이 믿든 말든 정말로 그랬다. 그의 작은 영혼은 인정이 많았던 것이다. 실로 오랜 시간이 지나고 나서야 그는 용기를 내어 다시 농담을 할 수 있었다.

'내가 그때 정신이 든 것은 정말 행운이었어. 소린이 살아 있었더라면 좋았겠지만 그래도 그와 다정하게 헤어져서 다행이야. 넌 정말 바보야, 골목쟁이네 빌보. 그 돌을 갖고 사태를 엉망으로 만들었으니. 네가 평화와 평온을 찾으려고 노력을 했어도 전쟁은 일어났어. 하지만 전쟁이 일어난 게 네 탓은 아닌 것 같아.'

빌보는 정신을 잃은 후에 일어났던 일을 나중에야 들었다. 그러나 그 이야기는 기쁨보다는 슬픔을 느끼게 했고, 이제 모험이라면 진저리가 났다. 고향으로 돌아가고 싶은 마음에 뼛속까지 근질근질했지만 귀향길은 약간 지체되었다. 그래서 잠시 그동안 일어났던 사건에 대해 이야기하겠다. 독수리들은 오래전부터 고블린들이 집결하고 있다는 의혹을 품어 왔다. 산에서 일어나는 움직임은 그 무엇이든 독수리들의 빈틈없는 감시망을 완전히 벗어날 수 없었다. 그래서 독수리들도 안개산맥에 거주하는 위대한 독수리의 지휘하에 대규모로 집결했다. 마침내 멀리서 전쟁의 냄새를 맡았을 때 독수리들은 질풍을 타고 급히 날아 아슬아슬한 순간에 도착한 것이었다. 산비탈에서 고블린들을 몰아낸 것은 바로 독수리들이었다. 고블린들을 절벽 위로 내던지거나, 비명을 지르며 우왕좌왕하고 있는 놈들을 한군데로 몰아갔다. 오래지 않아 독수리들이 외로운산에서 고블린들을 완전히 제거했고, 마침내 골짜기 양옆에 있던 인간들과 요정들은 저 밑에서 벌어지는 전투를 도와주러 갈 수 있었다.

그러나 독수리들을 포함해도 그들은 아직 수적으로 열세였다. 그런데 마지막 순간에 베오른이 나타났다. 그가 어떻게, 어디에서 왔는지는 아무도 모른다. 그는 곰의 형체로 혼자 나타났는데, 격분한 나머지 몸집이 거인만큼이나 커진 것 같았다.

베오른이 울부짖는 소리는 북과 대포 소리를 합친 것보다도 컸다. 그는 앞을 가로막은 늑대들과 고블린들을 지푸라기나 깃털처럼 내

던져 버렸다. 천둥처럼 콰르릉거리며 그들의 후방을 공격하여 포위망을 뚫었다. 난쟁이들은 아직 나지막하고 둥근 언덕에서 대장들을 둘러싸고 싸우고 있었다. 그때 베오른은 몸을 굽히고 창을 맞아 쓰러진 소린을 들어 올려 전투가 벌어지지 않는 곳으로 데려갔다.

베오른은 금방 돌아왔다. 그의 분노는 갑절로 격렬해져서 그 무엇도 그에게 저항할 수 없고, 어떤 무기도 그에게 상처를 입힐 수 없을 것 같았다. 그는 수비대를 쫓아 버리고 볼그를 끌어 내려 뭉개 버렸다. 그러자 고블린들은 경악하여 사방으로 줄행랑쳤다. 하지만 고블린의 적들은 새로운 희망을 얻어 고단함을 떨치고 그들을 바짝 추격하여 대부분 도망가지 못하게 만들었다. 그들은 달리는강으로 고블린들을 몰아갔으며, 서쪽과 남쪽으로 도망간 고블린들을 숲강 근처의 늪지대까지 추격했다. 마지막으로 남은 도주자들은 대부분 그곳에서 죽었고, 숲요정들의 영토로 달아난 자들은 거기서 살해되거나 길도 없는 어둠숲의 오지에 들어가 거기에서 죽었다. 전해지는 노래에 따르면 북쪽 땅 고블린 전사들 넷 중 셋이 그날 죽었다고 한다. 그리하여 그 산악 지역은 오랫동안 평화를 누렸다.

밤이 되기 전에 승리가 확실해졌지만 빌보가 막사로 돌아온 그 이튿날도 추격은 계속되었다. 골짜기에는 심한 부상을 입은 자들 외에는 별로 남아 있지 않았다.

"독수리들은 어디 있어요?"

그날 저녁 그는 여러 겹의 따뜻한 담요로 몸을 싸고 누워 간달프에게 물었다.

"일부는 사냥을 하고 있지. 하지만 대부분은 자기들 둥지로 돌아갔네. 그들은 여기 머물려 하지 않았어. 그래서 아침의 첫 햇살이 비치자 떠났네. 다인이 독수리 대장에게 황금 왕관을 씌워 주었고, 그들 사이의 영원한 우정을 맹세했네."

"유감이군요. 내 말은, 그들을 다시 보고 싶다는 뜻이에요. 어쩌면 집으로 돌아가는 길에 그들을 볼 수 있겠지요. 곧 집으로 가겠지요?"

빌보가 졸린 목소리로 말했다.

"자네가 원하는 대로 곧 갈 수 있지."

실제로는 며칠이 지난 다음에야 정말로 출발할 수 있었다. 소린은 산아래 깊은 곳에 묻혔고, 바르드는 아르켄스톤을 그의 가슴에 올려놓았다.

"산이 무너질 때까지 영원히 이곳에 머물러라! 이후로 여기 사는 소린의 종족 모두에게 행운을 가져다주기를!"

바르드가 말했다.

그러자 요정 왕은 소린이 잡혀 있을 때 빼앗았던 요정의 검 오르크리스트를 그의 무덤에 올려놓았다. 훗날 전해지는 노래에 의하면, 그 검은 적들이 접근하면 어둠 속에서 빛을 발했으며, 그래서 난쟁이들의 성은 기습 공격을 당하는 일이 없었다고 한다. 이제 나인의 아들 다인은 그곳에 기거하며 산아래의 왕이 되었다. 세월이 흐르자 다른 난쟁이들도 옛 궁전에 있는 그의 왕좌로 많이 몰려들었다. 소린의 동료 열두 명 가운데 열 명이 남았다. 필리와 킬리는 외삼촌인 소린을 방패와 온몸으로 지키다가 죽었던 것이다. 다른 난쟁이들은 다인과 함께 머물렀고, 다인은 소린의 보물을 공정하게 분배했다.

물론 보물을 예전에 계획했던 대로 발린, 드왈린, 도리, 노리, 오리, 오인, 글로인, 비푸르, 보푸르, 봄부르, 그리고 어쩌면 빌보에게 각각 그 몫을 나누어 주는 데는 더 이상 의문의 여지가 없었다. 하지만 빌보의 몫이었던 금과 은(세공을 했든 하지 않았든)의 14분의 1은 바르드에게 양도되었다. 다인이 이와 같이 말했다.

"우리는 죽은 자의 약속을 명예롭게 지킬 것이다. 그분은 지금 아르켄스톤을 갖고 계시니까."

14분의 1의 몫이라도 엄청난 보물이어서 대개의 인간 왕들이 가진 것보다 훨씬 많았다. 바르드는 그가 받은 보물에서 많은 금을 호수마을의 영주에게 보냈고, 그의 추종자들과 친구들에게도 아낌없이 보상해 주었다. 요정 왕에게는 기리온의 에메랄드를 주었다. 그것은 다인이 그에게 되돌려준 것으로서, 요정 왕이 가장 좋아할 만한 보물이었다.

바르드는 빌보에게 말했다.

"이 보물들은 내 것이며 동시에 자네 것이라네. 이 보물을 되찾고 지키는 데 많은 이들이 헌신의 노력을 기울였기 때문에 보물의 권리를 주장하는 자들이 많아져서 예전의 약속은 유효하지 않더라도 말일세. 하지만 자네가 자네의 모든 권리를 기꺼이 포기한다 하더라도, 나는 자네에게 아무것도 주지 말라는 소린의 말을 따르고 싶지 않다네. 소린도 나중에 그 말을 후회했지. 나는 그 누구보다도 자네에게 풍족하게 보상하고 싶네."

"매우 친절하신 말씀입니다. 하지만 그건 정말로 내게 골칫거리만 만들어 주는 거예요. 내가 대체 어떻게 그 보물을 다 가지고 집으로 돌아가겠어요? 도중에 틀림없이 전쟁이나 살인이 일어날 텐데요. 그리고 무사히 집에 도착한다손 치더라도 그 많은 보물을 내가 무엇에다 쓰겠어요? 그러니 그 보물은 당신 손에 있는 편이 더 낫습니다."

결국 그는 튼튼한 조랑말 한 마리가 운반할 수 있을 정도의 금과 은을 채운 상자 두 개만 받겠다고 했다.

"그 이상은 관리할 수 없습니다."

마침내 빌보가 친구들에게 작별 인사를 할 때가 되었다.

"잘 있어요, 발린! 잘 있어요, 드왈린. 안녕히! 도리, 노리, 오리, 오인, 글로인, 비푸르, 보푸르, 봄부르! 당신들의 수염이 빠지지 않기를!"

그러고는 산을 바라보며 덧붙였다.

"편안히 쉬세요, 참나무방패 소린. 그리고 필리와 킬리도. 당신들에 대한 기억이 결코 희미해지지 않기를!"

난쟁이들은 성문 앞에서 몸을 깊이 숙여 절했다. 하지만 목이 메어 말이 나오지 않았다.

발린이 마침내 말했다.

"자네가 어디를 가든지 행운이 함께하기를! 안녕히! 우리 궁전이 다시 아름다워졌을 때 우리를 방문해 준다면, 실로 성대한 잔치를 베풀겠네!"

"혹시라도 우리 집 앞을 지나게 되거든 노크하느라 기다리지 마세요! 차를 마시는 시간은 오후 4시지만 당신들은 언제라도 환영입니다!"

빌보는 이렇게 말하고 돌아섰다.

요정 군대는 행군하고 있었다. 안타깝게도 요정들의 수가 많이 줄었지만, 이제 북쪽 지역은 앞으로 오랫동안 평화를 누릴 터이므로 많은 이들이 기뻐했다. 용은 죽었고 고블린들을 물리쳤으므로, 그들의 마음은 이제 겨울을 지나 기쁨이 넘치는 봄을 기대했다.

간달프와 빌보는 말을 타고 요정 왕의 뒤를 따랐다. 다시 인간으로 변한 베오른이 그들 옆에서 큰 걸음으로 활보하면서 줄곧 큰 목소리로 웃고 노래했다. 이렇게 계속 걸어서 그들은 숲강이 흘러나오는 북쪽의 어둠숲가에 도착했다. 요정 왕은 그의 궁전에서 잠시 머물다 가라고 권했지만 마법사와 빌보는 어둠숲에 들어가지 않을 생각이었다. 그들은 숲가를 따라 올라가 숲의 북쪽 끝을 돌아서, 어둠숲과 회색산맥 사이에 펼쳐진 황야를 지날 생각이었다. 그 길은 더 멀고 황량했지만 이제 고블린들이 타도되었으므로 숲속의 무시무시한 샛길보다 안전할 것 같았다. 게다가 베오른도 그 길로 가려 했다.

"잘 있으시오! 요정 왕이여! 세상이 아직 젊고 활기에 넘치는 동안 초록 숲이 더욱 유쾌하기를! 당신의 종족 모두 흥겹게 지내기를!"

간달프가 말했다

"잘 가시오! 간달프! 당신을 가장 필요로 하는 곳에, 그리고 가장 기대하지 않았던 곳에 언제나 나타나시길! 당신이 우리 궁전에 자주 오실수록 더 기쁘겠소!"

요정 왕이 말했다.

"왕께서 이 선물을 받아 주시길 간청합니다!"

빌보는 한쪽 다리를 구부리고 더듬으며 말했다. 그러고는 다인이 작별할 때 준 은과 진주를 꿴 목걸이를 꺼냈다.

"오, 호빗이여, 내가 무엇을 했다고 이런 선물을 받는단 말인가?"

왕이 물었다.

"저, 아시겠지만, 저, 전하의 환대에 조금이라도, 저, 보답을 해야 한다고 생각했습니다. 제 말은 도둑이라도 양심이 있다는 뜻입니다. 저는 전하의 포도주와 빵을 많이 먹었거든요."

빌보가 약간 당황하여 대답했다.

"자네의 선물을 기꺼이 받겠네, 오 빌보, 위대한 호빗이여!"

왕이 엄숙하게 말했다.

"자네를 요정의 친구이자 축복받은 자라고 부르겠네. 자네의 그림자가 줄어들지 않기를! 그렇지 않으면 도둑질이 너무 쉬워질 테니 말이지. 잘 가게나!"

이렇게 하여 요정들은 숲으로 들어섰고, 빌보는 먼 귀향길에 올랐다.

그는 집으로 돌아가기 전에 여러 가지 곤경과 모험을 겪었다. 황야는 여전히 황야였고, 그 당시 그곳에는 고블린 말고도 다른 생물들이 많이 있었다. 하지만 그에게는 좋은 안내자와 보호자가 있었다. 마법사가 그와 함께 있었고, 베오른도 상당한 거리를 동행했기 때문에 그는 큰 어려움에 빠지지 않았다. 어쨌든 한겨울이 되었을 때 간달프와 빌보는 숲의 가장자리를 거의 다 돌아 베오른의 집 문 앞에 이르렀다. 그 집에서 그들은 한동안 머물렀다. 그곳에서 맞은 율 축제는 따뜻하고 즐거웠다. 베오른의 초대를 받은 사람들이 두루 멀리 떨어진 곳에서 잔치에 참석하러 왔다. 안개산맥의 고블린들은 이제 그리 남지 않았고, 겁에 질려서 되도록 깊은 굴로 숨어들었다. 와르그들이 숲에서 사라져서 이제 인간들은 두려움 없이 나다닐 수 있었다. 후에 베오른은 실로 이 지역의 위대한 족장이 되었으며 안개산맥과 어둠숲 사이의 넓은 땅을 다스리게 되었다. 몇 세대에 걸쳐서 그의 혈통을 이어받은 남자들은 곰으로 둔갑할 수 있는 능력을 갖고 있었다. 그중에는 잔혹하고 나쁜 사람도 있었지만 대부분 체구와 힘은 그렇지 못하더라도 마음만큼은 베오른과 같았다고 전해진다. 전성기 때에 그들은 안개산맥에서 고블린들을 완전히 몰아냈고 그리하여 새로운 평화가 야생지대의 경계 너머로 찾아들었다.

벌써 봄철이 되었다. 온화한 날씨에 화사한 햇빛이 비치는 아름다운 계절이었다. 빌보와 간달프는 마침내 베오른과 작별했다. 빌보는 집에 돌아가기를 갈망했지만 베오른의 집을 떠나는 것은 못내 아쉬웠다. 베오른의 정원에 피어난 꽃들은 봄철에도 여름 한창때 못지않게 아름다웠다.

마침내 그들은 다시 귀향길에 올랐고, 전에 고블린들에게 붙잡혔던 고갯길에 도착했다. 아침에 그 높은 고갯마루에 도착해서 뒤돌아보니, 널리 펼쳐진 땅 위에 하얀 태양이 빛나고 있었다. 그 뒤로 멀리 어둠숲이 있었다. 아득히 먼 곳이라 푸르스름하게 보였고, 봄철인데도 가까운 쪽의 숲가는 암녹색으로 보였다. 그리고 저 멀리 떨어진 곳에 보일 듯 말 듯 가물가물하게 외로운산이 서 있었다. 가장 높은 봉우리에서는 아직 녹지 않은 눈이 희미하게 빛나고 있었다.

"그래, 불이 사라지면 눈이 오는 거지. 용에게도 종말이 있는 거고!"

빌보는 이렇게 말하며 모험의 여정에 등을 돌렸다. 툭 집안의 기질은 이제 사그라졌고 골목쟁이 집안의 기질이 나날이 강해지고 있었다.

"지금은 내 안락의자에 앉아 있고 싶은 생각밖에 없어요!"

그가 말했다.

Chapter 19
마지막 여정

간달프와 빌보가 '최후의 (아니면 최초의) 아늑한 집'이 있는 깊은골 가까이 도착한 것은 5월 첫날이었다. 이번에도 저녁 무렵에 도착했다. 조랑말들, 특히 짐을 나른 말은 몹시 힘들어했고, 그들 모두 휴식이 필요했다. 그들이 가파른 내리막길을 가고 있을 때 빌보는 숲에서 울리는 요정들의 노랫소리를 들었다. 요정들은 그가 떠난 이후로 한 번도 노래를 멈추지 않은 것 같았다. 그들이 숲속 빈터에 이르러 말에서 내리자 요정들은 전과 비슷한 노래를 불렀다. 그 노랫말은 다음과 비슷한 내용이었다.

용이 소멸했다네,
뼈는 부서지고
갑옷은 산산조각 나고
그의 영화는 사라졌지!
인간이 믿던 힘과 더불어
인간이 소중히 여기는 재물과 더불어
칼에 녹이 슬지라도
옥좌와 왕관이 썩어 없어질지라도
여기 풀은 여전히 자라고 있다네,
나뭇잎들은 여전히 흔들리고 있다네,
하얀 물이 흐르고
요정들은 지금도 노래하고 있다네

오라! 트랄랄랄라 랄리!
계곡으로 돌아오라!

수많은 보석보다도
별들은 더 총총 빛난다네,
보물함의 은보다도
달은 더욱 하얗게 빛난다네,
광산에서 파낸 금보다도
황혼 무렵 화로 위
불빛은 더욱 빛난다네.
그런데 왜 방랑하는가?
　　오라! 트랄랄랄라 랄리!
　　계곡으로 돌아오라!

아! 어디로 가는가?
이렇게 늦게 돌아오면서.
강물은 흐르고
별들은 반짝인다네!
아! 그토록 슬프고, 그토록 처량하게,
그토록 괴로워하면서 어디로 가는가?
여기 요정들과 요정 처녀들이
지친 자들을 환영한다네.
　　트랄랄랄라 랄리를 부르며
　　　계곡으로 돌아오라!
　　　트랄랄랄라 랄리
　　　파랄라 랄리
　　　　파라!

노래가 끝나자 계곡의 요정들은 숲에서 나와 인사를 하고 강을 건너 그들을 엘론드의 집으로 안내했다. 그들은 따뜻한 환영을 받았고, 그날 저녁 그들의 모험담을 들으려는 요정들이 많이 모여 귀를 기울였다. 이야기는 주로 간달프가 했고, 빌보는 졸음에 겨워 말이 없었다. 그 이야기는 대부분 빌보가 알고 있는 것이었다. 자기 자신이 그 이야기에 등장했고, 또 많은 부분은 돌아오는 길과 베오른의 집에서 자신이 마법사에게 들려준 이야기였으니 말이다. 그런데 간혹 알지 못하는 이야기가 나오면 그는 간신히 한쪽 눈을 뜨고 들었다.

이렇게 해서 그는 간달프가 어디에 갔다 왔는지를 알게 되었다. 마법사가 엘론드에게 들려준 이야기를 귓결에 들었던 것이다. 간달프는 학식과 선한 마법의 대가인 백색의 마법사들이 모인 중요한 회의에 참석했고, 그들은 마침내 어둠숲 남쪽의 어두운 요새에서 강령술사를 몰아낸 모양이었다.

"지금부터는 머지않아 그 숲이 살기 좋아질 겁니다. 바라던 대로 북쪽 땅은 앞으로 아주 오랜 세월 동안 공포에서 벗어나겠지요. 그러나 그가 이 세상에서 추방되었더라면 더 나았을 것입니다."

간달프가 말했다.

"그랬더라면 참으로 좋겠지요. 그러나 유감스럽게도 이 시대의 세상에서는 그런 일이 일어나지 않을 것 같습니다. 앞으로 여러 시대가 지나도 말입니다."

엘론드가 말했다.

그들의 여행담이 끝나자 다른 이야기들이 꼬리를 물고 이어졌고 옛날이야기나 새로운 이야기, 그리고 시대를 종잡을 수 없는 이야기들이 계속되었다. 마침내 빌보는 구석에 앉아 고개를 가슴 위에 떨군 채 편하게 코를 골며 잤다.

깨어나 보니 그는 하얀 침대에 누워 있었고 열린 창문으로 달빛이 비치고 있었다. 달빛을 받으며 요정들이 강둑에서 크고 맑은 목소리로 노래하고 있었다.

> 그대 모두 즐겁게 노래하라, 이제 다 함께 노래하라!
> 바람은 나무 꼭대기에, 바람은 헤더 꽃에 머물고.
> 별빛은 만개하고 달은 꽃 속에,
> 밤의 창문은 탑에서 환히 빛난다.

> 그대 모두 즐겁게 춤춰리, 이제 다 함께 춤춰라!
> 풀은 부드럽고, 발은 깃털처럼 가벼워!
> 강은 은빛으로 빛나고, 그림자는 사라진다.
> 5월은 즐거워라, 우리의 만남도 그러하니.

> 이제 조용히 노래하자, 그에게 꿈들을 엮어 주자!
> 그를 꿈으로 감싸고 꿈속에 남겨 두자!
> 방랑자가 자고 있으니. 그의 베개가 폭신하기를!
> 자장! 자장! 오리나무와 버드나무여!
> 더 이상 한숨짓지 마라, 소나무여, 아침 바람이 일 때까지!
> 　　달은 지고! 땅은 어둡다!
> 　　쉿! 쉿! 참나무, 물푸레나무, 가시나무여!
> 강이여, 숨을 죽여라, 새벽이 다가올 때까지!

"어이, 명랑한 이들이여! 달이 저만큼 떠 있으면 지금 몇 시인가요? 당신들의 자장가는 술 취한 고블린도 깨우겠어요! 어쨌든 고마워요."

빌보가 밖을 내다보며 말했다.

요정들은 웃으며 대답했다.

"당신의 코 고는 소리는 돌로 된 용도 깨우겠어요. 어쨌든 고마워요. 새벽이 가까워지고 있어요. 당신은 밤이 시작될 무렵부터 지금까지 잤어요. 내일이면 피로가 다 풀릴 거예요."

"엘론드의 집에서는 조금만 자도 피로가 꽤 많이 풀리지요. 정말이지 피로를 다 풀어야겠어요. 아름다운 친구들이여, 그럼 다시 잘 자요!"

이렇게 말하고 그는 침대로 다시 들어가 아침 늦게까지 잤다.

그 집에서 머무는 동안 피로가 완전히 가셨고, 빌보는 계곡의 요정들과 이른 아침이나 늦은 밤에도 즐거운 농담을 나누고 춤추며 많은 시간을 보냈다. 그러나 이제는 그런 곳도 그를 오래 붙잡아 둘 수 없었다. 자기 집에 대한 생각이 늘 머리를 떠나지 않았다. 그래서 일주일이 지난 후 그는 엘론드에게 작별 인사를 하고 그가 받을 만한 작은 선물을 주고는 간달프와 함께 길을 떠났다.

그들이 계곡을 나설 때 눈앞의 서쪽 하늘이 어두워지더니 비바람이 그들을 맞았다.

"5월은 즐거워라! 하지만 전설에 등을 돌리고 집으로 간다네. 아마도 이것이 고향의 첫 맛이겠지요."

얼굴을 내리치는 빗방울을 맞으며 빌보가 말했다.

"아직 갈 길이 멀다네."

간달프가 말했다.

"하지만 마지막 길이지요."

그들은 야생지대의 경계를 이루는 강에 도착했고, 여러분이 기억하고 있을 가파른 둑 아래의 여울목으로 내려갔다. 여름이 가까워지면서 눈이 녹고 하루 종일 비가 내려 강물이 불어 있었다. 그래서 그들은 조금 어렵게 강을 건넜고, 저녁이 되어 어스름이 깔릴 무렵 서둘러 그들의 마지막 여정에 올랐다.

이번 길은 지난번과 거의 같았다. 동료들이 많이 줄었다는 것과 그래서 더욱 조용하다는 것, 이번에는 트롤이 나타나지 않았다는 점만 달랐다. 빌보는 가는 곳마다 1년 전(그에게는 10년도 더 지난 옛날 같았다)의 사건들과 대화를 기억해 냈다. 그래서 조랑말이 강에 빠졌던 곳과 길을 잘못 들어 톰과 버트와 빌을 만나 불쾌한 일을 겪었던 곳을 쉽게 알아보았다.

전에 묻어 둔 트롤의 금은 길에서 멀지 않은 곳에 아직도 그대로 있었다. 그것을 파낸 후 빌보가 말했다.

"제게는 평생 쓰고도 남을 만큼 많이 있어요. 간달프, 당신이 갖는 게 좋겠어요. 당신은 이 금을 유용하게 쓸 곳을 찾을 수 있겠지요."

"물론 그렇겠지! 하지만 똑같이 나누세! 어쩌면 자네 예상보다 돈이 더 많이 필요할지도 몰라."

그래서 그들은 금화를 자루에 넣어 조랑말 등에 걸었다. 말들은 전혀 달갑지 않은 눈치였다. 그 후에는 대개 걸어가야 했기 때문에 행보가 느려졌다. 그러나 들판에 초록 풀이 무성했기에 호빗은 흐뭇한 기분으로 어슬렁거리며 그 사이를 돌아다녔다. 그는 붉은 비단 손수건으로 얼굴을 닦았다. 그의 손수건이 하나도 남지 않은 탓에, 엘론드에게서 빌린 것이었다. 이제 6월이 되어 여름이 되었고 날씨는 다시 화창하고 더워졌다.

모든 일에는 다 끝이 있듯 이 이야기도 그렇다. 마침내 어느 날에는 빌보가 태어나서 자란 곳, 그 땅과 나무들의 모양새를 자기 손과 발가락처럼 잘 알고 있는 곳이 눈앞에 펼쳐졌다. 높은 곳에 오르자 멀리 자기 집 언덕이 보였다. 빌보는 갑자기 멈춰 서서 노래했다.

길은 끝없이 이어지네,
　　바위 위로 나무 아래로,
　햇빛이 비치지 않는 동굴 옆으로,
　　바다에 이르지 못하는 개울 옆으로,

겨울이 뿌린 눈을 넘어,
　　6월의 즐거운 꽃들 사이로,
풀밭을 넘어 돌멩이 위로,
　　그리고 달빛 속의 산아래로.

길은 끝없이 이어지네
　　구름 아래로 별 아래로,
그러나 방랑을 떠났던 발은
　　마침내 멀리 있는 집을 향하네.
불과 칼을 보았고
　　돌 궁전에서 공포를 보았던 눈이
마침내 초록 풀밭을 보고
　　오랫동안 알았던 나무들과 언덕을 본다네.

간달프는 그를 바라보며 말했다.

"친애하는 빌보! 자네에게 뭔가 문제가 생겼군. 자네는 예전의 그 호빗이 아니라네."

이렇게 그들은 다리를 건너고 강 옆의 방앗간을 지나 곧장 빌보의 집 현관에 들어섰다.

"맙소사! 이게 무슨 일이지?"

그가 외쳤다. 집은 온통 소란스러웠으며, 점잖은 호빗이나 점잖지 못한 호빗을 가릴 것 없이 온갖 호빗들이 문간에 몰려 있었고, 많은 이들이 들락거렸다. 그들이 현관 매트에 발을 문지르지도 않는 것을 보고 빌보는 화가 났다.

빌보가 놀랐다면, 그들은 더더욱 놀랐다. 빌보는 자신의 물건들이 경매 처분되는 와중에 돌아온 것이다! 검은색과 붉은색 글자로 커다란 안내문이 문 위에 붙어 있었는데, 거기에는 6월 22일에 호빗골 언덕 아랫마을의 골목쟁이네 집에 살던 고(故) 골목쟁이 빌보 씨의 가재도구를 '토박이, 토박이, 굴집 회사'가 경매에 붙인다고 적혀 있었다. 경매는 10시 정각에 시작한다는 것이었다. 이제 점심시간이 다 되었으므로 이미 대부분의 물건들은 거의 공짜에서 헐값에 이르기까지 (경매에서 흔히 그렇듯) 다양한 가격에 팔려 나갔다. 빌보의 사촌인 자룻골골목쟁이네 가족은 자기들의 가구가 방에 들어맞을지를 알아보려고 열심히 방 치수를 재고 있었다. 간단히 말하자면, 빌보는 '추정 사망자'였던 것이다. 그리고 그릇된 추정에 대해 미안하다고 말한 사람들이 모두 다 진심으로 미안해한 것은 아니었다.

골목쟁이네 빌보 씨가 집에 돌아온 사건으로 말미암아 언덕 아래와 언덕 위, 그리고 강 건너에 이르기까지 꽤 시끌벅적한 소동이 일어났고, 시간이 한참 지난 후에도 그 동요는 가라앉지 않았다. 실제로 법적인 문제는 몇 년이나 질질 끌면서 골치를 썩였다. 골목쟁이가 살아 있는 인물이라고 다시 법적으로 인정되기까지 상당히 오랜 시간이 걸렸다. 경매에서 특히 좋은 물건을 값싸게 산 이들은 골목쟁이네가 살아 있다는 것을 인정하려 들지 않았다. 결국 시간을 절약하기 위해 빌보는 자기 가구들을 다시 사들여야 했다. 신기하게도 은수저들이 감쪽같이 없어졌는데 그것에 대해서는 아무런 해명도 없었다. 속으로 빌보는 자룻골골목쟁이네 가족을 의심했다. 그들 쪽에서는 돌아온 골목쟁이네가 진짜라는 것을 결코 인정하지 않았으며, 그 이후로 빌보와 사이가 좋지 않았다. 그들은 실로 빌보의 멋진 호빗굴에서 살게 되기를 간절히 원했던 것이다.

빌보가 잃어버린 것은 은수저뿐이 아니었다. 이웃의 존경도 받지 못하게 된 것이다. 그 후로도 빌보는 요정들과 교류했으며, 난쟁이들이나 마법사들, 그리고 그의 집 앞을 지나는 그런 족속들의 방문을 받은 것은 사실이다. 따라서 이제 그는 점잖은 인물이 아니었다. 사실 이웃의 호빗들은 모두 그를 '별종'이라고 생각했다. 툭 집안 쪽

의 조카들과 조카딸들은 예외였지만 어른들은 어린 호빗들이 빌보
와 어울리는 것을 원치 않았다.

유감스러운 말이지만, 그는 남들이 뭐라든지 전혀 개의치 않았
다. 그는 대단히 흡족한 기분이었고, 그의 화로에서 끓고 있는 주전
자 소리는 '뜻밖의 파티' 이전의 조용한 시절보다 더욱 감미롭게 들
렸다. 그는 벽난로 위에 검을 걸어 두었다. 그의 갑옷은 현관에 진열
해 두었다가 나중에 박물관에 빌려주었다. 금화나 은화는 대부분
선물을 주는 데 사용했다. 그 선물은 꼭 필요한 것일 수도, 아니면
지나치게 과분한 것일 수도 있었다. 그의 조카들과 조카딸들이 그
를 좋아한 것도 얼마쯤은 이 선물 때문이었을 것이다. 그는 마법의
반지를 중요한 비밀로 간직했으며, 주로 원치 않는 방문객이 올 때
그것을 사용했다.

그는 시를 쓰기도 하고 요정들을 방문하기도 했다. 다른 호빗들
은 머리를 흔들고 이마를 만지면서 "가엾은 골목쟁이네!"라고 동정
했고 그의 이야기를 믿는 사람들이 거의 없었지만, 그는 그의 생애
가 끝날 때까지 아주 행복하게 살았다. 대단히 긴 생애였다.

몇 년이 지난 어느 가을 저녁에 빌보는 서재에 앉아서 회고록을
쓰고 있었다. 그는 그 회고록에 『그곳에서 그리고 다시 돌아오다: 한
호빗의 휴가 여행』이라는 제목을 붙이려고 생각하고 있었다. 바로
그때 초인종 소리가 들렸다. 돌연히 찾아온 손님은 간달프와 한 난
쟁이였고, 그 난쟁이는 바로 발린이었다.

"들어오세요! 들어와요!"

빌보가 말했다.

그들은 난롯가에 둘러앉았다. 발린은 골목쟁이네의 조끼가 더 벌
어졌고 진짜 금단추를 달고 있음을 알아챘고, 빌보는 발린의 수염
이 몇 센티미터 더 자랐으며 보석이 박힌 허리띠가 아주 멋지게 보인

다고 생각했다.

물론 그들은 함께 지냈던 시절에 대한 이야기를 꺼냈고, 빌보는 외로운산에서 어떻게들 지내고 있는지 물었다. 그들은 아주 잘 지내는 것 같았다. 바르드가 너른골에 다시 마을을 건설하자 호수 유역과 남쪽, 서쪽에서 사람들이 모여들었다. 골짜기에 다시 농작물을 경작하면서 풍요로워졌고, 황무지는 이제 봄철이면 새들과 꽃들이 가득하고 가을이면 과일이 풍성하게 열려 사람들이 몰려들어 축제를 연다는 것이었다. 호수마을은 다시 건설되었고 전보다 더 번창해서 달리는강으로 많은 재물이 운송되었다. 그 지역의 요정들과 난쟁이들, 인간들은 우호적인 관계를 유지하고 있었다.

그 늙은 영주는 비참한 최후를 맞았다. 호수인간들을 돕기 위해 바르드가 그에게 많은 금을 보냈으나, 그 영주는 워낙 그런 병에 잘 걸리는 부류인지라 용의 고질병이던 탐욕증에 빠져 대부분의 금을 갖고 몰래 도망치다가 황무지에서 동료들에게 버림받고 굶어 죽었다.

"새 영주는 더 현명한 사람이고 인기가 대단하다네. 물론 현재 누리는 번영 덕분에 칭송을 받고 있지. 사람들은 이 영주의 통치 시절에 강에서 금이 흐른다는 노래를 만들고 있어."

발린이 말했다.

"그렇다면 옛 노래의 예언이 어느 정도는 실현되었네요?"

빌보가 말했다. 그러자 간달프가 대답했다.

"그럼! 예언이 실현되어서는 안 될 이유라도 있나? 자네가 그것을 실현하는 데 관여했다고 해서 예언을 믿지 않는 건 아니겠지? 자네의 온갖 모험과 탈출이 오로지 자네만을 위해 그저 운 좋게 일어난 일이라고 생각하지는 않겠지, 안 그런가? 자네는 아주 훌륭한 인물일세, 골목쟁이네. 그리고 나는 자네를 무척 좋아해. 하지만 이 넓은 세상에서 자네는 어떻든 아주 작은 친구에 불과하다네!"

"황송합니다!"

빌보는 웃으며 이렇게 말하고는 그에게 담배통을 건넸다.

(끝)

The Hall at Bag-End, Residence of
B. Baggins Esquire

골목쟁이네 빌보 씨의 거처 골목쟁이집

옮긴이 소개

이미애

현대 영국 소설 전공으로 서울대학교 영문학과에서 박사 학위를 받았고 동 대학교에서 강사와 연구원으로 활동했다. 조지프 콘래드, 존 파울즈, 제인 오스틴, 카리브 지역의 영어권 작가들에 대한 논문을 썼다. 옮긴 책으로 버지니아 울프의 『자기만의 방』『등대로』, 제인 오스틴의 『엠마』『설득』, 조지 엘리엇의 『아담 비드』, J.R.R. 톨킨의 『호빗』『반지의 제왕』『위험천만 왕국 이야기』『톨킨의 그림들』, 토머스 모어의 서한집 『영원과 하루』, 리처드 앨틱의 『빅토리아 시대의 사람들과 사상』 등이 있다.

독자들과 함께 만들어가는 톨킨 유튜브채널
MY PRECIOUS TOLKIEN

편집, 교정, 영상 제작에 도움을 주신 분들
네이버 톨킨 팬까페 '중간계로의 여행' https://cafe.naver.com/ehdrjsdma
이지희(금숲), 김지혁(베렌), 정가은(유로파), 신정현(Strider),
박현묵(팩맨), 변하경(Halon), 김주형(두부두로), 서유경(아노르)

호빗

1판 1쇄 발행 2021년 4월 1일
2판 3쇄 발행 2024년 1월 15일

지은이 | J.R.R. Tolkien
옮긴이 | 이미애
펴낸이 | 김영곤
펴낸곳 | (주)북이십일 아르테

책임편집 | 장현주
교정교열 | 이지희 김지혁 정가은 신정현 박현묵
표지 및 본문 디자인 | (주)여백커뮤니케이션

아르테본부 문학팀 | 김지연 원보람 권구훈
해외기획실장 | 최연순
출판마케팅영업본부장 | 한충희
출판영업팀 | 최명열 김다운 김도연
마케팅2팀 | 나은경 정유진 박보미 백다희 이민재
제작팀 | 이영민 권경민

출판등록 | 2000년 5월 6일 제406-2003-061호
주소 | (우10881) 경기도 파주시 회동길 201(문발동)
대표전화 | 031-955-2100 팩스 | 031-955-2151
이메일 | book21@book21.co.kr

ISBN 978-89-509-9252-1 03840
       978-89-509-9328-3 (세트)